aufbau taschenbuch
AUFBAU VERLAGSGRUPPE

PHILLIP MARGOLIN gehört zu den erfolgreichsten Thriller-Autoren der USA. Sieben seiner Romane standen auf der Bestsellerliste der New York Times.

Im Aufbau Taschenbuch Verlag erschien von ihm bisher sein Roman: »Die schöne Schläferin« (2005).

Als junges Mädchen mußte Vanessa miterleben, wie durch ihre Schuld ein Abgeordneter von dem Mann getötet wurde, der ihre große Liebe gewesen war. Zwanzig Jahre lang glaubt sie die Hintergründe der Tat zu kennen. Carl, ihr ehemaliger Geliebter, tötete im Auftrag ihres Vaters, eines Generals, der versuchte, seine schmutzigen Geschäfte zu verbergen. Carl verschwand nach der Tat, und Vanessa gelang es nie, einen Beweis für ihre Vermutung zu finden. Dann taucht durch Zufall ein Bild Carls in einer Zeitung auf, und Vanessa begreift, daß nun ihre Stunde gekommen ist. Ein Wettlauf mit der Zeit beginnt. Sie muß Carl vor ihrem Vater finden, der mittlerweile eine politische Karriere gemacht hat und sich für das Amt des Präsidenten bewirbt.

Phillip Margolin

Die Schuld wird nie vergehen

Thriller

Aus dem Amerikanischen
von Wolfgang Thon

Aufbau Taschenbuch Verlag

Die Originalausgabe mit dem Titel »Lost Lake« erschien 2005 bei HarperCollins, New York.

ISBN-10: 3-7466-2234-4
ISBN-13: 978-3-7466-2234-7

1. Auflage 2006

Umschlaggestaltung Mediabureau Di Stefano, Berlin
unter Verwendung eines Fotos von Getty images
Satz LVD GmbH, Berlin
Druck und Binden Druckerei C. H. Beck, Nördlingen
Printed in Germany

www.aufbau-taschenbuch.de

Für meinen Bruder,
Jerry Margolin, einen außergewöhnlichen Sherlockian,
und seine Frau, Judy, eine meisterhafte Lehrerin.
Dank für Eure Freundschaft und Unterstützung.

PROLOG

Lost Lake, Kalifornien – 1985

Deputy Sheriff Aaron Harney parkte seinen Wagen auf dem Seitenstreifen neben der Straße und rollte das Fenster der Fahrerseite herunter. Nach der drückenden Hitze des Tages tat die saubere, kühle Bergluft gut. Er zündete sich eine Zigarette an und sah dem Rauch nach, der sich zu den diamantenen Sternen empor kräuselte, die über dem Lost Lake glitzerten. Was wollte man mehr vom Leben erwarten?

Harney war ein Junge aus dem Dorf, der während seines Militärdienstes ein wenig von der Welt gesehen hatte. Dabei war ihm klargeworden, daß er nirgendwo anders als in Lost Lake leben wollte. Hier konnte er fischen und jagen, und außerdem lebte Sally Ann Ryder hier, sein Schwarm aus Highschool-Tagen. Was konnte einem das Leben mehr bieten als einen Job an der frischen Luft, einen Feierabend mit einem kühlen Bier und dazu die Gesellschaft der Frau seiner Träume?

Dabei hatte Harney seine Karriere keineswegs genau geplant. In der Armee hatte er als Miltärpolizist gedient, und der Sheriff hatte ihn auf der Stelle eingestellt. Harney hegte keinerlei politischen Ehrgeiz, sondern tat, ohne zu murren, was man ihm befahl. In den exklusiven Sommerhäusern, die das Ufer des Sees säumten, war immer wieder eingebrochen worden. Deshalb hatte Sheriff Basehart ihn zur Patrouille dort eingeteilt. Alle waren sich einig, daß hinter diesen Akten von Vandalismus Einheimische steckten, die wütend auf die fetten Bonzen waren, die es sich den Sommer über am See gutgehen ließen und beim ersten Anzeichen von schlechtem Wetter zurück nach San Francisco flüchteten. Harney hatte sogar einen Verdacht, welche Jugendlichen die Panoramafenster in den Häusern von Fremont und McHenry eingeschlagen hatten. Allerdings bezweifelte er stark, daß diese Halbstarken sich heute nacht wieder blicken lassen würden. Der Sheriff wollte es sich jedoch auf keinen Fall mit seinen einflußreichsten Gönnern verderben. Und Harney hatte nicht das geringste dagegen, an einem so wunderschönen Sommerabend am See herumzuhängen.

Von seinem Standort aus konnte der Deputy den schwarzen, flachen Umriß des modernen Blockhauses am anderen Ufer sehen, das dem Kongreßabgeordneten Eric Glass gehörte. Harney war dem Abgeordneten bei dessen Wahlkampftour als Sicherheitsbeamter zugeteilt gewesen. Das war vielleicht ein Haus! Auf der Rückseite fiel der Rasen sanft zum Steg ab, wo das Rennboot des Politikers lag. Im Dunkeln sah man es zwar nicht, aber Harney erinnerte sich sehr gut an das Boot und auch an den schmalen Pfad, der durch ein Wäldchen zum Tennisplatz führte. Das mußte man sich vorstellen: ein eigener Tennisplatz! Harney fragte sich, wieviel das Haus wohl gekostet haben mochte. Bestimmt einen Haufen mehr, als er sich mit dem Gehalt eines Polizisten leisten konnte.

Ein Schrei gellte durch die Nacht. Harney fuhr wie elektrisiert hoch und drückte seine Zigarette aus. Die klare Bergluft verzerrte zwar die Geräusche, aber er war sicher, daß der Schrei aus dem Haus des Abgeordneten gekommen war. Er wendete und gab Vollgas.

Er brauchte fünf Minuten, um den See zu umrunden, und auf dieser kurzen Fahrt lief Harneys Phantasie auf Hochtouren. Die übliche Polizeiarbeit in Lost Lake bestand vor allem darin, Betrunkene im *Timber Topper* zur Räson zu bringen, gelegentlich einen Fall von Hausfriedensbruch zu regeln und jugendlichen Rasern Strafzettel zu verpassen. Mit einem derartig markerschütternden Schrei mitten in der Nacht hatte Harney es noch nie zu tun bekommen.

Von der Straße führte ein Feldweg zum Haus. Harney

schaltete seine Scheinwerfer aus, als er darauf einbog. Er hatte es nun nicht mehr eilig, die Quelle dieses Schreis aufzuspüren. Schließlich konnte er den Moment nicht länger hinauszögern. Der Deputy zog seine Waffe aus dem Futteral, stieg aus und blieb lauschend im Dunkeln stehen. Eine Eule schrie, und eine Windbö vom See ließ die Blätter rascheln. Irgendwo in der Ferne hörte er den Außenbordmotor eines Bootes.

Langsam schlich Harney zwischen den Bäumen hindurch, welche die Zufahrt säumten, und erreichte schließlich den Rasen vor dem Haus. Nervös sah er sich um. Er erwartete, daß jeden Augenblick jemand aus dem dunklen Wald sprang. Zwar hatte er über Funk Verstärkung angefordert, doch Lost Lake war klein, deshalb würde er eine Weile auf sich allein gestellt bleiben. Der Deputy holte tief Luft und rannte geduckt über den Rasen. Er preßte sich dicht an die Hauswand und schob sich langsam weiter, bis er durch ein Fenster spähen konnte. Hinten im Haus brannte Licht, aber es war kein Laut zu hören.

Harney schlich an dem Fenster vorbei zur Haustür. Sie war verschlossen. Ihm fiel ein, daß es auf der Rückseite eine Terrassentür gab. Der Deputy eilte um die Ecke. Nichts. Er visierte mit dem Lauf seiner Waffe den Rasen an, während er zur Rückseite des Hauses schlich. Die Angst drückte ihm wie eine eiserne Klammer die Brust zusammen. Seine Erinnerung hatte ihn nicht im Stich gelassen. Er fand die Terrasse. An ihrem Ende stand ein Grill, und Harney erkannte in der Dunkelheit die Umrisse des Rennbootes, das am Steg schaukelte.

Ein Geräusch auf dem Pfad zum Tennisplatz ließ ihn herumfahren. Ein Gespenst taumelte aus dem Wald. Harney richtete die Mündung seiner Waffe auf die Erscheinung.

»Stehenbleiben!« rief er. Es war eine Frau, die nun wie angewurzelt stehen blieb, die Augen vor Angst weit aufgerissen. Sie trug ein langes, weißes T-Shirt und schwankte unsicher.

»Er ist tot.« Sie klang benommen.

»Wer ist tot?« Harney suchte den Rasen und den Wald nach einer verdächtigen Bewegung ab.

»Carl hat ihn umgebracht.«

Die Terrassentür stand offen. Zuerst hatte Harney das nicht bemerkt, doch allmählich gewöhnten seine Augen sich an die Dunkelheit.

»Ist jemand im Haus?«

»Er ist tot«, wiederholte die Frau, während sie blicklos in die Finsternis starrte. Harney war sich nicht sicher, ob sie seine Frage gehört hatte und sich überhaupt seiner Anwesenheit bewußt war.

»Gehen wir hinein«, forderte er sie sanft auf und ging rückwärts zum Haus. Während er den Rasen im Auge behielt, beobachtete er die Frau aus dem Augenwinkel. Schließlich streckte er die Hand aus und legte sie auf ihre Schulter. Unter seiner Berührung zuckte sie zusammen und wich hastig einen Schritt zurück. Immerhin schien sie Harney nun endlich wahrzunehmen.

»Alles okay. Ich bin der Deputy. Gleich kommt noch mehr Polizei.«

Sie traten durch die Terrassentür und standen in der Küche. Harney tastete nach einem Lichtschalter. Als das Licht aufflammte, sah er, daß die Frau wunderschön war. Er schätzte sie auf etwa Mitte Zwanzig. Sie hatte kurzes, blondes Haar und himmelblaue Augen.

»Sie sagten, jemand sei tot? Ist er drinnen?«

Sie nickte.

»Können Sie mir zeigen, wo?«

Die Frau deutete auf den Flur, der von der Küche ins Haus führte. Harney erinnerte sich daran, daß von dem Flur ein kleines Arbeitszimmer abging und an seinem Ende ein großes Wohnzimmer lag. Das Licht, das er von draußen gesehen hatte, brannte im Arbeitszimmer. Er zog die Terrassentür zu und schloß sie ab. Dann dirigierte er die Frau zu einem Stuhl an dem kleinen Tisch in einem Erker, von dem aus man auf den See hinausblickte.

»Sie sagten, ein Mann namens Carl habe jemanden getötet. Ist dieser Carl noch hier?«

Sie schüttelte den Kopf.

»Er ist weg?« fragte Harney, um sicherzugehen.

Die Frau nickte.

»Gut. Sie bleiben hier. Ich bin sofort wieder da. Okay?«

Sie nickte wieder, aber ihr Körper versteifte sich. Offenbar flößte ihr die Vorstellung, allein zu bleiben, Angst ein.

»Es ist alles in Ordnung. Meine Kollegen sind gleich hier.«

Harney wartete einen Moment auf ihre Antwort. Als die Frau nicht reagierte, schlich er mit vorgehaltener Waffe durch den Flur. Schon nach wenigen Schritten stieg ihm ein Geruch in die Nase, der Erinnerungen an einen Tag vor etwa einem Jahr heraufbeschwor. Damals war er einer Anzeige wegen eines häuslichen Streits nachgegangen und in ein blutbespritztes Schlafzimmer geraten, in dem sich gerade ein Selbstmord ereignet hatte. Der Deputy schluckte schwer und mußte sich zwingen weiterzugehen. Als er die Tür des Arbeitszimmers erreichte, wirbelte er um die Ecke ... Bei dem Anblick, der ihn erwartete, drehte sich ihm der Magen um, und er konnte nur mit Mühe den Impuls unterdrücken, sich zu übergeben. Aus der Ferne hörte er das Heulen von Sirenen. Unmittelbar vor ihm befand sich Eric Glass.

Der Kongreßabgeordnete saß auf seinem schwarzen, ledernen Schreibtischstuhl. Man hatte ihm Arme und Beine nach hinten gebogen und mit Klebeband hinter dem Stuhl gefesselt. Damit war er jeder Mißhandlung schutzlos ausgeliefert. Glass trug nur eine Pyjamahose aus Baumwolle. Sie war von dem Blut durchtränkt, das aus den tiefen Wunden gesickert war, die seinen Oberkörper übersäten. Sein Kopf hing schlaff nach vorn, das Kinn ruhte auf seiner Brust. Harney hockte sich hin und warf einen Blick in Glass' malträtiertes, blutüberströmtes Gesicht.

Rotblaues Licht zuckte durch das Wohnzimmer, und Harney hörte, wie Wagentüren zugeschlagen wurden. Über Funk dirigierte er seine Kollegen zur Terrassentür, während er selbst in die Küche zurückkehrte. Die Frau saß noch da, wo er sie verlassen hatte. Sie hatte sich vorgebeugt und den Kopf in den Armen vergraben. Harney schloß die Terrassentür auf und setzte sich dann neben sie.

»Wer hat das getan?« fragte er leise.

Die Frau hob den Kopf. Ihre Augen waren gerötet, und die Tränen strömten ihr über die Wangen.

»Carl hat ihn getötet«, antwortete sie. »Carl Rice.«

Aaron Harney hörte den Hubschrauber lange, bevor er ihn sah. Er beschattete seine Augen mit der Hand und suchte den Himmel ab, bis er die Quelle des dumpfen Geräuschs ausfindig machte, die aus einigen Wolken auftauchte und sich dem Hubschrauberlandeplatz auf dem Krankenhausdach näherte. Earl Basehart stand neben seinem Deputy. Der Sheriff war nach einem kurzen Zwischenspiel als Officer in San Francisco nach Lost Lake zurückgekehrt. Dort hatte er einige Jahre als Deputy gearbeitet, bis er sich zur Wahl zum Sheriff aufstellen ließ, nachdem sein Vorgänger in Pension gegangen war. Es hatte keinen Gegenkandidaten gegeben. Mittlerweile hatte Baseheart das Amt seit elf Jahren inne.

Der Hubschrauber landete auf dem Dach. Der heftige Wind, den die Rotorblätter erzeugten, riß Basehart fast den Stetson vom Kopf. Er hielt mit einer Hand die Krempe fest, die sein bärbeißiges Gesicht beschattete. Die Tür des Helikopters schwang auf, und ein untersetzter, muskulöser Weißer in Jeans und hellbraunem Jackett sprang heraus. Ihm folgte ein großer, drahtiger, kahlköpfiger Schwarzer, der eine Khakihose und ein Jeanssakko trug. Sie suchten mit scharfen Blicken das Dach ab, bevor der Kleinere der beiden einer Person in dem Hubschrauber zunickte. Sekunden später stieg ein großer, breitschultriger Mann in der Uniform eines Generals aus, dem ein weiterer Passagier in einem anthrazitfarbenen Anzug folgte.

General Morris Wingate sah den Sheriff und setzte sich in

Bewegung. Unwillkürlich stand Harney stramm. Hätte der General ihm einen Befehl gegeben, hätte der Deputy ihn ohne das kleinste Zögern befolgt. Doch General Wingate ignorierte Harney. Er achtete nur auf den Sheriff. Die Leibwächter des Generals folgten ihm und dem anderen Mann in einigem Abstand. Ihre Blicke streiften dabei unaufhörlich über das Krankenhausdach, als tasteten sie sich durch eine Kampfzone. Harney sah den Griff einer Pistole, der unter der Jacke des Schwarzen hervorlugte.

»General Wingate?« fragte Basehart.

Der General nickte. »Dieser Mann hier ist Dr. Ernest Post, ein Psychiater. Ich möchte, daß er meine Tochter untersucht.«

»Ich bin Earl Basehart, der Sheriff hier in Lost Lake. Ich helfe Ihnen, so gut ich kann.«

»Danke, Sheriff. Wie geht es meiner Tochter?«

»Genauere Informationen kann Ihnen Dr. Stewart geben. Mir hat er nur gesagt, daß sie unter Schock steht. Was mich, ehrlich gesagt, auch nicht wundert.« Er schüttelte den Kopf. »Nach einem solchen Erlebnis. Der Anblick hat sogar meine abgehärteten Beamten aufgewühlt.«

»Hat sie Ihnen geschildert, was passiert ist?«

Basehart deutete mit einem Rucken seines Kinns auf Harney. »Mein Deputy hat sie gefunden. Wie ich Ihnen schon am Telefon sagte, hat sie ihm erzählt, ein Mann namens Carl Rice hätte den Kongreßabgeordneten umgebracht. Viel mehr konnten wir allerdings nicht aus ihr herausbringen. Sie war hysterisch, und wir mußten sie sofort ins Krankenhaus schaffen. Jetzt steht sie unter Beruhigungsmitteln.«

»Haben Sie Rice schon gefunden?«

»Noch nicht. Wir setzen bei der Fahndung Hubschrauber ein und haben auch die Behörden in den umliegenden Bezirken alarmiert. Bedauerlicherweise hat Rice einen beträchtlichen Vorsprung.«

»Verfügen Sie über irgendwelche Informationen, aus denen sich schließen läßt, daß Rice sich vielleicht noch in der

Gegend aufhält? Die Sicherheit meiner Tochter liegt mir sehr am Herzen, verstehen Sie?«

»Wir wissen nicht, wo er ist, aber vor dem Krankenzimmer Ihrer Tochter hält ein Deputy Wache. Wir wollten kein Risiko eingehen.«

»Danke, Sheriff«, meinte Wingate. »Meine Tochter ist mein Ein und Alles. Ich weiß die Gründlichkeit zu schätzen, mit der Sie Ihre Ermittlungen durchführen und mit der Sie sich um meine Tochter gekümmert haben.«

»Sir, wissen Sie vielleicht etwas über diesen Rice, daß uns helfen könnte, ihn zu erwischen?«

»Er ist mit meiner Tochter zur Schule gegangen und war häufig Gast in meinem Haus.« Der General schien mitgenommen. »Carl ist ein schwer gestörter junger Mann. Wegen seiner mentalen Probleme wurde er erst kürzlich aus dem Militärdienst entlassen. Er neigt zu Gewalttätigkeiten. Als er erfuhr, daß meine Tochter nach Washington gezogen ist, hat er wieder Kontakt zu ihr aufgenommen. Angesichts seines Geisteszustandes kann ich nicht sagen, was er über den Stand ihrer Beziehung dachte. Vielleicht hat er sich eingebildet, meine Tochter und der Kongreßabgeordnete seien ein Liebespaar, und ist vor Eifersucht übergeschnappt. So wie Sie mir den Zustand der Leiche beschrieben haben, deutet alles auf ein Verbrechen aus Leidenschaft hin.«

»Sir, welche Beziehung hatte ihre Tochter denn zu dem Kongreßabgeordneten?«

»Sie hat für Eric gearbeitet. Mehr weiß ich nicht.«

»Danke, Sir«, antwortete Basehart.

»Ich würde Vanessa gern sehen.«

»Sofort.« Basehart drehte sich auf dem Absatz herum und ging zu der Stahltür, die vom Dach ins Innere des Krankenhauses führte. Harney hastete voraus und riß sie auf. Dann folgte er Wingate, dem Arzt, den beiden Leibwächtern und dem Sheriff hinein.

Das Krankenhaus von Lost Lake hatte drei Stockwerke. Die Tochter des Generals war in einem Einzelzimmer im ersten Stock untergebracht. Der Sheriff ging voran. Vor dem Krankenzimmer hielt ein Deputy Wache. Er stand auf, als die Männer näher kamen.

»Irgendwelche Probleme, Dave?« erkundigte sich Basehart.

»Alles ruhig, Sheriff.«

»Gut. Wir gehen kurz hinein. Du bleibst mit Aaron hier draußen.«

Der General, seine Wächter, Dr. Post und der Sheriff betraten den Raum. Harney wollte gerade etwas zu dem anderen Deputy sagen, als er einen Schrei hörte. Er klang genauso wie der, der ihn am Ufer des Lost Lake aufgeschreckt gestört hatte. Er zog die Waffe, während er die Tür aufriß. Als er in den Raum stürmte, sah er, wie die Tochter des Generals mit aufgerissenen Augen ihren Vater anstarrte.

Als sähe sie den Satan persönlich.

1. KAPITEL

Portland, Oregon – Gegenwart

Die Veranstalter der Messe hatten Glück gehabt. Der März in Oregon war ziemlich verregnet gewesen, und die Wetterfrösche hatten auch für den April jede Menge Niederschlag vorausgesagt. Mutter Natur hatte es sich jedoch im letzten Moment anders überlegt und die finsteren, schwarzen Regenwolken für einen Tag verscheucht. Statt dessen schickte sie während des Wochenendes die Sonne über einen wolkenlosen blauen Himmel.

Ami Vergano hatte einen bunten Rock und eine weiße Bluse angezogen. Sie war knapp ein Meter fünfundsechzig groß und durchtrainiert wie zu ihren besten Zeiten als Turnerin an der Highschool. Ihr braunes Haar trug sie kurz. Große, braune Augen dominierten ihr Gesicht. Die Schläge des Schicksals hatten aus Ami eine ernsthafte junge Frau gemacht, aber ihr Lächeln konnte immer noch einen Raum erhellen.

Ami freute sich über die vielen Menschen, welche die ersten sonnigen Frühlingstage nutzten und auf der Suche nach Kunstwerken umherliefen. Seit die Messe geöffnet hatte, zog ihr Stand die Leute an. Sie hatte schon drei Ölgemälde verkauft und steckte das Geld von ihrem letzten Verkauf in ihre Geldbörse, als jemand sie ansprach.

»Das hier gefällt mir. Haben Sie sich das ausgedacht, oder haben Sie eine echte Landschaft abgemalt?«

Ami drehte sich herum und sah sich einem breitschultrigen Mann gegenüber, der eines ihrer Landschaftsbilder bewunderte. Sein gebräuntes Gesicht war wettergegerbt, als würde er viel Zeit im Freien verbringen. Ami schätzte ihn auf etwa Mitte bis Ende Vierzig. Bekleidet war er mit Jeans, Mokassins und einem karierten, langärmeligem Flanellhemd. Sein langes Haar hatte er zu einem Pferdeschwanz zusammengebunden. Er trug einen struppigen Bart. Irgendwie erinnerte er Ami an die Hippies der Love-and-Peace-Generation der sechziger Jahre.

»Das da ist ein Wäldchen in der Nähe meines Hauses«, erwiderte Ami.

»Mir gefällt, wie Sie das Licht eingefangen haben.«

Ami lächelte. »Danke. Sie können sich nicht vorstellen, wie lange ich gebraucht habe, das richtig hinzukriegen.«

»Dan Morelli«, stellte er sich vor und streckte seine Hand aus. »Ich bin im Stand nebenan. Als ich die Menschenmassen gesehen habe, die bei Ihnen ein- und ausgingen, mußte ich einfach mal nachsehen, was all diese Aufregung auslöst.«

»Ami Vergano.« Sie schüttelte Morellis Hand, die groß und warm war und irgendwie beruhigend, genau wie sein Lächeln. »Was stellen Sie denn aus? Ich hatte soviel zu tun, daß ich noch nicht dazu gekommen bin, mich umzusehen.«

»Ich baue Möbel nach Maß. Schauen Sie doch bei Gelegenheit mal vorbei.«

»Das mache ich. Kommen Sie von hier? Ich habe Sie bisher noch nie auf unserer Messe gesehen.«

»Ich bin zum ersten Mal in Oregon«, erwiderte Morelli.

»Und wo ist Ihr Heimathafen?«

»Ich habe eigentlich keinen. Mein Vater war beim Militär. Wir sind ständig umgezogen. Eine Weile habe ich in Arizona gelebt, aber da ist es mir zu trocken. Ich mag Wälder und den Ozean.«

»Davon gibt es in Arizona wirklich nicht viel.«

»Nein. Jedenfalls hörte ich von der Messe und dachte, ich könnte vielleicht ein paar Aufträge an Land ziehen.«

»Und wie läuft's?«

»Ganz gut. Ein Besucher hat gerade ein Steuerberatungsbüro aufgemacht und einen Schreibtisch, Regale und andere

Kleinigkeiten in Auftrag gegeben. Das dürfte mich eine Weile beschäftigen. Jetzt muß ich nur noch einen Ort finden, wo ich wohnen und arbeiten kann.«

Ami zögerte. Sie wußte so gut wie nichts über Morelli, aber er wirkte sympathisch. Impulsiv traf sie eine Entscheidung.

»Ich vermiete eine kleine Wohnung über meiner Garage, und mein Atelier habe ich in einer Scheune hinter dem Haus. Für einen Schreiner ist da noch mehr als genug Platz. Es gibt sogar eine Werkbank und ein paar Werkzeuge. Bis vor kurzem hat dort ein Student gewohnt, aber er mußte wegen eines Krankheitsfalles das College früher verlassen. Deshalb steht die Wohnung jetzt leer.«

»Ich habe zwar mein eigenes Werkzeug, aber sonst hört sich das ganz gut an. Kann ich nach der Messe zu Ihnen herauskommen und mir alles ansehen?«

»Gern.«

»Wie hoch ist die Miete?«

Ami sagte es ihm, und Morelli lächelte schüchtern. »Das kann ich mir leisten.« Er trat aus Amis Stand und schaute zu seinem eigenen hinüber. »Sieht aus, als hätte ich Kunden. Ich sollte wohl schnell dafür sorgen, etwas zu verkaufen, wenn ich demnächst Miete zahlen muß.«

Ami lachte und winkte ihm zu. »Wir sehen uns gegen fünf.«

Seit ihr letzter Mieter gekündigt hatte, war ihre finanzielle Lage recht angespannt. Ein kleines Zusatzeinkommen konnte sie gut gebrauchen. Außerdem wäre es schön, einen anderen Künstler um sich zu haben. Morelli wirkte ganz nett, und sie hoffte, daß es funktionierte.

Ami Vergano schloß die Fliegentür so leise wie möglich und trat auf die Veranda hinaus. Von dort beobachtete sie, wie Daniel Morelli ihrem zehnjährigen Sohn beibrachte, einen Curveball richtig zu werfen. Sie spielten im Vorgarten unter einer uralten Eiche, die Ami Methusalem getauft hatte. Morelli hockte neben Ryan und korrigierte geduldig die Stellung der Finger des Jungen um die Nähte des Baseballs, der zusammen mit dem Handschuh der ganze Stolz ihres Sohnes war. Ryan runzelte vor Konzentration die Stirn, während er versuchte, den Ball richtig zu fassen. Er bemerkte nicht einmal, daß sich dieser perfekte Frühlingstag dem Ende neigte und es langsam dunkel wurde.

Morelli trug Jeans und ein schwarzes T-Shirt. Wenn er seinen Arm ausstreckte, spannten sich sein Bizeps und sein Unterarm wie ein Drahtseil. Für einen fast Fünfzigjährigen war Morelli in prächtiger Verfassung. Ami wußte, daß er morgens lange joggte, denn sie hatte ihn durchgeschwitzt in seine Wohnung gehen sehen, als sie zur Arbeit gefahren war. Einmal hatte sie auch einen Blick auf seinen nackten Oberkörper werfen können. Sein durchtrainierter Körper beeindruckte sie. Die langen Narben auf seinem Rücken und seinem Bauch allerdings hatten sie überrascht.

»Genau so«, sagte Morelli, und Ryan grinste vor Freude. Ihr Sohn liebte alles, was mit Baseball zu tun hatte. Seine ganze Leidenschaft galt den Spielen der Little League. Morelli war vor drei Wochen in die Wohnung über ihrer Garage gezogen, blieb jedoch ziemlich zurückgezogen. Ryan und er hatten aber sofort Freundschaft geschlossen, nachdem Ihr Sohn erfahren hatte, daß ihr neuer Untermieter früher auch Baseball gespielt hatte. Es gab keinen Mann in Amis Leben, und folglich stürzte sich Ryan auf jeden Erwachsenen, der sich für ihn interessierte. Ryan folgte ihrem Untermieter wie ein Hündchen, was Morelli offensichtlich nicht störte.

Ryan wirkte so ernsthaft, daß Ami unwillkürlich lächeln mußte. Sie wünschte sich, sie könnte diese Szene festhalten, aber ihre Pflicht als Mutter zwang sie dazu, den Spielverderber zu spielen.

»Zeit fürs Bett!« rief Ami, als die Sonne schließlich unterging.

»Kann ich nicht noch ein bißchen aufbleiben?« bettelte Ryan.

Morelli richtete sich auf und fuhr dem Jungen durchs Haar. »Wir arbeiten morgen an dem Curveball weiter. Versprochen.«

»Aber ich hätte es fast geschafft.«

»Stimmt, aber es ist jetzt schon zu dunkel, und der alte Mann hier wird müde. Also hör auf deine Mutter.«

»Okay.« Zögernd schlurfte Ryan die Treppe zur Veranda hoch und verschwand im Haus.

»Danke, daß Sie mit Ryan spielen«, sagte Ami. »Wenn er Ihnen zur Last fällt, sagen Sie es mir.«

»Er ist keine Last. Er paßt gut auf und gibt sich große Mühe.«

»Aber er kann sehr anstrengend sein. Ich weiß, wovon ich rede. Es ist schön, daß Sie soviel Zeit mit ihm verbringen, doch genieren Sie sich nicht, ihn ab und zu auch wegzuschikken.«

»Keine Sorge. Er ist ein guter Junge, und es macht Spaß, sich mit ihm zu beschäftigen.«

»Möchten Sie einen Kaffee?« erkundigte sich Ami. »Ich setze einen auf, sobald ich Ryan ins Bett gebracht habe.«

»Das klingt gut.«

»Ich hätte auch ein Stück Kuchen, wenn Sie mögen.«

»Danke, Kaffee genügt.«

»Dann setzen Sie sich. Ich komme raus, sobald Ryan schläft.«

Auf der Veranda standen mehrere Korbsessel. Morelli ließ sich in einen fallen und streckte die Beine aus. Es war ein milder Frühlingsabend, und er schloß die Augen. Er war fast eingeschlafen, als die Fliegentür aufklappte und Ami ihm einen Becher Kaffee reichte.

»Habe ich Sie geweckt?« scherzte sie.

»Ich wäre tatsächlich beinahe eingedöst. Es ist ein so schöner Abend.«

»Wie läuft die Arbeit?«

»Vor zwei Tagen habe ich den Schreibtisch geliefert. Mr. DeWitt war sehr zufrieden.«

»Gut. Vielleicht vermittelt er Ihnen ja noch mehr Aufträge.«

»Hat er schon. Der Immobilienmakler im Büro nebenan will, daß ich ihm auch so einen Schreibtisch für sein Arbeitszimmer baue.«

»Großartig.«

Sie saßen eine Weile schweigend da und nippten an ihrem Kaffee.

»Das Wetter ist perfekt«, meinte Ami schließlich.

»Den Frühling und Sommer in Oregon kann nichts und niemand toppen«, antwortete Morelli.

»Es ist auch eher der Winter, der mir zu schaffen macht. Aber hat man erst einmal Dezember, Januar und Februar überstanden, ist das Wetter erträglich.«

Ami hatte sich zu Morelli umgedreht, als sie sprach, und sah, wie ihm erneut die Augen zufielen. Sie lachte.

»Sieht aus, als hätte Ryan Sie geschafft.«

Morelli grinste. »Ich bin wirklich erledigt. Ich habe den ganzen Tag geschuftet.«

»Wenn Sie schlafen wollen, lassen Sie sich von mir davon abhalten.«

»Nein. Ich würde gern noch einen Moment hier sitzen bleiben. Ich bin meistens allein und genieße ein bißchen Gesellschaft.«

»Haben Sie jemals überlegt, sich irgendwo niederzulassen und ein Geschäft zu eröffnen? Ihre Möbel sind gut. Sie könnten sich sicher rasch einen festen Kundenstamm aufbauen.«

»Ich bin ein Herumtreiber, Ami. Ich werde schnell rastlos.«

Ami glaubte, einen Hauch von Traurigkeit in Morellis Stimme wahrzunehmen, als er ihr seine Wanderlust gestand. Sie stellte sich vor, wie einsam jemand sein mußte, der immerzu von Ort zu Ort zog. Dann erinnerte sie sich an die einsamen Männer, die den Westen erschlossen hatten, gerade weil sie die Weite und Einsamkeit liebten. Morelli war eine moderne Ausgabe von Waldläufern wie Jim Bridger und Joe Meek. Mit seinem langen Haar und seinem markanten, scharfen Gesicht sah er sogar so aus, wie sich Ami diese Pioniere des Westens vorstellte.

Morelli bedankte sich für den Kaffee und ging über den Rasen zu seiner Wohnung. Als Ami ihm nachsah, fiel ihr eine Bemerkung ein, die er gemacht hatte, als sie über das Wetter sprachen. Er hatte gesagt, der Frühling und Sommer in Oregon wären nicht zu toppen. Sie war sich ziemlich sicher, daß er bei ihrer ersten Begegnung auf der Kunsthandwerksmesse behauptet hatte, er wäre noch nie in diesem Staat gewesen.

2. KAPITEL

Washington, D. C. – Zwei Monate später

Vanessa Kohler hatte vor, das Interview mit Terri Warmouth in der *Cruise On Inn* zu führen, aber nicht, weil die sechsunddreißigjährige Speditionsangestellte behauptete, auf dem Parkplatz vor dem Restaurant entführt worden zu sein. Vanessa hatte sich für diese Kneipe entschieden, weil der Scotch hier billig war und sie rauchen konnte, ohne mißbilligende Blicke ihrer Kollegen zu riskieren.

Vanessa war eine trinkfeste, spindeldürre Kettenraucherin mit verfilztem blondem Haar und blaßblauen Augen. Die neunundvierzigjährige Reporterin pfiff auf ihr Aussehen und hüllte sich mit Vorliebe in ausgebeulte Jeans und weite Pullover, es sei denn, sie war beruflich unterwegs. Für diesen Termin hatte sie sich etwas zurechtgemacht. Über einem T-Shirt und einer engen Jeans trug sie eine schwarze Lederjacke.

Die Reporterin schaute auf ihre Armbanduhr. Es war fast neun, und Warmouth hatte versprochen, gegen halb neun in der Kneipe aufzutauchen. Vanessa beschloß, ihr noch einen Scotch Zeit zu geben, bevor sie nach Hause fuhr. Ihr Freund Sam Cutler war sowieso unterwegs, um über irgendein Rockkonzert zu berichten. Und in der Glotze lief auch nichts. Sie konnte sich Schlimmeres vorstellen, als in einer Umgebung zu trinken, die vorwiegend aus Rauch, lauter Countrymusik und grölenden Billardspielern bestand.

Ein kühler Luftzug verriet Vanessa, daß jemand die Tür der Kneipe geöffnet hatte. Sie blickte zum Eingang. Eine große Frau mit zu viel Make-up tauchte in das rotgrüne

Licht der Jukebox. Sie sah sich nervös um, bis Vanessa die Hand hob. Die Frau schob sich eilig zu ihrem Tisch durch.

»Vanessa Kohler vom *Exposed*«, stellte sich Vanessa vor und reichte Warmouth ihre Karte.

»Entschuldigen Sie die Verspätung«, bat Warmouth. Sie setzte sich und legte Vanessas Visitenkarte neben eine Bierlache. »Heute ist Larrys Bowlingabend, und seine Mitfahrgelegenheit hat sich verspätet.«

»Kein Problem«, erwiderte Vanessa.

»Er darf nicht wissen, daß ich ausgehe. Dann hätte er mich ausgefragt, wohin ich will und mit wem ich mich treffe. Ich hoffe nicht, daß er aus dem Bowlingcenter anruft. Wenn ich nicht zu Hause bin, wird er mich die ganze Nacht ausfragen.«

Vanessa schenkte der anderen Frau ein Lächeln, von dem sie hoffte, daß es weibliche Solidarität signalisierte. »Darf ich Ihnen ein Bier spendieren?«

»Klingt gut.«

Vanessa winkte der Kellnerin und bestellte. Sie wartete, bis die Frau wieder gegangen war. »Also, Terri, wollen Sie mir jetzt Ihre Geschichte erzählen?«

»Ja, klar«, antwortete die Frau, aber sie klang alles andere als zuversichtlich.

Vanessa legte ein Diktiergerät auf den Tisch. »Stört es Sie, wenn ich es aufnehme? Dann kann ich das, was Sie mir erzählen, genau berichten.« Sie verschwieg der Frau absichtlich, daß eine Tonbandaufnahme als stichhaltiger Beweis vor Gericht galt, falls einer dieser vielen Idioten auf die Idee kam, das Magazin zu verklagen.

Warmouth zögerte kurz. »Ja, klar.«

Vanessa drückte die Aufnahmetaste.

»Das kommt doch in Ihr Magazin, stimmt's? Mit meinem richtigen Namen und alles?« wollte Warmouth wissen.

»Worauf Sie sich verlassen können.«

»Das ist nämlich der einzige Weg, damit Larry es glaubt. Wenn es im *Exposed* steht. Er liest das Magazin jede Woche wie die Bibel. Er sagt immer, *Exposed* wäre die einzige Zeitung, der er vertrauen kann.«

»Wie schön, daß wir so treue Leser haben.«

»Deshalb habe ich Sie ja angerufen. Weil Larry so ein treuer Leser ist.«

»Klar. Also, wenn ich Sie richtig verstanden habe, sind Sie schwanger?«

Warmouth starrte auf die Tischplatte und nickte.

»Sie müssen etwas sagen, für die Aufnahme, Terri«, erinnerte Vanessa sie.

»Ach ja. Ja, ich ... ich bin ... schwanger.«

»Und das war eine ... Überraschung?«

Warmouth wurde rot. »Allerdings.« Sie sah hoch, ihr Blick bettelte um Verständnis. »Larry wird sofort wissen, daß es nicht von ihm ist. Wir haben es nach der Hochzeit wie verrückt probiert.« Warmouth zögerte. »Davon schreiben Sie doch nichts in dem Magazin?«

»Nicht, wenn Sie es nicht wollen.«

»Nein. Es würde ihn irgendwie schrecklich in Verlegenheit bringen.«

»Was?«

»Der Arzt hat uns gesagt, daß ich okay bin, aber Larrys Spermien schwimmen irgendwie nicht schnell genug. Ich hab nicht alles verstanden, aber er fühlte sich damals schrecklich, irgendwie unmännlich, verstehen Sie? Deshalb weiß er sofort, daß es nicht sein Kind ist.«

»Und wessen Kind ist es dann?«

»Eben das der Aliens.«

»Derjenigen, die Sie vom Parkplatz der *Cruise On Inn* entführt haben?«

»Ja.« Warmouths Stimme klang so kläglich, daß Vanessa sie in dem Lärm der Kneipe kaum verstehen konnte.

»Erzählen Sie mir, wie es passiert ist.«

»Ich war hier ...«

»Wann war das?«

»Auch an einem Abend, als Larry Bowling spielte.«

»Also wußte Larry nicht, daß sie ausgegangen sind?«

»Nein.«

»Waren Sie allein?« Vanessa beobachtete Warmouth bei dieser Frage scharf. Ihre Interviewpartnerin senkte den Kopf und lief dunkelrot an.

»Ja, ich war allein«, behauptete sie schließlich.

»Wieso waren Sie hier? Die *Cruise On Inn* ist ziemlich weit von ihrem Haus entfernt.«

»Es ist nicht weit von meiner Arbeit entfernt.«

»Sie waren also schon mal mit Kollegen von der Arbeit hier, stimmt's?«

»Mit einigen meiner Freundinnen«, antwortete sie etwas zu schnell.

»Aber an diesem Abend waren Sie allein hier?«

»Ja. Und es wurde spät. Deshalb mußte ich mich beeilen, damit ich zu Hause war, bevor Larry kam. Er mag nicht, wenn ich alleine ausgehe.«

»Ist Larry eifersüchtig?«

»Allerdings. Er behauptet immer, daß die Männer mich anstarren und ich sie ermutige, obwohl ich das gar nicht tue. Das ist zwar irgendwie schmeichelhaft, aber es kann einem auch ganz schön auf die Nerven gehen, wenn Sie verstehen, was ich meine.«

Vanessa nickte. »Gut, erzählen Sie mir jetzt von den Aliens.«

»Also, ich bin zu meinem Auto gegangen, das am Ende des Parkplatzes abgestellt war. Ich wollte gerade die Tür aufschließen, als ich dieses komische Summen hörte. Ich drehte mich um, und da war es.«

»Da war was?«

»Das Raumschiff. Es war sehr groß und rotierte und sah aus wie eine fliegende Untertasse, aber mit Lichtern.«

»Irgendwelche besonderen Lichter?«

»Grüne, glaube ich. Ich kann mich nicht mehr so genau erinnern, weil ich ziemlich erschüttert war. Es sah jedenfalls ganz so aus wie die Raumschiffe, über die Sie in Ihrem Magazin immer berichten. Also kam es vermutlich von demselben Planeten.«

»Was für ein Planet?«

»Das verraten Sie ja nie, aber einer der anderen Entführten aus Ihrem Magazin kannte den Namen des Planeten. Ich wette, mein Schiff kam auch daher, weil er ein ganz ähnliches Raumschiff beschrieben hat.«

»Was ist passiert, nachdem Sie das Raumschiff gesehen haben?«

»Von da an wird alles irgendwie undeutlich. Ich erinnere mich an einen Lichtstrahl, der vom Himmel gekommen ist, aber verschwimmt alles wie vor einer Operation, wenn man Ihnen diese Medikamente gibt.«

»Einige unserer Entführten haben gesagt, es ähnelte einem guten Drogenrausch.«

»Ja, so ähnlich war es. Sie wissen schon, als wenn man irgendwie schwebt. Genau so ging mir das. Ich erinnere mich aber noch daran, daß ich auf einer Art von Tisch festgeschnallt wurde und keine Kleider mehr anhatte. Und dann lag dieser ... Große auf mir.«

»Sie hatten Sex?«

»Ich weiß nicht, wie die das machen. Gespürt habe ich eigentlich nichts. Und dann bin ich auf dem Parkplatz wieder zu mir gekommen.«

»Nackt?«

»Nein. Diese Aliens müssen mir meine Kleider wieder angezogen haben.«

»Und das Schiff war nicht mehr da?«

»Sie müssen verschwunden sein, nachdem sie mich zur Erde zurück gebeamt haben.«

»Sie meinen, sie sind geflüchtet, bevor jemand sie sehen konnte?«

»Ja, sie sind geflüchtet«, wiederholte Terri leise und fing an zu weinen.

Vanessa schaltete das Diktiergerät aus, beugte sich über den Tisch und ergriff Warmouths Hand. »Larry wird Ihnen diese Story nicht abkaufen, Terri. Mir ist klar, daß Sie hoffen, er würde es glauben, weil er mein Magazin so schätzt, aber er wird es rauskriegen.«

Terris Schultern zuckten, und ihr liefen die Tränen über die Wangen.

»Wer ist der Vater? Ein Arbeitskollege?«

Warmouth nickte kurz. Sie hob ihr tränenüberströmtes Gesicht, und Vanessa fragte sich, ob sie jemals zuvor einen so kläglichen Ausdruck gesehen hatte.

»Aber er streitet ab, daß er der Vater ist«, stieß Warmouth zwischen heftigen Schluchzern hervor. »Er sagt, ich hätte herumgevögelt, oder es müßte von Larry sein.«

»Das klingt, als wäre er ein richtig nettes Herzchen«, bemerkte Vanessa.

Warmouth rieb sich die Augen. »Ich habe wirklich geglaubt, er wäre nett.«

»Also, Sie können nicht auf den Kerl zählen, und Ihrem Mann können Sie es auch nicht sagen.«

Warmouth nickte wieder.

»Und wenn Sie abtreiben?«

»Wie soll ich das bezahlen? Larry verwaltet unsere Konten. Wenn ich Geld von ihm haben wollte, müßte ich ihm erklären, wofür ich es brauche. Er würde sich Quittungen zeigen lassen, wenn ich einfach behauptete, ich hätte etwas gekauft.«

Vanessa nahm die Visitenkarte vom Tisch, die sie Terri Warmouth gegeben hatte, und schrieb einen Namen und eine Telefonnummer auf die Rückseite.

»Rufen Sie diese Ärztin an, Terri. Sagen Sie ihr, daß Sie ihren Namen von mir haben. Ich benachrichtige sie gleich als erstes morgen früh. Also rufen Sie bei ihr gegen zehn von Ihrer Arbeitsstelle aus an. Die Ärztin wird sich um Sie kümmern.«

»Aber das Geld ...?«

Vanessa drückte Terris Hand. »Machen Sie sich darüber keine Gedanken. Nehmen Sie diese Angelegenheit erst einmal in Angriff.«

»Ich möchte so gern ein Baby«, schluchzte Warmouth. »Ich weiß nicht, ob ich das schaffe.«

»Das liegt bei Ihnen. Niemand zwingt Sie dazu. Denken Sie darüber nach. Ich weiß, daß es eine schwere Entscheidung ist.« Vanessa machte eine Pause. »Sie könnten Larry auch verlassen. Sie trennen sich von ihm und bekommen Ihr Baby.«

Warmouth sah sie bestürzt an. »Ich könnte Larry niemals verlassen. Ich liebe ihn.«

»Würde er denn ein Kind akzeptieren, das nicht von ihm ist?«

»Nein, niemals! Er würde mich umbringen! Für ihn als Mann ist das sehr wichtig. Wenn er herauskriegt, daß ich ihn betrogen habe ... und dabei liebe ich ihn doch! Ich will ihn nicht verlassen.« Sie wirkte sichtlich gequält.

Vanessa stand auf. »Ich rufe meine Freundin morgen früh an. Alles weitere liegt dann bei Ihnen.« Sie legte das Geld für ihre Getränke auf den Tisch und steckte das Diktiergerät wieder in die Tasche. »Kommen Sie, verschwinden wir hier.« Vanessa lächelte. »Ich begleite Sie zu Ihrem Wagen. Damit die Aliens Sie nicht holen.«

Terri Warmouth war nicht nach Lächeln zumute. »Ich wünschte, sie würden es tun«, sagte sie.

Vanessa fuhr von der Kneipe in die Büros vom *Exposed*, um die Geschichte über eine gigantische Ratte zu Ende zu schreiben, die in Slums Babys stahl. Angeblich war die Ratte so groß wie ein deutscher Schäferhund. Patrick Gorman, der Boß der Zeitung, hatte sich diese Story bei der wöchentlichen Redaktionskonferenz ausgedacht und Vanessa dazu verdonnert, sie zu schreiben. Sie fand diese Idee geschmacklos und hatte vehement protestiert. Schließlich hatte sie Gorman die Zusage abgerungen, sie gegen Terri Warmouths Entführungsmärchen durch Aliens ersetzen zu dürfen. Daraus würde ja nun leider nichts werden.

Das Magazin residierte in zwei Stockwerken eines ausgebauten Lagerhauses mit Blick auf die Kuppel des Kapitols. Dieses Viertel von Washington schwankte zwischen Verfall und Vornehmheit. In denselben Blöcken lagen verlassene Gebäude und Lofts, Behausungen von Junkies und Obdachlosen und renovierte Reihenhäuser, die jungen, aufstrebenden Arbeitnehmern gehörten. Vanessa schloß die Haustür auf, sperrte sie hinter sich zu und ging an der Leserbriefredaktion vorbei. Als sie bei der Zeitung anfing, hatten deren Obszönitäten sie noch amüsiert. In den letzten Jahren waren die Beiträge jedoch so bizarr geworden, daß sie Vanessa schon fast pervers vorkamen.

Sie ging die Treppe zum ersten Stock hinauf und meldete sich beim Sicherheitsbeamten, der ihr sagte, daß niemand sonst in der Redaktion war. Das war Vanessa nur recht. Nach ihrem Treffen mit Terri Warmouth sehnte sie sich nach Ruhe. Die Frau hatte sie erschöpft. Bedürftige Menschen flößten Vanessa immer Unbehagen ein, eigentlich merkwürdig, angesichts ihres Berufs. Die Regenbogenpresse lebte von den exotischen und psychotischen Geschichten, die ihnen Leute erzählten, die Schwierigkeiten hatten, sich in der realen Welt zurechtzufinden. Die Menschen, die Vanessa interviewte, glaubten für gewöhnlich fest an eine andere Welt, in der so viel Merkwürdiges und Wundervolles passierte, daß sie in ihr den Ansprüchen ihrer realen und meist trostlosen Existenzen entfliehen konnten.

Vanessa tippte ihren Sicherheitscode ein und schloß mit ihrem Schlüssel die Tür zum zweiten Stock auf. Dort wurde gewöhnlich fleißig an der nächsten Ausgabe gearbeitet. Das Büro wirkte durch seine gewölbte Decke größer als es in Wirklichkeit war. Die Decke war in demselben Grau gestrichen wie die dicken Dachbalken. Vanessa brühte sich eine Tasse Instantkaffee auf, bevor sie die Neonbeleuchtung anschaltete. Sie beleuchtete die Verschläge, in denen die Reporter arbeiteten. Ihre Kabine lag auf der anderen Seite des Ganges neben einem deckenhohen Bücherregal, in dem Ausgaben des *Exposed* und anderer Exemplare der Boulevardpresse lagen. Daneben zwängten sich zwei schwarze Aktenschränke aus Metall und ein Schreibtisch, auf dem ihr Karteikasten und ihr Computerbildschirm standen.

Vanessa gehörte zu den wenigen Auserwählten, die an einem Fenster saßen, aber es war zu dunkel, als daß sie draußen etwas hätte erkennen können. Sie nippte an ihrem Kaffee und plagte sich mit der Geschichte ab. Gesellschaft leisteten ihr die nächtlichen Geräusche, die bis hinauf in die heiligen Hallen drangen, wo die Büttel des *Exposed* für wenig Lohn und keinerlei Prestige Frondienste leisteten. Das Gehalt, das die Zeitung Vanessa zahlte, war lächerlich, aber sie war auf das Geld nicht angewiesen. Was sie benötigte, war der Presseausweis und damit der Zugang zu Datenbanken, damit sie ihre eigentliche Recherche fortsetzen konnte.

Vanessa wohnte in einem Backsteinhaus im Nordwesten Washingtons. Die Gegend war schwer angesagt und voller Restaurants, Jazzclubs und Bars. Nachts machte eine lautstarke Meute von Collegestudenten die Gegend unsicher. Vanessa genoß diese chaotische Szenerie, und ihre Wohnung lag so weit von der Achtzehnten entfernt, daß der Lärm nicht zu aufdringlich wurde. Weit nach ein Uhr nachts öffnete sie die Tür ihrer Wohnung im vierten Stock des Hauses. Sie hätte sich zwar etwas Besseres leisten können, aber sie lebte schon seit Jahren hier. Ihre Nachbarn ließen sie in Ruhe, und sie hatte genug Platz für ihr Recherchematerial, das sie zum größten Teil im Gästezimmer untergebracht hatte. Allmählich jedoch nahmen die Unterlagen auch Teile des Wohnzimmers in Beschlag. Es handelte sich dabei um den Bericht der Warren-Kommission, Bücher, die ihn kritisierten, um Schriften über die Vertuschung der Rosewell-Geschichte und Magazine über verdeckte Operationen der CIA und dergleichen. Versprach ein Buch oder ein Artikel eine angebliche Verschwörung der Regierung aufzudecken besaß Vanessa es oder hatte es zumindest gelesen.

Sie schaltete das Licht an. Beim Anblick des Pakets mit

einem Absender aus New York sank ihr der Mut. Das Paket lag auf dem kleinen Tisch im Flur, auf dem Sam die Post deponierte. Vanessa nahm es mit ins Wohnzimmer. Sie knipste die Lampe neben dem Sofa an und setzte sich. Sie stellte das Paket auf die Magazine und alten Zeitungen, die sich auf dem Couchtisch stapelten. Eine Minute lang starrte sie das Paket an, bevor sie das braune Packpapier abriß. Zuoberst auf ihrem Manuskript lag ein Brief, der den Titel und die Versicherung verdeckte, daß sie die alleinige Autorin war. Vanessa zögerte, bevor sie den Brief nahm. Er war von dem Verleger des Parthenon-Verlages unterschrieben, der angeblich neuen Ideen offen gegenüberstand und keine Angst hatte, das Establishment zu provozieren. Der Verlag hatte bereits einige sehr umstrittene Enthüllungsgeschichten über Verschleierungsmanöver der Regierung veröffentlicht sowie ein Buch über einen Marinesoldaten, der Interna über ein Übungsmanöver verraten hatte, bei dem zwei Rekruten ums Leben gekommen waren.

Verehrte Miss Kohler,
ich habe Phantoms *mit großem Interesse gelesen.*
Leider habe ich mich entschieden, daß Ihr Buch nicht für Parthenon Press geeignet ist. Ich wünsche Ihnen alles Gute dabei, Ihr Manuskript woanders unterzbringen.

Hochachtungsvoll
Walter Randolph

Vanessa kniff die Augen zusammen. Am liebsten hätte sie das Manuskript durchs Zimmer geworfen oder etwas zertrümmert. Sie hielt ihre Wut mühsam im Zaum und versuchte, sich abzuregen. Irgendwas stimmte hier nicht. Es konnte natürlich daran liegen, daß sie beim *Exposed* arbeitete und nicht bei der *New York Times.* Doch keine seriöse Zeitung würde jemanden mit ihrer Geschichte einstellen, also blieb ihr diese Seriosität verschlossen. Dennoch war Vanessa davon überzeugt, daß hier weit finsterere Mächte am Werke waren.

Außerdem verstand sie etwas von Recherche und hatte Walter Randolphs geheime Privatnummer herausgefunden. Sie hatte den Verleger überprüft, als sie überlegt hatte, wem sie ihr Manuskript schicken sollte. Vanessa wählte die Nummer in Connecticut und wartete, während das Telefon mehrmals läutete.

»Hallo?« Die Stimme klang verschlafen.

»Walter Randolph?«

»Wer ist da?«

»Vanessa Kohler.«

»Wer?«

»*Phantoms.* Sie haben das Manuskript gerade abgelehnt.«

»Es ist halb zwei Uhr morgens, Miss Kohler«, erwiderte Randolph, der sich deutlich bemühen mußte, höflich zu bleiben. »Würden Sie mich bitte im Büro anrufen?«

»Wer hat Sie unter Druck gesetzt?«

»Um diese Uhrzeit diskutiere ich so etwas nicht.«

»War es mein Vater? Hat Sie jemand von der Regierung aufgesucht? Wurden Sie bedroht oder vielleicht bestochen?«

»Ich habe Ihr Manuskript abgelehnt, weil Ihre Behauptungen nicht ausreichend belegt sind, Miss Kohler. Hinter meiner Entscheidung steckt keine Verschwörung.«

»Sie erwarten doch wohl nicht, daß ich Ihnen das glaube?«

Vanessa hörte einen Seufzer am anderen Ende. »Ich weiß nicht, wie Sie an diese Nummer gekommen sind, aber ein Anruf um diese Uhrzeit ist eine Verletzung meiner Privatsphäre. Ich werde das Gespräch gleich beenden, aber da Sie ja unbedingt die Gründe wissen wollen, werde ich sie Ihnen nennen. Sie haben nicht nur versäumt, Ihre dramatischen Behauptungen zu verifizieren. Darüber hinaus dürfte vor allem Ihre Vergangenheit verhindern, daß irgendein Verleger Ihnen auch nur die geringste Glaubwürdigkeit einräumt.«

»Meine Vergangenheit?«

»Ihre Krankengeschichte, Miss Kohler. Und jetzt muß ich

auflegen. Ich hatte einen harten Tag und brauche meinen Schlaf.«

»Wer hat Ihnen verraten, daß ich in der Psychiatrie war?«

Die Leitung war jedoch bereits tot. Vanessa legte auf, wählte die Nummer erneut und hörte das Besetztzeichen. Sie wollte schon den Telefonapparat an die Wand schleudern, als die Haustür aufging und Sam Cutler hereinkam. Er hatte die Tasche mit seiner Kameraausrüstung geschultert, trug eine Jeans und unter seiner Windjacke ein schwarzes T-Shirt.

Vanessa war etwa ein Meter siebzig groß. Sam war ein wenig größer und kräftig, während Vanessa eher dürr war. Außerdem war er ein paar Jahre älter als Vanessa, und sein graumeliertes, braunes Haar lichtete sich über der Stirn bereits.

Sam blieb wie angewurzelt stehen, und Vanessa erstarrte mitten in der Bewegung, den Arm erhoben, das Telefon nur Sekunden von seiner totalen Zerstörung entfernt. Sams Blick fiel auf das Manuskript auf dem Couchtisch.

»Eine Ablehnung, was? Ich wollte das Paket eigentlich verstecken, aber dann klingelte das Telefon, und ich habe es vergessen.«

Vanessa ließ den Arm mit dem Telefonapparat fallen. »Jemand hat den Verleger unter Druck gesetzt. Davon bin ich fest überzeugt.«

»Woher willst du das wissen?« Sam achtete darauf, daß seine Stimme neutral klang. Schon der leiseste Unterton von Zweifel bei diesem Thema konnte einen unkontrollierten Wutanfall bei Vanessa auslösen.

»Er wußte, daß ich in der Psychiatrie war! Wie hat er das mit dem Sanatorium herausgefunden, wenn ich es ihm gar nicht erzählt habe?«

Sam ging durch das Zimmer. Er hütete sich, Vanessa anzufassen, aber er hoffte, daß sie sich beruhigte, wenn er sich dicht neben sie stellte.

»Vielleicht stand ja was in den Zeitungen«, meinte er.

»Dein Vater ist im Moment auf allen Titelseiten. Vielleicht hat man auch etwas über seine Familie geschrieben.«

Vanessa schüttelte vehement den Kopf. »Sie wollen mich in Verruf bringen. Nie im Leben würden sie zulassen, daß dieses Manuskript erscheint.«

»Wer ist sie?« fragte Sam, obwohl er wußte, daß er sich auf dünnes Eis wagte.

»Mein Vater, das Militär, die CIA. Glaubst du etwa, daß nicht alle darin verwickelt waren? Wenn die Wahrheit ans Licht kommt, erscheint Watergate dagegen wie ein Kaffeekränzchen. Sie können nicht riskieren, daß die Öffentlichkeit jemals auch nur einen Hauch von dem erfährt, was ich weiß.«

Diese Gespräche kannte Sam zur Genüge. »Wenn das stimmt – warum hat dann noch niemand versucht, dich zu töten?« fragte er ruhig. »Warum hat niemand dein Manuskript gestohlen? Du hast nie ein Geheimnis daraus gemacht, was du vorhast. Alle wissen von deinem Buch. Du hast sogar versucht, diesen Kerl bei der CIA zu interviewen, und nichts ist passiert.«

Vanessa warf Sam einen finsteren Blick zu. »Du verstehst nicht, wie sie vorgehen. Sie könnten das Manuskript zwar stehlen, aber sie wissen, daß ich das Buch einfach noch mal schreiben würde. Außerdem hat meine Anwältin eine Kopie. Würden sie mich umbringen, wüßte jeder sofort, daß ich die Wahrheit gesagt habe.«

»Wer sind alle? Vanessa, ich respektiere wirklich, was du da versuchst, und mir ist auch klar, daß du dich im Recht fühlst. Aber die meisten Menschen, die diese Geschichte hören … Na ja, sie glauben sie einfach nicht. Die CIA könnte mit Leichtigkeit dafür sorgen, daß dein Tod wie ein Unfall aussieht, wenn sie es darauf anlegen. Niemand würde auch nur den geringsten Verdacht schöpfen, daß du ermordet worden bist, um dein Buch zu verhindern. Die Leute würden glauben, du wärst das Opfer eines willkürlichen Mordes oder hättest einen Herzanfall bekommen oder etwas Ähnliches.«

Vanessa ließ sich auf das Sofa fallen. »Du hast recht«, lenkte sie ein. Sie klang erschöpft. »Und Randolph hat auch recht.« Sie schloß die Augen und legte ihren Kopf in den Nacken. »Ich bin eine ehemalige Psychiatriepatientin und habe nicht den geringsten Beweis dafür, daß diese Einheit jemals existierte. Es gab ohnehin nie viele Beweise, weißt du? Nur ein paar Seiten, und selbst die sind verschwunden.«

»Du siehst vollkommen fertig aus. Gehen wir schlafen! Morgen früh denkst du klarer. Du wirst herausfinden, was du tun mußt, wenn du dich erholt hast.«

»Er wird gewinnen, Sam. Er gewinnt immer, und das wird er auch diesmal. Ich kann ihn nicht aufhalten. Das konnte ich noch nie. Keiner kann das.«

Vanessa ballte die Fäuste und riß die Augen auf. Ihr Blick kochte vor Wut. »Weißt du, wie mein Vater sich seine ersten Sporen bei den Geheimdiensten verdient hat?«

»Nein.«

»Daddy wurde sehr rasch befördert, und zwar seit Anfang 1964, kurz nach dem Attentat auf Kennedy.«

Sam sah sie fassungslos an. »Du glaubst doch nicht ...?«

»Ich glaube, daß meine Mutter es wußte. Außerdem glaube ich, daß er sie deshalb umgebracht hat. Er wollte verhindern, daß sie jemals die Wahrheit über das erzählte, was damals in Dallas passiert ist.«

»Hat deine Mutter dir gesagt, sie glaube, dein Vater hätte ...?« Sam brachte den Satz nicht zu Ende.

»Am Todestag von Kennedy war sie immer sehr aufgewühlt. Wenn ich wissen wollte, was sie habe, weigerte sie sich, es mir zu sagen. Und sie schien eine Todesangst zu bekommen, wenn ich die Frage in Gegenwart meines Vaters stellte.«

»Ach, Vanessa.« Sam ließ sich neben sie auf das Sofa fallen und legte ihr den Arm um die Schultern. »Du redest dir da etwas ein. Und du denkst nicht klar.«

Vanessas Wut verrauchte ebenso rasch, wie sie gekommen war. Sie legte ihren Kopf auf Sams Schulter und begann zu weinen.

»Ich hasse ihn, Sam. Ich wünschte, er wäre tot.«

3. KAPITEL

Ami Vergano nahm sich ihre Handtasche und schloß die Haustür ab. Ryan stopfte den Baseball in seinen Handschuh und lief zu ihrem Kombi voraus. Ami blieb mit der Hand auf dem Türknauf stehen, als sie überlegte, ob sie das Licht im Wohnzimmer ausgeschaltet hatte. Dann fiel ihr der Beutel mit Ryans Essen ein. Sie schloß die Tür wieder auf und lief in die Küche.

»Wir kommen zu spät, Mom!« rief Ryan besorgt. Das wußte Ami bereits. Sie trug immer noch den blauen Hosenanzug und die graublaue Bluse, die sie auf der Arbeit getragen hatte, weil sie keine Zeit gehabt hatte, sich umzuziehen. Ein Klient hatte sie endlos am Telefon festgehalten, und sie war wie eine Verrückte nach Hause gerast, um Ryan noch rechtzeitig zu seinem Baseballspiel zu bringen. Der Job einer berufstätigen, alleinerziehenden Mutter war nicht leicht. Ryan entschädigte sie jedoch für all die Hetzerei und den Streß. Jedesmal, wenn sie anfing, sich zu bemitleiden, schaute Ami ihren Sohn an, und ihr wurde wieder bewußt, wie viel Glück sie gehabt hatte, trotz allem, was passiert war.

Nach ihrem Juraexamen hätte sich Ami niemals träumen lassen, daß sie jemals in so eine schwierige Lage kommen würde. Sie war mit Chad Vergano verheiratet, der Liebe ihres Lebens, und gerade von einer kleinen Kanzlei in Portland eingestellt worden. Als Ryan geboren wurde, sah ihre Zukunft rosig aus. Doch das Leben versteht es, böse Streiche zu spielen. Als Ryan fünf war, starb Chad bei einem Motorradunfall. Sie hatten nur eine kleine Lebensversicherung abgeschlossen, und weder ihre noch seine Eltern waren finanziell sonderlich gut gestellt. Also mußte Ami von ihrem kleinen Gehalt bei der Kanzlei leben. Wenig später wurde die Kanzlei aufgelöst. Ami fand wegen der angespannten Wirtschaftslage keinen Job in einer neuen Kanzlei und war gezwungen, sich selbständig zu machen. Gute Freunde vermittelten ihr ab und zu Fälle, so daß sie sich allmählich einen Stamm von Klienten aufbauen konnte. Als alleinerziehende Mutter konnte sie jedoch nur selten Mandanten oder Fälle annehmen, die zuviel von ihrer Zeit in Beschlag nahmen. Deshalb mußte sie mit einem schmalen Budget haushalten und beten, daß sie niemals ernstlich krank wurde.

Ami stieg in den Wagen. »Fahr endlich los!« rief Ryan ungeduldig, während sie den Sicherheitsgurt anlegte. Daniel Morelli sprang auf den Rücksitz. Eigentlich hätte der Erwachsene neben Ami sitzen sollen, aber Daniel war ein gutmütiger, einfühlsamer Mensch. Er wußte, wie gern Ryan vorn saß und tat, als wäre er der Mann im Haus.

Das Baseballspiel fand auf dem Spielfeld hinter der örtlichen Middleschool statt. Sie trafen drei Minuten vor Spielbeginn ein. Ryan stürzte aus dem Wagen und rannte zu seinen Mannschaftskameraden, die sich um Ben Branton scharten. Bens Sohn spielte auf der dritten Base, und sein Familienunternehmen, *Branton Cleaners*, sponserte die Mannschaft.

Morelli sah, wie Ami ihren Sohn beobachtete und lächelte. »Er ist ein richtiger Wildfang.«

Ami erwiderte sein Lächeln. »So schlimm ist er gar nicht. Er ist einfach nur so aufgeregt.«

Ben Branton sah Morelli und winkte ihn zu sich. Die beiden Männer hatten sich bei Ryans letztem Spiel kennengelernt.

»Dan, können Sie mir einen Gefallen tun? Normalerweise hilft mir Rick Stein aus, aber sein Andy ist krank, deshalb kommt er heute nicht. Könnten Sie heute als mein Assistenztrainer einspringen?«

»Kein Problem. Was soll ich tun?«

Brandon reichte Morelli einen Plan auf einem Klemmbrett und einen Kugelschreiber. Er erklärte Morelli gerade seine Aufgabe, als der Schiedsrichter die Trainer auf das Spielfeld rief. Ami setzte sich zwischen zwei andere Mütter.

Ryans Mannschaft gelang im zweiten Inning ein Homerun. Zwei Innings später glich das andere Team aus. Ami jubelte wie die meisten anderen Eltern, als Ryan ein guter Schlag gelang. Die einzige Ausnahme bildetet Barney Lutz. Lutz war ein schwerer Mann mit einem Bierbauch und breiten Schultern, die er seiner Arbeit auf dem Bau verdankte. Sein schwarzer Bart und seine finstere Miene schüchterten Ryan ein. Barneys Sohn Tony war ebenfalls ein ziemlich Brocken und niemand mochte ihn oder seinen Vater. Sie waren Rowdys und schlechte Verlierer. Ben Branton mußte ständig Tonys Attacken gegen seine Gegenspieler und sogar seine eigenen Mannschaftskameraden unterbinden. Bei Spielen stand Barney meistens hinter dem Backstop, verhöhnte die gegnerische Mannschaft oder kommandierte Tony und seine Mitspieler herum. Ben Brantons Versuche, Barney zu mäßigen, verhallten häufig ungehört.

Der Ärger begann im fünften Inning, als Tony eine Base eroberte und versuchte, eine zweite zu erlaufen. Ben befahl Tony, auf der ersten Base zu bleiben, aber sein Vater blaffte ihn an, er solle es versuchen. Tony war fett und viel zu langsam. Der rechte Feldspieler warf den Ball zum zweiten Basemann, der alle Zeit der Welt hatte, den Wurf zu fangen. Tony sah, daß er beim zweiten Base rausgeworfen werden würde und wußte, daß er es auch nicht mehr rechtzeitig zum ersten zurück schaffen würde. Frustriert wurde er kurz vor der zweiten Base langsamer. Als der zweite Basemann versuchte, ihn abzuschlagen, streckte Tony beide Hände aus. Der Junge war gerade halb so groß wie Tony, und der Stoß schleuderte ihn auf den Rücken. Der Schiedsrichter und beide Trainer liefen auf das Spielfeld, um nachzusehen, ob der Junge verletzt war. Das Kind weinte zwar, aber mehr vor Schreck denn vor Schmerzen. Während sich sein Trainer um den Jungen kümmerte, nahm Ben Tony beiseite und schimpfte ihn aus.

Zwei Polizisten beobachteten das Spiel. Ami hatte gesehen, daß einer von ihnen den Werfer der gegnerischen Mannschaft angefeuert hatte, und vermutete, daß er der Vater des Jungen war. Die Beamten schlenderten zum Rand des Innenfelds, während Barney Lutz zu Ben stampfte. Morelli stand ein Stück abseits und sah gelassen zu.

»Das war einfach schrecklich!« sagte Ben Branton zu Tony, als Barney Lutz neben ihm auftauchte. Ben sah ihn über Tony hinweg an.

»Ich lasse Tony heute nicht mehr spielen«, erklärte er, »und nächste Woche wird er auch nicht aufgestellt.«

»Unfug! Mein Junge spielt einfach nur aggressiven Baseball. Der zweite Basemann hat unfair blockiert.«

Ben Branton war ein schlanker, intellektuell wirkender Mann, der gut zehn Zentimeter kleiner war als Barney Lutz, aber er ließ sich nicht einschüchtern.

»Ich nehme Tony raus.«

»Nein, das machst du nicht!«

»Das muß ich, Barney. Er sucht immer nur Streit. Damit gibt er den anderen Kindern ein sehr schlechtes Beispiel.«

»Hör zu, mein Junge hat einfach nur mehr Mumm als andere. Wenn diese verwöhnten Gören genauso hart spielen würden wie Tony, würden wir auch mal ein paar Spiele gewinnen.«

»He!« mischte sich Morelli ein. »Könnten Sie sich vielleicht ein bißchen zurückhalten? Hier sind Kinder!«

Barney Lutz starrte Morelli böse an. »Mit dir rede ich gar nicht, also verpiß dich!«

»Barney«, fuhr Branton fort, »ich muß Tony für den Rest des Jahres herausnehmen, wenn du nicht aufhörst.«

»Du nimmst gar keinen raus, du Tunte! Ab heute bin ich der Coach. Also mach dich vom Acker!«

Lutz drehte sich zu Morelli herum. »Gib das her!« blaffte er und griff nach dem Klemmbrett. Ben packte Lutz am Unterarm. Der vierschrötige Mann riß sich los und holte aus, um den Trainer zu schlagen. Branton wich vor dem drohenden Schlag zurück und stolperte dabei über seine Füße. Als der Trainer zu Boden ging, schlug Morelli mit dem Rand des Klemmbrettes zu und zertrümmerte Lutz das Handgelenk. Der Mann wurde kreidebleich vor Schmerz und schwang seinen Kopf zu Morelli herum. Dabei entblößte er seinen fleischigen Hals. Eine Sekunde rammte Morelli ihm den Kugelschreiber in den Hals. Der Hüne riß die Augen weit auf, seine Hände zuckten hoch, und dann stürzte er wie ein Sack zu Boden. Ben Branton sah entsetzt zu, wie sich Lutz gurgelnd vor ihm auf dem Boden wand.

Die Polizisten waren auf das Spielfeld gestürmt, als Lutz zu seinem Schlag ausholte. Noch während der stämmige Mann zu Boden ging, umklammerte einer der Beamten Morelli. Ami sah, wie der Polizist unmittelbar darauf durch die Luft flog. Eine Staubwolke stieg auf, als er mit der Schulter voran im Dreck landete. Morelli kauerte sich hin, spitzte seine Hand zu einem Speer und zielte mit den Fingerspitzen auf den hilflosen Beamten. Der zweite Polizist zog seine Waffe und feuerte. Morelli richtete sich halb auf und wirbelte herum. Der Beamte feuerte noch einmal, und Morelli sackte zusammen. Um Ami herum herrschte fassungsloses Entsetzen. Die Zuschauer schrien durcheinander. Ami hörte jedoch nur, wie ihr Sohn »Dan!« brüllte, während er zu seinem gefallenen Helden rannte.

Ben Branton hatte sich nicht gerührt, seit Morelli dem wütenden Barney Lutz den Kugelschreiber in den Hals gerammt hatte, und er hatte auch nicht reagiert, als der von dem Beamten niedergeschossen worden war. Ryans Schreie rissen ihn aus seiner Trance. Der Polizist hörte die Schritte des Jungen und wirbelte mit der Waffe im Anschlag herum. »Nein!« schrie Ben, als er sah, wie der Beamte die Mündung seiner Waffe auf Amis Sohn richtete. Beide, der Polizist und Ryan, erstarrten mitten in der Bewegung. Ben lief zu Ryan und nahm ihn in seine Arme.

Der Polizist mit der Waffe wirkte genauso benommen wie alle anderen Zuschauer. Auf der Tribüne riefen entsetzte Eltern mit ihren Handys die Polizei. Eine Mutter und ein Vater stürmten auf das Spielfeld. Sie erklärten dem Polizisten, sie seien Ärzte. Der Beamte, der versucht hatte, Morelli festzuhalten, verzerrte das Gesicht vor Schmerz. Sein Schlüsselbein war gebrochen, doch er winkte die Ärzte weg und befahl ihnen, sich um Lutz und Morelli zu kümmern.

Ami nahm Ben ihren Sohn aus den Armen, aber Ryan hatte nur Augen für Morelli. Um dessen Wunden hatten sich kleine Lachen aus Blut gebildet. Ami versuchte Ryan diesen furchtbaren Anblick zu ersparen und führte ihn langsam vom Spielfeld.

»Ma'am!« Der Beamte, der geschossen hatte, hielt sie auf. Ami blieb stehen. Er deutete auf Morelli.

»Kennen Sie diesen Mann?«

»Ja. Er ist mein Untermieter. Er hat dem Trainer geholfen.«

»Es ist in Ordnung, wenn Sie Ihren Sohn hier wegschaffen, aber ich muß Sie bitten, in der Nähe zu bleiben. Die Detectives werden Ihnen sicher ein paar Fragen stellen wollen.«

Ami nickte und führte Ryan benommen vom Spielfeld. Daniel Morelli wohnte seit zwei Monaten in ihrem Haus. Sie hatte ihn für einen ruhigen, freundlichen Menschen gehalten. Sie konnte einfach nicht glauben, daß sie sich so gründlich geirrt hatte.

4. KAPITEL

»Das ist die beste Riesenratten-Story, die ich gelesen habe, seit dem Artikel im *Enquirer* über diesen prähistorischen Nager, der diese Insel in der Nähe von Borneo terrorisiert hat.«

Es war fast siebzehn Uhr. Patrick Gorman stand mit einem breiten Grinsen neben Vanessas Schreibtisch. Gorman war fett und hatte den geröteten Teint eines Alkoholikers. Normalerweise machte es Spaß, für ihn zu arbeiten, weil er weder sich noch sein Blatt sonderlich ernst nahm. Allerdings konnte er auch sehr fordernd sein. Für Gorman waren UFOs und das Ungeheuer von Loch Ness Gebrauchsartikel, so wie Turnschuhe von Nike.

»Steck's dir irgendwohin, Pat«, erwiderte Vanessa und funkelte ihren Chef böse an. »Dafür schuldest du mir was.«

Gorman lachte. »Du hättest ja diese Entführung durch Außerirdische durchziehen können.«

Vanessa wandte den Blick ab. »Das ging nicht.«

Gorman bemerkte ihren Stimmungsumschwung, aber er enthielt sich jedes Kommentars. Er respektierte seine beste Reporterin und würde sich hüten, sie zu fragen, was passiert war, wenn sie es ihm nicht freiwillig erzählen wollte. Gorman wußte, daß er von Glück reden konnte, eine so talentierte Schreiberin wie Vanessa an Bord zu haben. Die meisten Reporter mit ihrer Intelligenz und Fähigkeit flüchteten zu angeseheneren Zeitschriften, sobald sie eine Chance bekamen. Obwohl er die Gründe kannte, die ihr das verwehrten, verwendete er es nie gegen sie.

»Ich habe da vielleicht was für dich«, erklärte Gorman. »Bei einem Baseballspiel der Little League in Oregon gab es eine Schlägerei. Ein Trainer hat einen Cop aufs Kreuz gelegt, und ein anderer Beamter hat ihn niedergeschossen.«

»Du machst wohl Witze!«

»Dabei ist das nicht mal das Beste. Der Trainer, der abgeknallt wurde, hätte beinahe den Vater eines der Kinder umgebracht. Er hat ihm einen Kugelschreiber in den Hals gerammt.«

Vanessa war fassungslos. »Bist du sicher, daß das bei einem Basespiel von Kindern passiert ist? Es klingt eher nach professionellem Wrestling.«

»Ich habe einen Bericht im Radio gehört. Geh der Sache nach und sag mir, ob deiner Meinung nach etwas für uns dabei rausspringt. Anscheinend hat die ganze Sache viel mit Leistungsdruck zu tun. Mütter und Väter, die wollen, daß ihre Kinder schon kleine Stars beim Baseball sind.«

Gorman verschwand, aber seine Worte hingen Vanessa nach. Eltern, die sich durch ihre Kinder verwirklichen wollen. Dieses Problem hatte ich mit meinen Eltern nicht, dachte sie bitter. Charlotte Kohler hatte keine Chance gehabt, ihre Tochter aufwachsen zu sehen. Sie war gestorben, ermordet, als Vanessa dreizehn gewesen war. Allerdings war Vanessa die einzige gewesen, die ihren Vater öffentlich des Mordes bezichtigt hatte.

Und ihr Vater brauchte sie nicht, um sich zu verwirklichen. Er hatte seine eigenen Pläne und nie viel Interesse an ihr gezeigt – außer, als er ihr Leben zerstört hatte. Da allerdings war er sehr auf sie konzentriert gewesen.

Vanessa drehte sich zu ihrem Computer herum und rief die Geschichte über dieses ominöse Baseballspiel im Internet auf. Nachdem sie einige Berichte überflogen hatte, kam sie zu dem Schluß, daß Gorman keineswegs übertrieben hatte. Jemand hatte einem herrischen Vater einen Kugelschreiber in den Hals gerammt, aber der Notarzt hatte ihn durch sein schnelles Eingreifen retten können. Einer der Polizisten hatte ein gebrochenes Schlüsselbein, und der Assistenztrainer lag mit zwei Schußwunden im Krankenhaus.

Um zwanzig Uhr fuhr Vanessa ihren Computer herunter und rief Sam an.

»*Der Lächelnde Buddha*?« schlug Vanessa vor. Das Restaurant lag zwei Blocks von den Büros des Magazins entfernt.

»Einverstanden. In zehn Minuten in der Lobby, okay?«

Vanessa ging zu Fuß ins Erdgeschoß. Als praktizierende Paranoide kontrollierte sie sorgfältig die Straße, während sie neben der Eingangstür wartete. In einem Torweg gegenüber unterhielten sich zwei Männer. Sie wirkten zwar nicht bedrohlich, aber Vanessa traute niemandem. In ihrer großen Handtasche befand sich neben ihren Schminkutensilien, dem Adreßbuch und Taschentüchern eine nicht registrierte Magnum, die mit Hohlmantelgeschossen geladen war. Ihr Vater hatte sie schon von jungen Jahren an im Umgang mit Waffen unterwiesen. Sie hatte einheimisches Wild gejagt und als Teenager bei einer Safari in Afrika sogar Großwild zur Strecke gebracht. Dieses Zusammengehörigkeitsgefühl war zwar nach dem Tod ihrer Mutter abrupt abgebrochen, aber ihre Geschicklichkeit mit Waffen war ihr geblieben.

»Wie fand Gorman denn diese Rattengeschichte?« erkundigte sich Sam, als sie zum Restaurant gingen.

»Er war begeistert. Was für ein Wichser! Aber er hat mich auf eine interessante Geschichte angesetzt. Zur Abwechslung mal eine wahre Geschichte.« Vanessa erzählte ihn beim Gehen von dem »Little-League-Massaker«, wie der Vorfall in der Presse genannt wurde.

»In Oregon ist es zu dieser Jahreszeit ganz hübsch«, meinte Sam. »Versuch doch, ihm eine Reise dorthin aus dem Kreuz zu leiern. Vielleicht kannst du ihn ja bitten, dir einen Fotografen an die Seite zu stellen.«

»Das klingt verlockend«, meinte Vanessa, als sie an einer Boutique vorbeigingen. Sie blieb kurz stehen und tat, als betrachte sie die Auslage. In Wirklichkeit überprüfte sie die gegenüberliegende Straßenseite. Die beiden Männer aus dem Torweg hielten sich einen halben Block hinter ihnen. Der eine war groß, der andere klein und untersetzt. Beide trugen Windjacken und Jeans. Vanessas Herz pochte heftig, aber sie sagte kein Wort zu Sam. Er tolerierte zwar ihre paranoiden Phantasien, aber er ermunterte sie nie.

Eine Stunde später lasen sich Vanessa und Sam ihre Zukunft vor – zumindest die Beschreibung, die sie in einem Glückskeks gefunden hatten. Sam erwartete ein Haufen Geld; Vanessa sollte sich vor Fremden hüten. Es war schon nach neun, und die Luft roch nach Regen, als sie das Restaurant verließen. Sie waren mit ihren eigenen Autos zur Arbeit gefahren, und kamen zuerst zu Sams Wagen. Sam küßte Vanessa auf die Wange. »Bis gleich, zu Hause.«

Vanessa hielt Ausschau nach den beiden Männern, die vor ihrem Büro auf sie gewartet hatten, aber die Straßen rund um das Gebäude, in dem der *Exposed* saß, waren menschenleer. Eine Zeitungsseite flatterte über die Straße. Hinter dem Zaun stand die Ruine eines verlassenen Lagerhauses, in dem irgendwann die Traumlofts von aufstrebenden Pärchen entstehen würden. Vanessa glaubte, eine Bewegung in einem Haus wahrzunehmen, und hastete zu ihrem Wagen.

Auf der anderen Straßenseite stand ein Mann in einem dunklen Torweg. Er trug ein Kapuzen-Shirt und sah wie ein Obdachloser aus. Die Leute, die Beschattungen durchführten, trugen oft solche Verkleidungen. Vanessa verriegelte die Türen, sobald sie im Wagen saß. Im nächsten Moment drückte jemand sein Gesicht gegen die Beifahrerscheibe. Vanessa griff, ohne nachzudenken, in ihre Handtasche. Sie sah ungepflegtes, rotes Haar und unrasierte Wangen. Der Mann starrte sie aus blutunterlaufenen Augen an und klopfte an die Scheibe. Vanessa zog die Magnum heraus. Furchtsam sprang der Mann zurück. Vanessa ließ den Wagen an, gab Vollgas und fuhr mit durchdrehenden Reifen los. Hastig bog sie in eine Seitenstraße ein, raste weiter und brachte schließlich einen Block zwischen sich und das verfallene Gebäude. Kurz bevor sie wieder abbog, warf sie einen Blick in den Rückspiegel. Der Mann stand immer noch auf der Straße und sah ihr nach.

Vanessa fuhr ziellos durch die Stadt, bis sie überzeugt war, daß ihr niemand folgte. Ihr Adrenalin ebbte langsam ab, als sie auf einen dunklen Parkplatz einbog und anhielt. Ihr zitterten die Hände. Wer hatte ihr den Mann auf den Hals gehetzt? War er überhaupt hinter ihr her gewesen? Sie war schon öfter von Pennern angesprochen worden. Wenn man im *Exposed*-Gebäude arbeitete, konnte einem das häufiger passieren. Hatte sie vielleicht überreagiert? Und die beiden Männer, die ihr und Sam zu dem Restaurant gefolgt waren? Vielleicht waren die ja auch ganz harmlos gewesen. Und wenn nicht? Wenn sie Beobachter gewesen waren, die den Mann in dem Kapuzen-Shirt über Vanessas Aufenthaltsort informieren sollten? Sollten diese drei Männer tatsächlich zusammenarbeiten, konnten noch mehr auftauchen.

Sam! Sie mußte ihn warnen, bevor er in der Wohnung eintraf. Vielleicht warteten sie dort schon auf sie. Sie zog ihr Handy heraus. Wenn Sam etwas passierte ... Sie wählte Sams Handynummer. Es war abgeschaltet. Er würde in wenigen Minuten zu Hause eintreffen. Vanessa wählte die 911.

»In meiner Wohnung sind Männer!« schrie sie hysterisch in ihr Telefon. Sie hoffte, daß die Panik in ihrer Stimme den Vermittler zur Eile antreiben würde. »Sie wollen meinen Freund umbringen!«

Der Mann versuchte sie zu beruhigen, aber sie gab ihm nur ihre Adresse und unterbrach die Verbindung. Falls die Cops schnell genug eintrafen, würde Sam vielleicht nichts passieren. Vanessa drohte in Tränen auszubrechen. Hysterie konnte sie sich im Moment nicht leisten. Sie mußte nachdenken.

Sie konnte nicht in ihre Wohnung zurück, und ebensowenig wagte sie es, ihre Kreditkarte zu benutzen und in einem Motel oder Hotel einzuchecken. Die Leute, die hinter ihr her waren, würden sie sofort aufspüren, wenn sie ihr Konto benutzte. Vanessa war am Nachmittag noch am Geldautomaten gewesen und hatte zweihundert Dollar dabei, abzüglich der Kosten für ihr Abendessen. Sie startete den Wagen und fuhr nach Maryland. Dort gab es ein großes Motel. Sie zahlte in bar und gab dem Angestellten ihren gefälschten Ausweis, den sie immer bei sich trug. Außerdem hatte Vanessa immer echte und falsche Reisepässe bei sich. Von ihrem Zimmer aus rief sie Sam an.

»Gott sei Dank!« stieß Vanessa hervor, als sie Sams Stimme hörte. »Geht es dir gut?«

»Warum sollte es mir schlechtgehen? Ist irgendwas passiert?«

»Ich kann jetzt nicht reden. Hat jemand die Wohnung durchsucht?«

»Die Wohnung durch ...? Vanessa, was ist hier los? Als ich nach Hause gekommen bin, wurde ich von Cops empfangen. Sie sagten, eine Frau hätte der Polizei gesagt, jemand würde mir auflauern. Warst du das? Hast du bei der Polizei angerufen?«

Vanessa war im Begriff zu antworten, als sie Stimmen im Hintergrund hörte.

»Wer ist das?« fragte sie.

»Einer der Beamten. Er will mit dir reden.«

»Das geht jetzt nicht.«

Wenn ihr Handy abgehört wurde und die Männer in der Wohnung gar keine echten Polizisten waren? Sie wollte Sam auffordern, wegzulaufen und am besten gleich die Stadt zu verlassen, aber in dem Moment nahm ihm ein anderer Mann das Telefon weg und begann, ihr Fragen zu stellen. Vanessa unterbrach die Verbindung.

Ihr kam es vor, als wären Stunden seit ihrem Abendessen mit Sam und ihrer Flucht in dieses Motel vergangen, dabei war es erst kurz vor elf. Erschöpft sank sie auf den Rand ihres Bettes. Sie hatte von der Rezeption eine Zahnbürste und Zahnpasta mitgenommen. Sie putzte sich die Zähne, wusch sich, zog ihre Jeans aus und kroch unter die Laken. Als sie die Augen schloß, dachte sie an Sam.

Vanessa hatte nur wenig Liebhaber gehabt, seit sie die Anstalt verlassen hatte. Die meisten Männer flüchteten, wenn sie herausfanden, daß sie in einer Irrenanstalt gewesen war. Und diejenigen, die es für witzig hielten, eine Verrückte zu vögeln, ergriffen die Flucht, wenn sie mitbekamen, wie stark Vanessa von ihren Überzeugungen besessen war. Als sie Sam Cutler in einer Bar in der Nähe ihrer Wohnung traf, hatte sie über ein Jahr lang mit keinem Mann geschlafen. Sam war ein freiberuflicher Fotograf, der schon in der ganzen Welt gearbeitet hatte. Zuerst hatte sie gezögert, ihn an sich heranzulassen, aber er war hartnäckig geblieben, und schließlich hatte sie ihre Zurückhaltung aufgegeben.

Sam konnte großartige Geschichten erzählen und war sehr kreativ und ausdauernd im Bett, doch das beste an ihm war, daß er sie nicht verurteilte. Es hatte ihn nicht irritiert, als er erfuhr, daß Vanessa eine ehemalige Psychiatriepatientin gewesen war. Als Vanessa ihm von dieser geheimen Einheit berichtete, die ihr Vater leitete, hatte er gelassen eingeräumt, daß diese Möglichkeit zumindest theoretisch bestand. Vanessa hatte Patrick Gorman überredet, Sam einen Job zu geben, und langsam fing sie an zu glauben, daß es auch für sie etwas privates Glück geben könnte. Falls ihm nun etwas passierte und er ihretwegen ums Leben kam?

Vanessa fühlte sich leer und müde. Die Leute, die hinter ihr her waren, hatten beinahe unbegrenzte Möglichkeiten, sie dagegen nur so wenige. Sie konnte nicht ewig weglaufen. Wenn man sie ernsthaft jagte, würde man sie irgendwann erwischen. Sie weinte leise im Dunkeln und schlief nach einer Weile schließlich ein.

Als Vanessa die Augen aufschlug, fuhr sie erschreckt hoch, verwirrt von der fremden Umgebung. Dann fiel ihr ein, wo sie war und warum sie sich in diesem Motel versteckte, statt sich in ihrer Wohnung zur Arbeit fertigzumachen. Sie fühlte sich zerschlagen. War sie grundlos in Panik geraten? Hatte sie sich zum Narren gemacht? Sie rief sich die Ereignisse der letzten Nacht ins Gedächtnis. Während sie auf Sam wartete, hatte sie zwei Männer bemerkt, die sich in einem Torweg ihrem Büro gegenüber unterhielten. Nur, hatten sie wirklich über sie gesprochen? Die Männer waren ihr zwar in einem gewissen Abstand zum Restaurant gefolgt, doch hatten sie Vanessa auch tatsächlich verfolgt? Und dieser Kerl, der an ihr Wagenfenster geklopft hatte? Sie hatte nicht den geringsten Beweis dafür, daß er nicht einfach nur ein Obdachloser gewesen war, der ein wenig Geld erbetteln wollte. Bei Tageslicht betrachtet wirkte ihr Verhalten vollkommen überzogen.

Vanessa kam sich albern vor. Was sollte sie jetzt tun? Sie konnte unmöglich zu Arbeit gehen, weil sie sich dann Sam hätte stellen müssen. War ihr gestriges Verhalten der Tropfen, der das Faß zum Überlaufen brachte? Würde er sie jetzt verlassen? Sam hatte immer versucht, sie zu verstehen, aber wie viel ertrug er noch? Und die Polizei? Würde man sie verhaften, weil sie eine falsche Anzeige gemacht hatte? Nein, die Polizei interessierte sich nicht mehr weiter für sie. Dafür hatte Sam bestimmt gesorgt. Sie errötete, als sie sich vorstellte, wie er den Beamten erklärte, daß seine Freundin eine ehemalige Psychiatriepatientin war, die sich eine Verschwörung gegen sie einbildete.

Vanessa konnte weder nach Hause noch zur Arbeit gehen. Sie schämte sich, Sam unter die Augen zu treten. Um zwölf mußte sie das Motel verlassen, also würde sie solange in ihrem Zimmer bleiben, bis man sie hinauswarf. Vielleicht war ihr bis dahin ja eine brauchbare Idee gekommen.

Vanessa bestellte Frühstück beim Zimmerservice. Während sie darauf wartete, schaltete sie den Fernseher ein. Sie landete bei Fox, einem Kabelnachrichtenkanal, mitten in einem Bericht über einen pensionierten General: Morris Wingate hatte Mitte der achtziger Jahre seinen Abschied genommen und war etliche Jahre lang aus der Öffentlichkeit verschwunden. Anfang der neunziger Jahre hatte er viel Geld in Computex investiert, der aufstrebenden Softwarefirma eines Genies namens Simeon Brown. Wingates gute Kontakte zum Militär verhalfen der Firma zu lukrativen Aufträgen. Vor einigen Jahren war Brown ums Leben gekommen, als sein Privatjet bei einem Urlaubstrip nach Griechenland abgestürzt war. Daraufhin hatte Wingate die Firma übernommen. Letztes Jahr war er zu einer Art Nationalheld geworden, als er sechs seiner Angestellten gerettet hatte. Sie arbeiteten bei einem Wiederaufbauprojekt in Afghanistan und waren gekidnappt worden. Der General konnte seine Leute lebendig befreien, nachdem er eine Privatarmee in das zerklüftete Gebirge zwischen Pakistan und Afghanistan geführt hatte. Zur Zeit lieferte er sich ein Kopf-an-Kopf-Rennen mit dem amtierenden Präsidenten Charles Jennings um die Nominierung zum Präsidentschaftskandidaten ihrer Partei.

»Terroristen müssen lernen, in Angst und Schrecken vor der Macht unseres großen Landes zu leben«, erklärte General Wingate einer großen, elegant gekleideten Zuhörerschaft im Ballsaal eines Hotels in Los Angeles. Der Nachrichtensprecher erwähnte, daß ein Platz tausend Dollar kostete. »Terroristen müssen lernen, daß ihre Familien, ihre Freunde und jedes Land, das sie aufnimmt, teuer für ihre feigen Handlungen bezahlen. Wir müssen Gewalt mit Gewalt vergelten und wir dabei gnadenlos vorgehen.«

Der Anblick von Wingate, der wie ein Zinngott auf seine heftig applaudierenden Zuhörer herablächelte, stachelte Vanessas Wut an. Sie schaltete auf CNN um, wo gerade das »Little-League-Eltern-Syndrom« diskutiert wurde. Die blonde Moderatorin hörte fasziniert und mit glänzenden Augen einem berühmten Psychologen zu, der die Gefahren schilderte, die es mit sich brachte, wenn sich Eltern zu emotional in die Aktivitäten ihrer Kinder einmischen.

»Das war wirklich faszinierend, Mr. Clarke«, erklärte die Blondine schließlich. »Doch schauen wir uns noch ein paar

Bilder an. CNN hat soeben exklusives Material von den schrecklichen Vorfällen bei diesem Little-League-Spiel in Oregon erhalten. Es stammt von Ralph und Ginnie Shertz, den Eltern eines Kindes einer der Mannschaften.«

Das Amateurvideo war offenbar mit einer teuren Digitalkamera aufgenommen worden, denn die Bilder waren gestochen scharf. Allerdings besaß Ralph Shertz nicht das Talent von Spielberg. Die Bilder sprangen willkürlich zwischen verschiedenen Szenen hin und her. Die eigentliche Action begann, als ein großer, bärtiger Mann einen schlanken Mann mit einer Brille anbrüllte. Ein dritter Mann mit einem Pferdeschwanz stand mit dem Rücken zur Kamera daneben. Der Hüne holte zu einem Schlag aus. Nur Momente später faßte der Bärtige sich an den Hals und wand sich auf dem Boden.

Als sich die Kamera wieder auf den Mann mit dem Pferdeschwanz richtete, war der im Begriff, einen Polizisten gekonnt zu Boden zu werfen. Ein zweiter Polizist schoß auf ihn. Der Mann mit dem Pferdeschwanz drehte sich zu dem Beamten herum. Vanessa blieb beinahe das Herz stehen. Sie lief zum Fernsehgerät und starrte auf den Bildschirm. Der Mann mit dem Pferdeschwanz stürzte, und der Rücken des Polizisten verdeckte sein Gesicht. Die Kamera zoomte dichter an das Geschehen heran. Der Mann mit dem Pferdeschwanz war bewußtlos, aber es war dem Vater an der Kamera gelungen, eine Nahaufnahme von dessen Gesicht zu machen, bevor der Polizist, der geschossen hatte, die Hand vor das Objektiv legte.

Damit endete die Aufnahme, und Dr. Clarke hob mit einer Erklärung an, aber Vanessa bekam kein Wort mehr davon mit. Was sie gesehen hatte, elektrisierte sie. Endlich bot sich ihr eine Chance zu beweisen, daß sie nicht verrückt war. Zuerst mußte sie jedoch dafür sorgen, daß Sam in Sicherheit war.

Sie zog ihre Brieftasche aus ihrer Handtasche. In einem Fach steckte eine vergilbte Visitenkarte mit einer Nummer des FBI. Der Mann, der sie ihr gegeben hatte, war vor vielen

Jahren noch aktiver Agent gewesen. Sie ließ sich mit dem Büro von Victor Hobson verbinden, dem Stellvertretenden Direktor für Polizeiaufgaben.

»Wen darf ich melden?« fragte Hobsons Sekretärin.

»Sagen Sie ihm, Vanessa Kohler ruft an.«

»Weiß Mr. Hobson, worum es geht?«

»Nennen Sie ihm einfach meinen Namen und sagen Sie ihm, daß ich weiß, wo Carl Rice steckt. Dann nimmt er den Anruf schon entgegen.«

Einen Moment war die Leitung wie tot, dann meldete sich Hobson.

»Vanessa. Das muß ja schon Jahre her sein.«

»Ich habe leider keine Zeit für höfliche Plaudereien, Mr. Hobson. Carl Rice lebt. Ich habe ihn gesehen.«

»Wo befindet er sich?« Hobsons Stimme verriet Vanessa, daß er seine plötzliche Aufregung unterdrückte.

»Das sage ich Ihnen, wenn Sie mir einen Gefallen tun.«

»Welchen?«

»Es geht um einen Mann, Sam Cutler. Er arbeitet mit mir beim *Exposed*. Er ist Fotograf. Ich möchte, daß er beschützt wird.«

Vanessa nannte Hobson die Adresse ihrer Wohnung.«

»Warum glauben Sie, daß Mr. Cutler in Gefahr ist?«

»Gestern hat jemand versucht, mich umzubringen. Mein Vater hat die Leute geschickt.«

Hobson schwieg, und Vanessa umklammerte den Hörer. Wenn er sie für verrückt hielt, würde er ihr nicht helfen.

»Sie müssen Sam beschützen, während ich mich davon überzeuge, daß der Mann, den ich gesehen habe, wirklich Carl Rice ist.«

»Sie sind sich nicht sicher?«

»Ich bin mir zu achtundneunzig Prozent sicher, aber genau weiß ich das erst, wenn ich ihn selbst gesehen habe. Es ist immerhin zwanzig Jahre her. Eine so lange Zeit verändert Menschen. Sorgen Sie für Sams Sicherheit. Ich rufe Sie an, sobald ich weiß, daß es wirklich Carl ist. Abgemacht?«

»Ich biete Ihrem Freund Personenschutz an. Wo kann ich Sie erreichen, um Sie darüber zu informieren, daß wir ihn haben?«

Vanessa lachte. »Netter Versuch.«

»Warten Sie! Schreiben Sie sich meine Handynummer auf. Sie können mich jederzeit anrufen.«

Vanessa notierte sich die Nummer, legte auf und begann sofort zu packen. Sie mußte das Hotel sofort verlassen. Hobson hatte den Anruf während ihres Gesprächs vielleicht zurückverfolgen lassen. Sie wollte kein Risiko eingehen, und außerdem mußte sie ohnehin die nächste Maschine nach Portland erreichen.

5. KAPITEL

Die Leitung war tot. Victor Hobson legte den Hörer auf und lehnte sich in seinem Schreibtischstuhl zurück. In jungen Jahren hatten seine kalten, grauen Augen und sein zerfurchtes Gesicht ihm ein verwegenes Aussehen verliehen. Auch nun mit Anfang Sechzig, sah er immer noch hart aus. Allerdings lichtete sich sein graues Haar allmählich, er hatte einen Bauch bekommen und nahm Pillen gegen Bluthochdruck. Neben all den Banküberfällen, den Drogenproblemen und den übrigen Bundesverbrechen, mit denen er sich herumschlagen mußte, konnte er auf den zusätzlichen Streß, den das plötzliche Auftauchen von Carl Rice bedeutete, gut verzichten. Die Vorfälle von Lost Lake waren eine der merkwürdigeren Begebenheiten in seinem an Aufregungen nicht gerade armen Leben gewesen. Vanessa Kohler hielt er für eine schwer gestörte Frau. Entweder war sie eine Mörderin oder der Schlüssel zu einem Geheimnis.

Hobson befahl einer Agentin, Sam Cutler aufzulesen und ihn in die Agentur zu schaffen. Er glaubte zwar nicht, daß Cutler tatsächlich in Gefahr schwebte, aber Vanessas Freund wußte vielleicht, wohin sie wollte. Sobald die Agentin gegangen war, schwang Hobson seinen Stuhl herum, bis er mit dem Rücken zum Schreibtisch saß. In Washington schien die Sonne. Während Hobson von seinem Fenster im FBI-Gebäude aus das Getriebe auf den Straßen betrachtete, dachte er an das letzte Mal zurück, als er mit Vanessa gesprochen hatte. Das war Ende der achtziger Jahre gewesen, mehr als ein Jahr, nachdem sie aufgegriffen worden war, als sie benommen vor dem Sommerhaus von Eric Glass herumspazierte. Und drei Monate, nachdem sie aus dem Serenity Manor entlassen worden war, dem Privatsanatorium, in dem sie gelebt hatte, nachdem ihr Vater, General Morris Wingate, sie aus dem Krankenhaus in Lost Lake abgeholt hatte. Damals hatte Hobson es nicht geahnt, aber mittlerweile war er davon überzeugt, daß seine Untersuchung des Mordes an dem Kongreßabgeordneten Glass der Wendepunkt seiner Karriere gewesen war.

Die Shenandoah-Apartments in Chevy Chase, Maryland, waren teuer und gut bewacht. Die drei Gebäude standen etwas abseits von der Straße. Eine gepflegte Rasenfläche trennte sie von dem mit Spitzen versehenen, schmiedeeisernen Zaun, der das ganze Gelände umgab. Man wurde nur eingelassen, wenn man den Wachposten am Eingang überzeugen konnte, daß man geschäftlich mit Senatoren, Bundesrichtern, Filmstars und anderen Angehörigen der Elite zu tun hatte, die in dem bewachten Komplex residierten.

Serenity Manor hatte sich schlicht geweigert, Victor Hobson ohne gerichtliche Vorladung zu Vanessa zu lassen. General Morris Wingate erklärte Hobson, er wolle nicht, daß seine Tochter aufgeschreckt werde. Er fügte hinzu, daß Vanessa ernsthafte geistige Probleme habe und ohnehin keine verläßliche Zeugin sei. Hobson hatte von einem Freund bei der Telefongesellschaft einen Gefallen einfordern müssen, um Vanessas Wohnungsnummer zu bekommen, sowie seinen FBI-Status und eine ziemlich unverhüllte Drohung ins Feld führen müssen, um den Türsteher und den Sicherheitsbeamten an der Rezeption zu überzeugen. Während er mit dem Aufzug in den zwanzigsten Stock hinauffuhr, dachte er darüber nach, was die Wingates wohl verbargen. Vanessas Vater hatte seine Tochter schon aus dem Krankenhaus in Lost Lake weggeschafft, als Hobson dort eintraf. Wingate wollte ihr, wie er behauptete, die hervorragende Pflege angedeihen lassen, die das Serenity Mayor bot. Alle Ersuchen, die Patientin befragen zu dürfen, waren von den Ärzten des psychiatrischen Krankenhauses abgeschmettert worden. Angeblich wollten sie ihre Patientin nur schützen. Es wäre ihren Worten zufolge zu traumatisch für eine derartig labile Persönlichkeit, wenn sie die Schrecken von Lost Lake erneut durchleben müßte.

»Wer ist da?« fragte Vanessa nervös, nur Augenblicke, nachdem Hobson an ihrer Tür geklingelt hatte. Er war nicht angemeldet. Der Türsteher und der Sicherheitsbeamte kannten die Konsequenzen, die es für sie hatte, wenn sie Vanessa gewarnt hätten.

»Federal Agent Victor Hobson.« Er hielt seinen Dienstausweis vor das Guckloch. »Darf ich hereinkommen, Miss Wingate?«

»Worum geht es?«

»Darüber würde ich hier draußen, wo uns alle Nachbarn hören können, nur sehr ungern reden.«

»Ich will nicht mit Ihnen sprechen.«

Hobson spielte seine Trumpfkarte aus. »Carl Rice hat wieder getötet, Miss Wingate. Ich möchte nicht, daß er noch jemanden verletzt, Sie eingeschlossen.«

Auf der anderen Seite der Tür blieb alles still. Hobson fragte sich, ob Vanessa überhaupt noch da stand. Schließlich klickte ein Schloß, eine Sicherheitskette und ein Riegel klapperten, die Tür schwang auf, und Vanessa Wingate sah ihn mißtrauisch an, als sie zur Seite trat, um ihn hereinzulassen.

Auf Hobson wirkte General Wingates Tochter vollkommen verängstigt. Sie sah blaß und erschöpft aus, ihre Kleider hingen von ihren schmalen Schultern herunter, und die dunklen Ringe unter ihren Augen verrieten, daß sie nicht gut schlief.

»Danke, daß Sie mich hereinlassen, Miss Wingate.«

»Kohler«, antwortete sie. »Ich führe den Namen meines Vaters nicht mehr.«

Hobson erinnerte sich, daß ihre Mutter Charlotte Kohler hieß. Sie war bei einem Unfall gestorben, als ihre Tochter noch in die Middleschool ging.

Vanessa schloß die Tür und kehrte Hobson den Rücken zu,

während sie in das geräumige Wohnzimmer vorausging. Eine Zigarette qualmte in einem Aschenbecher auf einem polierten Mahagoni-Couchtisch. Sie zog die Schultern hoch, als wäre ihr kalt, aber in dem großen Marmorkamin brannte ein Feuer. Die Temperatur in dem Raum betrug bestimmt mehr als dreißig Grad.

»Es war nicht gerade einfach, Sie zu finden«, begann Hobson. »Ich dachte, Sie seien zu Hause in Kalifornien, aber Ihr Vater meinte, Sie seien ausgezogen.«

»Ich will nichts mehr mit ihm zu tun haben«, erwiderte Vanessa verärgert. »Ich rede nicht mit ihm. Er hat mich hier eingesperrt.«

»Mir wurde gesagt, daß Sie psychiatrische Hilfe benötigten, weil Sie durch Ihre Erlebnisse in Lost Lake traumatisiert worden seien.«

Vanessa lächelte kalt. »Das ist die Party-Version. Man zahlt diesen Quacksalbern im Serenity Manor eine Menge Geld, damit sie sich daran halten.«

»Ich habe versucht, mit Ihnen zu reden, als Sie noch im Krankenhaus lagen, aber die Ärzte wollten mich nicht zu Ihnen lassen.«

»Damals wäre ich auch keine große Hilfe für Sie gewesen«, antwortete sie ruhig. »Ich stand die meiste Zeit unter Drogen. Das letzte Jahr ist wie im Nebel an mir vorübergegangen.«

»Erinnern Sie sich denn noch an das, was an dem See passiert ist?« fragte Hobson vorsichtig. Er konnte sehen, wie nervös sie war, und hatte Angst, sie zu verschrecken. Vanessa antwortete nicht sofort. Statt dessen zog sie an ihrer Zigarette und starrte ins Leere.

»Miss Kohler?« Er benutzte ihren neuen Namen.

»Ich habe Sie gehört, aber ich weiß nicht, ob ich darüber sprechen möchte.«

»Es ist wichtig. Vor allem jetzt, da noch jemand ermordet wurde.«

Damit weckte er ihre Aufmerksamkeit. »Wen hat Carl …?«

»General Peter Rivera.«

Vanessa runzelte die Stirn. »Der Name sagt mir nichts.«

»Er ist klein, untersetzt, hat einen dunklen Teint und eine Narbe auf der Stirn.«

Sie schüttelte den Kopf. »Nein. Wieso glauben Sie, daß Carl ihn umgebracht hat?«

»Er wurde auf dieselbe Weise gefoltert und ermordet wie der Kongreßabgeordnete Glass.« Vanessa erbleichte. »Und es gibt noch andere Beweise dafür, daß Rice am Tatort war.«

Vanessa rauchte schweigend weiter, Hobson gab ihr Zeit zum Nachdenken.

»Ich habe im Gästezimmer geschlafen«, sagte Vanessa übergangslos. Sie starrte ins Feuer und sah Hobson kein einziges Mal an. »Im ersten Stock. Ich bin aufgewacht, weil ich Stimmen gehört habe. Das hat mich überrascht, weil ich dachte, wir seien allein im Haus.«

»Nur Sie und der Kongreßabgeordnete?«

Nun drehte sie sich zu ihm um. »Es war nicht so, wie Sie denken. Er hat sich häufig in unserem Haus in Kalifornien mit meinem Vater getroffen. Eric saß im Geheimdienstausschuß des Kongresses, und mein Vater war der Vorsitzende der AIDC, der Agentur zur Koordination von Geheimdienstdaten. Ich habe einmal mit den beiden zu Mittag gegessen. Als ich von der Schule abging, habe ich mich bei Eric um einen Job beworben.«

»Er war Ihr Arbeitgeber?«

Sie nickte. »Wir waren einfach nur Freunde.«

»Und warum waren Sie dann allein in seinem Haus?«

Vanessa senkte den Blick. »Das ist eine Privatangelegenheit. Darüber möchte ich nicht reden.« Sie klang eingeschüchtert.

»Also, Sie haben Stimmen gehört und dann ...«

»Eric hat etwas gesagt. Ich konnte es nicht verstehen, aber es hörte sich merkwürdig an.«

»Merkwürdig?«

»Wie ein Keuchen. Es klang, als habe er Schmerzen. Ich ging hinunter, um nachzusehen. In seinem Büro brannte Licht.« Sie kniff ihre Augen zu.

»Geht es Ihnen gut?«

Vanessa beantwortete Hobsons Frage nicht, sondern redete weiter, als hätte er sie gar nicht gestellt.

»Carl stand mit dem Rücken zu mir. Er war ganz in Schwarz gekleidet. Zuerst habe ich ihn natürlich nicht erkannt. Als er sich dann herumdrehte, blieb mir fast die Luft weg. Ich weiß noch, wie ich die Hand vor den Mund geschlagen habe. ›Carl‹, sagte ich, und dann sah ich Eric und ... und das Messer, das Carl in der Hand hielt. Es war blutverschmiert. Ich bin weggelaufen. Ich glaube, ich habe geschrien.«

»Hat er versucht, Sie einzuholen?«

»Nein. Darüber habe ich ebenfalls nachgedacht. Carl war sehr athletisch. Wenn er mich hätte erwischen wollen, wäre das ein Kinderspiel für ihn gewesen.«

»Er hat Sie also nicht verfolgt?«

»Ich habe nicht zurückgeschaut, sondern bin einfach nur weitergerannt, aber ich bin mir ziemlich sicher, daß er mich nicht verfolgt hat. Ich bin in den Wald gelaufen. Dann hörte ich, wie ein Boot über den See fuhr. Und dann hat der Deputy mich gefunden.«

»Soweit ich weiß, kannten Sie Rice bereits eine Weile.«

»Wir waren in der Highschool zusammen. Dann wurde er eingezogen, und wir haben den Kontakt verloren. Ich bin ihm in Washington D. C. wieder begegnet, einige Monate vor ... vor Lost Lake.«

»Wissen Sie, warum Rice den Kongreßabgeordneten umgebracht hat?«

Vanessa sah zur Seite. »Nein.« Hobson war überzeugt, daß sie log.

»Ihr Vater glaubt, daß Rice eifersüchtig auf ihn gewesen ist.«

»Ich sagte Ihnen doch schon, daß da nichts zwischen uns war. Wir waren einfach nur Freunde. Ich habe für ihn gearbeitet.«

»Als Sie Ihre Bekanntschaft mit Rice auffrischten, hat er da etwas gesagt, was Ihrer Meinung nach darauf hindeutete, daß er einen Groll gegen das Militär hegte?«

»Nein.« Die Antwort kam etwas zu schnell. Hobson spielte mit dem Gedanken, nachzuhaken, aber er wollte sie jetzt nicht

zu sehr in Bedrängnis bringen. Wenn er mehr in der Hand hatte, würde er noch einmal mit ihr reden.

»Was haben Sie für Pläne?«

»Keine Ahnung. Ich war auf der Graduate School, als das alles passiert ist. Vielleicht mache ich meinen Abschluß nach.« Vanessas Antwort klang nicht so, als habe sie es damit eilig.

»Bleiben Sie in Washington?«

Vanessa lächelte ihn sarkastisch an. »Ist diese Frage eine freundliche Formulierung für: ›Verlassen Sie bitte nicht die Stadt?‹«

Hobson erwiderte das Lächeln. »Nein. Sie können gehen, wohin Sie wollen.«

Er stand auf und reichte ihr seine Karte. »Danke, daß Sie mit mir geredet haben, Miss Kohler. Wenn Ihnen noch etwas einfällt, rufen Sie mich an.«

Vanessa nahm die Karte und legte sie auf den Tisch, ohne sie anzusehen. Sie folgte ihm zur Tür, und als Hobson im Flur stand, hörte er, wie hinter ihm Schlösser und Riegel klickten.

Auf dem Weg zu seinem Wagen dachte Hobson über das Gespräch nach. Er war überzeugt, daß Vanessa ihm Informationen vorenthielt. Wußte General Wingate vielleicht mehr? Hatte der General seine Tochter nach Serenity Manor geschafft, um sie so den Ermittlungen der Behörden zu entziehen? Als er sich seinem Wagen näherte, trat jemand auf ihn zu.

»Agent Hobson?«

Hobson drehte sich um. Eine schwarze Limousine mit einem Chauffeur parkte am Bordstein. Ein elegant gekleideter Mann mit kristallblauen Augen und blonden, fast weißen Haaren hielt einladend die Tür im Fond offen.

»Würde es Ihnen etwas ausmachen, einzusteigen?« fragte er.

»Das würde es allerdings. Wer sind Sie?«

Der Mann hielt ihm einen Ausweis hin, die ihn als Charles Jennings vom CIA identifizierte.

»Fahren Sie ein Stück mit mir«, bat Jennings, nachdem Hobson die Karte ausführlich geprüft hatte. »Ich bringe Sie zu Ihrem Wagen zurück, nachdem wir uns unterhalten haben.«

»Worüber?«

»Bitte steigen Sie ein! Das ist vertraulich.«

Hobson zögerte, doch schließlich gewann seine Neugier die Oberhand. Er kletterte in den Fond des Wagens. Er war sehr geräumig, hatte eine Bar, Fernsehen und ein Telefon.

»Also, worum geht es?« fragte Hobson, als der Wagen anfuhr.

»Um Ihre Ermittlungen wegen der Morde an dem Kongreßabgeordneten Glass und an General Peter Rivera.«

»Welches Interesse hat das CIA an diesen Fällen?«

»Das kann ich Ihnen im Moment nicht erklären.«

»Dann werde ich wohl kaum mit Ihnen über die Ermittlungen plaudern können.«

Jennings lächelte. »Ich dachte mir schon, daß Sie so etwas sagen würden.«

»Ich bin eher der ernsthafte Typ, Jennings. Schon als Kind habe ich nicht gern Spielchen gespielt.«

»Oh, das hier ist kein Spielchen, Agent Hobson. Es geht um die nationale Sicherheit.«

»Und das soll ich Ihnen einfach so glauben?«

Jennings Lächeln wurde breiter. »Man hat mich gewarnt, daß Sie ein harter Hund sind.«

»Ich bin nicht hart. Ich halte mich nur an die Vorschriften. Ich diskutiere meine Fälle nicht mit jedem, der fragt. Ehrlich gesagt, Mister Jennings, können solche Ausweise, wie Sie mir eben vorgelegt haben, leicht von findigen Reportern gefälscht werden, die heiß auf eine Story sind.«

»Sehen Sie das Telefon? Rufen Sie Ihren Direktor an, und fragen Sie ihn, ob es okay ist, daß Sie mit mir reden.«

»Den FBI-Direktor?«

Jennings nannte die interne Nummer des Direktors. Hobson kannte sie. Sie stimmte. Er wählte, ohne Jennings aus den Augen zu lassen.

»Ich weiß, warum Sie anrufen, Agent Hobson«, erklärte der Direktor, nachdem Hobson sich identifiziert hatte. »Kooperieren Sie in dieser Angelegenheit vollkommen mit Mr. Jennings.«

»Bedeutet das …?«

»Es bedeutet vollkommene, hundertprozentige Kooperation.«

Der Direktor legte auf. Hobson hielt den Hörer noch einen Moment in der Hand, bevor er ihn zurücklegte. Jennings lehnte sich auf seinem Sitz zurück. Er war entspannt und hatte die Lage offensichtlich im Griff.

»Was wollen Sie wissen?«

»Ich will alles wissen, was Sie über Carl Rice herausgefunden haben.«

Hobson sagte ihm, was er wußte.

»Wie lauten Ihre Schlußfolgerungen?« erkundigte sich Jennings, als Hobson fertig war.

»Rice ist ein unzufriedener Veteran, der auf Vanessa Wingate scharf ist. Vermutlich trägt er die Verantwortung für die Morde an dem Kongreßabgeordneten Glass und an General Rivera.«

»Vermutlich?«

Hobson zögerte.

»Der Direktor hat Ihnen doch befohlen, vorbehaltlos zu kooperieren, stimmt's?«

»Das hat er gesagt.«

»Dann beantworten Sie bitte meine Frage. Haben Sie Bedenken bei Ihrer Schlußfolgerung, daß Rice für diese Morde verantwortlich ist?«

Hobson fühlte sich unbehaglich. »Es gibt keinerlei konkrete Beweise, die Carl Rice mit dem Mord in Lost Lake in Verbindung bringen. Alle suchen nach Rice, weil Vanessa Wingate behauptet, er habe den Kongreßabgeordneten umgebracht.«

»Fahren Sie fort.«

»Niemand außer Vanessa hat Rice an dem See gesehen. Hätte Vanessa Wingate uns nicht seinen Namen genannt, wäre er nicht einmal ein Tatverdächtiger.«

»Ich kann Ihnen nicht ganz folgen«, meinte Jennings. Es war offensichtlich, daß er sehr wohl verstanden hatte, aber er wollte anscheinend, daß Hobson sich ihm anvertraute.

»Die Polizei von Lost Lake kam zu dem Schluß, daß Vanessa den Kongreßabgeordneten nicht ermordet hat, weil sie keine

Tatwaffe finden konnte, und Miss Wingate kein Blut an sich hatte. Wenn Sie nun aber das Messer und die Kleidung, die sie trug, versteckt hat? Vielleicht war sie ja nackt, als sie ihn umbrachte. Sie könnte das Messer in den See geworfen und anschließend geduscht haben.«

Hobsons Theorie faszinierte Jennings sichtlich. »Was hat Sie zu diesem Gedanken geführt?«

Hobson schüttelte beunruhigt den Kopf. »Warum hat General Wingate seine Tochter in dieses private Sanatorium geschafft, bevor ich Sie verhören konnte? Warum erlauben die Ärzte im Serenity Manor mir nicht, mit ihr zu sprechen? Vielleicht wollen Sie Vanessa tatsächlich nur beschützen, weil es sie tatsächlich psychisch schädigen könnte, wenn sie die Ereignisse vom Lost Lake erneut durchleben muß. Ich habe allerdings den Eindruck, daß der General und seine Tochter etwas verbergen. Nur leider habe ich weder einen Beweis dafür noch die geringste Ahnung, was es sein könnte. Es sei denn, sie hätte Glass getötet.«

»Und General Rivera?« erkundigte sich Jennings.

»Es gibt nichts, was Vanessa mit dem Mord an ihm in Verbindung bringt.«

»Und Rice?«

»Der Tathergang ist derselbe wie bei dem Mord am Lost Lake. Man hat dem General Schnittwunden in der Brust und Verletzungen in seinem Gesicht zugefügt. Auch ihm wurde die Kehle durchgeschnitten. Außerdem wurden an diesem Tatort Blut und Haar von Rice gefunden ...«

»Gab es Anzeichen für einen Kampf?«

»Nein.«

»Das ist interessant. Wenn es keinen Kampf gab, woher stammte dann das Blut?«

Hobson zuckte mit den Schultern.

Jennings bat Hobson, ihm die Akten von beiden Fällen zu schicken. Dann befahl er seinem Fahrer, Hobson zu seinem Wagen zurückzubringen. Sie schwiegen, bis die Limousine anhielt.

»Sie haben meine Karte. Ich möchte sofort über jede neue Entwicklung unterrichtet werden«, erklärte Jennings. »Vor allem möchte ich augenblicklich informiert werden, sollte Carl Rice aufgespürt, gefangen oder getötet werden. Und zwar Tag und Nacht. Rice hat oberste Priorität.«

Unmittelbar bevor Hobson ausstieg, fuhr Jennings fort. »Sie tun Ihrer Karriere einen großen Gefallen, wenn Sie mit mir zusammenarbeiten. Ich bin nicht der einzige, der an diesen Fällen interessiert ist. Es gibt in Washington einige sehr einflußreiche Personen, welche die Wahrheit über Lost Lake herausfinden wollen.«

Hobson hatte eine Kopie der Fälle an das CIA-Hauptquartier geschickt, aber es hatte keine neuen Entwicklungen gegeben. Carl Rice blieb wie vom Erdboden verschwunden, als hätte er nie existiert. Und soweit Hobson beurteilen konnte, hatten Vanessa und Rice nach Lost Lake auch nie wieder Kontakt miteinander aufgenommen.

Hobson behielt Vanessa jedoch im Auge. So erfuhr er, daß sie von einem mehr als großzügigen Fond lebte, den ihre Mutter für sie eingerichtet hatte, und daß sie jeden Kontakt zu ihrem Vater abgebrochen hatte. Während der anderthalb Jahre nach ihrer Entlassung aus Serenity Manor hatte Vanessa wie eine Einsiedlerin gelebt. Nach vergeblichen Versuchen, eine Anstellung bei einer angesehenen Zeitung zu finden, war sie vom *Exposed* angeheuert worden und anschließend in ihre jetzige, preiswertere Wohnung gezogen.

Nach ihrer Unterhaltung in der schwarzen Stretchlimousine hatte Hobson nie wieder mit Charles Jennings geredet. Allerdings war es nicht das letzte Mal gewesen, daß er von ihm gehört hatte. Ein paar Jahre nach ihrem kurzen Treffen war Jennings zum Direktor der CIA befördert worden. Als die Regierung wechselte, kehrte Jennings nach Pennsylvania zurück und war zwei Legislaturperioden lang Senator. Vor knapp vier Jahren war Charles Jennings zum Präsidenten der Vereinigten Staaten gewählt worden.

Während dieser Zeit war Hobson ständig die Karriereleiter hinaufgeklettert bis zu seiner jetzigen Position als Stellvertretender Direktor für polizeiliche Angelegenheiten. Andere Mitarbeiter hatten ebenfalls Beförderungen verdient, einige von ihnen weit mehr als er. Hobson fragte sich stets, welche Rolle für seine Karriere diese kurze Spazierfahrt vor Vanessas Wingates Apartment gespielt hatte.

Seine Gegensprechanlage summte. Hobsons Sekretärin informierte ihn, daß Sam Cutler an der Rezeption wartete. Nachdem die Agentin den Fotografen in sein Büro gebracht hatte, schickte Hobson die Frau hinaus. Cutler sah sich mißtrauisch um. Hobson lächelte, damit er sich entspannte.

»Setzen Sie sich, Mr. Cutler. Sie stecken nicht in Schwierigkeiten, falls Ihnen das Sorgen macht.«

»Warum bin ich dann hier?« wollte Cutler wissen.

»Vanessa Kohler glaubt, daß Sie in Gefahr schweben.«

Cutler ließ die Schultern sinken. »Machen Sie Scherze? Es geht um Vanessa?«

»Sie hat mich gebeten, Sie abzuholen und Ihnen Personenschutz anzubieten.«

Cutler wirkte wütend. »Das glaube ich einfach nicht! Wissen Sie nicht, daß Vanessa übergeschnappt ist? Ich habe das alles gerade mit der Polizei durchgekaut. Vanessa hat gestern die 911 gewählt und den Beamten gesagt, ich solle ermordet werden.« Cutler tippte wütend mit dem Zeigefinger gegen seine Schläfe. »Sie ist verrückt!«

»So einfach ist das nicht.«

»Ich sage Ihnen, was das ist: Es ist peinlich. Erst diese Cops gestern abend. Ich habe keine Ahnung, was die Nachbarn denken. Und dann zerrt mich auch noch ein FBI-Agent aus meinem Büro.«

»Dafür entschuldige ich mich. Vanessa ist irgendwo hingefahren. Ich muß erfahren, wohin. Ich habe gehofft, Sie könnten mir vielleicht helfen. Glauben Sie mir, es ist wichtig.«

»Das hat doch nichts mit ihrem Vater zu tun, oder? Sie

droht ihm doch nicht etwa? Sie ist vollkommen ausgeflippt, als er verkündete, daß er sich um das Präsidentenamt bewirbt. Das hat diesen neuesten Wahnsinn ausgelöst. Davor ging es ihr ganz gut.«

»Sie hat keinerlei Drohungen gegen General Wingate ausgestoßen.«

Cutler sah aus, als wäre er mit seinem Latein am Ende. »Ich mag Vanessa, wirklich, und ich habe mich sehr bemüht, mit ihrem Problem klarzukommen, doch langsam übersteigt das meine Kräfte. Sie ist eine großartige Reporterin. Hätte sie nicht diese psychischen Probleme, wäre sie eine sichere Kandidatin für den Pulitzer-Preis. Aber sie kann Realität und Phantasie nicht auseinanderhalten, und das ist immer schlimmer geworden. Ich verstehe allerdings nicht, warum das FBI mit ihr redet, geschweige denn, warum es Vanessas Wahngeschichten Glauben schenkt.«

»Ich kann Ihnen nur soviel verraten, daß dies mit einem Fall zu tun hat.«

»Steckt Vanessa in Schwierigkeiten?«

»Nicht von unserer Seite aus. Mr. Cutler, hat Sie Ihnen gegenüber jemals einen Mann namens Carl Rice erwähnt?«

»Der Name kommt mir irgendwie bekannt vor.« Cutler schnippte mit den Fingern. »Er steht in diesem Manuskript. O nein! Sagen Sie bloß nicht, daß es etwas mit ihrem Buch zu tun hat! Ich meine, das ist ein totales Phantasieprodukt. Ich habe es gelesen. Sie hat für keine ihrer Behauptungen auch nur den Funken eines Beweises.«

»Was ist das für ein Manuskript?« Hobson stellte die Frage, obwohl er eine Kopie davon gelesen hatte, die ein Mitarbeiter eines Verlages heimlich davon gemacht hatte, der unter der Hand vom FBI bezahlt wurde.

»Sie hat eine Enthüllungsgeschichte über ihren Vater geschrieben. Darin behauptet sie, daß er eine geheime Einheit während des Vietnamkrieges geleitet hätte, die für alle Arten von Verbrechen verantwortlich wäre. Aber auch dafür hat sie keinen einzigen Beweis.«

»Was schreibt sie über Rice?«

Cutler holte tief Luft. »Sie können auf diese wilden Anschuldigungen nichts geben, Mr. Hobson. Mit Mitte Zwanzig mußte Vanessa einen sehr grausamen Foltermord miterleben. Ich glaube, das hat ihre Probleme ausgelöst. Sie wurde danach ein Jahr lang in eine private psychiatrische Klinik eingewiesen, wegen des Schocks, den sie erlitten hat. Sie behauptet, ihr alter Freund, dieser Carl Rice, hätte den Kongreßabgeordneten Glass getötet, um an Beweise zu kommen, die dieser Mann über diese Militäreinheit hatte, die ihr Vater angeblich geleitet hat. Man kann aber nicht alles glauben, was sie über General Wingate sagt. Sie haßt ihn. Vanessa gibt ihm an allem die Schuld, was in ihrem Leben schiefgelaufen ist. Am Tod ihrer Mutter, an ihrer Zeit in der psychiatrischen Klinik. Sie glaubt sogar, daß der General an der Ermordung Kennedys beteiligt gewesen ist.«

»Was?«

»Sie behauptet, ihr Vater wäre der zweite Attentäter auf diesem Grashügel gewesen. Außerdem behauptet sie, sie wäre niemals verrückt gewesen, sondern ihr Vater hätte sie nur eingesperrt, damit sie nicht ausplaudern kann, was sie weiß.« Cutler schüttelte den Kopf.

»Sie glauben nicht, was in dem Manuskript steht?« wollte Hobson wissen.

»Nein, zum Teufel! Außerdem weiß ich, woher sie das ganze Zeug hat! Sie besitzt eine riesige Sammlung von Büchern und Artikeln über echte Geheimoperationen der Regierung, wie zum Beispiel Phoenix oder Rosewell, über Verschwörungstheorien zu Kennedys Ermordung und solchen Mist.«

»Haben Sie eine Ahnung, wohin Ihre Freundin gefahren ist?«

»Nein. Ich habe gestern nacht kurz mir ihr gesprochen, direkt nachdem sie die Polizei gerufen hat, aber sie hat mir nicht verraten, wo sie steckt. Ich höre jetzt zum ersten Mal, daß sie weggefahren ist.«

»Falls Vanessa Sie anruft, informieren Sie mich dann über Ihren Aufenthaltsort?«

Sam wirkte beklommen. »Schwören Sie mir, daß man sie nicht verhaftet und daß sie nicht wegen irgendwas verdächtigt wird?«

»Sie haben mein Wort. Ich mache mir nur Sorgen, daß sie vielleicht Carl Rice finden und er ihr etwas antun könnte.«

»Dann gibt es diesen Rice also wirklich?«

»Allerdings. Sie war auf der Highschool mit ihm zusammen, und hat ihn etwa um die Zeit wiedergetroffen, als der Kongreßabgeordnete Glass ermordet wurde. Sie hat der Polizei verraten, daß Rice den Abgeordneten ermordet hat.«

»Also schwebt sie in Lebensgefahr, wenn sie an diesen Burschen gerät?«

»Das könnte sein.«

Sam holte tief Luft. »Falls Sie anruft, versuche ich herauszufinden, wo sie sich versteckt.«

»Nur fürs Protokoll: Ich habe Vanessa versprochen, Ihnen Personenschutz anzubieten.«

Sam schüttelte den Kopf. »Lassen Sie mich einfach von einem Ihrer Leute zu meiner Zeitung zurückfahren. Und versprechen Sie, daß Sie mir aus der Klemme helfen, wenn mein Boß mich mit Fragen löchert.«

6. KAPITEL

Kaum hatte die Presse Ami Vergano, Anwältin und alleinerziehende Mutter, als Mutter des kleinen Jungen identifiziert, der zu dem niedergeschossenen Daniel Morelli gelaufen war, umkreisten die Hubschrauber der Fernsehsender ihr Haus, Reporter klopften Tag und Nacht an ihre Tür, und das Telefon klingelte unablässig. Ami versuchte den Journalisten zu erklären, daß sie nur Morellis Vermieterin war, aber die Reporter wollten immer wieder wissen, ob er ihr Liebhaber oder gar Ryans Vater war. Als es ihnen schließlich langweilig wurde und sie weiterzogen, war Ryan am Boden zerstört. Ami hatte versucht, ihn zu beschützen, aber er hatte gesehen, wie sein Freund niedergeschossen wurde und blutend am Boden lag.

Zwei Tage nach dem Vorfall beim Baseball führte Ami einen ungewöhnlich stillen Ryan in das Klassenzimmer der vierten Klasse. Sie ließ sich vom Direktor und Ryans Lehrer das Versprechen geben, daß sie weder Reportern noch Ryans Klassenkameraden, noch irgend jemandem sonst erlauben würden, mit ihm über die Vorkommnisse auf dem Spielfeld zu sprechen. Ami umarmte Ryan und fuhr zögernd in die Stadt. Ihr Büro lag in einem alten Backsteingebäude an der Front Avenue. Der gegenüberliegende Park erstreckte sich dicht am Ufer des Willamette River. Ami hatte allen Grund, niedergeschlagen zu sein, aber es war mild, und die Sonne versprach einen schönen Tag. In wenigen Stunden würden Rennboote an bunten Segelbooten vorbeirasen, und der Park würde sich mit Menschen füllen, die ihre Hunde spazierenführten, Frauen, die Kinderwagen schoben und Kindern, die Fangen spielten.

Im Erdgeschoß des Gebäudes von Amis Büro befand sich eine Irische Bar. Der Eingang zu den oberen Etagen lag neben dem der Bar und einem Reisebüro. Im zweiten Stock gegenüber dem Lift residierte eine Firma, die Websites erstellten. Auf der rechten Seite des Flurs ging es zu einem Architektenbüro. Die Bürosuite auf der anderen Seite teilte sich Ami mit drei Anwälten der Kanzlei und zwei freien Rechtsanwälten. Im Wartebereich an der Rezeption saßen eine Hispanierin mit einem Baby, ein sehr sorgfältig gekleideter Schwarzer und eine Blondine mit einer Pilotensonnenbrille. Ami hatte keine Termine, also nahm sie an, daß niemand dieser Leute zu ihr wollte. Als sie sich an der Rezeption ihre Nachrichten geben ließ, beugte sich die Empfangsdame vor.

»Die Frau mit der Sonnenbrille ist Ihretwegen hier«, flüsterte sie. »Aber sie hat keinen Termin.«

Ami überflog kurz ihre Nachrichten, um sich zu überzeugen, daß nichts Dringendes dabei war, und ging zu der Blondine.

»Ich bin Ami Vergano. Sie wollten zu mir?«

Die Frau stand auf. Sie lächelte nicht und reichte ihr auch nicht die Hand. »Ich hoffe, daß Sie einen Moment Zeit haben. Wenn Sie gerade beschäftigt sind, kann ich auch gern warten.«

»Können Sie mir sagen, worum es geht?« fragte Ami argwöhnisch. Sollte diese Frau auch eine Journalistin sein, dann würde es gleich eine Katastrophe geben.

Die Frau warf einen Blick auf die anderen Wartenden. »Darüber würde ich mit Ihnen gern unter vier Augen sprechen.«

Ami ging voraus zu ihrem Büro am Ende der Suite. Es war kaum geräumiger als eine größere Besenkammer mit einem Fenster, das auf den Parkplatz hinter der Bar hinausführte. An der einen Wand hingen Amis Diplome, die andere zierte das Gemälde einer Seelandschaft, das sie von einem Künstler als Honorar akzeptiert hatte, für den sie einen Vertrag mit einer Galerie aufgesetzt hatte. Die beiden Stühle waren für Klienten reserviert, eine Anrichte stand unter Amis Fenster, und ihr Schreibtisch war von Gesuchen, Memos, Briefen und juristischen Fachbüchern übersät. Ein Foto von Ami, Chad und Ryan stand auf der Anrichte, und ein anderes direkt neben ihrem Telefon zeigte Ryan.

»Wie kann ich Ihnen helfen, Miss ...?«

»Vanessa Kohler. Ich wohne in Washington und bin erst gestern abend nach Portland geflogen.«

Ami runzelte die Stirn. »Sie sind doch nicht den ganzen Weg hierher nach Oregon gekommen, um mich wegen einer Rechtssache aufzusuchen, stimmt's?«

»Eigentlich schon. Ihr Name wurde auf CNN erwähnt. Man sagte, Sie seien Anwältin. Außerdem soll Daniel Morelli bei Ihnen wohnen.«

Ami funkelte ihre Besucherin feindselig an. »Sind Sie eine Reporterin?«

»Mrs. Vergano, ich arbeite tatsächlich für ein Magazin, aber ich bin nicht wegen einer Geschichte hier.«

»Was für ein Magazin?«

Vanessa seufzte. »Ich bin beim *Exposed* angestellt, einem Magazin mit zweifelhaftem Ruf, aber ich versichere Ihnen, daß meine Reise nach Portland und unsere Unterhaltung nichts mit meinem Job zu tun haben. Ich bin aus eigenem Antrieb hier, nicht wegen einer Story. Ich kannte Dan aus der Highschool und habe ihn Mitte der achtziger Jahre wiedergesehen. Wir standen uns einmal sehr nahe. Ich möchte Sie als seinen Rechtsbeistand engagieren.«

»Miss Kohler, die Presse hat mir und meinem Sohn in den letzten Tagen bereits das Leben zur Hölle gemacht. Ich weiß nicht, ob ich einer Journalistin trauen kann, doch selbst wenn ich Ihnen glauben würde, könnte ich Ihnen nicht helfen. Ich bin keine Strafverteidigerin. Meine einzige Begegnung mit dem Strafrecht war ein Pflichtkurs, den ich im ersten Jahr meines Jurastudiums belegt habe. Ich bin nicht kompetent genug, um jemanden zu vertreten, der sich einer strafrechtlichen Anklage gegenübersieht. Und selbst wenn ich eine großartige Strafverteidigerin wäre, könnte ich Dan nicht vertreten. Man vertritt niemanden, den man persönlich kennt. Außerdem bin ich eine Zeugin. Ich habe gesehen, was passiert ist. Der Staatsanwalt könnte mich in den Zeugenstand rufen und mich zwingen, auszusagen, was ich beobachtete habe. Sie sehen also, daß ich unmöglich tun kann, was Sie von mir wollen.«

Vanessa beugte sich vor und sah sie eindringlich an. »Das alles interessiert mich nicht. Ich brauche jemanden, der mich in das Krankenhaus zu Dan bringt. Ich habe dort angerufen. Man hat mir gesagt, daß er bewacht wird. Sie lassen nur seinen Anwalt zu ihm. Sie könnten Dan eine Botschaft überbringen. Vielleicht können Sie mich ja sogar als ihre Gehilfin oder als Sachverständige hinein schmuggeln.«

Ami wurde wütend. »Das klingt wie ein Trick, um ein Interview von ihm zu bekommen.«

Vanessa verschränkte fest die Hände in ihrem Schoß. »Dan ist mir wichtig, und ich möchte ihm helfen. Vermutlich bin ich die einzige, die ihm helfen kann. Es gibt gewisse Dinge, die nur ich weiß, ich und er. Er könnte dieses Wissen nutzen, um einen Deal vorzuschlagen.«

»Was sind das für Dinge?«

»Tut mir leid, das kann ich Ihnen nicht sagen.«

Allmählich verlor Ami die Geduld. »Hören Sie, Miss Kohler, so funktioniert das nicht. Ich würde aus dem Anwaltsstand ausgeschlossen, wenn ich die Polizei anlügen würde, damit Sie Dan sehen können. Vielleicht würde man mich sogar verhaften. Suchen Sie sich einen anderen Anwalt!«

»Als Sie im Fernsehen über Dan geredet haben, klang das so, als liege Ihnen etwas an ihm.«

»Ich mag Dan, aber ich kenne ihn erst seit sehr kurzer Zeit.«

»Er ist im Grunde ein guter Mensch, Mrs. Vergano, aber man hat seine Gefühle sehr stark verletzt. Er braucht Hilfe.

Ich weiß, wie man ihm helfen kann, aber zuerst muß ich ihn sehen.«

»Tut mir leid. Ich kann Ihnen nicht weiterhelfen, Miss Kohler.«

Vanessa zog einen Scheck aus ihrer Tasche und legte ihn auf den Tisch. Er war auf fünfundzwanzigtausend Dollar ausgestellt. Ami starrte auf das Papier. Fünfundzwanzigtausend Dollar konnte sie sehr gut gebrauchen.

»Ich muß Dan sehen, bevor es zu spät ist«, fuhr Vanessa fort. Sie klang verzweifelt. »Sie haben keine Vorstellung, wie wichtig das ist. Wenn Ihnen auch nur das geringste an ihm liegt, dann helfen Sie mir. Sein Leben ist in Gefahr.«

»Wer bedroht ihn denn?«

Vanessa schüttelte den Kopf. »Sie müssen mir in diesem Punkt vertrauen. Diese Leute wissen vielleicht schon, daß Dan hier ist. Wenn nicht, werden sie es bald herausfinden. Dann ist es zu spät.«

Vanessa Kohler bereitete Ami Unbehagen, aber das Geld ... Sie könnte damit einen Grundstock für Ryans Studium legen. Oder einen Teil ihrer Schulden zurückzahlen. Und wenn Morelli tatsächlich eine größere Gefahr drohte? Das war zwar schwer zu glauben, aber ebenso unglaublich war das, was auf dem Baseballfeld geschehen war. Einen Moment spielte Ami mit dem Gedanken, die fünfundzwanzigtausend Dollar zu nehmen.

»Sie erwarten von mir, meinen Beruf für einen Mann aufs Spiel zu setzen, den ich nicht einmal richtig kenne. Sie müssen mir schon mehr Informationen geben, wenn ich ein solches Risiko eingehen soll.«

»Ich weiß nicht, was ich sagen kann. Ich dachte, Sie würden mir helfen, weil Sie ihn kennen.«

»Der Mann, den ich zu kennen glaubte, war ein liebevoller Mensch. Es fällt mir schwer, das mit dem in Übereinstimmung zu bringen, was ich auf dem Spielfeld gesehen habe.«

»Soweit ich weiß, hat er den Trainer Ihres Sohnes davor bewahrt, verprügelt zu werden.«

»Schon, aber es gibt Grenzen. Er hat Barney Lutz in den Hals gestochen und ihn fast umgebracht. Und was hat er mit dem Polizisten gemacht?«

»Der Polizist hat ihn von hinten angegriffen. Dan wußte nicht, wer er war.«

»Dan ist ein gewalttätiger, gefährlicher Mann, Miss Kohler, und mein Sohn war sehr viel mit ihm zusammen. Gott weiß, was er ihm hätte antun können!«

Vanessa schaute Ami scharf an. »Im Grunde Ihres Herzens wissen Sie, daß er Ihrem Jungen niemals etwas zuleide getan hätte. Sie wissen genau, daß er nicht so ist.«

»Sie haben selbst gesagt, daß Sie ihn das letzte Mal Mitte der achtziger Jahre gesehen haben. Menschen ändern sich. Der Mann, den ich vor zwei Tagen erlebt habe, ist ein Killer.«

Vanessa saß auf ihrer Stuhlkante und beugte sich vor wie ein Läufer, der auf den Startschuß wartet. Sie durchbohrte Ami mit einem derartig eindringlichen Blick, daß die sich fragte, ob ihre Besucherin nicht vielleicht ebenfalls gefährlich war.

»Falls Dan ein Killer ist, weiß ich, wer ihn dazu gemacht hat. Dieser Mann ist absolut rücksichtslos. Sobald er erfährt, daß Dan in Portland ist, wird er erst Ruhe geben, wenn Dan tot ist. Dan hat nur eine Chance, am Leben zu bleiben, wenn er einen Deal mit den Behörden macht. Ich kann Dan dazu bringen, das zu tun, aber dazu muß ich persönlich mit ihm reden.«

Ami versuchte, ihre Gefühle zu sortieren. Wenn Kohler nun die Wahrheit sagte? Morelli war ein Rätsel. Was Dan getan hatte, hatte Ami schockiert und aufgewühlt, denn der Daniel Morelli, der in ihrem Haus gelebt hatte und so freundlich zu ihrem Sohn gewesen war, ähnelte gar nicht dem Mann, der mit einer so brutalen Effizienz bei Ryans Spiel reagiert hatte. Sie mochte und respektierte den Künstler, der in ihrem Haus lebte, aber der Killer, der Barney Lutz beinahe getötet hätte, flößte ihr Angst ein. Welcher der beiden war der echte Morelli? Sie beschloß, das Risiko einzugehen und dem Mann zu helfen, den sie für ihren Freund gehalten hatte.

»Hören Sie zu, Miss Kohler! Ich werde versuchen, Dan zu besuchen. Ich überbringe ihm eine Nachricht von Ihnen. Trotzdem werde ich Ihre fünfundzwanzigtausend Dollar nicht annehmen, weil ich den Fall nicht übernehmen kann. Schreiben Sie mir einen Scheck über eintausendfünfhundert Dollar aus, als nicht zurückzahlbaren Vorschuß. Danach berechne ich Ihnen ein Stundenhonorar. Ich kann Ihnen auch dabei helfen, einen Strafverteidiger zu finden, falls Sie das wollen.«

Vanessa ließ vor Erleichterung die Schultern sinken und lächelte zum ersten Mal. »Danke. Ich gebe Ihnen fünftausend Dollar Vorschuß. Ich kann es mir leisten. Eine Bedingung habe ich allerdings noch. Niemand außer Dan darf erfahren, daß ich Sie engagiert habe. Verstehen Sie das? Niemand darf wissen, daß ich in Portland bin oder Sie engagiert habe.«

»Ich halte Sie aus der Angelegenheit heraus«, versprach Ami. Doch während Vanessa ihren ersten Scheck zerriß und einen neuen ausschrieb, dachte Ami darüber nach, was sie gerade zugesagt hatte. Was hatte sie sich da eingebrockt?

7. KAPITEL

Kaum hatte sich die Tür hinter ihrer neuen Klientin geschlossen, bereute Ami ihren Entschluß, Morelli zu besuchen. Auf der Fahrt zum County-Krankenhaus wuchsen ihre Furcht und ihre Zweifel. Sie verstärkten sich noch, als Ami die Tür zu Dr. Leroy Ganetts Büro öffnete. Er war der für Morelli zuständige Arzt.

Ganett war ein großer, knochiger Mann mit braunem Haar. Er saß mit dem Rücken zum Fenster seines Büros hinter einem grauen Metallschreibtisch, neben dem ein altes, hölzernes Buchregal an der Wand stand. Ami stellte sich vor, und Ganett bedeutete ihr, auf einem Stuhl vor der Wand Platz zu nehmen, an der seine Diplome und ein Foto hingen, das ihn in Shorts und T-Shirt auf einem Steg vor einem riesigen Schwertfisch zeigte.

»Was kann ich für Sie tun, Mrs. Vergano?«

»Daniel Morelli ist mein Mandant. Ich möchte ihn sehen.«

»Mich hat niemand informiert, daß das Gericht einen Pflichtverteidiger bestimmt hat.«

»Ich bin nicht sein Pflichtverteidiger. Man hat mich engagiert, Mr. Morelli zu vertreten.«

Ganett runzelte die Stirn. »Ich weiß nicht, ob ich Sie ohne Genehmigung des Staatsanwaltes zu Morelli vorlassen darf.«

Ami hatte befürchtet, daß Dr. Ganett so etwas sagen würde. Sie hatte keine Ahnung, ob der Staatsanwalt sie daran hindern konnte, Dan zu sehen. Als sie Vanessa Kohler erklärt hatte, daß sie keine Ahnung vom Strafrecht hatte, hatte sie ihr nichts vorgemacht, doch sie erinnerte sich an etwas,

was sie einmal in einer Anwaltsserie im Fernsehen gesehen hatte.

»Dr. Ganett, in Amerika hat jedermann das Recht auf einen Rechtsbeistand. Das wird von der Verfassung ausdrücklich garantiert. Der Staatsanwalt hat ebensowenig die Macht, Daniel Morelli von seinem Anwalt fernzuhalten wie dieses Krankenhaus.«

Dr. Ganett wirkte verunsichert. Ami lächelte ihn an und sprach jovialer weiter. »Hören Sie, Doktor, ich will keine große Angelegenheit aus diesem Besuch machen. Und bestimmt haben Sie auch kein Interesse daran, das Krankenhaus in einen Prozeß zu verwickeln, den es nicht gewinnen kann.«

Ami hoffte fast, daß Ganett sich weiterhin weigerte, sie zu Dan vorzulassen. Dann hätte sie ihre Hände in Unschuld waschen können. Doch Ganett zuckte mit den Schultern.

»Vor seiner Tür hält ein Polizist Wache. Wenn er nichts dagegen hat, werde ich Sie auch nicht hindern.«

»Danke. Wie geht es Mr. Morelli?«

»Er ist deprimiert und in sich gekehrt. Seit er hier eingeliefert wurde, hat er mit niemandem gesprochen. Es hätte mich allerdings auch gewundert, wenn er besonders gut gelaunt gewesen wäre. Er wurde angeschossen und erwartet einen Prozeß. Unter diesen Umständen ist eine Depression vollkommen normal.«

»Wie ist sein physischer Zustand?«

»Er war ziemlich am Ende, als er zu uns kam. Eine Kugel hat die Milz durchschlagen und die Leber gestreift. Die Milz mußten wir entfernen. Dazu kommt der Blutverlust. Mr. Morelli erhält Antibiotika und Schmerzmittel, und wir führen einige Tests durch, weil er Anzeichen von Fieber zeigt. Angesichts dieser Umstände geht es ihm ganz gut.«

Ganett reichte Ami einen medizinischen Befund. »Hier. Den können Sie behalten. Es ist eine Kopie.«

Ami überflog den Bericht, und Dr. Ganett übersetzte ihr die medizinischen Fachausdrücke, die sie nicht verstand.

Morelli hatte einen Überschuß an weißen Blutkörperchen, außerdem wies er einige alte Narben auf und Spuren von plastischer Chirurgie. Eine Röntgenaufnahme des Bauches zeigte Metallfragmente hinter dem rechten Darmbein, die wie Schrapnell aussahen. Die Blutwerte waren stabil.

»Sie schreiben, daß die Wunden bereits heilen. Wie lange muß Mr. Morelli noch im Krankenhaus bleiben?«

»Ich lasse ihn jedenfalls nicht schon morgen ins Gefängnis verlegen, falls Ihre Frage darauf abzielt. Er benötigt noch medizinische Pflege, aber er macht sich gut. Also wird er wohl nicht mehr allzu lange hier bleiben.«

»Kann ich Mr. Morelli jetzt sehen?«

»Sicher.«

Die geschlossene Abteilung des Krankenhauses befand sich im zweiten Stock am Ende des Gebäudes. Ein muskelbepackter Pfleger in einer weißen Hose und einem kurzärmeligen weißen Hemd saß an einem Holztisch rechts neben einer Metalltür und blätterte in einem Western. In der Tür befand sich ein kleines, viereckiges Fenster aus Sicherheitsglas. An der Wand daneben war eine Klingel. Der Pfleger ließ das Heft sinken, als er Dr. Ganett und Ami sah.

»Mrs. Vergano begleitet mich, Bill. Wir wollen zu Mr. Morelli.«

Bill sprach in sein Funkgerät. Einige Sekunden später wurde die Tür geöffnet. Dahinter wartete ein weiterer Pfleger. Ami folgte Dr. Ganett über einen Korridor, in dem es nach Desinfektionsmittel roch. Die braunen Wände brauchten dringend einen neuen Anstrich. Der Korridor mündete in einen weiteren, langen Flur, und Dr. Ganett bog, ohne zu zögern, nach rechts ab. Ami sah einen Polizisten, der vor einer Tür saß, die der am Eingang der Station ähnelte. Als sie sich dem Beamten näherten, brach Ami der Schweiß aus, und ihr Magen verkrampfte sich. Sie hatte das Gefühl, daß sie etwas Verbotenes tat. Ami war überzeugt, daß der Polizist sie sofort durchschauen würde.

»Officer, ich bin Leroy Ganett, Mr. Morellis Arzt. Das ist Ami Vergano, eine Anwältin, die Mr. Morelli vertritt. Sie würde gern mit ihm reden.«

Der Polizist ließ sich von Ami ihren Anwaltsausweis und einen Ausweis mit Lichtbild zeigen. Ami reichte ihm die Karte und ihren Führerschein. Während sie darauf wartete, daß er ihr seine Fragen stellte, verglich der Beamte sorgfältig ihr Gesicht mit dem Foto auf dem Führerschein.

»Ihre Tasche müssen Sie hier draußen lassen«, meinte er und gab ihr die Ausweise zurück. »Sie dürfen dem Gefangenen nichts geben, klar?«

Ami nickte. Sie konnte kaum glauben, wie leicht es war, zu Morelli vorgelassen zu werden.

» Soll ich mit hineingehen?« erkundigte sich Dr. Ganett.

»Ich möchte erst einmal alleine zu ihm. Sie wissen schon, die anwaltliche Schweigepflicht.« Ami verbarg nur mit Mühe ihre Nervosität.

»Dann gehe ich mal wieder an meine Arbeit«, erklärte Ganett, während der Beamte die Tür von Morellis Krankenzimmer aufsperrte.

»Danke für Ihre Hilfe.«

Der Arzt lächelte. »Kein Problem.«

»Klopfen Sie, wenn Sie fertig sind«, sagte der Polizist zu Ami, bevor er die Tür hinter ihr wieder schloß.

Das Krankenzimmer war spartanisch eingerichtet. Zwei einfache Stühle aus Metall und eine viereckige Metallkommode standen an einer Wand. Die Fenster waren vergittert. Das Kopfende von Morellis Bett war ein Stück hochgefahren, so daß er halb aufgerichtet saß. Unbewegt starrte er Ami an. Er war blaß und hohlwangig, aber sein Blick war klar. Ein kleiner Schlauch war an seinem linken Nasenflügel befestigt. Eine Flasche mit einer klaren Flüssigkeit hing über dem Bett. Ihr Inhalt tröpfelte in eine Kanüle, die an Morellis Unterarm befestigt war. Ami ging zum Bett und blickte auf den Verletzten hinunter.

»Hallo, Dan. Wie fühlen Sie sich?«

»Nicht direkt großartig, aber besser als vor einigen Tagen.«

»Dr. Ganett meint, Sie machen sich gut.«

»Hat er gesagt, was mit mir passieren wird?«

»Sie bleiben so lange auf der geschlossenen Abteilung des County-Krankenhauses, bis Sie so weit wieder hergestellt sind, daß man Sie ins Gefängnis verlegen kann.«

»Das ist nicht gut«, meinte Morelli, aber er sprach mehr mit sich selbst als mit Ami.

»Waren Sie schon einmal eingesperrt?«

»In Vietnam«, erwiderte er leise. Offenbar war er mit seinen Gedanken ganz wo anders als in der Realität des Krankenhauses.

»Waren Sie Soldat? Haben Sie dort so zu kämpfen gelernt?«

Diese Frage riß ihn wieder in die Gegenwart zurück. »Wie haben Sie es angestellt, zu mir vorgelassen zu werden?« Er klang plötzlich mißtrauisch.

»Was meinen Sie damit?«

»Sie sind der einzige Besuch, den ich bekommen habe. Bis auf einen Detective und einen Kerl aus dem Büro des Staatsanwalts. Warum hat man Sie hereingelassen?«

Ami errötete. »Ich habe gesagt, ich sei Ihre Anwältin.«

Morellis Pupillen weiteten sich. »Das hätten Sie nicht tun sollen. Gehen Sie wieder raus, und sagen Sie ihnen, daß Sie nicht meine Anwältin sind!«

»Warum?«

»Glauben Sie mir einfach! Sie müssen sich von mir fernhalten. Es ist weder für Sie noch für Ryan gut, wenn sich herumspricht, daß wir uns kennen.«

»Dafür ist es zu spät«, erwiderte Ami. »Das hat bereits in allen Zeitungen und im Fernsehen Schlagzeilen gemacht. Die Medien stürzen sich wie die Geier auf dieses Baseballspiel, das in einem Blutbad endete. Sie haben mir und Ryan das Leben wirklich schwergemacht.«

»Tut mir leid. Das wußte ich nicht. Ich habe weder ferngesehen noch Zeitung gelesen, seit ...« Morelli verstummte. Er wirkte sehr besorgt.

»Ryan vermißt Sie«, erklärte Ami.

»Hat er gesehen, was passiert ist?«

»Natürlich. Sie lagen in einer Blutlache. Er dachte, Sie seien tot.«

Morellis Miene entspannte sich, und er senkte den Kopf. »Ich wollte nicht, daß die Kinder so etwas mit ansehen müssen.«

»Warum haben Sie es dann getan?«

Morelli schüttelte den Kopf. »Ich weiß es nicht. Es ging so schnell. Wenn ich könnte, würde ich es ungeschehen machen.« Er wirkte sichtlich erschüttert. »Gehen Sie! Ich bin Ihnen dankbar, daß Sie gekommen sind, aber bitte kommen Sie nicht wieder. Und sagen Sie Ryan, daß es mir gutgeht. Ich möchte nicht, daß er sich meinetwegen Sorgen macht.«

»Das sage ich ihm, aber bevor ich gehe, muß ich etwas mit Ihnen besprechen. Ich bin sozusagen tatsächlich Ihre Anwältin. Eine Frau hat mich engagiert, damit ich Sie vertrete. Sie behauptet, sie könnte Ihnen helfen. Ich habe ihr gesagt, daß ich Ihren Fall vor Gericht nicht vertreten kann. Ich verstehe nichts von Strafrecht, aber ich war bereit, Ihnen eine Nachricht von ihr zu überbringen.«

»Wer ist diese Frau?«

»Sie heißt Vanessa Kohler.« Morelli zuckte zusammen. »Sie behauptet, Sie aus der Highschool zu kennen. Sie hätten sich Mitte der achtziger Jahre wiedergesehen. Sie ist im Hilton abgestiegen, Zimmer 709. Ich habe ihre Telefonnummer.«

»Nein! Sagen Sie Vanessa, daß ich Sie nicht sehen will. Sie soll sich von mir fernhalten. Sagen Sie ihr, daß sie wieder nach Hause fahren soll.«

»Aber sie glaubt, sie könnte Ihnen helfen.«

Morelli reagierte abweisend. »Tun Sie, worum ich Sie bitte, Ami! Sagen Sie ihr, sie soll nach Hause fahren. Und ich will auch nicht, daß Sie wiederkommen. In meiner Nähe sind Sie nicht sicher.«

»Aber Dan ...«

»Verschwinden Sie!« Plötzlich begann er zu schreien. »Gehen Sie, sofort! Ich will nicht mehr mit Ihnen reden!«

Aufgewühlt verließ Ami das Krankenhaus. Sie hatte nicht damit gerechnet, daß Morelli ihre Hilfe so nachdrücklich ablehnen würde. Während der Fahrt zurück in ihr Büro versuchte sie, die Situation aus seinem Blickwinkel zu betrachten, und ihr Ärger kühlte etwas ab. Dan war schwer verletzt und sah einer Gefängnisstrafe entgegen. Er war ein Mann, der gern im Freien lebte, doch nun würde er vermutlich im Gefängnis landen. Seine Zukunft sah alles andere als rosig aus. Wie Dr. Ganett gesagt hatte, war es normal, wenn jemand in Morellis Lage deprimiert war, und es war egoistisch, von ihr zu erwarten, daß Morelli auf ihren Besuch erfreut und dankbar reagieren würde.

Morellis Reaktion auf die Nachricht, daß Vanessa Kohler in der Stadt war, konnte sie ebenfalls nachvollziehen. Schließlich hatte er die Frau seit Mitte der achtziger Jahre nicht mehr gesehen. Ami hatte zwar keine Ahnung, wie ihre Beziehung vor zwanzig Jahren ausgesehen haben mochte, aber Vanessa benahm sich eindeutig seltsam. Vielleicht hatte Morelli sie ja nie richtig gemocht, und es paßte ihm nicht, daß ausgerechnet sie ihre Nase in seine Angelegenheiten steckte.

Als Ami die Tür ihrer Kanzlei öffnete, war sie überzeugt, daß Ihre Arbeit an dem Morelli-Fall erledigt war. Das hatte er unmißverständlich klargemacht. Sie würde Vanessa Kohler anrufen und ihr sagen, daß Morelli sie als Rechtsbeistand ablehnte und außerdem mit niemandem reden wollte.

»Mrs. Vergano«, begrüßte sie die Rezeptionistin, als Ami sich dem Tresen näherte. »Diese Gentlemen möchten zu Ihnen.«

Zwei Männer in Anzügen standen auf und musterten Ami auf eine Art und Weise, die ihr Unbehagen einflößte. Der größere der beiden sah ausnehmend gut aus, fast wie ein Dressman. Seine markanten Gesichtszüge wirkten sicher aus jedem Winkel fotogen, aber sie waren beinahe zu perfekt, wie eine wirklich gute Computeranimation. Der andere war kleiner und muskulöser. Sein Haar wirkte ungepflegt, und auch seine Kleidung war nicht so teuer wie die seines Begleiters.

»Ami Vergano?« fragte der Dressman unfreundlich.

»Ja.«

»Ich bin Brendan Kirkpatrick aus dem Büro des Bezirksstaatsanwalts von Multnomah County. Das ist Howard Walsh, Detective der Polizei von Portland. Wir würden gern mit Ihnen reden.«

»Sicher.« Ami zwang sich zu einem Lächeln. Es konnte nur um den Morelli-Fall gehen. »Kommen Sie bitte in mein Büro.«

Sie hatten Amis Büro kaum betreten, als sich Kirkpatrick und Walsh unaufgefordert hinsetzten.

»Worum geht es?« Ami hoffte, daß sie einigermaßen unschuldig klang.

Kirkpatrick nagelte Ami mit einem Blick fest, der ihr deutlich zu verstehen gab, daß er ihr kein einziges Wort abkaufen würde.

»Ich habe gerade einen sehr irritierenden Anruf erhalten. Sie kennen Dr. Ganett, nicht wahr?«

Ami antwortete nicht.

Kirkpatrick lächelte kühl. »Jedenfalls kennt er Sie. Er hat gesagt, Sie seien im Krankenhaus aufgetaucht und haben behauptet, Daniel Morellis Anwältin zu sein. Dr. Ganett hat weiterhin erklärt, Sie hätten gedroht, das Krankenhaus zu verklagen, wenn er Sie nicht zu meinem Gefangenen vorlassen würde. Also, Mrs. Vergano, sind Sie Morellis Anwältin?«

»Ja.« Ami krampfte sich der Magen zusammen.

»Das ist sehr interessant. Das Gericht hat Sie nicht zum Pflichtverteidiger bestimmt, und Morelli hat weder einen Anruf getätigt noch Besucher bekommen, bis Sie sich Ihren

Weg in sein Krankenzimmer erschlichen haben.«

»Morelli hat mit Ihnen zusammengelebt, Mrs. Vergano. Ist das richtig?« Die Frage, die Walsh an sie stellte, implizierte, daß Morelli mehr als nur ihr Mieter gewesen war, aber darauf ging Ami nicht ein.

»Er war mein Untermieter.«

»Haben Sie Dr. Ganett gesagt, Sie seien Morellis Anwältin, damit Sie ihm einen Privatbesuch machen konnten?« wollte der Detective wissen.

»Nein.«

»Wer hat Sie dann engagiert?« fauchte Kirkpatrick.

Die beiden glaubten offenbar, sie könnten sie herumstoßen, weil sie eine Frau war und keine Ahnung hatte. Amis Furcht wich Zorn, aber als sie antwortete, lächelte sie freundlich. »Leider ist das vertraulich.«

Kirkpatrick lief rot an. »Das ist kein Spielchen, Mrs. Vergano. Ihr Freund hat einen Polizeibeamten angegriffen und einen Mann beinahe getötet. Er …«

»Moment!« unterbrach Ami ihn. »Daniel Morelli war nie mein Freund. Ich weise Ihre Unterstellung hiermit ausdrücklich zurück. Und jetzt kommen Sie zur Sache! Was wollen Sie hier?«

»Immer mit der Ruhe!« Walsh versuchte, die Wogen zu glätten. »Wir sind auf ein kleines Problem gestoßen, und das macht uns ein bißchen nervös.«

»Was für ein Problem?«

»Morellis Ausweis ist gefälscht. Wir haben seine Fingerabdrücke durch den Computer gejagt, allerdings ohne jedes Ergebnis. So weit wir wissen, ist Morelli vor zwei Monaten in Portland aufgetaucht. Davor hat er quasi nicht existiert.«

Ami konnte ihre Überraschung nicht verbergen.

»Sie haben dem Beamten, der Sie nach der Festnahme von Morelli befragt hat, erzählt, daß Sie ihn auf einer Kunsthandwerksmesse kennengelernt haben«, fuhr Walsh fort.

»Das ist richtig.«

»Kannten Sie ihn davor bereits?«

»Nein.«

»Tja, ebenso wenig wie alle anderen, mit denen wir geredet haben. Dies, der gefälschte Ausweis und die Art und Weise, wie er sich auf dem Spielfeld benommen hat, führt uns zu der Annahme, daß er möglicherweise ein Terrorist sein könnte.«

Ami erbleichte. Diese Möglichkeit hatte sie nie in Betracht gezogen. Morelli war zweifellos ein ausgebildeter Kämpfer. Hatte er vielleicht in einem Al-Kaida-Lager gelernt, wie man Leute mit einem Kugelschreiber tötet?

»Wir haben gehofft, Sie könnten uns sagen, wer er wirklich ist, Mrs. Vergano«, meinte der Detective.

Ami schüttelte den Kopf. »Das kann ich nicht. Ich kenne ihn erst seit zwei Monaten. Er hat sich mir gegenüber immer als Daniel Morelli ausgegeben.«

»Vielleicht kennt die Person, die Sie engagiert hat, ja seinen richtigen Namen«, setzte Kirkpatrick nach.

»Tut mir leid«, antwortete Ami entschuldigend. »Ich kann Ihnen den Namen nicht verraten. Das ist vertraulich.«

Kirkpatrick drehte sich zu Walsh um. »Sie kennen meine Meinung, Howard. Ich glaube, daß niemand Mrs. Vergano engagiert hat. Ich glaube, daß sie die Geschichte, sie sei Morellis Anwältin, erfunden hat, damit sie zu ihm konnte.«

»Das wäre ein schweres Vergehen, Brendan.«

»Im besten Fall Behinderung der Justiz, Howard.« Kirkpatrick schaute Ami wieder an. »Die Anklage könnte noch erheblich drastischer ausfallen, sollte sich herausstellen, daß Morelli ein Terrorist ist.«

»Sie können mir drohen, soviel Sie wollen, Mr. Kirkpatrick. Sie wissen sehr gut, daß es mir nicht erlaubt ist, den Namen der Person preiszugeben, die mich engagiert hat.«

»Falls jemand Sie engagiert hat.« Kirkpatrick sah sich in Amis Büro um. »Nach dieser Klitsche hier zu urteilen, laufen Ihre Geschäfte nicht besonders gut. Morellis Fall bringt eine Menge Publicity. Sein Anwalt bekommt jede Menge Presse. Vielleicht taucht sein oder ihr Gesicht sogar im Fernsehen auf. Haben Sie vielleicht ein wenig den Sensationsgeier gespielt?«

Ami stand auf. »Das reicht! Verschwinden Sie aus meinem Büro!«

»Ich glaube, Sie sind ins Krankenhaus gegangen und haben sich durch eine Lüge Zugang zu Morelli verschafft, damit Sie ihn dazu bringen konnten, daß er sich von Ihnen vertreten läßt«, ergriff Kirkpatrick wieder das Wort. »Dafür können Sie aus der Anwaltskammer ausgeschlossen werden.«

»Wenn Sie noch eine Minute länger hier bleiben, dann begehen Sie Hausfriedensbruch. Bevor Sie mich mit Ausschluß bedrohen, sollten Sie sich vielleicht überlegen, was die Anwaltskammer unternimmt, wenn ich Ihnen mitteile, wie Sie sich in meinem Büro aufgeführt haben.«

Kirkpatrick lächelte unverschämt. Amis Drohung beunruhigte ihn offenbar nicht im geringsten. »Wir wissen, daß Sie nicht Morellis Anwältin sind, Mrs. Vergano. Dr. Ganett hat Verdacht geschöpft, aber er wollte sich erst vergewissern, bevor er mich anrief. Also hat er Morelli gefragt, ob Sie seine Anwältin sind. Morelli hat bestritten, daß Sie ihn vertreten.«

»Wir können diese kleine Meinungsverschiedenheit ganz leicht klären«, schlug Walsh vor. »Begleiten Sie uns doch einfach ins Krankenhaus. Wenn der Gefangene bestätigt, daß Sie ihn vertreten, entschuldigen wir uns.«

Ami saß in der Falle. Wenn sie mit ins Krankenhaus fuhr, würde Morelli Kirkpatrick und Walsh sagen, daß sie keinesfalls seine Anwältin war. Aber wenn sie sich weigerte mitzukommen, würden die beiden sie vielleicht auf der Stelle verhaften.

»Das ist ein ausgezeichneter Vorschlag«, bluffte Ami. »Ich erwarte eine förmliche Entschuldigung von Ihnen beiden, wenn Mr. Morelli Ihnen bestätigt, daß ich seine Anwältin bin.«

»Wenn er das nicht tut, können Sie sich gleich einen eigenen Anwalt nehmen«, erwiderte Kirkpatrick.

Dr. Ganett wirkte nervös, als Ami, Kirkpatrick und Walsh in die geschlossene Abteilung des Krankenhauses kamen. Er nickte dem Stellvertretenden Bezirksstaatsanwalt und dem Detective zu, brachte es jedoch nicht fertig, Ami in die Augen zu sehen.

»Schön, Sie wiederzusehen, Dr. Ganett«, erklärte Kirkpatrick. »Mrs. Vergano kennen Sie ja bereits.«

Ganett errötete. »Ich habe hoffentlich keine Schwierigkeiten verursacht.«

»Ganz und gar nicht«, versicherte ihm Walsh. »Begleiten Sie uns doch bitte zu Morellis Zimmer!«

Sie warteten schweigend vor der Sicherheitstür, während der Pfleger seinen Kollegen verständigte. Kirkpatrick und Walsh wirkten entspannt und zuversichtlich, Ganett hingegen trat von einem Fuß auf den anderen. Amis Verstand arbeitete auf Hochtouren.

Die Tür öffnete sich mit einem metallischen Klacken. Dr. Ganett ging voraus zu Morellis Krankenzimmer. Ami konnte nicht fassen, in was für eine Klemme sie sich manövriert hatte. In wenigen Momenten würde man sie verhaften. Ihre Existenz stand auf dem Spiel. Wie sollte sie Ryan und sich versorgen, wenn man sie aus der Anwaltskammer ausschloß?

Morelli saß aufrecht im Bett, als sie hereinkamen. Sein Blick glitt von Kirkpatrick zu Walsh und dann zu Ami. Als er sie anschaute, versuchte Ami ihm ihre Besorgnis zu signalisieren, doch Morelli zuckte nicht mit der Wimper.

»Erinnern Sie sich an mich, Mr. Morelli?« fragte der Stellvertretende Bezirksstaatsanwalt.

»Antworten Sie nicht auf diese Frage!« platzte Ami heraus.

Kirkpatrick war sichtlich schockiert, daß Ami die Tollkühnheit besaß, ihn zu unterbrechen. Sie drehte sich zu ihm herum.

»Mein Mandant hat das Recht, sich mit seinem Rechtsbeistand zu beraten, bevor er irgendeine Frage eines Anklägers oder der Polizei beantwortet.«

»Was ziehen Sie denn hier für eine Show ab?« fauchte Kirkpatrick empört.

»Ich ziehe hier gar nichts ab, Mr. Kirkpatrick. Ich gebe meinem Mandanten nur den Rat, den ihm jeder gute Anwalt geben würde. Ich wäre vollkommen unfähig, wenn ich meinen Mandanten mit den Behörden reden ließe, ohne mich zuerst mit ihm zu beraten. Das ist die Aufgabe von Anwälten, Brendan. Sie beraten ihre Mandanten.«

Kirkpatrick lief puterrot an. Morelli schaute von Ami zu dem Stellvertretenden Bezirksstaatsanwalt.

»Ist diese Frau ihre Anwältin?« Kirkpatricks Stimme klang erstickt, während er krampfhaft versuchte, seiner Wut Herr zu werden.

»Antworten Sie nicht auf diese Frage«, befahl Ami.

»Ich sollte wohl besser den Ratschlägen meiner Anwältin folgen, Mr. Kirkpatrick«, erwiderte Morelli liebenswürdig.

Kirkpatrick sah aus, als hätte er Ami am liebsten gewürgt. »Sie halten sich wohl für sehr clever, was?«

»Ich halte mich für die Anwältin dieses Gentleman, und ansonsten schulden Sie mir wohl eine Entschuldigung.«

Kirkpatrick starrte Ami einen Moment wütend an, drehte sich auf dem Absatz herum und marschierte hinaus. Walsh nahm seine Niederlage gelassener hin. Er schüttelte den Kopf und lächelte Ami respektvoll an.

»Ich würde mich gern mit meinem Mandanten beraten, Dr. Ganett«, erklärte Ami entschlossen.

»Natürlich. Entschuldigen Sie. Ich hatte nur Sorge, daß ...« Er geriet ins Stammeln.

»Schon gut«, antwortete Ami großmütig. »Ich bin froh, daß Sie besorgt genug waren, daß Sie mich überprüft haben. Die meisten Leute wären nicht so gewissenhaft gewesen.«

»Was sollte das denn?« fragte Morelli, als sie allein waren. Ami ließ sich auf einen Stuhl sinken. Sie zitterte am ganzen Körper.

»Geht es ihnen gut?« erkundigte sich Morelli nun freundlicher.

»Nicht wirklich. Dieser Idiot Kirkpatrick hat mich beschuldigt …« Sie schüttelte den Kopf. »Er hat mir alles mögliche unterstellt. Er hat sogar gesagt, ich wäre ein Sensationsgeier.« Sie sah Morelli an. »Sie hätten mich verhaftet, wenn Sie nicht gesagt hätten, daß ich Ihre Anwältin sei. Danke, Dan.«

»Gern geschehen. Kirkpatrick ist wirklich ein Idiot.« Er lächelte. »Es hat mir gefallen, wie Sie mit ihm umgesprungen sind.« Er lachte plötzlich laut auf. »Ich dachte schon, sein Kopf würde explodieren, als Sie ihm sagten, er solle sich bei Ihnen entschuldigen.«

Ami rang einen Moment um ihre Würde, doch dann fiel plötzlich die Spannung von ihr ab, und sie kicherte haltlos.

»Er war wirklich ganz oben auf der Palme, stimmt's?« fragte Ami.

»Ich glaube nicht, daß er Leute mag, die sich gegen ihn stellen.«

Ami errötete. Sie war stolz, daß sie nicht gekuscht hatte. »Wir müssen über zwei Dinge reden«, sagte sie dann. »Zuerst: Sie brauchen einen Anwalt.«

Morelli wollte etwas sagen, aber Ami fiel ihm ins Wort.

»Ich werde Sie nur so lange vertreten, bis ich einen guten Strafverteidiger finde, der mich ersetzt. Aber Sie brauchen Hilfe.«

»Ich weiß nicht, ob ich Hilfe will.« Morelli wirkte traurig und mutlos. Sein plötzlicher Stimmungsumschwung erschreckte Ami. »Ich hätte Barney beinahe umgebracht, und ich hätte diesen Cop mit Sicherheit getötet, wenn sein Partner mich nicht niedergeschossen hätte.«

»Warum haben Sie das getan?«

»Als Barney nach mir schlug, hat meine Ausbildung die Oberhand gewonnen. Ich habe nicht nachgedacht.« Morelli sprach so leise, daß Ami ihn kaum verstehen konnte. »Ich habe geschworen, daß ich nie wieder jemanden verletzen würde, Ami. Ich habe es so sehr versucht.« Er schüttelte den Kopf. »Vielleicht sollte ich einfach nehmen, was kommt, dann ist die Sache erledigt. Ich bin es so müde, immer weg-zulaufen.«

»Wer sind Sie, Dan?« fragte Ami.

Morelli schaute sie an.

»Wer sind Sie wirklich?«

»Ich verstehe Ihre Frage nicht«, antwortete Morelli mißtrauisch.

»Die Polizei hat Ihren Ausweis überprüft. Er ist gefälscht. Und sie haben Ihre Fingerabdrücke durch den Computer laufen lassen. Sie sind nicht registriert. Wer sind Sie?«

Morelli drehte den Kopf weg. »Ich bin niemand, den Sie gern kennen wollen«, antwortete er traurig.

»Dan, ich möchte Ihnen wirklich helfen.«

»Das weiß ich zu schätzen, aber jetzt sollten Sie lieber gehen.«

8. KAPITEL

Vanessa Kohler lief unruhig in ihrem Zimmer auf und ab. Sie fühlte sich wie eine eingesperrte Katze, nicht wie ein Hotelgast. Aus ihrem Fenster sah sie die schneebedeckten Hänge des Mount Hood und die Segelboote, die auf dem Willamette River kreuzten. Auf den Straßen drängten sich die Menschen, um den Sonnenschein zu genießen. Vanessa hätte alles darum gegeben, ebenfalls an der frischen Luft sein zu können, statt die klimatisierte Luft des Hotels atmen zu müssen, aber sie fürchtete, daß sie Ami Verganos Anruf verpassen könnte.

Eine Zeitlang hatte Vanessa versucht, sich mit Fernsehen abzulenken, doch die Shows waren unerträglich langweilig. Die Nachrichtensender waren noch schlimmer. Sie waren geradezu besessen vom Präsidentschaftswahlkampf und Morris Wingates steigenden Umfragezahlen. Auf jedem Kanal lächelte ihr Vater mit selbstgefälliger Überheblichkeit in irgendeine Kamera.

Das Telefon klingelte.

»Miss Kohler?« fragte Ami.

»Warum rufen Sie erst jetzt an? Ist etwas passiert?«

»Es gab Probleme, aber ich glaube, wir haben sie im Griff.«

»Was für Probleme?«

Ami berichtete Vanessa von ihren Abenteuern mit Dr. Ganett, dem Stellvertretenden Bezirksstaatsanwalt Kirkpatrick, Detective Walsh und Daniel Morelli.

»Dan will Sie nicht sehen«, schloß Ami. »Er hat sich sehr aufgeregt, als ich versuchte, ihn zu überreden, mit Ihnen zu sprechen. Außerdem hat er mir klargemacht, daß ich den Fall so rasch wie möglich abgeben soll.«

»Mist.«

»Ich habe es wirklich versucht. Ich werde es noch einmal probieren, wenn er ein wenig darüber nachdenken konnte, aber ich weiß nicht, ob das etwas an seiner Haltung ändert.«

Vanessa hatte einige Vorstellungen, wie man ihn umstimmen könnte. Sie konnte jedoch keine davon einer vereidigten Anwältin anvertrauen.

»Also gut«, sagte sie zu Ami. »Sie haben Ihr Bestes getan.«

»Soll ich ihm einen guten Strafverteidiger besorgen?«

»Ja.«

»Das wird teuer.«

»Geld ist das geringste Problem«, erwiderte Vanessa.

»Vanessa, wer ist Dan? Der Staatsanwalt hat gesagt, sein Ausweis sei gefälscht. Sie können seine Fingerabdrücke in keiner Datei finden. Als ich Dan nach seinem richtigen Namen fragte, hat er sich ziemlich aufgeregt.«

»Glauben Sie mir, mit dieser Information wollen Sie sich nicht belasten.«

»Kein Anwalt wird Dan verteidigen, wenn er nicht weiß, wer er ist. Und kein Richter wird einen Mann gegen Kaution auf freien Fuß setzen, dessen Ausweispapiere gefälscht sind.«

»Das stimmt, aber ich werde es Ihnen trotzdem nicht sagen.«

»War Dan in Vietnam?«

Vanessa zögerte. »Ich weiß es nicht.«

»Ich glaube, er war dort Kriegsgefangener. Haben Sie davon gewußt?«

»Nein.«

»Aber Sie wußten, daß er Soldat gewesen ist?«

»Ich möchte unser Gespräch jetzt beenden, Ami.«

»Kirkpatrick und Walsh halten es für möglich, daß Dan ein Terrorist ist.«

»Mir ist klar, daß Sie uns nur helfen wollen, aber ich lege jetzt auf. Danke für alles, was Sie getan haben.«

Vanessa unterbrach die Verbindung und klopfte eine Zigarette aus dem Päckchen, das neben dem Telefon lag. Während sie rauchte, lief sie unruhig in ihrem Zimmer auf und ab. Welche Möglichkeiten blieben ihr? Es würde nicht mehr lange dauern, bis ihr Vater Daniel Morellis wahre Identität herausbekam.

Plötzlich fiel Vanessa ein, daß sie sich seit ihrer Ankunft in Oregon noch nicht bei Sam gemeldet hatte. Hatte Victor Hobson sein Versprechen gehalten, ihren Geliebten zu beschützen? War er in Sicherheit? Vanessa warf einen Blick auf die Uhr. An der Ostküste war es jetzt drei Stunden später. Sie wählte die Nummer ihrer Wohnung. Sam hob sofort ab.

»Gott sei Dank, es geht dir gut«, sagte sie, als sie seine Stimme hörte.

»Bei mir ist alles klar, aber ich mache mir wirklich Sorgen um dich.«

»Hat das FBI ...?«

»Dein Freund Victor Hobson hat mich aus der Redaktion gezerrt, Vanessa. Es war sehr peinlich, vor allem, nachdem in der Nacht davor die Polizei hier angerückt ist.«

»Warum bist du nicht in einem sicheren Haus?«

»Ich bin nicht in Gefahr.«

»Verdammt, Sam, du bist in Gefahr. Du mußt mir glauben. Mein Vater wird vor nichts zurückschrecken, wenn er erfährt, was ich weiß.«

»Geht es um Carl Rice, den Kerl aus deinem Buch?«

»Woher weißt du von Carl?«

»Hobson hat mich nach ihm ausgefragt. In was bist du da hineingeraten?«

»Es ist besser, wenn du das nicht weißt.«

»Wo steckst du, Vanessa? Ich komme zu dir und helfe dir, das alles durchzustehen.«

»Ich will nicht, daß du kommst.«

»Bitte, du brauchst Hilfe.«

»Ich möchte, daß du die Wohnung verläßt, Sam. Ich möchte, daß du dich versteckst.«

»Vanessa ...«

»Nein, ich sage dir nicht, wo ich bin. Es wäre noch viel gefährlicher, wenn du auch hier wärst. Du würdest mich nur ablenken.«

»Vanessa ...«, wiederholte Sam, aber die Verbindung war bereits unterbrochen.

Ami war eher verwirrt als empört, als Vanessa Kohler ihr Gespräch so abrupt beendete. Ihr war klar, daß Vanessa Dan helfen wollte. Aber warum gab ihr keiner die Informationen, die sie brauchte, um ihre Arbeit tun zu können? Ami sah auf die Uhr. Es war Zeit, ihren Sohn von der Schule abzuholen.

Ryan wartete bereits auf sie, als Ami am Bürgersteig anhielt. Er wirkte erschöpft und war einsilbig, als er neben sie auf den Beifahrersitz rutschte.

»Wie war die Schule?« fragte Ami, während sie sich in den Verkehr einfädelte.

»Okay«, murmelte Ryan.

»Ich habe Dan heute im Krankenhaus besucht.«

Ryan sah sie erwartungsvoll an.

»Er läßt dir Grüße ausrichten. Er ist schon wieder ganz okay.«

»Wirklich?«

»Als ich bei ihm war, saß er schon im Bett und konnte sich mit mir unterhalten.«

»Kommt er wieder nach Hause?« Ryans Blick verriet seine Hoffnung.

»Nein, Ryan. Er hat Mr. Lutz verletzt und diesen Polizisten, also muß er im Gefängnis bleiben und seine Strafe absitzen.«

»Und danach? Kann er dann nach Hause kommen?«

»Das ist noch lange hin. Warten wir ab, was passiert.«

Ryan ließ die Schultern hängen und senkte den Blick. Ami fühlte sich elend. Sie wußte nicht, was mit Dan geschehen würde. Er hatte zwar versucht, Ben Branton zu beschützen, als er Barney Lutz verletzte, und er hatte wirklich nicht wissen können, daß es ein Polizist war, der ihn von hinten packte und den er verletzen würde. Vielleicht würde ein guter Strafverteidiger eine Bewährung herausholen oder zumindest eine milde Strafe. Doch selbst wenn er auf Bewährung freikam, würde er bestimmt weggehen, davon war Ami überzeugt. Er hatte keine Wurzeln in Portland. Genau genommen schien er nirgendwo Wurzeln zu haben.

Ihr fiel ein, daß es das Problem seines zukünftigen Verteidigers war, das Rätsel um Daniel Morelli zu lösen, nicht ihres. Morgen würde sie ihre Anwaltsfreunde um eine Empfehlung bitten. Wenn sie einen guten Strafverteidiger gefunden hatte, konnte sie Vanessa den Namen geben.

9. KAPITEL

Dr. George French war Ende Fünfzig und etwas übergewichtig, aber sein maßgeschneiderter Anzug kaschierte vorzüglich seinen Bauch. Frenchs graugrüne Augen funkelten hinter dem Titangestell einer teuren Gleitsichtbrille. Er war blaß, und sein Ziegenbart war ebenso graumeliert wie der schmale Haarkranz um seinen kahlen Schädel. Als French in das Wartezimmer trat, legte Ami Vergano das Magazin weg, in dem sie geblättert hatte.

»Sie sehen gut aus«, erklärte der Psychiater und lächelte Ami gewinnend an.

Ami erwiderte sein Lächeln. »Danke, daß Sie mich so kurzfristig empfangen haben.«

»Reden wir in meinem Behandlungszimmer weiter. Möchten Sie einen Kaffee?«

»Sehr gerne.«

Auf dem Weg zu Dr. Frenchs Praxisraum kamen sie an einer kleinen Küche vorbei. Der Arzt ging kurz hinein und schenkte zwei Becher voll, bevor er Ami zu seinem Praxisraum führte.

»Tut mir leid, daß Ihre Kanzlei aufgelöst wurde.«

»Mir auch.«

»Das muß ein ziemlicher Schock für Sie gewesen sein.«

Ami zuckte mit den Schultern. »Die Mitarbeiter wußten nicht, wie ihnen geschah. Eines Morgens haben die Partner uns in ein Konferenzzimmer bestellt, und das war's.«

»Sie machen jetzt allein weiter?«

»Ja.« Es war ihr peinlich, daß sie vom Olymp der Juristerei in die Niederungen einer einsamen Winkeladvokatin gesunken war. »Ich komme gerade so zurecht. Meistens vertrete ich Scheidungen, verfasse Testamente oder setze Verträge auf. Ich arbeite mit einer kleinen Kanzlei zusammen, die gelegentlich Aufträge an mich weitergibt. Wenn Microsoft oder Nike Sie nach einem guten Anwalt fragen, würde ich Ihre Empfehlung sehr zu schätzen wissen.«

Dr. French lachte, trat zur Seite und bat Ami in sein Behandlungszimmer. Vor einer pastellblau gestrichenen Wand stand eine burgunderfarbene Ledercouch. Darüber hingen einige sonnige Kunstdrucke. Aus dem hellen Panoramafenster auf der anderen Seite hatte man einen schönen Blick auf die Skyline. Der Psychiater schloß die Tür und führte Ami zu einem der beiden Stühle aus Chrom und Leder, die einen niedrigen, gläsernen Couchtisch flankierten. Er setzte sich.

»Ich hätte da jemanden, den ich Ihnen gern vorstellen würde«, erzählte Ami dem Arzt.

»Ein Mandant in einer Scheidungsangelegenheit?«

»Nein. Es geht um einen Fall, der in letzter Zeit viel Schlagzeilen macht. Haben Sie von der Schießerei bei diesem Baseballspiel gehört?«

»Wer hat das nicht?«

»Mein Sohn spielt in einem der Teams, und der Mann, der verhaftet wurde, war mein Untermieter. Über ihn möchte ich mit Ihnen reden.«

»Warum mit mir?«

»Sie sind doch Experte für posttraumatische Belastungssyndrome.«

»Ah, Sie meinen Mazyck.« French spielte auf den Fall an, bei dem er von Amis Kanzlei damals als Gutachter beauftragt worden war. Gregory Mazyck war ein Vietnamveteran, der sich mit einer Geisel in seinem Haus verbarrikadiert hatte. Dr. French hatte ausgesagt, daß Mazyck unter einer posttraumatischen Belastungsstörung litt und glaubte, die Polizisten wären Iraker, und die Geisel wäre sein bester Freund, der während des Golfkrieges in seinen Armen gestorben war.

»Was wissen Sie über die Vorfälle bei dem Baseballspiel?«

»Nicht besonders viel.«

»Gut. Also, Daniel Morelli, mein Mandant, ist Schreiner. Sein genaues Alter kenne ich nicht, aber ich schätze ihn auf Ende Vierzig. Er reist in einem Pick-up durch die Lande und bleibt nie lange irgendwo. Manchmal haust er sogar eine Woche lang im Wald. Er hält sich mit merkwürdigen Jobs über Wasser und baut wunderschöne Möbel. Wir haben uns auf einer Kunsthandwerksmesse kennengelernt. Ich mochte ihn auf Anhieb. Mein Sohn hat ebenfalls sofort Vertrauen zu ihm gefaßt. Ich habe nie erlebt, daß Dan zur Gewalttätigkeit neigte.«

Dann schilderte Ami dem Psychiater den Kampf.

»Ich habe ihn gefragt, warum er das Barney und dem Polizisten angetan hatte. Er meinte, er habe nicht nachgedacht, sondern seine Ausbildung habe einfach die Kontrolle über ihn gewonnen. Er schien diese Tat sehr zu bereuen und wirkte ziemlich niedergeschlagen. Er hat mir verraten, daß er in Vietnam in Gefangenschaft geraten ist. Mehr wollte er jedoch nicht darüber erzählen. Außerdem sagte er, daß er sich geschworen habe, nie wieder einen Menschen zu verletzen. Ich frage mich, ob dieser plötzliche Ausbruch von Gewalt möglicherweise mit seinen Erlebnissen in Vietnam zusammenhängen könnte.«

»Das ist durchaus möglich.«

»Ich habe mich an Ihr Gutachten erinnert. Sie sagten damals, daß nach einer Kampferfahrung diese posttraumatischen Belastungssymptome noch Jahre nach dem auslösenden Ereignis auftreten könnten. Ich möchte, daß Sie mit Dan reden und mir sagen, was Sie von ihm halten.«

»Einverstanden.«

»Allerdings gibt es da noch etwas«, fuhr Ami fort. »Dans Ausweispapiere sind gefälscht, und die Polizei kann in keiner Datei seine Fingerabdrücke finden.«

»Das ist sehr interessant. Seine Abdrücke wären gespeichert, wenn er beim Militär gewesen wäre.« Dr. French stand auf. »Ich überprüfe mal kurz meine Termine.«

Er ging zu seinem Schreibtisch und sprach über die Gegensprechanlage mit seiner Sprechstundenhilfe.

»Einer meiner Patienten hat für heute nachmittag abgesagt«, erklärte er Ami einen Moment später. »Paßt Ihnen fünfzehn Uhr?«

Morelli saß aufrecht im Bett, als der Wachposten Ami und Dr. French in sein Zimmer ließ. Der Schlauch und die Flasche mit der intravenösen Lösung waren verschwunden, und auch sein Gesicht hatte wieder etwas Farbe bekommen.

»Sie sehen schon viel besser aus«, begrüßte Ami ihn.

Morelli achtete jedoch nur Augen auf Amis Begleiter. »Wer ist Ihr Begleiter?«

»Das ist George French. Ein Psychiater.«

Morelli lächelte ironisch. »So wollen Sie mich verteidigen? Sie plädieren auf Unzurechnungsfähigkeit? Ich kann Ihnen eine Menge Ärger ersparen, Ami. Das funktioniert nicht. Ich bin geistig kerngesund.«

»Man muß nicht verrückt sein, um auf Unzurechnungsfähigkeit zu plädieren. Dr. French möchte Ihnen nur ein paar Fragen stellen.«

»Ist das Gespräch vertraulich? Bleibt das unter uns?«

»Ja«, versicherte Ami.

Morelli deutete auf die Stühle an der Wand. »Herzlich willkommen. Ich habe ohnehin nichts Besseres vor.«

Ami und der Arzt zogen die Stühle zum Bett hinüber. Dr. French legte einen Notizblock auf seinen Schoß und schrieb etwas darauf.

»Darf ich Sie Dan nennen?«

»Sie dürfen mich nennen, wie Sie wollen, solange Sie nicht behaupten, ich käme zu spät zum Abendessen«, spöttelte Morelli. Offenbar wollte er damit zeigen, daß er diese Befragung nicht allzu ernst nahm.

French lachte. »Ich würde zunächst gern ein paar Hintergrundinformationen sammeln, bevor wir auf die Vorfälle auf dem Baseballfeld zu sprechen kommen, einverstanden?«

Die Frage bereitete Morelli zwar sichtlich Unbehagen, aber er nickte dennoch.

»Gut. Fangen wir mit dem Einfachsten an. Wo sind Sie aufgewachsen?«

»In Kalifornien.«

»Wo in Kalifornien?«

»San Diego.«

Morelli hatte Ami erzählt, er sei als Sohn eines Militärs ständig umgezogen. Was er jetzt Dr. French sagte, klang ganz anders.

»Haben Sie Brüder oder Schwestern?«

»Nein.«

»Lebt Ihre Mutter noch?«

»Nein.«

»Ihr Vater?«

»Ich habe keine Ahnung.«

»Sie haben kein gutes Verhältnis zu ihm?«

»Er hat uns verlassen, als ich noch sehr jung war.«

»Hat Ihre Mutter wieder geheiratet?«

»Nein.«

Dr. French schwieg und schrieb einige Notizen auf seinen Block.

»Haben Sie schon einige tiefgründige psychologische Einsichten gewonnen, Doc?« wollte Morelli wissen.

»Bis jetzt dreizehn«, erwiderte French mit einem Lächeln.

»Touché.« Morelli versuchte offenbar, den Arzt aus dem Konzept zu bringen, aber er merkte schnell, daß French nicht darauf einging.

»Wo sind Sie zur Highschool gegangen?« fuhr der Psychiater fort.

»St. Martins Prep.«

French sah überrascht hoch. »Sie müssen gut betucht gewesen sein.«

»Ich hatte ein Stipendium.«

»Dann waren Ihre Noten wohl ausgezeichnet.«

»Ja, waren sie wohl.«

»Und wie sieht es mit Sport aus?«

»Ich habe in der Junior High viel Sport getrieben. Auf St. Martins war ich nicht in einem Sportteam. Ich habe mich auf meine Prüfungen konzentriert und mich von den anderen ferngehalten.«

»Welche Fächer haben Ihnen besonderen Spaß gemacht?«

»Naturwissenschaften. Mathematik und Physik.«

»Mochten Sie diese Schule?«

Morelli zuckte mit den Schultern. »Einige Lehrer waren ziemlich scharfe Hunde. Die Schüler kamen aus einer anderen Welt. Wir hatten nicht viel gemeinsam.«

»Hatten Sie viele enge Freunde?«

Ein Schatten huschte über Morellis Gesicht. »Darüber möchte ich nicht reden.«

»Sie haben doch Vanessa auf der Highschool kennengelernt«, warf Ami ein.

Morelli reagierte unwirsch. »Ja, Vanessa kannte ich, aber darüber will ich nicht reden. Also weiter im Text.«

»Einverstanden«, lenkte Dr. French ein. »Waren Sie auf dem College?«

Morelli antwortete nicht.

»Mr. Morelli?«

»Ich war nicht auf dem College. Das war während des Vietnamkrieges. Ich wurde eingezogen.«

»Sie wollten nicht zum Militär gehen?«

»Ich weiß nicht, was ich wollte. Es war ... kompliziert.«

In Amis Ohren klang diese Antwort traurig und verbittert.

»Wo haben Sie Ihre Grundausbildung gemacht?« fuhr Dr. French fort.

»In Fort Lewis.«

»War das eine ganz normale Grundausbildung?«

»Ja.« Morelli hielt inne, als er sich an etwas erinnerte. »Allerdings gab es da ein paar Tests, die wohl eher nicht zur normalen Ausbildung gehörten.«

»Was für Tests?«

»Wir haben alle während der Grundausbildung Tests absolviert. IQ, Sprachbegabung, solche Dinge. Zuerst haben wir sie in Gruppen gemacht, aber nach einer Weile wurde ich aussortiert. Man bestellte mich früh morgens oder manchmal auch mitten in der Nacht ein, und ich unterzog mich diesen Tests mit nur zwei oder drei anderen Kameraden. Man schärfte uns ein, nicht darüber zu reden. In dem Punkt waren sie sehr streng, aber einmal habe ich mit einem der anderen Jungs gesprochen, der ebenfalls neugierig war. Wie sich herausstellte, waren seine Eltern russische Emigranten, deshalb sprach er fließend Russisch. Er wußte, daß einer der beiden anderen Testkandidaten eine asiatische Sprache beherrschte. Der dritte hatte auf dem College seinen Abschluß in Russisch gemacht.«

»Und Sie?«

»Das war das Merkwürdige. Ich hatte auf der Highschool Französisch gelernt, und meine Noten waren auch ganz gut, aber dieser Kerl sprach Russisch wie eine Muttersprache.«

»Ist in der Grundausbildung etwas Ungewöhnliches passiert?«

»Ungewöhnlich würde ich das nicht nennen, eher unerwartet.«

»Was war das?«

»Meine Versetzung. Wir wurden nach unseren Wünschen für die weitere Ausbildung gefragt. Ich hatte als erste Präferenz die Offizierskadettenschule angegeben und als zweite die Special Forces. Ich kam nach Fort Holabird. Es liegt etwas außerhalb von Baltimore.«

»Welche Ausbildung bekam man dort?«

»Geheimdienstausbildung.«

»Das hatten Sie nicht als Präferenz angegeben?«

»Nein, aber ich hatte keinen Grund, mich zu beschweren. Also habe ich das Programm durchgezogen.«

»Was haben Sie in Fort Holabird gelernt?«

»Geheimdienstarbeit. Wie man jemanden beschattet, wie man irgendwo einbricht, elektronische Überwachung.«

»Abhören?«

»Das und andere raffinierte Sachen.« Morelli lächelte. »Wir haben auch praktische Übungen durchgeführt.«

»Können Sie uns ein Beispiel geben?«

»Ich habe mir einen Namen aus einem Telefonbuch herausgefischt und die Zielperson den ganzen Tag verfolgt. Einmal habe ich eine Firma verwanzt. Ich bin nachts eingebrochen und habe die Wanze plaziert. Dann haben wir uns stundenlang langweiligen Mist angehört. Ein paar Nächte später bin ich wieder eingebrochen und habe die Wanze entfernt.«

»Was wäre passiert, wenn man Sie erwischt hätte?«

»Einer wurde erwischt. Die Army hat die Wogen rasch geglättet. Wenn die Cops uns erwischten, war das nicht weiter schlimm. Die wußten, daß wir von Zeit zu Zeit solche Übungen machten. War es ein Zivilist, haben sie einen Colonel mit viel Lametta auf der Brust hingeschickt. Zuerst hat er an den Patriotismus seines Gegenübers appelliert und dann an dessen Brieftasche. Wenn das nichts nutzte, hat er angedeutet, wie schwierig das Leben werden könnte, wenn man nicht kooperiert.«

»Ist etwas Ungewöhnliches in Fort Holabird vorgefallen?« wollte Dr. French wissen.

Morelli nickte. »Gegen Ende meines vierten Monats wurde ich aus einer Übung gerufen. Ich sollte mich in einem Büro des Stützpunktes melden. Dort warteten schon zwei Green Berets auf mich, beide in voller Montur. Sie wollten, daß ich mich zu den Special Forces meldete. Angeblich waren sie von meinen Ergebnissen sehr beeindruckt. Sie meinten, ich würde genau in das Profil passen. Es war alles sehr vertraulich und überaus schmeichelhaft für mich. Sie erzählten mir, ich wäre aus all den anderen ausgewählt worden, und deuteten an, daß mich dort geheime Missionen und riskante Aufträge erwarteten.

Vergessen Sie nicht, daß ich fast noch ein Kind und sehr leicht zu beeindrucken war. Die beiden Green Berets hätten einem John-Wayne-Film entstiegen sein können. Sie hatten einen Haufen Orden auf der Brust. Außerdem lockte mich der geheimnisumwitterte Ruf der Special Forces.«

French lächelte. »Ich nehme an, Sie haben unterschrieben?«

»Allerdings. Sobald ich Holabird absolviert hatte, ging ich zu den Luftlandetruppen nach Fort Benning, Georgia. Dort lernte ich in drei Wochen Fallschirmspringen. Danach kam ich zum Zentrum für besondere Kriegsführung nach Fort Bragg, North Carolina.«

»Was haben Sie dort gelernt?«

»Ich bekam eine intensive, körperliche Ausbildung und Überlebenstraining. Dort gab es fünf Meilen lange Hindernisparcours. Wir lernten, wie man einen Feind von Bergen vertreibt, Hängebrücken aus Seilen baut und solche Sachen. Das Überlebenstraining war höllisch. Sie haben uns vor einsamen Küstenabschnitten ins Meer geworfen. Wir mußten lernen, wie man an Land kommt und dort überlebt. Sie wissen schon, welche Pflanzen in welcher Region eßbar sind, wie man ein Feuer macht, so richtiges Pfadfinderzeug.

Dann war da noch die Spezialausbildung. Die Grundeinheit der Special Forces ist das A-Team. Es besteht aus zwei Offizieren und zehn einfachen Soldaten. Jedes Mitglied eines A-Teams hat eine besondere Fähigkeit. Es gibt Kampfingenieure, die einen an Sprengstoffen ausbilden, Mediziner, Funker, Sprachexperten, Waffenexperten und einen Experten für psychologische Operationen. Das war ich.«

»Was genau haben Sie gemacht?«

»Ich habe gelernt, wie man Anschläge verübt, Anwohnern Furcht einflößt und Pazifisten dazu bringt, mit uns zusammenzuarbeiten. Außerdem hat man mir beigebracht, wie man Gefangene verhört.«

Morelli senkte den Blick und hielt einen Moment inne, als hätte er sich an etwas erinnert, was er lieber vergessen hätte.

»Noch etwas?« Dr. French wollte das Gespräch in Gang halten.

Morelli schaute den Psychiater wieder an. »Praktische Operationen«, erklärte er. »Mein Ausbildungsteam rückte als Einheit aus. Wir haben in Alaska und Panama trainiert, in Schnee und Eis und im Dschungel. Nachdem ich Fort Bragg absolviert hatte, wurde ich nach Fort Perry in North Carolina versetzt. Dort lernte ich fortgeschrittene Verhörmethoden. Anschließend kehrte ich nach Bragg zurück.«

»Haben Sie Ihre Ausbildung jemals praktisch angewendet?«

Morelli wirkte müde, aber er nickte.

»Können Sie uns ein paar Einsätze schildern?«

»Das möchte ich lieber nicht.«

»Sind sie geheim?«

»Ich rede nie über meine Einsätze.«

»Verstehe.«

Dr. French machte sich weitere Notizen. Ami hatte den Eindruck, daß Morelli schwächer wurde. Er schloß die Augen, während Dr. French schrieb, und hatte bei seinen letzten Antworten sehr leise gesprochen.

»Ami hat mir gesagt, daß Sie in Vietnam waren?«

Morelli öffnete die Augen wieder und schaute Ami an, während er nickte.

»Sie waren dort Kriegsgefangener?«

Erneut nickte Morelli.

»Wie lange waren Sie dort gefangen?«

»Etwa zwei Wochen.«

French unterdrückte seine Überraschung. »Nur so kurz?«

»Ich bin ausgebrochen.«

»Wo wurden Sie gefangengehalten?«

»Darüber möchte ich nicht reden.«

»War es der Vietkong?«

»Darüber möchte ich nicht reden.«

»Wie sind Sie entkommen?«

Morelli hatte einen abwesenden Ausdruck in den Augen.

»Ich habe mich einfach entschlossen zu gehen. Mir reichte es.«

»Waren Sie in einem Gefangenenlager oder in einem …?«

»Von diesem Ort haben Sie noch nie gehört.«

»Aber er lag in Vietnam?«

Morelli antwortete nicht.

»Wohin sind Sie geflohen?« fuhr French fort.

»In den Dschungel. Ich finde mich im Dschungel auch ohne Landkarte und Kompaß ganz gut zurecht. Es hat funktioniert.« Morelli schloß wieder die Augen. »Ich werde allmählich müde«, sagte er. »Ich würde gern aufhören.«

»Selbstverständlich«, stimmte French zu. »Nur noch eine letzte Frage. Was war ihr letzter Rang?«

»Captain.«

Dr. French stand auf, und Ami folgte seinem Beispiel. »Danke für das Gespräch.«

Morelli reagierte nicht.

»Ich habe einen erstklassigen Strafverteidiger angerufen, der Ihren Fall übernehmen könnte. Leider ist er zur Zeit nicht in der Stadt«, erklärte Ami. »Ich melde mich bei Ihnen, wenn ich mehr weiß.«

Morelli nickte, sichtlich uninteressiert.

»Vanessa ist immer noch in der Stadt und möchte mit Ihnen reden. Was soll ich ihr sagen?«

»Sie soll verschwinden. Sagen Sie ihr, sie soll gehen, solange sie es noch kann.«

»Ist sie in Gefahr, Dan?«

»Ich bin müde«, antwortete Morelli.

Dr. French berührte Amis Arm. »Lassen wir Mr. Morelli ein wenig ruhen«, sagte er. Ami machte sich zwar Sorgen um Daniel, aber der Psychiater hatte recht. Ihr Mandant hatte sich abgeschottet. Nun würden sie nichts mehr aus ihm herausbekommen.

»Was halten Sie von ihm?« fragte Dr. French sie auf dem Weg zum Parkplatz.

»Dan war offensichtlich kein normaler GI«, antwortete Ami. »Können Sie sich vorstellen, wie es nach seiner Flucht vor den Vietnamesen für ihn gewesen sein muß?«

»Dann glauben Sie seine Geschichte also?« wollte der Psychiater wissen.

»Sie klang sehr überzeugend. Warum fragen Sie? Haben Sie Zweifel?«

»Letztes Jahr hatte ich mit einem Burschen zu tun, der auf eine Anklage wegen Unterschlagung mit der Verteidigung aufwartete, er arbeite für die CIA und benutze diese Geldmittel für eine verdeckte Operation. Er wirkte sehr überzeugend und konnte einem in die Augen blicken und die verrücktesten Dinge behaupten. Es war ein Netz aus Lügen. Er hatte jedes Buch gelesen, das jemals über die CIA geschrieben worden ist, dazu eine Menge Spionageromane und Nachrichtenmagazine. Er besaß ein fast schon enzyklopädisches Wissen über die CIA.«

»Glauben Sie, daß Morelli sich das alles ausdenkt?«

»Er weiß sehr genau über die Ausbildung bei der Army Bescheid, aber solche Einzelheiten kann man leicht auswendig lernen. Er könnte zum Beispiel jemanden kennen, der in der Army ist, oder sich das Wissen in einer Bibliothek oder im Internet angelesen haben. Denken Sie über seine Geschichte nach, Ami. Morelli wollte nicht einmal die kleinsten Einzelheiten seiner Aufträge diskutieren. Ich sage Ihnen noch etwas. Ich war während des Vietnamkrieges beim militärischen Geheimdienst. Ich habe niemals von einem Amerikaner gehört, dem eine Flucht aus einem Gefangenenlager des Vietkong gelungen ist.«

Amis unprofessionelle Begeisterung über Morellis aufregende Geschichte bekam einen Dämpfer. Sie fühlte sich albern. Diese Geschichte war eine willkommene Abwechslung für sie gewesen, weil die einzigen Aufregungen in ihrem Leben die Baseballspiele ihres Sohnes waren.

»Machen Sie nicht so ein finsteres Gesicht.« French lachte leise. »Ich habe noch keine Schlußfolgerungen über Morelli gezogen. Aber ich werde seine Geschichte nicht ohne stichhaltige Beweise akzeptieren. Ich habe einen Freund, der uns vielleicht eine Kopie von Morellis militärischer Vergangenheit besorgen kann. Mal sehen, was wir dort finden.«

»Welche Konsequenzen hat es, wenn er die Wahrheit sagt, Dr. French?«

Der Psychiater dachte einen Moment nach. »Der Streß, den er in einem Gefangenenlager der Vietnamesen erlebt hat, könnte ein posttraumatisches Belastungssymptom erzeugen, aber ich brauche Beweise, daß er wirklich ein Kriegsgefangener war, und viel genauere Informationen über seine Gefangenschaft, bevor ich das vor Gericht äußere.«

»Ich möchte Sie noch etwas fragen«, fuhr Ami fort. »Wenn er sich das alles ausgedacht hat, aber glaubt, daß er in einer Art von Spezialkommando gedient hat? Würde er juristisch damit als nicht zurechnungsfähig gelten?«

»Das wäre zumindest paranoides Verhalten«, erklärte French, »doch Morelli ist für einen paranoiden Schizophrenen viel zu ausgeglichen. Dafür sehe ich keinerlei Belege bei ihm. Er hat sehr guten Kontakt zur Realität. Damit meine ich, daß er vernünftig spricht, sich über seine Lage im klaren ist und angemessen auf Fragen reagiert.«

French hielt inne. »Paranoide Persönlichkeitsstörungen wären eine andere Möglichkeit. Sie treten für gewöhnlich im frühen Erwachsenenleben auf und äußern sich in einem umfassenden Mißtrauen anderen Menschen gegenüber. Die Motive anderer Menschen werden immer als bösartig interpretiert, aber auch das sehe ich bei Morelli nicht. Er hat freiwillig mit uns geredet. Er hat uns Informationen anvertraut, die jemand mit einer solchen Störung nur zögernd zugegeben hätte.«

Während sie über den Parkplatz gingen, war Dr. French in tiefes Nachdenken versunken. Als sie Amis Wagen erreichten, teilte er ihr das Ergebnis seines Grübelns mit.

»Es besteht dennoch eine Möglichkeit, daß Morelli sich in einem paranoiden Zustand befindet. Diese besondere Form von Verfolgungswahn ist allerdings äußerst selten.«

»Erklären Sie es mir.«

»Jemand befindet sich in einem paranoiden Zustand, wenn er ein sehr enges, wahnhaftes System um sich errichtet hat, das er schon in seinem frühen Erwachsenenleben entwickelt Es fängt mit der Überzeugung an, daß eine äußere Macht, zum Beispiel die CIA, ihn kontrolliert. Sobald dieser Wahn installiert ist, konstruiert diese Person ein extrem komplexes System, das darauf aufbaut. Akzeptieren sie jetzt das ursprüngliche Axiom, funktioniert alles andere in diesem Wahnssystem vollkommen logisch. Es ist beinahe unmöglich zu durchbrechen. Ein solches Individuum befindet sich immer in diesem Wahnsystem, aber es schweigt darüber, weil es gelernt hat, daß es Schwierigkeiten bekommt, wenn es darüber redet. Außerdem ist es gesund genug, um es zu kontrollieren.«

»Sie meinen, Dan öffnet sich uns, weil er Angst hat, ins Gefängnis zu müssen?«

»Möglich. Außerdem haben Sie ihm versprochen, dieses Gespräch vertraulich zu behandeln. Sich unter solchen Umständen zu öffnen paßt zu dieser Art von Paranoia.«

»Sie sagten, dieser paranoide Zustand sei äußerst selten?«

»Man stößt darauf fast so selten wie auf jemanden, der das getan hat, was Morelli behauptet hat. Es macht natürlich mehr Vergnügen, eine solch aufregende Geschichte einfach zu schlucken, statt sie genauestens zu überprüfen, aber genau das müssen wir tun.«

»Gut. Kümmern Sie sich um die militärischen Unterlagen, und rufen Sie mich an, wenn die Morellis Behauptungen bestätigen oder widerlegen. Ich versuche weiter, einen erfahrenen Strafverteidiger aufzutreiben, der Morellis Fall übernimmt.«

10. KAPITEL

Gutgelaunt betrat Ami zwei Tage nach dem Gespräch mit Morelli und Dr. French die Kanzlei. Ray Armitage, einer der besten Strafverteidiger des Landes, hatte ihren Anruf erwidert. Er war in Colorado, wo er einen Prozeß in einer Mordsache vorbereitete, in die ein Mitglied des olympischen Skiteams verwickelt war. Er wollte spätestens Montag wieder in Portland sein und hatte sein Interesse bekundet, Morellis Fall zu übernehmen.

Unmittelbar nach dem Gespräch mit Armitage hatte Ami Vanessa Kohler angerufen, die sich bereit erklärte, Armitage einen Vorschuß zu zahlen, ebenso seine Honorare und Spesen, die ziemlich hoch waren. Es überraschte Ami, daß Vanessa sie nicht fragte, ob Morelli es sich mittlerweile anders überlegt hatte und sie vielleicht doch empfangen wollte.

»Guten Morgen, Nancy«, rief Ami.

»Gut, daß Sie endlich da sind!« gab die Empfangsdame zurück. »Das Telefon klingelt schon den ganzen Morgen.«

Ami sah sie verblüfft an.

»Haben Sie die Morgenzeitungen noch nicht gelesen oder Nachrichten gehört? Ihr Freund wird wegen der Little-League-Sache angeklagt. Es steht auf allen Titelseiten. Und jeder weiß, daß Sie seine Anwältin sind.«

Nancy reichte Ami eine Zeitung. Der Artikel stand zwar auf der unteren Hälfte, nahm jedoch dafür das gesamte untere Drittel der Titelseite ein.

»Ach ja, dieser Kirkpatrick hat angerufen.«

»Was wollte er?«

»Morelli wird um ein Uhr im Krankenhaus dem Untersuchungsrichter vorgeführt.«

»Heute?«

»Das hat er jedenfalls gesagt. Er hat gestern abend nach Feierabend angerufen. Der telefonische Auftragsdienst hat die Nachricht aufgenommen.«

Kirkpatrick hat sich nicht die Mühe gemacht, mich zu Hause zu erreichen, dachte Ami. Dieser Mistkerl versucht, mich auszutricksen! Sie wußte nicht, wie sie so einen kurzfristigen Anhörungstermin handhaben sollte.

Ami hatte nur eine schwache Ahnung, was bei einer Anhörung vor einem Untersuchungsrichter passierte und keinen Schimmer, was sie dabei zu tun hatte. Sie nahm sich die Zettel mit ihren Nachrichten und flüchtete in ihr Büro. Die meisten Anrufe kamen von der Presse. Sie legte die Nachrichtenzettel auf ihren Stapel mit unbeantworteter Post und rief Betty Sato an. Sato war eine frühere Kommilitonin und arbeitete nun im Büro des Stellvertretenden Bezirksstaatsanwaltes von Multnomah County.

»O mein Gott!« stieß Betty hervor, als sie abnahm. »Ami Vergano, die weltberühmte Strafverteidigerin, ruft mich persönlich an. Womit verdiene ich diese Ehre?«

»Spar dir deinen Spott, Sato!«

Betty lachte.

»Du hast die Zeitungen gelesen?« fragte Ami.

»Das auch, aber Brendan Kirkpatrick hat herausgefunden, daß wir Kommilitoninnen waren und mich nach dir ausgefragt. Ich sage dir: Er ist nicht gerade dein größter Fan.«

»Das ist mein kleinstes Problem.«

»Seit wann übernimmst du eigentlich Strafsachen?« erkundigte sich Betty.

»Das ist eine lange Geschichte.« Es beunruhigte Ami ein wenig, daß Kirkpatrick sich nach ihr erkundigt hatte. »Genau deshalb rufe ich dich an. Du bist meine einzige Freundin, die etwas von Strafrecht versteht. Ich habe eben erst erfahren, daß mein Mandant heute nachmittag vor den Untersuchungsrichter vorgeführt wird. Ich habe nicht den blassesten Schimmer, was man bei so einer Anhörung tut.«

Sato schwieg eine Weile. Als sie antwortete, klang sie wie eine Krankenschwester einer psychiatrischen Klinik, die einen widerspenstigen Patienten zur Vernunft bringen will.

»Darf ich dir einen Rat geben, Ami? Wir sind doch Freundinnen, richtig?«

»Ich weiß, daß ich bis zum Hals in Schwierigkeiten stecke, Betty. Ich habe mit einem sehr guten Strafverteidiger telefoniert, der den Fall übernehmen will. Leider kann er sich erst nächste Woche mit mir treffen. Also bleibt dieser Termin heute an mir hängen.«

»Ich bin froh, daß du jemanden gefunden hast, der diesen Fall übernimmt.« Ami hörte die Erleichterung in der Stimme ihrer Freundin. »Brendan ist echt sauer auf dich, und ich möchte nicht erleben, daß er dir weh tut.«

»Glaub mir, ich will diesen Fall so schnell wie möglich loswerden. Aber heute geht das noch nicht. Sagst du mir, was ich tun muß?«

»Okay, aber du mußt mir hoch und heilig versprechen, niemandem zu verraten, daß ich dir geholfen habe. Kirkpatrick röstet mich, wenn er das herausfindet.«

»Versprochen.«

»Es ist zum Glück ziemlich einfach. Kirkpatrick wird deinem Mandanten eine Kopie der Anklageschrift geben. Du verzichtest auf die Verlesung, behältst dir aber das Recht vor, im Falle juristischer Fehler dagegen vorgehen zu können. Dann sagst du dem Richter, daß dein Mandant auf ›nicht schuldig‹ plädiert, und ein Schwurgericht will. Außerdem mußt du dafür sorgen, daß Brendan dir Zugang zu allen Polizeiberichten ermöglicht. Das muß er tun, wenn er Anklage erhebt.«

»Was ist mit einer Kaution?«

»Es dürfte schon eine Summe festgesetzt sein, aber sie wird ziemlich hoch sein. Brendan plädiert auf versuchten Mord und Körperverletzung. Das spielt jetzt aber noch keine

Rolle. Dein Mandant liegt noch eine Weile im Krankenhaus, also kann er nirgendwo hingehen. Der Strafverteidiger soll sich darum kümmern, ihn aus dem Gefängnis zu holen. Kautionsverhandlungen sind sehr kompliziert.«

»Okay. So eine Anhörung scheint recht einfach zu sein.«

»Ja, aber sie ist auch das letzte, was an diesem Fall einfach ist.«

»Ich habe doch schon gesagt, daß ich ihn abgebe. Mach mir nicht noch mehr Druck. Ich bin auch so schon gestreßt genug.«

»Entschuldige. Ich mache mir nur Sorgen um dich.«

»Das weiß ich zu schätzen.« Ami dachte nach. »Was hast du Kirkpatrick von mir erzählt?«

»Daß du mit ihm schlafen würdest, wenn er die Anklage fallenläßt.«

»Und? Hat er angebissen?«

»Du wirst nicht lange genug an diesem Fall arbeiten, um es herauszufinden.«

»Ernsthaft, was hast du gesagt?«

»Die Wahrheit. Daß du klug bist und schwer arbeitest und daß ich nicht erwartet hätte, daß du Strafsachen annimmst.«

»Wie ist Kirkpatrick denn so?«

»Brendan ist ebenso klug wie du und sehr zielstrebig. Seine Frau ist vor drei Jahren bei einem Autounfall ums Leben gekommen. Er hat keine Kinder. Man munkelt, daß er seine Frau sehr geliebt hat und es nicht erträgt, in ein leeres Haus zurückzukehren. Wahrscheinlich hockt er deshalb auch ständig in seinem Büro. Er läßt nichts an sich heran und interessiert sich nur für seine Fälle. Was seine Arbeit betrifft, ist er arrogant, rücksichtslos und peinlich genau.«

»Wie gesagt, ich gebe den Fall ab, Betty. Kein Grund, mir noch mehr Angst zu machen.«

»Du hast mich gefragt.«

»Danke. Wie wär's, wenn wir mal zusammen essen und ins Kino gehen?«

»Gern. Es ist schon viel zu lange her, seit wir uns das letzte Mal gesehen haben.«

»Die typischen Probleme einer alleinerziehenden Mutter.«

»Such dir einen Babysitter, dann amüsieren wir uns!«

Ami legte auf. Sie fühlte sich ruhiger, da sie nun wußte, wie sie diesen Anhörungstermin bewältigen konnte. Kirkpatrick hatte in seiner Nachricht angekündigt, daß der Untersuchungsrichter ins Krankenhaus kommen würde. Da der Termin in der geschlossenen Abteilung stattfand, brauchte Ami nicht vor Gericht, wo das Publikum ihre Unsicherheit noch verstärken würde. Sie holte tief Luft. Sie konnte es schaffen! Im Konferenzzimmer der Kanzlei war eine kleine Bibliothek eingerichtet. Sie würde sich die Statuten eines Anhörungstermins durchlesen und sich soviel einprägen, wie sie konnte. Sie warf einen Blick auf ihre Armbanduhr. Vielleicht blieb ihr sogar noch Zeit, in der Bibliothek des Gerichts ein paar Bücher über Strafrecht durchzublättern.

Nancy meldete sich über ihre Telefonanlage. Dr. French wartete auf Leitung zwei.

Ami nahm den Hörer ab.

»Hallo, Dr. French. Was gibt es?«

»Mein Freund hat versucht, die militärischen Unterlagen von Morelli einzusehen. Es gibt jedoch keine. Niemand mit Namen Daniel Morelli hat während des Vietnamkrieges in den Special Forces gedient, ebensowenig wie in einer anderen militärischen Einheit.«

Ami dachte kurz nach, während Dr. French geduldig wartete. »Das bestätigt, daß seine Personalien nicht stimmen. Wenn er gedient hat, dann unter einem anderen Namen.«

»Oder«, merkte French an, »er hat nie gedient und bindet uns nur einen Bären auf.«

»Ich werde ihn nach der Anhörung vor dem Untersuchungsrichter zur Rede stellen. Dann rufe ich Sie an und erzähle Ihnen, was ich aus ihm herausbekommen habe. Vielen Dank, Doktor.«

Lärmende Fernsehteams und Reporter belegten den größten Teil der Lobby des Gebäudes mit Beschlag, in dem die geschlossene Abteilung untergebracht war. Ami murmelte immer nur »Kein Kommentar« in die Mikrofone, während sie den Spießrutenlauf von der Eingangstür bis zum Aufzug hinter sich brachte. Noch als sich die Aufzugtüren hinter ihr schlossen, riefen die Reporter ihr Fragen zu. Ami lehnte sich gegen die Wand des Lifts. Sie schloß die Augen und schwor sich, nie wieder einen so spektakulären Fall zu übernehmen.

In Dr. Ganetts Büro plauderte Brendan Kirkpatrick bereits mit Ruben Velasco, dem Untersuchungsrichter, vor den Morelli vorgeführt werden sollte. Velasco war ein Kubaner mittleren Alters. Seine Eltern waren vor Castro geflohen und von Miami nach Oregon gezogen. Dort arbeiteten sie in dem Restaurant eines Cousins. Ihr Sohn war damals noch Teenager gewesen. Ami kannte nur sehr wenige Richter persönlich, was man von Kirkpatrick ganz offensichtlich nicht behaupten konnte.

Als Ami eintrat, stand Velasco auf und verbeugte sich leicht. Er hatte dunkle Locken, klare braune Augen und lächelte freundlich. Er sprach mit einem leichten Akzent, der seine spanische Herkunft verriet. Ami schüttelte dem Richter die Hand und schaffte es, Kirkpatrick in die Augen zu sehen, als sie ihn begrüßte. Sein Händedruck war fest und höflich, aber ohne jede Herzlichkeit. Anschließend stellte der Richter Ami den Gerichtsstenotypisten vor, einen älteren Afroamerikaner namens Arthur Reid.

»Es ist zwar ein bißchen ungewöhnlich, daß wir Mr. Morelli im Krankenhaus anhören«, erklärte Richter Velasco, »aber Brendan befürchtet einen Verfahrensfehler zu begehen, wenn Ihr Mandant nicht schnellstmöglich vorgeführt wird, sobald Dr. Ganett ihn für fähig erklärt, dem Verfahren zu folgen.«

Ami hatte bei ihrem Studium der Gesetzestexte schon einmal gelesen, daß tatsächlich Verfahrensfehler drohten, falls eine Anhörung verzögert wurde, aber sie konnte sich nicht mehr erinnern, worum genau es dabei gegangen war. Also beschränkte sie sich auf ein wissendes Nicken.

»Wir müssen noch einen anderen Punkt diskutieren, bevor Dr. Ganett uns zu seinem Patienten führt. Die Presse möchte über diese Anhörung berichten. Ich werde auf keinen Fall alle Reporter, die Sie da unten gesehen haben, in die geschlossene Abteilung des Krankenhauses zu lassen. Brendan hat vorgeschlagen, einen Zeitungsreporter und ein Fernsehteam als Vertreter für die ganze Presse zu bestimmen. Die müssen dann allen Zeitungen und Sendern Zugang zu ihren Bildern und Notizen gewähren. Sind Sie damit einverstanden?«

Ami hatte keine Ahnung, ob es besser war zu widersprechen. Also erklärte sie, sie sei mit allem einverstanden, was der Richter für angemessen halte. Richter Velascos hob unmerklich die Brauen. So umgängliche Rechtsanwälte war er offenbar nicht gewohnt.

»Gut«, erklärte er. »Nehmen wir Dr. Ganetts Einschätzung von Mr. Morellis geistigem Zustand zu Protokoll und fangen wir an.«

Zwanzig Minuten später marschierten Ami, Kirkpatrick, Richter Velasco und der Gerichtsstenotypist in die Lobby der geschlossenen Abteilung, wo bereits ein Reporter vom *The Oregonian* und ein Fernsehteam von *Channel Four* warteten. Nachdem die Reporter den Bedingungen zugestimmt hatten, unter denen sie über diese Anhörung berichten konnten, führte Dr. Ganett sie in die Station. Die Scheinwerfer der Fernsehkamera tauchten den Korridor in ein grelles, künstliches Licht, als sie zu Morellis Krankenzimmer gingen. Während die Kameras liefen, tat Kirkpatrick, als wären er und der Richter dicke Freunde, und ignorierte Ami vollständig. Als Licht und Kamera ausgeschaltet wurden, ließ sich der Stellvertretende Bezirksstaatsanwalt neben Ami zurückfallen. Er lächelte sie selbstgefällig an.

»Wie ich höre, arbeitet Dr. French für Sie.«

»Hat Ihnen das Ihr kleiner Spitzel Dr. Ganett erzählt?« erwiderte Ami.

»Kein Grund, zickig zu werden. Der Polizist vor Morellis Zimmer hat Befehl, die Namen aller Besucher zu notieren.«

»Vermutlich belauscht er auch die Gespräche zwischen Anwalt und Mandant.«

»Sie überraschen mich, Mrs. Vergano. Das würde doch gegen die Gesetze verstoßen.«

Ami funkelte Kirkpatrick finster an. Der Staatsanwalt grinste. Offenbar genoß er die Situation.

»Sie plädieren also auf posttraumatisches Belastungssyndrom?« erkundigte Kirkpatrick sich scheinheilig.

»Das möchten Sie wohl gern wissen, hm?«

»Genaugenommen müssen Sie es mir sagen. Haben Sie schon mal von gegenseitiger zwangsweiser Aufdeckung gehört?«

Ami kannte den Begriff, aber sie hatte keine Ahnung, was dieses Gesetz von ihr verlangte. Bevor sie sich jedoch eine schlagfertige Erwiderung ausdenken konnte, um ihr Unwissen zu kaschieren, flammte der Kamerascheinwerfer wieder auf, und Kirkpatrick eilte an die Seite des Richters. Als der Beamte vor Morellis Tür die Gruppe kommen sah, stand er auf und schloß die Tür zum Krankenzimmer auf. Richter Velasco trat zur Seite, um Ami zuerst hineinzulassen. Sie trat an Morellis Bett, gefolgt von Kirkpatrick und dem Richter. Morelli schien einen Moment verwirrt zu sein. Dann folgte das Fernsehteam und das Licht über der Kamera flammte auf. Morelli erstarrte wie ein Wild, das vom Scheinwerferlicht gebannt wurde. Dann riß er die Arme vor das Gesicht und wandte den Kopf ab.

»Schaffen Sie die raus!« rief er.

Ami drehte sich zu dem Richter herum. »Bitte! Es regt ihn wirklich auf.«

»Die Presse hat das verfassungsmäßige Recht, hier zu sein, Richter«, widersprach Kirkpatrick. »Im Gerichtssaal könnte die Presse ebenfalls berichten.«

»Aber nicht mit Fernsehkameras«, widersprach Ami und hoffte, daß sie damit richtig lag.

Richter Velasco wandte sich an den Reporter von *Channel Four*. »Sie können bleiben, aber Ihr Kameramann geht.«

»Unser Anwalt hat uns gesagt ...«

»Das interessiert mich nicht!« fuhr der Richter ihm in die Parade. »Die Kamera verursacht Probleme, also verschwindet sie. Sie können Mr. Morelli noch ausgiebig filmen, wenn er vor Gericht steht. Jetzt ist er Patient in einem Krankenhaus, und ich werde seinen Wunsch respektieren.«

Der Reporter sah ein, daß jeder weitere Widerspruch nutzlos war, und forderte den Kameramann auf, im Flur zu warten.

»Sind Sie damit einverstanden, Mr. Morelli?« wollte Richter Velasco wissen.

Morelli ließ die Arme sinken. »Danke, Richter.«

Kirkpatrick hatte Ami zwei Kopien der Anklageschrift ausgehändigt. Während der Gerichtsschreiber seine Maschine aufbaute, gab Ami Morelli eine Kopie und erklärte ihm, worum es bei dieser Anhörung ging. Als Arthur Reid fertig war, verlas Richter Velasco die Überschrift der Anklage.

»Euer Ehren«, begann Kirkpatrick. »Es gab Probleme bei der Feststellung der Identität des Angeklagten. Wir können seine Fingerabdrücke nicht zuordnen, seine Ausweise sind gefälscht, und er taucht in keiner unserer Datenbanken auf. Ich bitte das Gericht, den Angeklagten zu fragen, ob der Name auf der Anklageschrift sein richtiger Name ist.«

Ami bekämpfte ihre aufsteigende Panik. Die Anhörung hatte doch angeblich einfach sein sollen. Sie war nicht darauf vorbereitet, Entscheidungen zu treffen, die sich zu Morellis Nachteil auswirken könnten.

»Der Fünfte Zusatzartikel, Euer Ehren!« rief sie.

»Wie bitte, Mrs. Vergano?« Der Richter war von ihrem Ausbruch sichtlich verblüfft.

»Ich rate meinem Mandanten, sich auf den Fünften Zusatzartikel zur Verfassung zu berufen, der ihm das Recht zusichert zu schweigen.«

Kirkpatrick reagierte verärgert. »Wir müssen den wirklichen Namen des Angeklagten erfahren, Euer Ehren.«

»Das müssen Sie nicht«, widersprach Ami. »Wenn er zum Beispiel unter Amnesie litte? Dann würden Sie ihn als John Doe anklagen. Also brauchen Sie für dieses Verfahren seinen Namen keineswegs.«

Der Richter hob die Hand, bevor Kirkpatrick etwas erwidern konnte. »Mrs. Verganos Argument ist stichhaltig, Mr. Kirkpatrick.«

Der Staatsanwalt warf Ami einen bitterbösen Blick zu, sagte jedoch nichts mehr. Der Richter verlas die Anklageschrift weiter, und der Rest der Anhörung verlief reibungslos.

Als der kurze Auftritt schließlich beendet war, verließen alle bis auf Ami das Krankenzimmer.

»Wie geht es Ryan?« erkundigte sich Morelli, sobald sie allein waren.

»Er geht wieder zur Schule. Es hilft ihm, mit seinen Freunden zusammen zu sein. Aber wenn er nach Hause kommt, fragt er immer nach Ihnen.«

»Er ist ein guter Junge. Er wird es überwinden.«

»Sicher.«

Morelli sah, daß sich Ami Sorgen machte. Er lächelte. »Wissen Sie, für jemanden, der angeblich nichts von Strafrecht versteht, machen Sie Ihre Sache wirklich gut.«

Ami lächelte verlegen. »Ich habe diese Sache mit dem Fünften Zusatz aus der Luft gegriffen. So was zitieren sie im Fernsehen immer. Da raten die Anwälte ihren Mandanten auch immer, sich auf den Fünften Zusatz zur Verfassung zu berufen. Bedauerlicherweise habe ich in letzter Zeit nicht mehr viel ferngesehen, also sollte ich schleunigst einen anderen Anwalt hierher beordern.«

»Ich weiß gar nicht, ob ich einen anderen Anwalt will. Sie haben Kirkpatrick so aufgeregt, daß er die Anklage vielleicht fallenläßt, damit er sich nicht weiter mit Ihnen auseinander setzen muß.«

Ami lachte. »Ob Sie es wollen oder nicht, ich steige aus, sobald Ray Armitage den Fall übernimmt.«

»Wer ist das?«

»Einer der besten Strafverteidiger des Landes. Er vertritt gerade einen olympischen Skispringer in einem Mordprozeß in Colorado. Wir haben telefoniert, und er ist sehr daran interessiert, Sie zu vertreten. Vermutlich kommt er ab nächster Woche an Bord. Bis dahin müssen Sie sich mit mir zufrieden geben. Außerdem müssen wir reden.«

»Worüber?« fragte Morelli argwöhnisch.

»Kurz bevor ich hierher gekommen bin, hat Dr. French mich angerufen. Er hat Freunde beim Militär. Sie haben versucht, Ihre Personalunterlagen einzusehen, aber es gibt keinen Daniel Morelli, der während des Vietnamkrieges bei den Special Forces oder in irgendeiner anderen Abteilung des Militärs gedient hat.«

Morelli wandte den Kopf ab.

»Hören Sie, Dan, Ihr Gesundheitszustand bessert sich zusehends. Man wird Sie ins Gefängnis stecken, es sei denn, wir bekommen Sie gegen Kaution frei. Jemand wie Ray Armitage kann einen Richter überzeugen, eine niedrige Kaution festzusetzen. Sie haben immerhin Ben Branton verteidigt, als sie Barney den Kugelschreiber in den Hals gerammt haben. Ben wäre sicher verletzt worden, wenn Barney ihn geschlagen hätte. Und der Polizist hat sie von hinten gepackt, also können wir argumentieren, daß Sie nicht gesehen haben, daß er ein Cop war. Doch kein Richter wird auf solche Argumente hören, wenn Sie einen falschen Namen und gefälschte Ausweispapiere benutzen. Kirkpatrick wird argumentieren, daß bei Ihnen ein hohes Fluchtrisiko besteht. Wie könnten wir das widerlegen?«

Morelli schaute Ami an. Er wirkte bedrückt und erschöpft. »Wenn Sie meinen richtigen Namen wüßten, würde das alles nur noch schlimmer machen.«

»Warum?«

»Ich werde seit 1986 offiziell vermißt. Alle halten mich für tot. Sie haben keine Ahnung, was für einen Wirbel Sie auslösen, wenn bestimmte Leute erfahren, daß ich noch lebe. Deshalb will ich auch nicht, daß mein Bild ins Fernsehen kommt. Und genau darum müssen Sie eine Möglichkeit finden, mich hier herauszuholen, bevor ich vor Gericht gestellt werde. Sobald mein Gesicht in den Nachrichten oder in einer Zeitung auftaucht, wissen diese Leute, daß ich lebe. Sie werden mich erledigen.«

»Wer wird Sie erledigen?«

Morelli schloß die Augen, und Ami wartete geduldig. Er tat ihr einfach leid, als sie sah, wie er litt.

»Bei der Army«, fuhr er so leise fort, daß Ami sich vorbeugen mußte, damit sie ihn verstand, »wurde ich von einer Geheimdienstorganisation rekrutiert.«

»Der CIA?«

»Nein. Einer Agentur, die Geheimdienstdaten zusammenfaßt. Die Agentur zur Koordination von Geheimdienstdaten, die AIDC. Ich bezweifle allerdings, daß es irgendwelche Unterlagen darüber gibt, daß ich für sie gearbeitet habe. Die Statuten dieser Agentur verbieten es, Leute zu beschäftigen, die meine Art von Jobs erledigen, und über meine Einheit gibt es keinerlei schriftliche Unterlagen. Ich habe nur mündliche Befehle erhalten. Offiziell hat diese Einheit niemals existiert.«

»Warum ist das denn ein so großes Geheimnis?«

»Es ging um Mord«, erwiderte er ruhig.

»Sie haben Menschen umgebracht?« Ami war sich nicht sicher, ob sie ihn richtig verstanden hatte.

Morelli nickte.

»Wo?«

»In Südostasien.«

»Das galt doch nicht als Verbrechen, nicht wahr? In Südostasien herrschte damals Krieg.«

Morelli sah Ami nun direkt in die Augen. »Ich habe auch Menschen in Europa ermordet und sogar Amerikaner hier in den Vereinigten Staaten.«

»Aber wenn man Ihnen befohlen hat ... so etwas zu tun?«

Morelli lächelte traurig. »Ich will meine Handlungen nicht beschönigen. Es war Mord. Man kann das nicht anders sehen. Und ich habe andere Dinge getan, die ebenso schlimm waren.«

»Was zum Beispiel?«

»Was wissen Sie über den Vietnamkrieg?«

»Was ich in der Schule in Geschichte darüber gelernt habe.«

»Haben Sie schon mal etwas von den Shan Hills gehört?«

»Ja. Sie liegen irgendwo in Burma, stimmt's?«

»Sie gehören zum Goldenen Dreieck. Dieses Gebiet erstreckt sich grob gerechnet über einhundertfünfzigtausend Quadratmeilen zerklüfteten Gebirgsmassivs in Burma, Laos und Thailand. In den sechziger und siebziger Jahren kamen etwa siebzig Prozent des weltweiten, illegalen Opiumnachschubs von dort. Als die chinesische Kuomintang-Regierung 1949 zusammenbrach, flohen Scharen von Soldaten der Kuomintang aus China und ließen sich in den Shan-Staaten nieder. 1950 begann die CIA, sie für eine Invasion ins südliche China auszubilden. Das Projekt scheiterte. Dafür gelang es den Soldaten, den Opiumhandel zu monopolisieren.

Eine meiner Aufgaben war es, Maultierkarawanen abzufangen, die den Grundstoff für Morphin aus den Shan Hills transportieren. Wir haben die Wachen ermordet und die Drogen gestohlen.« Morelli lachte plötzlich.

»Was ist daran so komisch?« fragte Ami.

»Wir waren richtige Cowboys. Als ich das erste Mal eine Maultierkarawane überfielen, haben wir alles und jeden in die Luft gesprengt. Ich meine, wir haben die Wachen und die Maultiere getötet.« Er schüttelte den Kopf. »Wie sich herausstellte, haben wir auch die Pakete mit dem Morphinzeug vernichtet und kamen mit leeren Händen von dem Überfall zurück.«

Ami fand es nicht im geringsten komisch, Menschen und Tiere umzubringen.

»Was haben Sie denn mit diesem Morphinzeug gemacht?« erkundigte sie sich.

Morelli wurde wieder sachlich. »Wir haben das Zeug nach Laos geschafft, wo Meo-Stammesmitglieder, die auf der Lohnliste des CIA standen, sie zu Heroin verarbeitet haben. Ein großer Teil des Heroins wurde von Air America nach Saigon geflogen. Diese Fluglinie wird von der CIA finanziert. In Saigon hat das Regime das Heroin dann verkauft. Viele der Menschen, die es kauften, waren amerikanische GIs.«

»Warum sollten wir helfen, GIs drogenabhängig zu machen?«

»Die CIA konnte den Kongreß nicht um Geld bitten, um das Regime in Saigon zu unterstützen, also haben sie ihm andere Einkünfte verschafft.«

»Hat Ihnen das nichts ausgemacht?«

»Natürlich, nachdem ich herausfand, was da eigentlich vorging, aber das war erst viel später. Ich war ein kleiner Fisch, ein einfacher Fußsoldat. Man hat mir befohlen, die Karawane in einen Hinterhalt zu locken und die Drogen zu einer bestimmten Person zu bringen. Das habe ich gemacht. Dann bin ich nach Hause gegangen. Ich habe meine Befehle nicht hinterfragt.«

»Sie sagten, nur ein Teil des Heroins sei nach Saigon geschickt worden. Was ist mit dem Rest passiert?«

»Einiges davon wurde an das Organisierte Verbrechen in den Vereinigten Staaten abgegeben, im Austausch für gewisse Gefälligkeiten.«

»Ist das Ihr Ernst?«

Morelli nickte. »Der Verkaufserlös aus dem Rest floß in einen geheimen Fond, der die Operationen meiner Einheit finanzierte. Das Geld parkte auf geheimen Konten irgendwelcher suspekter Banken. Nur wenige Menschen kannten die Zugangsnummern zu diesen geheimen Konten.« Morelli wirkte abwesend. »Vermutlich existieren diese Konten längst nicht mehr.«

Morellis Geschichte wurde mit jeder neuen Enthüllung immer verworrener, und Ami erinnerte sich an das, was Dr. French über Menschen gesagt hatte, die in einem paranoiden Wahnzustand lebten. Sie konnten vollkommen plausible Geschichten erfinden, an denen nicht das geringste stimmte. Ami wollte nach genaueren Details fragen, die sie überprüfen konnte, als sie sich an eine unbedeutende Information erinnerte, die sie kürzlich gelesen hatte.

»Kennen Sie General Morris Wingate?«

Morelli sah sie bestürzt an. »Warum fragen Sie mich nach ihm?«

»Er war der Leiter der AIDC während des Vietnamkrieges. Ich habe einen Bericht über ihn im *Newsweek* gelesen. Also, kennen Sie ihn? Vielleicht könnte er Ihnen helfen.«

Morris lachte heiser. »Er würde mir helfen, ganz bestimmt. Und zwar würde er mir aus dieser Welt hinaus helfen. Ich bin Morris Wingates schlimmster Alptraum. Er ist der Mann, vor dem ich mich verstecke.«

»Das verstehe ich nicht.«

»General Wingate hat mich rekrutiert. Er hat mir persönlich einige meiner Befehle gegeben. Vanessa Kohler ist seine Tochter. Wenn das, was ich in Wingates Auftrag getan habe, öffentlich bekannt wird, wandert er ins Gefängnis. Verstehen Sie jetzt, warum ich nicht zulassen kann, daß mein Bild veröffentlicht wird? Sobald der General erfährt, daß ich noch lebe, läßt er mich umbringen. Er hat keine andere Wahl.«

Ami war perplex. Sie konnte nicht glauben, daß Vanessa Kohler Wingates Tochter war oder daß Morelli die Macht hatte, den General zu stürzen. Aber sie wußte ohnehin nicht, ob sie Morelli überhaupt ein einziges Wort glauben sollte. Alles, was er sagte, klang verrückt. Andererseits ...

»Ich glaube, Sie sollten mir alles von Anfang an erzählen«, sagte Ami.

»Was bringt das?«

»Vielleicht bin ich nicht viel schlauer, wenn ich alles weiß.

Andererseits finde ich dann möglicherweise einen Weg, wie ich Ihnen helfen kann. Das alles bleibt sowieso unter uns. Ich werde ohne Ihre Erlaubnis mit niemandem darüber sprechen.«

»Ich weiß nicht ...«

»Bitte, lassen Sie mich Ihnen helfen.«

»Einverstanden. Ich erzähle Ihnen von Wingate und meiner Einheit.«

»Warum fangen wir nicht einfach mit ihrem richtigen Namen an?«

11. KAPITEL

Kalifornien – 1969 und 1970

»Hast du einen Moment Zeit für mich, Carl?« Die Mathematikstunde war zu Ende, und Carl Rice packte gerade seine Bücher zusammen. Vanessa Wingates Stimme ließ ihn erstarren, als hätte Captain Kirk ihn mit seinem Phaser paralysiert. »Du bist doch ziemlich gut in Mathe, stimmt's?«

Carl drehte sich zu der attraktiven Blondine herum und kämpfte dagegen an, auf den Boden zu starren. Sein Versuch, gelassen mit den Schultern zu zucken, wirkte eher, als litte er an einem Krampf.

»Geht so.«

»Mr. Goody hat mich wieder mal abgehängt. Ich frage mich, ob du mir vielleicht helfen könntest. Das Zeug, das wir heute durchgenommen haben, kommt sicher bei der Abschlußarbeit, und ich habe keinen blassen Schimmer davon.«

»Okay. Ich habe jetzt noch Unterricht, aber ich bin um drei in der Bibliothek.«

»Großartig.« Vanessa schenkte ihm ihr schönstes Lächeln. Sie verabredeten sich am Tresen der Rezeption, und Vanessa verschwand mit einem fröhlichen: »Bis dann!«

Die St. Martins Preparatory School lag auf einem großzügigen, ländlichen Campus ein paar Meilen vom Pazifischen Ozean entfernt. Die Schule war 1889 gegründet worden. Das Efeu auf den Gebäuden sah aus, als wäre es niemals beschnitten worden. Obwohl Carl Rice und Vanessa Wingate in dieselbe Klasse gingen, hätten sie auf verschiedenen Kontinenten leben können. Vanessa war reich, wunderschön und die Hauptfigur in Carls glühendsten sexuellen Phantasien.

Sie gehörte zu einer Clique, welche die neuesten und schnellsten Wagen fuhr, die coolste Kleidung trug und die neuesten Marotten drauf hatte, bevor der Rest von Amerika auch nur von ihrer Existenz erfuhr. Carl war Stipendiat, Einzelgänger und kaufte seine Kleidung bei Woolworth von der Stange. Zwei Stunden mit Vanessa verbringen zu dürfen, selbst wenn sie nur Mathe übten, war die Erhörung seiner innigsten Gebete.

Carl fiel es schwer, sich im Unterricht zu konzentrieren. Er war eine Viertelstunde zu früh in der Bibliothek. Sein Puls beschleunigte sich jedes Mal, wenn die Tür aufging. Nach einigen Minuten quälenden Wartens gestand Carl sich ein, daß er ein Narr gewesen war. Vanessa würde nicht auftauchen. Sie hatte viele Freunde und viel zu tun. Er konnte sich nicht vorstellen, daß sie einen Spaß versäumte, um mit ihm zu büffeln. Er wollte seine Bücher schon wieder einsammeln, als er sie am Empfangstisch stehen sah. Sie winkte ihm zu.

Die Schulbibliothek war ein großes Steingebäude, das mit der Spende eines Eisenbahnbarons Anfang des zwanzigsten Jahrhunderts errichtet worden war. Carl führte Vanessa nach unten zu einem Tisch auf der Rückseite des Untergeschosses, wo er beinahe jeden Abend an seinen Hausaufgaben saß. Hier war es zwar etwas dämmrig, aber Carl mochte den Platz, weil sich nur wenige Studenten hierher verirrten.

Es überraschte Carl, daß Vanessa tatsächlich Hilfe in Differentialrechnung wollte. Er hatte sie nie für eine sehr fleißige Schülerin gehalten. Andererseits wußte er nicht viel über sie. Und nun konnte er erfreut feststellen, daß sie seine Erklärungen problemlos verstand, jedenfalls nachdem er einige grundlegende Mißverständnisse ausgeräumt hatte. Sie waren gerade so richtig in den Stoff vertieft, als ein langer Schatten über die Tischplatte fiel. Carl blickte hoch. Sandy Rhodes und Mike Manchester beugten sich über sie. Mike und Sandy gehörten zum Footballteam. Beide Jungen waren gut in Form. Carl hatte von irgendwem gehört, daß Vanessa und Sandy miteinander gingen.

»He, Vanessa, was liegt an? Wollten wir nicht ausgehen?« Sandy schien sich zu ärgern, daß Vanessa für die Schule arbeitete.

»Ich wollte es dir sagen, aber ich konnte dich nicht finden.«

»Jetzt bin ich ja da. Gehen wir!«

Vanessa lächelte entschuldigend. »Ich kann nicht. Ich muß das wirklich lernen.«

Sandy nahm von Carl keinerlei Notiz und schien auch Vanessas Ablehnung nicht akzeptieren zu wollen.

»Komm schon! Es ist Freitagabend. Alle warten auf uns.«

Vanessas Lächeln gefror. »Ich lerne, Sandy. Ich gehe heute nicht aus.«

»Blödsinn.« Sandy schlug ihr Buch zu und packte grob ihren Oberarm.

Carls Vater hatte Evelyn Rice verlassen, als Carl fünf Jahre alt war. Er wurde immer noch von Alpträumen mit den Wutausbrüchen seines Vaters und den Schmerzensschreien seiner Mutter heimgesucht. Der Anblick des geschwollenen Gesichts seiner Mutter hatte sich tief in sein Gedächtnis eingebrannt.

»Laß Vanessa los!« sagte Carl. Er klang etwas schüchtern, was angesichts der Umstände verständlich war. Carl war zwar drahtig und topfit, aber die beiden Footballspieler waren jeder einen halben Kopf größer als er.

Sandy ließ Vanessas Arm nicht los, sondern warf Carl einen Blick zu, mit dem er zweifellos auch Hundekot unter seinem Schuh betrachtet hätte.

»Steck deine Nase wieder in dein Buch, sonst breche ich sie dir!«

Als Sandy sich wieder auf Vanessa konzentrierte, verpaßte Carl ihm einen Faustschlag auf den Solarplexus. Dem Footballspieler blieb die Luft weg. Dann packte Carl den Schlips, den alle Schüler von St. Martins tragen mußten, und riß Sandys Kopf so heftig herunter, daß dessen Kinn auf den Tisch krachte. Ohnmächtig sackte der Junge zusammen.

Mike Manchester war vor Überraschung zunächst wie gelähmt, aber das Geräusch, mit dem das Kinn seines Freundes gegen den Tisch krachte, riß ihn aus seiner Trance. Er holte zu einem mächtigen Schwinger aus. Carl stieß sein dickes Mathematikbuch vor. Das Geräusch, mit dem Mikes Knöchel brach, klang wie ein Schuß. Als er schmerzerfüllt zurückzuckte, schwang Carl sein Buch wie einen Baseballschläger und erwischte Mike am Hinterkopf. Der Schlag zwang ihn in die Knie. Carl trat hinter ihn und schnürte Mike mit einem Würgegriff die Luft ab.

»Ich will nicht mit euch kämpfen. Sind wir jetzt quitt?« fragte Carl den Jungen, der sich heftig wehrte.

Mike versuchte, Carls Arm wegzudrücken, doch Carl verstärkte seinen Griff. Mittlerweile war Sandy wieder zu sich gekommen und rappelte sich mühsam hoch. Carl ließ den kraftlosen Mike zu Boden sinken und verpaßte Sandy einen harten Fußtritt gegen das Kinn. Sandy brach neben seinem Freund zusammen.

»Heilige Scheiße!« Vanessa sprang auf. »Du mußt hier weg! Die werden stinksauer sein, wenn sie wieder zu sich kommen.«

»Ich hab keinen Wagen«, gab Carl zu. Es war ihm peinlich, Vanessa zu erzählen, daß seine Mutter ihn von der Schule abholte.

»Ich habe meinen Wagen dabei. Gehen wir!« befahl sie, während sie bereits ihre Schulbücher einsammelte. Carl zögerte, und Mike Manchester stöhnte. Vanessa packte Carl am Arm. »Mach schon!«

»Wird Sandy nicht genervt sein, weil du mir hilfst?«

»Sandy ist ein Schwein. Wir sind erst dreimal ausgegangen, und er tut schon so, als gehörte ich ihm. Ich bin froh, daß du es ihm gezeigt hast.«

Drei Minuten später saß Carl auf dem Beifahrersitz von Vanessas Corvette, die über die Küstenstraße raste.

»Das eben war ziemlich beeindruckend«, sagte Vanessa. »Wo hast du so zu kämpfen gelernt?«

Carl fühlte sich nicht besonders wohl wegen der Prügel, die er ausgeteilt hatte, aber er konnte es einfach nicht ertragen, wenn ein Mann einer Frau Schmerz zufügte. So ähnlich hatte auch sein Vater seine Mutter mißhandelt.

»Ich habe von klein auf Karate gelernt. Ich trainiere jeden Tag nach der Schule in einem Dojo.«

Vanessa sah ihn von der Seite an. Das Verdeck der Corvette war offen. Der Fahrtwind wehte durch ihr langes blondes Haar.

»In dir steckt mehr, als man auf den ersten Blick sieht, Carl Rice«, sagte sie, bevor sie wieder auf die Straße sah.

Carl errötete. »Wohin fahren wir?« fragte er, um seine Verlegenheit zu überspielen.

»Zu mir nach Hause.«

Sie fuhren eine Weile schweigend weiter. Carl warf verstohlene Seitenblicke auf Vanessa, während er so tat, als betrachte er den Ozean. Sie war so wunderschön, und er konnte nicht glauben, daß er hier neben ihr in diesem beeindruckenden Wagen saß.

»Du hast ein Stipendium, stimmt's?« fragte Vanessa.

Carl errötete wieder und nickte. Evelyn Rice war hochintelligent, aber ihr Mann hatte ihr nie erlaubt, zu arbeiten oder ihr Studium zu beenden. Als Carls Vater aus ihrem Leben verschwand, hatte seine Mutter sich in einer Volkshochschule eingeschrieben. Sie hatte ihren Abschluß mit der Bestnote in Buchführung absolviert und war als Empfangsdame in der örtlichen Niederlassung einer großen Steuerberatung eingestellt worden. Nachdem sie schließlich sogar ihr Diplom gemacht hatte, stieg sie bis zur Büromanagerin auf. Einer der Partner der Firma war ein Ehemaliger von St. Martins, der Carl dort zu einem Stipendium verholfen hatte.

»Ich beneide dich«, erklärte Vanessa.

»Warum sollte mich jemand beneiden?« erwiderte er ungläubig. Fast alle Studenten auf St. Martins kamen aus wohlhabenden Familien. Er konnte sich nicht einmal vorstellen, warum eine Frau wie Vanessa sich für jemanden wie ihn interessieren, geschweige denn, warum sie ihn beneiden sollte.

»Niemand schenkt dir etwas«, antwortete sie. »Du erreichst das, was du hast, mit deinem Verstand und deinem Ehrgeiz.«

»Das mußte ich nur, weil ich arm bin, Vanessa. Glaube mir, das ist nicht romantisch.«

»Das ist das Leben mit meinem Vater auch nicht.«

»Wenigstens hast du einen Vater. Meiner hat uns verlassen, als ich fünf war.«

»Aber er hat deine Mutter nicht ermordet, oder?«

»Was?« Carl hielt das für einen Witz. »Was redest du da?«

»Meine Mutter ist bei einem Autounfall ums Leben gekommen, als ich dreizehn war. Ich bin sicher, daß es kein Unfall war.«

»Hast du das der Polizei erzählt?«

»Die haben mir nicht geglaubt. Und die Versicherungsdetektive auch nicht. Ich kann es ihnen nicht verübeln, denn ich hatte keine Beweise. Ich weiß einfach nur, wie dieser Mistkerl vorgeht. Er glaubt, er steht über dem Gesetz. Auf jeden Fall kennt er Leute, die einen Mord wie einen Unfall aussehen lassen können.«

Carl wußte nicht, was er darauf sagen sollte. »Hast du das dem FBI erzählt?«

Vanessa lachte höhnisch auf. »Ich hatte ihr Büro gerade zehn Minuten verlassen, als jemand meinen Vater anrief. Der General hat mich in die Bibliothek unseres Hauses bestellt und mir gedroht, daß er mich in ein Irrenhaus schaffen würde, wenn ich nicht aufhörte, solche böswilligen Verleumdungen zu verbreiten. Er sagte, er würde mich unter Beruhigungsmittel setzen und in eine Zwangsjacke stecken und ich würde den Rest meines Lebens in der Gummizelle verbringen.«

»Dein Vater ist General?«

Vanessa nickte.

»Damit käme er aber doch ganz sicher nicht durch, ich meine, wenn er dich ohne Grund einsperren ließe?«

»Du hast keine Ahnung, wie mächtig mein Vater ist. Also habe ich aufgegeben, und er hat mich nicht weiter beachtet. Er ist ohnehin nicht viel zu Hause. Die meiste Zeit verbringt er in Washington, und ich kann hier tun und lassen, was ich will. Solange ich ihn nicht in Verlegenheit bringe oder ihn verärgere.«

Vanessa bog von der Hauptstraße ab und blieb vor einem hohen schmiedeeisernen Tor stehen. Sie tippte einen Code in eine Tastatur, und die Flügel schwangen auf. Hinter dem Tor verlief der Weg durch eine von Bäumen gesäumte Wiese bis zu einem Hügel. Von dort aus hatte man einen wundervollen Blick auf den Ozean und die riesige Villa im Spanischen Stil mit einem roten Ziegeldach. Carl war einem solchen Anwesen noch nie so nahe gekommen. Das Haus war so weiß wie Schnee und größer als sein Apartmenthaus. Die Balkone vor den Fenstern im ersten und zweiten Stock waren mit frischen Blumen geschmückt. Rechts vom Haus befand sich ein Stall. Carl hatte oft davon geträumt, wie es wäre, reich zu sein, aber so etwas hätte er sich niemals ausmalen können.

»Hier lebst du?« fragte er fast ehrfürchtig. »Das ist dein Haus?«

»Süßes Heim, Glück allein«, sang Vanessa, als sie auf eine kreisförmige Zufahrt einbog und vor einer riesigen, geschnitzten Tür bremste, die von einem Portio beschattet wurde. Als sie anhielt, schwang die Tür auf, und ein Mann mit einer weißen Jacke und einer schwarzen Hose begrüßte sie. Vanessa warf ihm die Wagenschlüssel zu.

»Ich bleibe heute abend hier, Enrique«, erklärte sie und führte Carl ins Haus. Die Tür schloß sich und schnitt das mächtige Dröhnen des Motors der Corvette ab, als Enrique den Wagen in die Garage chauffierte.

»Darf ich mal telefonieren? Meine Mom macht sich bestimmt Sorgen, wenn ich nicht anrufe.«

In der riesigen Eingangshalle stand ein Telefon auf einem von Intarsien geschmückten Tischchen. Carl rief im Büro seiner Mutter an und erwischte sie, als sie im Gehen begriffen war. Vanessa hörte zu, wie er erklärte, daß er im Haus einer Freundin war, die ihn später nach Hause fahren würde. Sie tippte ihm auf den Arm. Er bat seine Mutter, einen Moment zu warten, und brach in Schweiß aus, als Vanessa ihm etwas ins Ohr flüsterte.

»Ich ... Ich bin eingeladen worden, hier zu übernachten. Ist das für dich in Ordnung?«

Nachdem er sich ein paar ernste Worte über Benehmen und Pünktlichkeit angehört hatte, legte Carl auf.

»Bleibst du?«

»Mom ist begeistert, daß ich mich endlich mit jemanden aus St. Martins angefreundet habe.«

»Ich wünschte, mein Vater würde sich einen Deut darum scheren, mit wem ich zu tun habe.«

Carl sah sich in der Eingangshalle um. Sie war mit rötlichen Fliesen ausgelegt. Die Hauptattraktion waren jedoch der gewaltige Kristalllüster und die geschwungene Marmortreppe.

»Es ist noch zu früh zum Dinner«, erklärte Vanessa. »Hast du Lust zu schwimmen?«

»Ich habe keine Badehose dabei.«

Vanessa warf ihm einen anzüglichen Blick zu. »Mach dir darüber keine Gedanken.«

Als Carl errötete, lachte sie. »Wir haben Badehosen im Poolhaus. Laß deine Schultasche einfach hier und komm mit.«

Sie ging voran durch ein großes, sonnendurchflutetes Wohnzimmer zu mehreren großen, gläsernen Flügeltüren. Vanessa öffnete eine, und Carl trat auf eine geflieste Terrasse hinaus, die an einen Rasen grenzte, der sie von einem fünfundzwanzig Meter Becken trennte. Auf der anderen Seite des Beckens befanden sich zwei Umkleidekabinen. Vanessa zeigte ihm die für Männer und verschwand in der anderen. Zehn Minuten später kam Carl in schwarzen Boxershorts heraus. Vanessa räkelte sich auf einer Liege. Sie trug einen winzigen, gelben Bikini. Beim Anblick ihres schlanken, gebräunten Körpers verschlug es Carl fast den Atem. Ihr Bauch war flach, leicht muskulös, und ihre langen Beine waren wundervoll glatt. Er fühlte, wie er eine Erektion bekam, und kämpfte mit aller Macht dagegen an. Vanessa ließ sich nicht anmerken, ob sie seinen Zustand bemerkt hatte. Sie stand auf und nahm ein T-Shirt und ein Sweatshirt für Carl von einer Liege, zwei große Flanellhandtücher und ein großes Strandtuch.

»Ab ins Meer!« Sie ging zum anderen Ende des Rasens und führte ihn über eine verwitterte Holztreppe von den zerklüfteten Klippen hinab zu einem schmalen Strand hundert Meter tiefer. Es herrschte Flut, so daß große Wellen an den Strand brandeten. Vanessa breitete das Badetuch auf dem Sand aus, warf alles darauf, was sie in der Hand hatte, und rannte ins Wasser. Dann stürzte sie sich kopfüber in eine Welle und kraulte routiniert in die Brandung. Carl tauchte in eine Welle und machte einige kräftige Schwimmzüge, um sich aufzuwärmen. Als er auf der anderen Seite der Welle herauskam, war von Vanessa nichts mehr zu sehen. Er drehte sich suchend um, während er mit einer plötzlichen Panik kämpfte. Plötzlich tauchte Vanessa graziös wie ein Delphin unmittelbar vor ihm aus dem Wasser auf, schlang ihre Arme um seinen Hals und zog ihn an sich. Ihr Kuß überraschte Carl, aber er überwand seinen Schreck sehr schnell, als sie ihn noch einmal küßte.

Carl hatte Vanessa begehrt, seit er sie zum ersten Mal gesehen hatte. Er konnte einfach nicht glauben, daß sie ihn auch wollte, aber wie sonst sollte er erklären, daß sie sich an ihn klammerte, ihre langen Beine um seine Taille schlang und ihre wunderschönen Brüste an seine Brust drückte?

Vanessa unterbrach den Kuß und tauchte ab. Carl blieb benommen vor Begehren zurück. Als sie wieder auftauchte, war sie fast schon am Ufer. Carl schwamm ihr nach. Als er aus der Brandung stieg, trug sie bereits ihr T-Shirt.

»Ich friere«, sagte sie und warf ihm Handtuch und Sweatshirt zu. »Gehen wir hinein!«

Carl folgte ihr. Er fürchtete sich davor zu sprechen. Der Anblick, wie sich Vanessas Po unter dem T-Shirt rhythmisch bewegte, als sie die Treppen hinaufging, überwältigte ihn beinahe. Er konnte vor Verlangen kaum noch klar denken. Er riß den Blick von Vanessa los, weil er Angst hatte, zu stürzen, wenn er sich nicht auf die schmalen Stufen konzentrierte.

Sie gingen ins Haus. Vanessa führte ihn die geschwungene Treppe hinauf in den zweiten Stock.

»Das ist dein Zimmer«, sagte sie und öffnete die Tür zu einem Gästezimmer. Carl ging hinein, und Vanessa folgte ihm. Der Raum war mit einer Kommode, zwei Couchtischen, einer Bodenlampe und einem breiten Bett möbliert.

»Wir essen frühestens in einer Stunde.« Vanessa schloß die Tür und streifte sich das T-Shirt über den Kopf. »Was fangen wir bis dahin nur an?«

Carl wachte lange vor Tagesanbruch auf. Er brauchte einen Moment, um sich zu orientieren und um sich zu vergewissern, daß er gestern nicht geträumt hatte. Der Beweis dafür lag neben ihm; nackt, mit zerwühltem Haar und so schön, daß es fast weh tat. Carl kroch aus dem Bett und streifte sich die Badehose und das Sweatshirt über, die Vanessa ihm geliehen hatte. Während Vanessa weiter schlief, ging Carl über die Treppe der steilen Klippe hinab zum Strand. Er brauchte Zeit, um zu sortieren, was da zwischen ihm und Vanessa passiert war. Dafür benötigte er einen klaren Kopf.

In wenigen Stunden würde die Sonne Kaliforniens alles in ihr glühendes Licht tauchen, aber um diese frühe Zeit ging sie gerade erst auf. Die Klippen warfen ihren kühlenden Schatten auf den Strand. Carl dehnte sich zwanzig Minuten, bevor er seine Katas übte, Karateübungen, die eher an einen Tanz erinnerten. Jede Kata war ein ritueller Kampf gegen einen imaginären Gegner. Die einzelnen Bewegungen einer Kata mußten in einer besonderen Reihenfolge ausgeführt werden. Carl mochte diese Übungen fast noch lieber als einen echten Kampf. Für ihn waren sie mehr als eine Übung. Sie waren ein Ritual, das eine gewisse formale Sicherheit in sein Leben brachte, das von seiner Geburt an durch Unsicherheiten geprägt war.

Carl bewegte sich knapp außerhalb der Wellen über den Sand. Jede Kata war komplexer als die davor, und er absolvierte sie dreimal, wobei er die Geschwindigkeit allmählich steigerte. In Zeitlupe und bei halber Geschwindigkeit flossen die Katas sanft dahin, und ihre Bewegungen gingen elegant ineinander über. In voller Geschwindigkeit jedoch schienen Carls Arme und Beine zu verschwimmen, doch er selbst sah jeden Schlag, jeden Tritt und jeden Block ganz deutlich vor sich. Als er übte, verblaßten das Meer, der Strand und die aufgehende Sonne, bis nur noch der Schlag existierte, den er gerade ausführte.

Carl schwitzte am ganzen Körper, als er seine letzte Kata absolviert hatte und sich langsam abkühlte. Er hatte seine Dehnübungen fast beendet, als er jemanden die Treppe zum Strand hinunterkommen sah. Die Sonne war mittlerweile über den Rand der Klippe gestiegen. Carl beschattete die Augen mit der Hand. Die Person war ein markanter, kräftiger Mann in T-Shirt und Shorts. Er trug sein schwarzes, grau-meliertes Haar in einem militärischen Kurzhaarschnitt.

»Ich habe Sie seit zwanzig Minuten beobachtet«, begrüßte ihn der Mann. »Ich hoffe, Sie haben nichts dagegen.«

»Ich habe Sie gar nicht bemerkt«, antwortete Carl wahrheitsgemäß. Die Katas nahmen immer seine ganze Aufmerksamkeit in Anspruch.

»Sie sind sehr gut«, meinte der Mann. »Wie lange lernen Sie das schon?«

»Ich habe mit acht angefangen.«

»Dann müssen Sie jetzt schon den schwarzen Gürtel haben.«

Carl nickte verlegen. »Diese Gürtel haben nicht viel zu bedeuten.« Er wollte nicht, daß der Mann ihn für einen Angeber hielt. »Jeder kann einen schwarzen Gürtel erreichen, wenn er hart genug trainiert.«

»Ich bin Morris Wingate, Vanessas Vater.« Der General reichte ihm die Hand.

Carl mußte sich zwingen, sie zu ergreifen. Die Gemütsruhe, die ihm seine Übungen geschenkt hatten, wich augenblicklich der Scham darüber, daß er mit Wingates Tochter in Wingates Haus geschlafen hatte. Und einer diffusen Furcht, weil Vanessa ihm erzählt hatte, ihr Vater sei ein kaltblütiger Mörder.

»Und Sie sind ...?« fragte der General.

Carl schaffte es, daß seine Stimme nicht zitterte, als er Wingate seinen Namen nannte.

»Sie sind ein Freund von Vanessa?«

»Wir sind Klassenkameraden. Ich ... ich helfe ihr bei der Differentialrechnung.«

»Wirklich? Ein Akademiker und hingebungsvoller Karateschüler. Nicht der übliche Männertyp meiner Tochter. Sie haben hier nach dem Unterricht übernachtet?«

»Ja, Sir. Es war schon ziemlich spät.« Carls Magen brannte. Hatte Wingate einen Blick ins Gästezimmer geworfen und seine nackte Tochter sowie Carls unordentlich verstreute Kleidung gesehen?

»Ich bin selbst ebenfalls erst gegen zwei Uhr heute früh nach Hause gekommen. Ich finde, daß ein wenig Bewegung den Kreislauf weit besser in Gang bringt als eine Tasse Kaffee. Haben Sie Lust, ein Stück mit mir zu laufen?«

Carl konnte sich nicht gut weigern, also nickte er nur. Der ältere Mann schlug ein zügiges Tempo an, das Carl problemlos mithalten konnte. Der Strand schien sich endlos vor ihnen zu erstrecken, und Carl fragte sich, wie weit Wingate wohl laufen würde. Letztendlich spielte das keine Rolle. Weit vor ihnen hatte ein Baum mit einem dicken, knorrigen Stamm seine Wurzeln hoch oben in die blanke Felswand der Klippe gegraben. Er neigte sich gefährlich zum Meer hin, aber vermutlich trotzte er schon sehr lange der Schwerkraft. Carl fixierte seinen Blick auf den Baum und lief locker über den Sand.

»Wie steht es denn um Vanessas Mathematikkenntnisse?« erkundigte sich der General schließlich, nachdem sie eine Weile schweigend gejoggt waren.

Carl wußte nicht genau, ob Wingate seine Frage sarkastisch gemeint hatte, also antwortete er gerade heraus.

»Sie hat eine sehr rasche Auffassungsgabe.«

»Vanessa ist klug, aber sie konzentriert sich leider nicht ausreichend auf die Schule. Ich wünschte, ihre Noten würden ihren Intelligenzquotienten widerspiegeln.«

Diese Vertraulichkeit war Carl unangenehm. Er hätte nicht gewollt, daß seine Mutter seine Unzulänglichkeiten mit seinen Freunden diskutierte.

»Der Name Rice sagt mir nichts. Leben Sie hier in der Nähe, Carl?«

»Nein.«

»Wo dann?«

»San Diego.« Carl beschloß, den Fragen des Generals zuvorzukommen. »Ich habe ein Stipendium.«

»Das klingt, als wollten Sie sich entschuldigen.«

»So meinte ich das nicht«, erwiderte Carl etwas zu schnell.

»Gut. Dazu haben Sie auch keinen Grund. Es freut mich sehr, daß Vanessa einen Freund gefunden hat, der nicht alles im Leben auf einem Silbertablett serviert bekommt. St. Martins ist eine exzellente Schule. Vanessa würde sie sonst nicht besuchen, aber viele Schüler wurden von ihren Eltern einfach nur dort hineingekauft. Carl, Sie sollten stolz darauf sein, daß Sie wegen Ihrer Leistungen dort aufgenommen worden sind.«

Die Worte des Generals überraschten Carl. Das klang so gar nicht wie der Unmensch, den Vanessa ihm geschildert hatte.

Wingate zog nach etwa einer Meile das Tempo an, aber Carl hatte keinerlei Schwierigkeiten mitzuhalten. Nach zwei Meilen blockierte ein steinerner Landungssteg den Strand, und der General drehte um. Als sie noch eine halbe Meile vor sich hatten, sprintete Wingate los. Carl hätte den älteren

Mann mit Leichtigkeit abhängen können, aber er wollte kein Rennen laufen. Er spürte, daß dies eine Art Test war, und paßte sein Tempo einfach nur dem des Generals an. Sie waren noch zweihundert Meter von der Treppe entfernt, als Carl einen Mann in Jeans und einem karierten Hemd sah, der oben am Rand der Klippe spazierenging. Die Sonne blendete Carl, so daß er den Blick abwenden mußte, aber einen Moment lang hatte der Körper des Mannes die Sonne verdeckt, und Carl glaubte, daß der Mann eine automatische Waffe in den Händen gehalten hatte.

Als sie die Treppe erreichten, keuchte der General, während Carl nach wie vor ruhig atmete.

Wingate beugte sich vor und stützte die Hände auf die Knie. »Sie sind sehr gut in Form, Carl.«

»Ich trainiere mehrere Stunden am Tag. Laufen gehört auch dazu.«

»Laufen Sie in der Leichtathletikmannschaft von St. Martins?«

»Nein.«

»Warum nicht?«

Carl zuckte mit den Schultern. »Mein Unterricht und mein Karate füllen mich ziemlich aus. Ich habe nicht viel freie Zeit.«

»Was machen Sie nächstes Jahr?«

»Ich möchte gern auf das College gehen.«

»Sie haben sicherlich ausgezeichnete Noten.«

»Ich bin ganz zufrieden.«

»Wo bewerben Sie sich?«

»An der Universität von Kalifornien und an einigen anderen. Dartmouth wäre meine erste Wahl, aber das hängt von dem Stipendium ab. Wenn es sein muß, arbeite ich auch ein oder zwei Jahre.«

Wingate richtete sich auf. Er atmete wieder normal. »Gehen wir hinauf! Vanessa ist bestimmt schon wach.«

Carl fühlte sich zu dem General hingezogen. Würde Vanessa ihn fallenlassen, wenn sie glaubte, daß er ihren Vater mochte? Er hoffte, daß sie noch schlief und ihn nicht zusammen mit Wingate sah, aber diese Hoffnung wurde enttäuscht. Sie saß in Tennisshorts und einem hellgrünen, kurzärmeligen Hemd auf der Terrasse, aß ein Corissant und trank Kaffee.

»Sieh an – macht Ihr auf Männerfreundschaft?« fragte sie, als die beiden näher kamen.

»Ich habe Carl gebeten, mit mir zu laufen.« Wingate ignorierte die sarkastische Bemerkung seiner Tochter. »Er hat mir erzählt, daß er dir bei den Hausaufgaben hilft.«

Vanessa starrte Carl so lange an, daß er nervös wurde. Er erwartete schon, daß sie ihrem Vater erzählte, was sie fast die ganze Nacht im Gästezimmer getrieben hatten.

»Ich habe Schwierigkeiten mit Mathe. Carl ist ein Magier. Ich glaube, ich verstehe den Stoff jetzt.«

»Gut«, erwiderte ihr Vater. »Ich gehe duschen. Bis später.«

»Also, was hältst du von dem General?« wollte Vanessa wissen, als ihr Vater außer Hörweite war.

»Für jemanden in seinem Alter ist er ziemlich gut in Form«, erwiderte Carl ausweichend.

Vanessa lachte. »Keine Sorge. Ich reiße dir nicht den Kopf ab, wenn du etwas Nettes über ihn sagst. Er hinterläßt einen großartigen ersten Eindruck, vor allem bei Männern. Diese stahlgrauen Augen, das entschlossene Kinn und die militärische Haltung. Er ist ein richtiger Kerl, und ihr Jungs mögt so etwas.«

»Ich habe Karate geübt. Wir haben über alles Mögliche geredet und sind zusammen gejoggt. Er hat mich gefragt, wo ich lebe und sich nach der Schule erkundigt.«

Vanessa beugte sich vor und nahm Carls Kinn zwischen ihre Finger. Die Berührung elektrisierte ihn.

»Du bist rot wie eine Möhre, und ich wette, ich weiß genau, was du denkst.« Carls Röte vertiefte sich. »Warum gehst du nicht nach oben und duschst? Ich seife dir den Rükken ein.«

»Während dein Vater im Haus ist?« fragte Carl nervös.

»Gerade weil mein Vater da ist«, antwortete sie und starrte boshaft ins Innere ihres Hauses.

Als sie aufstand, bog ein Mann um die Ecke. Es war nicht derselbe, den Carl auf dem Rand der Klippe hatte patrouillieren sehen. Diesmal bestand aber kein Zweifel daran, daß der Mann bewaffnet war.

»Mach dir über die keine Gedanken«, sagte Vanessa, als sie bemerkte, wie Carl den Mann anstarrte. »Mein Vater reist immer mit einer Leibwache. Er ist eine wichtige Persönlichkeit. Selbst Enrique ist ein Ex-Militär, aus irgendeinem südamerikanischen Land, mit dem mein Vater zu tun hatte. Vermutlich war er bei einem Todesschwadron, das mein Vater ausgebildet hat.« Carl wußte nicht, ob sie das scherzhaft meinte. »Er selbst ist auch immer bewaffnet.«

Carl runzelte die Stirn. Daß bewaffnete Männer dieses Grundstück bewachten, behagte ihm nicht. Denn das bedeutete, daß es einen triftigen Grund gab, warum sie hier waren. Doch als Vanessa seine Hand nahm, dachte Carl nicht mehr an Wachen.

Der General ging kurz nach dem Frühstück. Während er unterwegs war, verbrachten Carl und Vanessa die Zeit damit, miteinander zu schlafen oder sich träge am Strand zu erholen.

Wingate kam am frühen Abend zum Essen zurück. Er versuchte, eine normale Unterhaltung zu führen, aber seine Tochter antwortete auf jede direkte Frage gereizt und schwieg mürrisch, wenn Carl und ihr Vater miteinander redeten. Carl fühlte sich äußerst unbehaglich und war heilfroh, als das Dinner endlich zu Ende war.

Die beiden gingen ins Kino, weil der General Gäste erwartete. Die Besucher waren verschwunden, als sie nach Mitternacht zurückkehrten. Vanessa verbrachte die Nacht in Carls Zimmer, was ihn sehr nervös machte. Er stellte sich vor, wie der General die Tür zum Gästezimmer aufriß und ihn im Bett ermordete. Aber es gab keine nächtlichen Überfälle, und Morris Wingate war verschwunden, als sie am Sonntagmorgen aufwachten.

Carl war vollkommen erschöpft, nachdem Vanessa ihn am Abend an seiner Wohnung abgesetzt hatte. Er ging sofort ins Bett und verschlief am nächsten Morgen. Aus diesem Grund kam er zum ersten Mal zu spät zum Unterricht, seit er in St. Martins angefangen hatte. Carl hoffte, daß er nicht zufällig Sandy Rhodes oder Mike Manchester begegnete. Er hatte Glück. Er sah sie nur einmal aus der Ferne im Korridor. Später erzählte Vanessa ihm, daß die Jungs allen, die sie nach ihren Verletzungen fragten, weisgemacht hatten, die Kampfspuren stammten von einer erfolgreichen Prügelei mit einer Rockerbande hinter einer Bar.

Das erste Semester von Carls Abschlußjahr zog wie im Nebel an ihm vorüber. Er wollte zwar soviel Zeit wie möglich mit Vanessa verbringen, erklärte ihr aber, daß er seinen Notenschnitt halten mußte, wenn er eine Chance auf ein Stipendium haben wollte. Das verstand sie. Sie störte nie seine Studien. Wenn sie nach dem Unterricht an den Strand gingen, brachte Vanessa ihn gegen neunzehn Uhr nach Hause. Verbrachte er das Wochenende in Vanessas Haus, bestand sie darauf, daß er seine Bücher mitbrachte.

Zuerst fürchtete Carl die Wochenenden bei den Wingates, wenn der General anwesend war. Zwischen Morris Wingate und seiner Tochter herrschte eine unangenehme Spannung, doch schon bald freute er sich, wenn Wingate auftauchte. Der General war charmant und intelligent, besaß ein umfassendes Allgemeinwissen und schien schon überall auf der Welt gewesen zu sein. Carl fühlte sich schuldig, weil er Vanessas Haß auf ihren Vater nicht teilen konnte. Er hütete sich jedoch, das Vanessa gegenüber zu erwähnen. Es war ihr sicher längst aufgefallen, daß Carl und ihr Vater sich gut verstanden, aber sie verlor Carl gegenüber darüber kein Wort.

Manchmal joggten Carl und der General zusammen am Strand. Eines Tages jedoch schlug Wingate einen Karatekampf vor. Er konnte Carl zwar nicht das Wasser reichen, hielt sich jedoch keineswegs schlecht. Als Carl später darüber nachdachte, wurde ihm klar, daß ihn das nicht hätte wundern sollen. Wingate war ein Militär, und Soldaten lebten vom Kampf. Meistens übernahm Carl die Rolle des Verteidigers und begnügte sich damit, Wingates Schläge und Tritte zu blockieren und gelegentlich selbst einen leichten Schlag zu landen. Carl war überzeugt, daß der General wußte, daß er sich zurückhielt.

Zwei Nächte nach ihrem Übungskampf klingelte das Telefon in Carls Wohnung. Er nahm den Anruf in seinem Zimmer entgegen und hoffte, daß es Vanessa war. Der Anrufer war Morris Wingate. Der General hatte ihn noch nie angerufen, und Carl fürchtete sofort, Vanessa könnte etwas passiert sein.

»Schön, daß ich Sie erwischt habe«, sagte Wingate. »Ich bin zur Zeit noch in Washington, aber ich komme Donnerstagabend nach Kalifornien zurück. Haben Sie da schon etwas vor?«

Carl hatte nichts vor. Vanessa und er hatten Klausuren vor sich. Sie hatten vereinbart, in der Woche zu lernen und sich nicht zu treffen.

»Gut«, meinte Wingate, als Carl seine Frage verneinte. »Ich habe am Donnerstag eine Überraschung für Sie geplant. Ich schicke Ihnen gegen neunzehn Uhr einen Wagen. Sagen Sie nur Vanessa nichts davon!«

Der General legte auf, bevor Carl ihm eine Frage stellen konnte. Ihm wäre es lieber gewesen, der General hätte ihn nicht gebeten, die Verabredung vor Vanessa geheimzuhalten. Falls er sich daran hielt und sie es dennoch herausfand? Wenn man jemanden liebte und Carl glaubte, daß er in Vanessa verliebt war, sollte man keine Geheimnisse voreinander haben. Allerdings wußte Carl nicht, warum er Vanessa nichts davon erzählen sollte. Wenn der General nun seiner Tochter eine Überraschung bieten wollte und Carl eine Rolle dabei spielen sollte? Er würde alles ruinieren, wenn er es ihr verriet.

Carl beschloß abzuwarten, was der General vorhatte. Er konnte Vanessa hinterher immer noch davon erzählen.

Genau um neunzehn Uhr hielt eine schwarze Limousine vor Carls Wohnblock. In dieser Gegend sah man Limousinen mit Chauffeur nur ziemlich selten, so daß sie einige Gaffer anzog.

»Wohin gehst du?« wollte Evelyn Rice von ihrem Sohn wissen.

»Ich weiß nicht, Mom. Ich habe dir ja schon gesagt, daß der General eine Überraschung plant.«

»Und warum kommt deine Freundin nicht mit?«

»Das weiß ich auch nicht.« Carl zog sein Jackett an und küßte seine Mutter auf die Wange. »Ich muß los.«

Evelyn schlang ihre Arme um sich, um ihre Gefühle zu kontrollieren, als Carl die Wohnungstür hinter sich schloß. Ihr Sohn hatte wenig über das Mädchen erzählt, mit dem er ausging. Evelyn wußte nur, daß Vanessa sehr reich und ihre Mutter tot war. Ihr Vater lebte fast das ganze Jahr über in Washington, wo er einen Geheimdienst leitete. Es mißfiel Evelyn, daß jemand sein Kind so lange unbeaufsichtigt ließ, und außerdem fand sie es seltsam, daß eine so bedeutende Persönlichkeit wie General Wingate mit ihrem Sohn ausging, ohne seine Tochter mitzunehmen. Aber Carl war in letzter Zeit so glücklich gewesen, daß sie ihre Vorahnungen lieber für sich behielt.

Einige der Nachbarkinder machten anzügliche Bemerkungen, als der Chauffeur Carl die Tür öffnete. Befangen nahm er neben dem General auf den Rücksitz Platz. Auf dem Beifahrersitz saß ein bewaffneter Leibwächter. Er und der Fahrer hatten lange Haare und trugen Zivilkleidung. Wingate trug ein schwarzes Hemd und eine dunkle Hose.

»Wie laufen Ihre Prüfungen?« erkundigte sich der General, als sich der Wagen in Bewegung gesetzt hatte.

»Ganz gut. Ich habe diese Woche zwei Klausuren geschrieben und habe nächste Woche noch drei vor mir.«

»Vanessa glaubt, daß sie bei ihrem Mathematiktest gut abgeschnitten hat. Das Verdienst dafür schreibt sie Ihnen zu.«

Carl errötete. »Sie hätte es auch ohne mich geschafft.«

»Meine Tochter hat mir auch erzählt, wie Sie sie vor Sandy Rhodes beschützt haben.« Carl wandte verlegen den Blick ab. »Das war mutig. Ich kenne Sandy und seinen Freund. Sie sind beide erheblich größer als Sie.«

»Ich habe Sandy überrumpelt, und außerdem wußten die beiden nicht, wie man kämpft«, murmelte Carl.

Der General musterte Carl einen Moment, bevor er antwortete. »Bescheidenheit ist ein edler Charakterzug, Carl, aber Sie sollten es damit nicht übertreiben. Jemanden bei einem Kampf überrumpeln zu können ist eine bewundernswerte Fähigkeit. Nur im Fernsehen geht es fair zu. Ein Kampf ist kein Spiel. Auf jeden Fall stehe ich in Ihrer Schuld, weil Sie Vanessa beschützt haben.«

Carl wußte nicht, was er sagen sollte, also hielt er einfach den Mund. Der General ließ das Thema fallen, und sie fuhren schweigend weiter, bis der Wagen vom Highway abbog und nach Osten in die ländlichen Gebiete fuhr.

»Ich bin sicher, Sie werden den heutigen Abend interessant finden.«

»Wohin fahren wir?«

»Zu einer Sportveranstaltung«, antwortete Wingate mit einem geheimnisvollen Lächeln. »Ihre Auseinandersetzung mit Sandy und seinem Freund war nicht Ihr erster richtiger Kampf, habe ich recht?«

»Ja«, antwortete Carl argwöhnisch. Er wußte nicht, worauf Wingate hinauswollte.

»Sind Sie eigentlich jemals den Marodeuren beigetreten?« Die Frage überrumpelte Carl. »Ich weiß, daß Sie bei einigen ihrer Bandenkämpfe mitgemacht haben, aber es ist nicht klar ersichtlich, wie weit Ihre Beteiligung geht.«

»Woher wissen Sie …?«

Wingate lächelte. »Ich bin Chef eines Geheimdienstes, Carl. Wie gut wäre dieser Geheimdienst wohl, wenn er nicht einmal die Vergangenheit des Freundes meiner Tochter untersuchen könnte?«

Carl errötete. »Ich finde das nicht richtig, Sir.«

»Meine Tochter haßt mich. Sie macht mich für den Tod ihrer Mutter verantwortlich und versucht alles, um mir weh zu tun. Gelegentlich läßt sie sich sogar mit Jungs ein, die wirklich schlecht für sie sind. Sie geht nur mit ihnen aus, um mich zu verletzen. Ich liebe Vanessa sehr und muß sie manchmal vor sich selbst beschützen. Das bedeutet: Ich muß alles, was ich kann, über ihre Freunde in Erfahrung bringen, und mich gelegentlich auch der Jungen annehmen, die ein Problem darstellen könnten.«

Der General sah Carls besorgten Blick und lächelte herzlich. »Sie sind nicht schlecht für Sie, Carl. Im Gegenteil, ich bin sogar sehr erleichtert, daß Sie endlich jemanden wie Sie gefunden hat, jemanden mit Charakter.«

Carl fühlte, wie ihm eine Last von den Schultern fiel.

»Trotzdem muß ich diese Sache mit den Marodeuren wissen«, fuhr der General beharrlich fort.

»Da gibt es nicht viel zu sagen. Ein paar Freunde aus meiner alten Schule sind in einer Bande. Ich bin nicht dabei. Als ich meinen schwarzen Gürtel bekommen habe, wollte ich herausfinden, wie ich mich außerhalb eines Dojos halten würde, Sie wissen schon, auf der Straße, wo es keine Regeln gibt. Ich war an einem Kampf beteiligt, und die Polizei hat mich festgenommen. Sie konnten aber nichts beweisen, also haben sie mich wieder laufenlassen. Es gab nicht einmal eine Anzeige, aber diese Verhaftung hat mich wachgerüttelt. Ich habe meinen Freunden gesagt, daß ich nicht bei ihnen mitmachen würde. Wir sind immer noch befreundet.«

»Wie haben Sie sich bei dem Kampf ohne Regeln gehalten?«

Carl sah dem General in die Augen. »Ausgezeichnet.«

Wingate lächelte und ließ das Thema fallen. Im Osten versanken die Hügel allmählich in der Dunkelheit, und am Himmel funkelten die ersten Sterne. Die Limousine bog auf einen Feldweg ein und fuhr durch eine Obstplantage. Carl sah in der Ferne ein Licht zwischen den Bäumen funkeln. Kurz darauf erreichten sie eine große Scheune und parkten neben einer Limousine. Es standen noch mehr teure Wagen in der Nähe. Als der Fahrer die Tür öffnete, hörte Carl Geräusche aus der Scheune. Der Leibwächter des Generals war vorausgegangen und klopfte an eine Tür. Sie öffnete sich ein Stück, und ein fetter Mann mit einer Zigarre steckte den Kopf heraus. Wingates Leibwächter drückte dem Mann ein Bündel Banknoten in die Hand und sagte etwas zu ihm, was Carl nicht verstand. Der Fette schob das Geld in seine Tasche und grinste.

»General, es ist mir ein Vergnügen.«

»Das klingt ganz so, als hätten Sie einige interessante Wettkämpfe organisiert.«

»Sie werden sich amüsieren«, versicherte der Mann Wingate, während er zur Seite trat und Carl, den General und dessen Leibwächter in die Scheune ließ.

Scheinwerfer beleuchteten ein rechteckiges Sandfeld in der Mitte der Scheune. Der größte Teil des Inneren blieb im Dunkeln. Dichte Schwaden Zigarren- und Zigarettenqualm zogen durch das Gebäude, und die Leute auf den Klappsitzen um die Sandfläche herum unterhielten sich angeregt. Es war eine seltsame Mischung aus Männern und Frauen. Einige hatten sich in Abendgarderobe geworfen, andere waren eher lässig gekleidet. Einige Männer trugen Cowboystiefel, karierte Flanellhemden und Jeans, und einige wenige sahen sogar aus, als kämen sie geradewegs aus einem Casino in Las Vegas.

Am anderen Ende der Scheune stand eine Bar, an der Männer Geld zu wechseln schienen. Wingate führte Carl zu einigen Stühlen in der ersten Reihe, die für sie reserviert waren. Der Fahrer und der Leibwächter standen hinter den letzten Stuhlreihen, wo sie alles im Auge behalten konnten.

»Was findet hier statt, Sir?« fragte Carl.

»Der Mann, der uns hereingelassen hat, heißt Vincent Rodino. Er organisiert etwas ungewöhnliche Sportereignisse. Ich habe von diesem hier erst vor einigen Tagen erfahren und dachte, es würde Sie interessieren.«

Carl wollte noch eine Frage stellen, als die Lichter gedimmt wurden und Rodino in die Mitte der rechteckigen Sandarena trat, die von den Sitzen umringt wurde. Zwei andere Männer betraten das Rechteck aus entgegengesetzten Richtungen. Der eine war untersetzt, ein dichter, schwarzer Haarpelz bedeckte seine muskulöse Brust. Er hatte kurze, stämmige Beine und Arme. Seine Brauen waren von Narben übersät, und seine Nase war mehr als einmal gebrochen. Er trug eine Boxerhose und Boxerschuhe, aber keine Handschuhe.

Den anderen Mann kannte Carl von einem Karatewettbewerb. Er war groß, schlank, hatte bloße Hände und trug nur die schwarze Hose seines Karatekämpfers.

»Fangen wir an, Leute«, rief Rodino. Er wartete, bis die letzten ihre Plätze gefunden und sich gesetzt hatten. Die Kämpfer lockerten indes ihre Muskeln und boxten in die Luft.

»Heute haben wir eine aufregende Paarung«, fuhr Rodino fort, als es leiser geworden war. Er hob den Arm und deutete auf den Boxer. »Das ist Harold McMurray. Er rangiert auf dem sechsten Rang der California State Boxing Commission im Schwergewicht. Seine Kampfbilanz weist dreizehn Siege, zwei Niederlagen und sechs K. O.-Siege auf.«

Rodino drehte sich zu dem anderen Kämpfer um. »Dort haben wir Mark Torrance, seit zwei Jahren Karate-Champion der Westküste.«

Die Leute applaudierten, und Rodino winkte die Kontrahenten in die Mitte der Arena.

»Ihr kennt die Regeln, Jungs.« Rodino legte eine effektvolle Pause ein. »Es gibt keine.« Einige Zuschauer lachten. »Der Sieger bekommt alles, und es gibt keine Beschränkungen. Ihr kämpft, bis einer am Boden liegen bleibt oder aufgibt. Ihr könnt beißen, kneifen und ringen. Alles, bis auf Waffen. Alles klar?«

Die Männer nickten. Wingate drehte sich zu Carl herum. »Glauben Sie, daß ein Karateka einen professionellen Boxer besiegen kann?«

»Das kommt auf die Kämpfer an.«

Rodino verließ die Arena, und die beiden Männer umkreisten sich wachsam. Der Boxer setzte beim Gehen die Füße flach auf, ging langsam vor und täuschte mit Kopf und Schultern Schläge an. Torrance dagegen tänzelte leicht auf seinen Fußballen.

Die Menge war angeheizt, schrie Ermunterungen und wartete auf den ersten Schlag.

McMurray versuchte, sich seinem Gegner zu nähern, aber Torrance setzte seine größere Reichweite und Schnelligkeit ein, er blieb außerhalb der Reichweite seines Gegners und reizte den kleineren Mann mit schnellen, trockenen Schlägen, die rote Flecken auf dem Gesicht des Boxers hinterließen. Frustriert griff McMurray an. Der Schwarzgürtel trat geschickt zur Seite und wischte dem Boxer die Füße unter dem Körper weg. McMurray griff instinktiv nach einem Halt, als er zu Boden ging, und entblößte damit die Deckung seines Kopfes. Torrance nutzte die Lücke und erwischte den Boxer mit einem Tritt ins Gesicht. Blut floß aus einer Wunde an der Wange des Boxers. Die Menge grölte erregt auf. McMurray fiel in den Sand und rollte sich hastig von dem Karateka weg. Torrance hatte es anscheinend nicht eilig. Der Boxer rappelte sich auf.

»Was halten Sie von ihm?« fragte Wingate, ohne die Kämpfer aus den Augen zu lassen.

»Der Tritt war sehr gut angesetzt«, antwortete Carl ruhig. Er beobachtete mit seinem erfahrenen Blick die Männer.

Torrance landete noch einige Treffer und wurde überheblich. Er fing an, seinen Gegner zu verhöhnen, aber der Boxer war ein erfahrener Kämpfer und ließ sich nicht so leicht provozieren. Außerdem war er gut in Form und ließ sich trotz der Schläge, die er hatte einstecken müssen, keine Schwäche anmerken.

Torrance schlug wieder zu. Der Boxer umging den Schlag, machte einen Ausfallschritt und rammte dem Schwarzgurt eine harte Rechte in die Rippen. Torrance zuckte zusammen, und McMurray setzte mit einem linken Schwinger nach, der Torrances Hals streifte. Torrance klammerte und umschlang die mächtigen Schultern des Boxers mit den Armen. McMurray versuchte, Torrance das Knie in die Lenden zu rammen. In dem Moment, in dem er das Bein hob, verlagerte Torrance sein Gewicht. Der Judowurf war perfekt angesetzt, und McMurray lag auf dem Rücken, bevor er wußte, wie ihm geschah. Torrance hämmerte McMurray seine Hand in die Lenden und setzte den Boxer damit außer Gefecht. Rodino trat wieder in die Arena und hob die Hand des Siegers. Torrance tanzte durch den Ring, die Hände triumphierend erhoben, während McMurray sich noch am Boden wand.

Wingate stand auf. »Schnappen wir vor dem nächsten Kampf ein wenig frische Luft.«

Carl folgte dem General zu einer Tür am Ende der Scheune. Als sie an Wingates Fahrer vorbeigingen, befahl der General ihm, eine Wette auf den nächsten Kampf zu plazieren.

Vor der Tür hatten sich einige Leute versammelt. Wingate führte Carl zu einer kleinen Baumgruppe. Die kühle Nachtluft war nach dem rauchgeschwängerten Qualm in der Scheune wohltuend.

»Was halten Sie von dem Kampf?« wollte Wingate wissen.

»Torrance ist gut, aber der Boxer war auch ein gefundenes Fressen für ihn. Er war zu langsam und offensichtlich nicht gewöhnt, gegen jemanden zu kämpfen, der ringt und tritt.«

»Wie würden Sie Ihrer Meinung nach gegen Torrance abschneiden?«

Etwas in Wingates Ton ließ Carl mit einer Antwort zögern. »Wie meinen Sie das?«

»Wenn Sie, sagen wir, heute nacht gegen ihn kämpfen müßten. Glauben Sie, Sie könnten ihn schaffen?«

»Sie wollen, daß ich gegen ihn kämpfe?«

»Ich glaube, das wäre ein sehr interessanter Kampf.«

»Heute nacht?« Carl betrachtete Wingates Miene. Was steckte hinter der Frage des Generals? Die markanten Gesichtszüge des älteren Mannes lagen im Schatten.

»Nicht heute nacht«, antwortete der General mit einem Lachen, als sein Fahrer zu ihnen trat und sagte, daß der nächste Kampf anfing.

»Das dürfte ein guter Kampf werden«, meinte Wingate. Er kehrte seinem Gast den Rücken zu und ging zur Scheune zurück. Carl war vollkommen durcheinander. Was führte Wingate im Schilde? Carl hatte schon häufiger vermutet, daß der General etwas von ihm wollte, aber er hatte keine Ahnung, was es war.

Es fiel ihm schwer, sich auf die folgenden Kämpfe zu konzentrieren. Wollte der General wirklich, daß er gegen Torrance kämpfte, oder war Wingate nur neugierig auf Carls Meinung? Während einer Pause schlenderte Carl herum. Er schaute zur Bar, wo ein Mann die Gewinner auszahlte. In einer dunklen Ecke dahinter redete Wingate mit Rodino.

Der General war so mächtig, so selbstsicher. Was hätte Carl darum gegeben, einen solchen Vater zu haben, einen Freund, mehr als einen Freund. Der General wußte soviel über viele Dinge. Carl liebte seine Mutter. Sie arbeitete schwer für ihn, aber er sehnte sich nach mehr. Er vermißte einen Vater, einen Mann, der ihn beraten und anleiten konnte.

Carl wußte, daß Vanessa das Schlimmste von ihrem Vater dachte, aber er war davon überzeugt, daß sie sich irrte. In der kurzen Zeit, die er Morris Wingate kannte, hatte der General nie auch nur ein böses Wort über Vanessa verloren. Carl war sicher, daß ihr Vater sie liebte und ihr die schreckliche Meinung verzieh, die sie von ihm hatte. Carl war überzeugt, daß Wingate mit allen Kräften versuchte, ein guter Vater zu sein, trotz Vanessas Versuchen, ihn von sich zu stoßen. Aber er konnte mit ihr nicht über seine Gefühle reden. Wäre er in diesem Punkt ehrlich, würde das seine Beziehung zu Vanessa zerstören. Und die Tochter des Generals war der wichtigste Mensch in Carls Leben. Er wünschte sich sehnlichst, Vanessa und ihr Vater würden Frieden schließen. Und noch stärker wünschte er sich, daß Morris Wingate nicht nur Vanessas Freund ihn ihm sah, sondern einen Sohn.

Zwei Tage nach dem Ausflug mit dem General bezahlte Carl für einen Monat Unterricht in Mark Torrances Dojo. Torrance leitete das Dojo eines nationalen Franchiseunternehmens, *International Karate*. Das Stammhaus der Firma befand sich in Chicago. Die Schule lag in einem Ghetto im ersten Stock eines alten Holzhauses. Die meisten Schüler waren Schwarze oder Hispanos, doch es besuchten auch einige Weiße das Dojo, vor allem wegen Torrances Ruf. Carl schrieb sich unter einem falschen Namen ein und gab sich als Anfänger mit Vorkenntnissen aus. Er nutzte jede Möglichkeit, Torrances Kampfstil zu studieren, und kam zu dem Schluß, daß der Mann ein guter Kämpfer war. Er hatte allerdings auch einige Schwächen, die jedoch nur jemandem mit Carls Auge auffielen.

Torrance letzte Klasse endete wochentags um zweiundzwanzig Uhr. Manchmal ging der Sensei mit einigen seiner Studenten auf ein Bier aus, aber niemals mittwochs, weil er dann seine Buchführung erledigte. An einem Mittwochabend hatte sich Carl ganz in Schwarz gekleidet. So konnte er sich besser in der Gasse gegenüber dem Dojo verstecken. Zwanzig Minuten, nachdem der letzte Schüler die außen liegende Holztreppe vom ersten Stock hinuntergekommen war, streifte sich Carl eine schwarze Skimaske über, lief rasch über die Straße und die Treppe hinauf. Er hatte einen trokkenen Mund, und sein Herz hämmerte heftig, als er auf dem Treppenabsatz stehenblieb. Er wußte, wie verrückt das war, was er tat. Er war ein Junge, und Torrance war ein erfahrener Kämpfer. Noch konnte er aufhören! Schließlich war er nicht einmal sicher, ob Wingate wirklich wollte, daß er gegen Torrance kämpfte. Der General hatte das Thema später nicht mehr angesprochen. Und wenn es doch ein Test war? Wenn der General sehen wollte, was Carl daraus machte? Die

Furcht brannte in ihm, und beinahe wäre er umgekehrt, aber der Wunsch, General Wingate zu gefallen, war stärker und zwang ihn förmlich dazu, den Türgriff zu packen und die Tür zu öffnen.

Das Dojo war ein großer Raum mit einem Boden aus Hartholz. In einer Ecke lagen Aufwärmmatten, und an der Wand hingen Punchingbälle in verschiedenen Größen. Neben den Umkleideräumen verkleideten deckenhohe Spiegel eine Wand. Das kleine Büro, in dem Torrance arbeitete, befand sich auf der anderen Seite des Raums gegenüber dem Haupteingang. Es war dunkel, nur im Büro brannte noch Licht. Carl sah, daß Torrance an seinem Schreibtisch saß.

Lautlos schlich er zur anderen Seite, drückte sich an der Wand entlang und hielt sich sorgsam im Schatten. Als er seine Position erreichte, sah er, wie Torrance Eintragungen in ein Kassenbuch vornahm. Torrance war vollkommen auf seine Tätigkeit konzentriert und bot ein leichtes Ziel. Carl erinnerte sich an die Worte des Generals, der gesagt hatte, das Überraschungsmoment in einem Kampf sei bewundernswert und faire Kämpfe gebe es nur im Fernsehen. Aber er wollte einen echten Test seines Könnens.

Carl hatte bereits mehrere echte Kämpfe absolviert, allerdings bisher fast nur gegen Jungen wie Sandy Rhodes und Mike Manchester, die keine Ausbildung hatten. Torrance würde nicht einfach aufgeben, und er war auch gewohnt, bei Schmerzen weiterzukämpfen. Carl überlegte, ob er einen Fehler machte. War er dem anderen unterlegen? Es gab nur eine Möglichkeit, das herauszufinden.

Sein Blick fiel auf einen Ständer mit Hanteln in der Nähe der Spiegelwand. Er beschloß, Torrance in den offenen Bereich des Dojo zu locken. Er nahm eine schwere Hantel vom obersten Haken des Ständers und ließ sie fallen. Das Metall prallte mit einem vernehmlichen Knall auf den Boden, der in der Stille noch lauter wirkte. Torrance sprang sofort auf und starrte in die Dunkelheit.

»Wer ist da?«

Der Schwarzgurt ging zu seiner Bürotür und schaute sich in dem Dojo um. Carl wich in den Schatten zurück. Wenn Torrance in den Raum trat, würde er ihn angreifen. Torrance verließ das Büro jedoch nicht, sondern trat hinter seinen Schreibtisch und bückte sich. Als er sich wieder umdrehte, hielt er eine Pistole in der Hand.

Plötzlich begriff Carl, daß er kein moderner Samurai auf einer Mission für seinen Meister war. Er war nur ein Narr, der gerade im Begriff war, eine Riesendummheit zu begehen, ein Teenager, der seine Phantasien auslebte. General Wingate hatte keine Prüfung vorgeschlagen, als er Carl fragte, wie er in einem Kampf gegen Torrance wohl abschneiden würde, sondern nur unverbindlich geplaudert. Bedauerlicherweise kam Carl diese Erleuchtung ein wenig spät. Falls Torrance ihn erwischte, wie er als Ninja verkleidet in seinem Dojo herumschlich, würde er die Polizei rufen. Carl würde von St. Martins geworfen werden. Ihm war klar, daß er nur eine Chance hatte, ungeschoren aus dieser lächerlichen Situation herauszukommen, in die er sich manövriert hatte.

Während Torrance darauf wartete, daß sich seine Augen an die Dunkelheit gewöhnten, schlüpfte Carl in den Umkleideraum. Eine Sekunde, nachdem die Tür zurückgeschwungen war, knipste Torrance das Licht im Dojo an. Carl öffnete die Tür einen Spalt und beobachtete, wie Torrance zu dem Ständer mit den Gewichten ging. Der Sensei kniete sich hin und untersuchte die Hantel, die Carl fallen gelassen hatte. Dann betrachtete er den Ständer. Er hob das Gewicht auf und legte es auf die Haken zurück. Carl hörte das metallische Geräusch, als Torrance überprüfte, ob die Hantel möglicherweise von allein heruntergefallen sein könnte. Als er zu dem Schluß kam, daß dies unmöglich war, trat Torrance in die Mitte des Dojo und drehte sich mit der Waffe im Anschlag herum. Sein Blick glitt über die Tür des Umkleideraumes hinweg und zuckte dann zu ihr zurück. Der Schwarzgurt zögerte eine Sekunde und steuerte dann darauf zu.

Der Umkleideraum war lang und schmal. Spinde säumten

alle vier Wände. Eine Reihe von Spinden stand mitten im Raum. An dem Ende, das am weitesten von der Tür entfernt war, befanden sich in einem offenen, gefliesten Bereich die Duschen. Der Raum bot nur wenige Möglichkeiten, sich zu verstecken. Carl konnte um die Spinde herumlaufen, aber wie lange würde er das durchhalten? Ein Teil der Duschen bot Sichtschutz vor jemanden, der in der Nähe der Tür stand, aber sobald Torrance in die Dusche schaute, würde er Carl sehen. Auf Distanz hatte Carl keine Chance gegen einen Mann mit einer Pistole.

Plötzlich flammten die Lichter im Umkleideraum auf. Carl blieben nur Sekunden, um zu reagieren. Die Tür der Umkleidekabine schwang auf. Torrance kam herein und blieb neben dem Eingang stehen. Vom Ende der Spinde in der Mitte des Raumes konnte er bis auf die Dusche alles überblikken.

»Komm raus, dann passiert niemandem etwas! Ich habe eine Waffe bei mir.«

Torrance klang gelassen. Carl dagegen mußte sich zur Ruhe zwingen.

»Ich zähle bis drei. Wenn du nicht rauskommst, schieße ich.«

Carl überlegte, ob er sich ergeben sollte. Vielleicht konnte er Torrance ja überzeugen, daß er gekommen war, um noch etwas zu trainieren. Dann fiel ihm ein, daß er ganz in Schwarz gekleidet war, eine Skimaske trug und nicht ins Büro gegangen war, um Torrance um Erlaubnis zu bitten. Torrance würde ihn zweifellos der Polizei übergeben oder ihn einfach erschießen.

Torrance zählte laut bis drei. »Okay, Kumpel. Sag nicht, ich hätte dich nicht gewarnt.«

Der Karatelehrer ging an den Spinden vorbei zur Dusche. Es war der einzige Teil der Umkleidekabine, den er nicht ganz einsehen konnte. Er hatte einen Gutteil seines Weges zurückgelegt, als Carl auf ihn sprang. Er hatte sich in dem schmalen Spalt auf den Spinden in der Mitte des Umkleideraumes und der niedrigen Decke verborgen. Torrance stolperte nach vorn und ließ die Waffe fallen. Der Raum zwischen den Spinden war zu eng, als daß er rasch hätte herumfahren können. Carl zwang den Karatelehrer mit einem Schlag von hinten in die Knie und setzte einen Würgegriff an. Torrance tastete verzweifelt nach seiner Waffe, bis er ohnmächtig wurde.

12. KAPITEL

Die Beschreibung seines Kampfes mit Mark Torrance hatte Carl erschöpft. Er griff nach dem Wasserglas auf seinem Nachttisch und trank einen Schluck.

»Haben Sie General Wingate erzählt, was Sie getan haben?« erkundigte sich Ami.

»Nicht direkt. Es stand in der Zeitung. Es war ein eher spöttischer Artikel über einen Mann mit einem Schwarzen Gurt, der zusammengeschlagen worden war. Ich habe ihn ausgeschnitten und ihn dem General anonym geschickt.«

»Was ist danach passiert?«

Carl lächelte zynisch. »Der General hat diesen Artikel niemals erwähnt, aber er muß ihn erhalten haben, denn ich wurde nur wenige Wochen später eingezogen.«

»Sie glauben, daß Wingate für Ihren Einberufungsbefehl verantwortlich war?«

»Zuerst hatte ich keinen Verdacht. Ich habe ihn sogar um Hilfe gebeten. Ich hatte gerade die Zusage für ein Stipendium in Darthmouth bekommen, ein gutdotiertes Stipendium. Ich glaubte, der General wäre der einzige Mensch, der mir helfen könnte. Es dauerte einige Zeit, bis ich zu ihm durchkam. Er hatte sich wochenlang nicht bei mir gemeldet, und ich wollte schon aufgeben, als er endlich anrief und sagte, daß er übers Wochenende nach Kalifornien komme. Ich bin dorthin gefahren und habe meine ganzen Hoffnungen auf dieses Treffen gesetzt.«

»Was hat er gesagt?«

Carl sah aus, als würde ihn allein schon die Erinnerung daran erschöpfen. Er schloß die Augen, als er weitersprach.

»Wingate war sehr direkt. Er meinte, er könnte mir nicht helfen, den Einberufungsbefehl zu umgehen. Außerdem wäre er der Meinung, ich sollte zum Militär gehen. Er redete davon, daß wir uns in einem tödlichen Kampf gegen den Kommunismus befänden. Er wollte wissen, wie ich es rechtfertigen könnte, mich auf Studentenpartys und bei Footballspielen zu amüsieren, während andere Jungs in meinem Alter ihr Leben für unser Land gaben. Er behauptete, aus mir würde ein exzellenter Soldat werden, und ich könnte ja studieren, wenn ich meine Zeit abgedient hätte.«

»Wie fühlten Sie sich, als sie seinen Rat gehört haben?«

»Ich war durcheinander, aber Wingate ... So wie er es formulierte, klang es so positiv. Es kam mir feige vor, mich vor der Pflicht für mein Land drücken zu wollen.«

»Haben Sie gegen Ihre Einberufung gekämpft?«

»Nein. Am Ende habe ich einfach nachgegeben. Der General hatte mich überzeugt, daß es meine Pflicht wäre und ich es mein ganzes Leben lang bereuen würde, wenn ich mich drückte. Er beschrieb das Militär in glühenden Farben und malte mir aus, was ich alles erreichen könnte. Er fragte mich, ob ich nicht langsam genug von der Schule habe und mich lieber in der realen Welt beweisen wolle.«

Carl rieb sich die Augen. »Am meisten bedauere ich, was ich meiner Mutter damit angetan habe. Sie hatte soviel für meine Zukunft geopfert, und ihr Lebenstraum erfüllte sich, als ich die Chance bekam, auf eine Universität zu gehen. Als ich das Stipendium ablehnte, alterte sie über Nacht um Jahre.« Carls Stimme wurde heiser, und er hielt einen Moment inne. »Sie ist gestorben, als ich auf einer Mission Tausende Meilen entfernt war. Ich habe nie erfahren, ob sie mir verziehen hat.«

»Was hat Vanessa gesagt, als Sie ihr mitteilten, daß Sie zur Army gehen würden?« fragte Ami leise.

»Sie ist ausgeflippt. Sie war davon überzeugt, daß Wingate

an meiner Einberufung gedreht hatte, um uns auseinander zu bringen. Als ich mich für das Militär entschied, redete sie nicht mehr mit mir. Sie nahm meine Anrufe nicht entgegen und ging mir in der Schule aus dem Weg. Als das Schuljahr endete, kam ich nicht mehr zum Unterricht, damit ich ihr nicht begegnen mußte. Ich konnte es einfach nicht ertragen. Wenn ich ehrlich bin, war es fast eine Erleichterung, als die Grundausbildung endlich anfing.«

»Glauben Sie, daß Wingate Ihre Einberufung manipuliert hat, um Ihre Beziehung zu seiner Tochter zu zerstören?«

»Das war vielleicht ein Grund, aber ich glaube, er wollte mich vor allem für seine Einheit rekrutieren. Sie wissen ja schon von diesen speziellen Tests, die ich während der Grundausbildung absolviert habe und meine Versetzung zu den Special Forces. Ich glaube, Wingate hat meine Karriere auf Schritt und Tritt beeinflußt.«

Ami war verwirrt. »Was ist das für eine Einheit?«

Rice lachte. »Eine Einheit, die es niemals gab.«

13. KAPITEL

Nordvietnam / Alexandria, Virgina – 1971

Ihr kleines Team war seit dem Fluß, vor einigen Stunden, im Laufschritt vorgerückt und verlangsamte das Tempo nur, wo der Dschungel zu dicht wurde. Jede Stunde legten sie eine fünfminütige Pause ein, um sich auszuruhen und Wasser zu trinken. Trotz ihrer außergewöhnlichen Kondition konnten die Männer in dieser schwülen Feuchtigkeit der Monsum-Saison dieses Tempo nicht ohne Ende halten.

Vor einigen Tagen war Carl noch in Fort Bragg gewesen. Ein Sergeant hatte ihn aus dem Schlaf gerissen. Man hatte ihn in einen Jet verfrachtet und zum Luftwaffenstützpunkt Vandenberg nach Kalifornien geflogen. Dort wartete bereits Neil Carpenter, ein Elektronik-Spezialist. Gemeinsam stiegen sie in eine Maschine mit dem Ziel Nha Ha, der Stützpunkt der Special Forces auf Okinawa. Carl war noch nie auf einer echten Mission gewesen, und er vibrierte förmlich vor Energie, als sie landeten. In Nha Ha erfuhr er, daß er zu einem Team stoßen würde, das in Nordvietnam einsickern und spezielle elektronische Geräte aus einem abgeschossenen Navyflugzeug bergen sollte. Die fragliche Maschine war von einem Flugzeug mit Infarot-Suchgerät in einem tiefgelegenen, hügeligen und kaum bevölkerten Landstrich des nordvietnamesischen Dschungels etwa fünfzehn Meilen von der nächstgelegenen Zugangsroute aufgespürt worden, dem Seitenarm eines großen Flusses. Visuelle Aufklärung war unmöglich, weil das Laubwerk viel zu dicht und die Bäume fünfzehn bis zwanzig Meter hoch waren. An vielen Stellen drang die Sonne nicht einmal bis zum Boden.

Das Team bestand aus acht Männern. Carl, Carpenter, fünf Green Berets, die in Da Nang an Bord kamen, und Captain Molineaux, ihrem Anführer. Bis auf Carl besaßen alle Männer Kampferfahrung und waren Experten im Dschungelkrieg. Molineaux jedoch war etwas Besonderes. Er war nur ein bißchen größer als Carl, schien ihn jedoch bei weitem zu überragen. Carl war ein Nervenbündel, Molineaux dagegen hatte offenbar überhaupt keine Nerven. Er redete leise, als er das Team in einer Quonset-Hütte in Da Nang instruierte, kurz bevor die Hubschrauber sie wegbrachten. Diese Ruhe bewahrte er während der ganzen Mission.

Die Helikopter brachten das Team so dicht an den Fluß heran, wie die Piloten es riskieren konnten. Dann folgte der anstrengende Lauf durch den Dschungel und eine schweigende Nachtwache am Fluß, bis ein Kanonenboot der Navy aus dem Nebel auftauchte. Das Boot brachte das Team flußaufwärts ans andere Ufer, und danach ging es im Laufschritt weiter. Als das Kanonenboot hinter einer Biegung des Seitenarms verschwand, war das Team längst im Dickicht untergetaucht.

Sie mußten sich beeilen. Die Spähflugzeuge hatten zwar die abgestürzte Maschine lokalisiert, aber auch starke Truppenbewegungen in dieser Gegend gemeldet. Offenbar suchten die Vietnamesen ebenfalls nach dieser Maschine. Laut Molineaux war es oberste Priorität, die elektronische Ausrüstung zu bergen oder wenigstens zu zerstören. Niemand fragte nach dem Grund, und Carl erfuhr nie, worum es sich bei dieser Ausrüstung handelte.

Das Team besaß einen Vorteil gegenüber den feindlichen Truppen. Bevor er mit dem Schleudersitz ausgestiegen war, hatte der Pilot einen Peilsender aktiviert, der ein Signal auf einer streng geheimen Frequenz sendete. Molineaux hatte eine Peilfunkeinrichtung dabei, die dieses Signal auffangen konnte. Damit kannten sie den kürzesten Weg zu dem Flugzeug, während die Nordvietnamesen das ganze Gebiet durchkämmen mußten.

Vom Fluß aus führten keinerlei Pfade durch den Dschungel, und die Männer mußten sich mit Macheten den Weg bahnen. Niemand redete, sie verständigten sich ausschließlich durch Handzeichen.

Die hohe Luftfeuchtigkeit zehrte an ihren Kräften. Die plötzlichen, sintflutartigen Regenschauer ließen sie bis auf die Haut naß werden, und der Wald schien hinter einem Schleier aus Wasser zu verschwinden.

Der Grund stieg vom Flußufer aus allmählich an. Nach zwei Stunden lichtete sich das Dickicht ein wenig. In der folgenden Stunde umgingen die Männer kleine Gruppen des Montagnard-Stammes, der in Bambushütten auf den Hügeln lebte. Von da ab erleichterten den Männern Trampelpfade das Vorwärtskommen, doch dafür mußten sie mit Todesfallen und Hinterhalten rechnen.

Die letzte Ruhepause war fast eine Stunde her. Es war zwar kontraproduktiv, an eine Pause zu denken, aber Carl konnte nichts dagegen tun. Das Tempo war brutal, und die Ruhepausen reichten kaum, um sich zu erholen. Der Zwang zur ständigen Wachsamkeit zehrte an ihren Nerven. Carl war für die Sicherheit des Elektronikspezialisten verantwortlich. Carpenter war die einzige Person der Mission, die nicht ersetzbar war. Sie marschierten durch einen Wolkenbruch, der so heftig war, daß Carl Carpenter wie hinter einem Duschvorhang vor sich sah. Er mußte sich beeilen, wenn er mit ihm Schritt halten wollte. In dem Moment blieb Carpenter stehen und sank auf ein Knie. Carl trat sofort vor seinen Schutzbefohlenen, das M-16 im Anschlag. Einer der anderen Männer baute sich hinter Carpenter auf.

Senders, der Green Beret, der vor Carpenter marschiert war, tauchte aus dem Regenschleier auf und trabte den Pfad zu ihnen zurück. McFee, der Mann an der Spitze, und Captain Molineaux folgten dicht hinter ihm. Molineaux bedeutete ihnen mit Handzeichen, den Pfad zu verlassen, und kniete sich in den Schutz des Blätterdachs eines Baumriesen.

Settles, Morales und Shartel, der die Nachhut bildete, scharten sich um sie.

»McFee hat den Piloten entdeckt«, erklärte Molineaux leise. Carl glaubte zwar, daß sie sich in diesem prasselnden Regen die Lungen aus den Hälsen hätten schreien können, ohne daß jemand sie hörte, aber Molineaux ging niemals ein vermeidbares Risiko ein, das hatte Carl schnell begriffen. »Wir sind dicht vor unserem Ziel, also geht möglichst leise weiter. Falls wir auseinandergerissen werden, treffen wir uns an unserem letzten Rastplatz. Ihr wartet dort eine Viertelstunde, keine Minute länger, bevor ihr auf direktem Weg zum Fluß zurückgeht. Ihr kennt den ersten und zweiten Treffpunkt. Wer das Boot verpaßt, ist auf sich allein gestellt. Kapiert?«

Alle nickten. Molineaux stand auf, und die anderen folgten seinem Beispiel. Er hatte kein weiteres Wort über den Piloten verloren. Einige Minuten später sah Carl den Grund dafür. Der Regen hatte nicht nachgelassen, und er konzentrierte sich auf den Pfad, die Bäume und das Unterholz vor ihnen, als Carpenter langsamer ging und nach oben schaute. Carl folgte seinem Blick durch das dichte Laubwerk, bis er den Piloten sah, der wie eine Marionette an den oberen Ästen eines Baumes hin und her schaukelte. Sein Fallschirm hatte sich an den zahlreichen dicken Zweigen verfangen. Ein spitzer Ast war tief in seine Achselhöhle gedrungen und hatte offenbar eine Arterie zerfetzt. Als Carl unter der Leiche hindurchging, dachte er an den Mann, der so weit über der Erde hing und verblutet war. Er konnte nur hoffen, daß der Schock des Sturzes ihn betäubt hatte. Als er an der Leiche vorbei war, schaute er sich nicht mehr um. Er mußte aufpassen und seine Energie darauf konzentrieren zu überleben. Der Pilot war schnell vergessen.

Etwa eine halbe Stunde später fanden sie das Flugzeug. Es war nach dem Aufschlag ein paar hundert Meter über den Boden gerutscht, und hatte eine Schneise in den Dschungel geschlagen. Überall zwischen den Bäumen lagen Flugzeugtrümmer, aber der Rumpf war intakt und steckte mit der Nase voran im Dickicht.

»Wir erledigen das hier sehr leise und sehr schnell«, befahl Molineaux, bevor er vier Männer in den Dschungel abkommandierte, damit sie Wache hielten. Senders baute seinen M-79-Granatwerfer neben der Maschine auf. Carpenter stieg durch die Luke, Molineaux folgte ihm. Carl und Senders behielten den Dschungel im Auge.

Carl hörte, wie sich Carpenter im Flugzeug zu schaffen machte. Jeder, der in der Nähe war, würde den Elektronikexperten ebenfalls hören. Wie lange brauchte Carpenter denn noch für seinen Job? Carl riß sich zusammen. Er durfte an nichts anderes denken als an den Dschungel. Er mußte sich konzentrieren. Wenn er nur nicht so müde gewesen wäre!

Bisher hatten sie noch keine Feindberührung gehabt, deshalb unterschied sich diese Mission kaum von den vielen anstrengenden Ausbildungsübungen. Carl hoffte, daß es dabei blieb. Schnell rein, schnell raus, und das ohne Verluste! Insgeheim jedoch sehnte er sich danach, auf den Feind zu treffen, damit er sich im Kampf erproben konnte. Er wußte, wie dumm das war. Solche Action endete nur in Filmen ruhmvoll. In der Realität verloren Männer dabei Arme, Beine oder sogar das Leben. Die Männer seines Teams waren kampferprobte Veteranen, die Erfahrungen im Nahkampf hatten, die Spezialität der Special Forces. Sie alle hatten im Kampf Mann gegen Mann bereits getötet. Dennoch hatte keiner von ihnen bisher eine Kriegsgeschichte zum Besten gegeben. Vielleicht, weil der Krieg zu düster war und eher den Stoff produzierte, aus dem die heftigen, beunruhigenden Alpträume sind, nicht das romantisierende Geschwafel, das man am Tresen bei einem Bier erzählte. Dennoch hätte Carl gern herausgefunden, wie er sich bewähren würde.

Eine Viertelstunde, nachdem Carpenter und Molineaux das Flugzeug betreten hatten, pfiff Settles das verabredete Signal und tauchte auf der Lichtung auf. Molineaux trat in die Flugzeugluke und beriet sich kurz flüsternd mit Settles. Der verschwand daraufhin wieder im Dschungel. Molineaux ging in die Maschine zurück und trieb Carpenter zur Eile an. Danach befestigte er Sprengfallen und Thermitgranaten mit Zeitzündern an der Maschine. Nur Augenblicke, bevor Carpenter aus der Maschine sprang, tauchte Settles mit den anderen Wachen auf der Lichtung auf. Molineaux erklärte, daß feindliche Soldaten in der Nähe waren. Im Laufschritt machten sie sich zum Fluß auf.

Die Sonne ging bereits unter. Molineaux wollte vor Einbruch der Dunkelheit soviel Terrain wie möglich zwischen sich und die Maschine bringen. Manchmal hörte Carl, wie sich vietnamesische Soldaten im Dschungel etwas zuriefen. Das war kein gutes Zeichen. Wenn er die Soldaten hören konnte, waren sie sehr nah, und wenn sie sich keine Mühe machten, ihre Anwesenheit zu verbergen, handelte es sich vermutlich um ein ziemlich großes Truppenkontingent.

Eine Stunde später hörten sie eine Reihe von gedämpften Explosionen. Der dichte Wald erstickte den Knall der explodierenden Maschine. Keiner der Männer verlangsamte auch nur für eine Sekunde das Tempo. Denn jetzt wußten die Vietnamesen, daß feindliche Soldaten in der Gegend waren. Hatten sie erst einmal das Flugzeug gefunden, würden sie auch rasch die Spuren des Teams ausfindig machen.

Der siebzehnjährige vietnamesische Soldat war hungrig und erschöpft von dem Marsch durch den Dschungel. Als Carl um die Biegung des Pfades kam, stand der Junge mit einem Fuß auf dem schmalen Wildpfad und mit dem anderen noch im Dickicht. Er hatte den Hosenschlitz aufgeknöpft und hielt seinen Penis in der Hand, um zu pinkeln. Carl und der Soldat starrten sich mit großen Augen und offenem Mund an. Es schien fast so, als wäre die Zeit in diesem lächerlichen Augenblick eingefroren.

Carl wußte, daß er den Soldaten auf keinen Fall schreien

lassen durfte, aber er konnte den Mann auch nicht erschießen, weil das ihre Position verraten hätte. Also rammte er dem Soldaten den Gewehrkolben seines M-16 in den Solarplexus, trieb ihm die Luft aus den Lungen und zertrümmerte ihm die Luftröhre. Settles bog um die Kurve und erfaßte die Lage mit einem Blick. Er gab Carl Deckung, während Morales losrannte und Molineaux informierte. Einige Augenblicke später scharte sich das Team um den Toten. Molineaux befahl Carl und Settles, die Leiche zu verstecken.

»Leert alles aus euren Taschen bis auf Wasser und Munition«, befahl Molineaux, nachdem Carl und Settles den Vietnamesen im dichten Unterholz verborgen hatten. »Morales, du schnallst dir das Funkgerät auf den Rücken. McFee hat gerade gemeldet, daß zwischen uns und dem Fluß feindliche Truppen stehen. Sie werden den Mann bald vermissen. Dann sitzen wir in der Scheiße. Wir müssen uns in der Nacht durch die feindlichen Linien schleichen. Jetzt ist es fünf. Der erste Treff ist um Mitternacht. Ihr wißt, wie's läuft.«

Niemand sagte ein Wort. Sie wußten, was Molineaux meinte. Sie konnten keinen Verwundeten mitnehmen, wenn er nicht mit ihnen Schritt halten konnte, und niemand würde lebendig gefangengenommen werden.

»Los geht's!« befahl der Captain. Die Männer packten Nahrung, trockene Kleidung und die Erste-Hilfe-Kästen aus ihren Rucksäcken und versteckten sie neben dem toten Vietnamesen im Dickicht. Dann brachen sie auf.

Der Heckenschütze erwischte Carpenter kurz vor Einbruch der Dunkelheit. Carl sah, wie der Elektronikexperte vor ihm zusammenzuckte und taumelte. Wäre nicht der rote Fleck auf Carpenters Hals gewesen, hätte Carl vielleicht angenommen, er wäre nur über eine Wurzel gestolpert. Dieser rote Fleck jedoch rettete Carl das Leben. Er hechtete hinter einen Baum in Deckung, und die Kugel, die ihm galt, pfiff an ihm vorbei. Carl wartete eine Weile, bevor er hinter dem Baum hervorspähte und versuchte, den Scharfschützen zu lokalisieren. Kaum bewegte er sich, schlug eine Kugel einen Zentimeter neben seiner Schläfe im Baum ein. Die Zeit war auf der Seite des Vietnamesen. Wenn der Mann dort blieb, wo er war, mußte Carl sich weiter in den Dschungel zurückziehen und hoffen, ungesehen zu bleiben. Es würde sehr lange dauern, den Heckenschützen zu umgehen, ohne seine Position zu verraten. Vielleicht verpaßte er sogar den Treffpunkt, aber er konnte auch nicht dort bleiben, wo er war, weil das Feuer des Scharfschützen seine Kameraden alarmieren würde. Es bestand sogar die Gefahr, daß Carl in sie hineinlief, während er versuchte zu entkommen.

Die Stille wurde von Gewehrsalven unterbrochen.

»Rice!« schrie Molineaux. »Schaff deinen Arsch hierher!«

Carl sprang sofort auf den Weg. Moulineaux reichte ihm Carpenters Rucksack, in dem sich die elektronische Ausrüstung aus dem Flugzeug befand. Der Heckenschütze lag tot ein paar Meter weiter entfernt auf dem Weg.

»Los!« befahl Molineaux. Während Carl losrannte, hörte er Stimmen hinter sich, die etwas auf vietnamesisch riefen. Der Feind wußte, wo sie waren!

Bei Einbruch der Dunkelheit stellten die Vietnamesen die Verfolgung ein und gaben sich damit zufrieden, daß sie die Amerikaner umzingelt hatten. Sie hatten bis zum Tagesanbruch eine Blockade zwischen ihnen und dem Fluß gezogen. Die Stunden nach Sonnenuntergang waren die schlimmsten und verwirrendsten. Das Team erreichte den Fluß erst um vier Uhr morgens, lange nach dem vereinbarten ersten Treff. Nachdem sie sich dem Ufer so weit, wie sie es wagen konnten, genähert hatten, befahl Molineaux seinen Männern, einen Stern zu bilden. Alle legten sich flach auf den Bauch, während ihre Füße sich berührten. Carl war erschöpft, aber er war zu gut ausgebildet und viel zu aufgeregt, um einzuschlafen.

Zehn Minuten, bevor das Kanonenboot ankommen sollte, führte Molineaux sie aus der Deckung. Eine Nebelbank lag über dem Fluß, deren Ausläufer bis in den Dschungel reichten. Molineaux sah eine Bewegung vor sich und ließ die Männer anhalten. Die Vietnamesen kehrten dem Fluß den Rükken zu, weil sie erwarteten, daß das Team tiefer im Dschungel steckte. Das Motorengeräusch ließ sie herumfahren. Molineaux rannte auf eine Lichtung direkt neben dem Flußufer und eröffnete das Feuer, als das Kanonenboot auftauchte. Dessen Mannschaft unterstützte sie mit Dauerfeuer aus ihren Fünfzig-Millimeter- Kanonen. Noch während Carl kopfüber in den Fluß hechtete, sah er, wie ein Gesicht unmittelbar vor ihm zerfetzt wurde und ein schlanker, junger Vietnamese von den Geschossen förmlich in zwei Hälften gerissen wurde. Kräftige Hände zerrten ihn ins Boot, während feindliche Kugeln dumpf in den Bootsrumpf einschlugen. Carl ließ sich über den Rand fallen, während die anderen Männer an Bord kletterten. In dem Moment zuckte Settles zurück und fiel ins Wasser. Carl wollte ihm helfen, wurde jedoch von der Reling zurückgerissen. Im selben Moment ging Settles in dem schäumenden Kielwasser unter. Jemand drückte Carl nach unten, und er lag mit dem Gesicht auf das Deck gepreßt da. Er konnte den Tod riechen, und das Kanonenfeuer war ohrenbetäubend, bis der Dschungel den Lärm dämpfte und das Feuer allmählich verebbte.

Als Carl in Okinawa Bericht erstattete, wurde ihm befohlen, mit niemandem über diese Mission zu sprechen, nicht einmal mit seinem befehlshabenden Kommandeur. Offiziell hatten sich die letzten Tage niemals ereignet. Nach der Besprechung flog Carl nach Fort Bragg zurück, wo er ein paar Wochen blieb. Dann wurde er auf eine Kuriermission nach Washington geschickt.

Als Carls Maschine landete, wartete bereits Morris Wingates Wagen auf ihn. Der Fahrer brachte ihn zum Pentagon, wo er die Dokumente ablieferte, die er bei sich hatte, und von dort aus weiter zu einem Treffen mit dem General. In Carls Befehlen war von Wingate nicht die Rede gewesen. Er fragte sich, woher der General wußte, daß er in Washington zu tun hatte. Carl hatte während seines Militärdienstes kaum einen Gedanken an Morris Wingate verschwendet, aber nun fühlte er sich lächerlich unsicher, als er an das bevorstehende Treffen mit ihm dachte.

Wingates Wagen hielt vor einem dreistöckigen Backsteinhaus. Carl stieg die paar Stufen zur Haustür hoch. Bevor er klingeln konnte, öffnete Enrique die Tür.

»Schön, Sie zu sehen, Sir«, sagte der Mann und führte Carl durch einen dämmrigen Flur in ein geräumiges Eßzimmer, das von einem Kristallüster hell erleuchtet wurde. Den Raum dominierte ein langer, antiker Eßtisch, der mit weißem Leinen gedeckt war. Zwölf ebenfalls antike Stühle mit hohen Lehnen umringten ihn, aber es war nur für zwei Personen angerichtet.

Carl schlenderte durch das Zimmer und sah sich um, wie er jede fremde Umgebung geprüft hätte, in der er sich wiederfand. Vor einer Anrichte blieb er stehen. Darüber hing das Portrait eines ernsten Mannes mit einer Perücke. Es mußte aus dem achtzehnten Jahrhundert stammen. Hinter ihm öffnete sich eine Tür. Carl drehte sich um und stand Morris Wingate gegenüber. Der General trug einen anthrazitfarbenen Nadelstreifenanzug, ein weißes Seidenhemd und einen weinroten Binder. Seine Haut war tief gebräunt.

»Sie sehen großartig aus, Carl. Ich hatte recht, die Army bekommt Ihnen.«

»Danke, Sir.«

»Setzen Sie sich. Ich bin froh, daß Sie kommen konnten.«

Carl war nicht klar gewesen, daß er eine Wahl gehabt hatte. »Woher wußten Sie, daß ich hier bin?« erkundigte er sich.

Wingate lächelte rätselhaft. »Chef eines Geheimdienstes zu sein bietet unbestreitbar gewisse Vorteile.«

Ein Bediensteter trat ein und servierte Hummersuppe aus einer silbernen Terrine.

»Wie geht es Vanessa?« fragte Carl, sobald der Diener verschwunden war.

»Gut«, erwiderte Wingate. »Sie ist eine der Besten ihres Jahrgangs und hat es sogar ins Tennisteam geschafft.«

Carl spürte, daß er nicht die ganze Geschichte hörte. »Kommt sie im Sommer nach Hause?«

»Das weiß ich nicht. Sie redet viel von Europa. Es geht um irgendein Programm, das ihre Universität in Paris durchführt, aber erzählen Sie mir doch, was Sie erlebt haben.«

Carl schilderte dem General eine bereinigte Version seiner Army-Erlebnisse.

»Ich war bei den Fallschirmspringern und wurde anschließend zu den Special Forces versetzt. Im Moment bin ich in Fort Bragg stationiert«, schloß er, als der Bedienstete einen Dinnerwagen hereinschob. Der Mann räumte die Suppenteller ab und servierte Carl und seinem Gastgeber Beef Wellington. Carl hatte noch nie Hummersuppe oder Beef Wellington gegessen. Es schmeckte einfach köstlich.

»Als wir uns das letzte Mal unterhalten haben, hatten Sie Bedenken, zum Militär zu gehen. Wie sehen Sie das jetzt?« fragte Wingate.

Carl mußte zugeben, daß er sich wegen seiner Ausbildung und seiner Erfahrung als etwas Besonderes empfand. Was er machte, würde keiner seiner Klassenkameraden in St. Martins jemals tun können, und er hatte Dinge erlebt, die nur sehr wenige Männer je erleben würden. Er wußte, daß er überall überleben und sogar töten konnte, falls nötig. Dieses Wissen konnte einem knapp Zwanzigjährigen schon zu Kopf steigen.

»Ich bin sehr zufrieden mit meiner Wahl, Sir«, antwortete Carl.

»Haben Sie schon Kampferfahrung gesammelt?«

»Nein, Sir«, log Carl, ohne zu zögern. Er hatte die Frage erwartet.

»Ich habe gehört, Sie seien in Nordvietnam gewesen«, stellte der General gelassen fest.

»Da hat man Sie wohl falsch informiert«, antwortete Carl und erwiderte ungerührt den Blick des älteren Mannes, bis Wingate lächelte und wegschaute.

Er zog etwas aus der Tasche, legte es auf den Tisch und schob es Carl hinüber. Es war Carpenters Kennmarke. Carl wurde von seinen Gefühlen für seinen gefallenen Kameraden beinahe überwältigt, aber seine Miene verriet keinerlei Regung.

»Sie haben sich gut bewährt, Carl. Besser, als ich erwartet hatte.«

Carl fuhr mit dem Daumen über die eingeprägten Buchstaben. Er erinnerte sich daran, wie Carpenter gefallen war und an den roten Blutfleck auf seinem Hals.

»Ich fürchte, Sir, ich ...« Carls Stimme klang verdächtig heiser. Wingate schnitt ihm mit erhobener Hand das Wort ab.

»Ihr Ziel war eine abgestürzte Maschine der Navy, die streng geheime Elektronikausrüstung an Bord hatte. Ihr Teamführer hieß Paul Molineaux. Sie hatten zwei Verluste. Soll ich weitermachen, oder sind Sie überzeugt, daß ich alles über Ihren Einsatz weiß?«

Carl schwieg.

»Ich habe einen großen Teil meines Lebens beim Militär verbracht und mit vielen Männern gedient. Trotz Ihrer Jugend gehören Sie zu den besten Soldaten, die ich je erlebt habe.«

Seine Worte erfüllten Carl mit Stolz.

»Ich möchte Ihnen einen Vorschlag machen«, fuhr der General fort. »Fühlen Sie sich bitte nicht genötigt, mein Angebot anzunehmen, aber ich brauche vorab Ihr Wort, daß Sie den Inhalt dieses Gesprächs niemandem gegenüber jemals wiederholen, und zwar unter gar keinen Umständen.«

»Gut«, meinte Wingate, als Carl nickte. »Sie wissen, daß ich der Leiter der Agentur für Geheimdienstdaten-Koordination bin. Die offizielle Funktion meines Dienstes besteht darin, die Daten anderer Geheimdienste zu sammeln und zu koordinieren. Die AIDC-Richtlinien sehen nicht vor, daß wir aktiv Geheimdienstdaten beschaffen. Auf dem Papier verfügt die AIDC über keine aktiven Agenten.«

Wingate vergewisserte sich mit einem Blick, daß Carl ihn richtig verstanden hatte.

»Was ich Ihnen bisher erzählt habe, ist allgemein bekannt, doch von einigen Aspekten meines Dienstes wissen weder die Öffentlichkeit noch die Mehrheit der Regierung, ebensowenig die Angestellten der verschiedenen Geheimdienste. Unter meiner direkten Führung arbeitet in meinem Dienst eine kleine Gruppe hervorragend ausgebildeter Individuen, die bestimmte, höchst ungewöhnliche Aufgaben für dieses Land erfüllen, Aufgaben, die gelegentlich auch offiziell illegal sind.«

»Verzeihen Sie, Sir, was bedeutet ›offiziell illegal‹?«

»Sie verstoßen gegen die Gesetze der Vereinigten Staaten«, erwiderte Wingate nachdrücklich. »Die Einheit operiert international und national. Über ihre Operationen gibt es keinerlei schriftliche Aufzeichnungen. Alle Befehle werden mündlich erteilt. Kein Mitglied dieser Einheit kennt die Identität der anderen, und sie erfüllen ihre Missionen gewöhnlich allein. Falls sie bei einer Mission Unterstützung benötigen, bedienen wir uns der Hilfe der Special Forces und geben unser Mitglied als einen ihrer Angehörigen aus.«

»Ich verstehe nicht ganz, Sir. Sind diese Männer vom CIA oder vom Militärischen Geheimdienst oder …?«

»Diese Männer existieren offiziell nicht, Carl.«

Carl neigte den Kopf und starrte Wingate an. »Von wem bekommen sie ihre Befehle?«

»Das brauchen Sie nicht zu wissen, aber ich versichere Ihnen, daß alle Befehle legitimiert sind und die Entscheidungen darüber auf den allerhöchsten Regierungsebenen getroffen werden. Ich verrate Ihnen auch, daß weder die CIA noch ein anderer Geheimdienst von der Existenz dieser Einheit weiß.«

»Und wie bekommen sie die Unterstützung der Special Forces?«

»Ich rede vom CIA und dem Militär als Organisation. Die Organisation weiß nichts von meiner Einheit, aber es gibt einige Individuen in hochrangigen Positionen in diesen Organisationen, die von unserer Existenz wissen. Diese Individuen genügen, um unsere Bedürfnisse zu erfüllen.«

Wingate wartete einen Herzschlag und schaute Carl dann direkt in die Augen. »Ich möchte, daß Sie zu uns stoßen. Ihre militärischen Fähigkeiten sind außergewöhnlich, Sie sind sehr intelligent und beweisen Charakterstärke. Ich habe Ihr Potential schon kurz nach unserer ersten Begegnung erkannt. Und es erfüllt mich mit Stolz, daß Sie meine Erwartungen bei weitem übertroffen haben. Ich könnte nicht stolzer sein, wenn Sie mein Sohn wären.«

Carl war wie vor den Kopf gestoßen. Er war immer ein Einzelgänger gewesen, und diese geheimnisvolle Aura, die diese unsichtbare Einheit umgab, gefiel ihm. Außerdem überwältigte ihn Wingates Lob geradezu. Ihm bereitete nur Sorgen, daß er ausschließlich Wingates Wort hatte, daß die Aktionen dieser Einheit selbst dann legitimiert waren, wenn ihre Mitglieder gegen gültige Gesetze verstießen.

»Wenn ich das Angebot ablehne, Sir?«

»Unsere Arbeit ist so heikel, daß wir sie nur Freiwilligen anvertrauen können.«

»Bekomme ich etwas Zeit, um darüber nachzudenken?«

»Natürlich.« Wingate zog eine Visitenkarte aus der Tasche. »Rufen Sie mich an, wenn Sie zu einer Entscheidung gekommen sind. Falls Sie akzeptieren, lassen Sie mir ausrichten, daß Sie in der Stadt sind und mit mir zu Abend essen würden. Ich beschaffe Ihnen einen Wochenendurlaub.«

Danach ließ der General das Thema fallen und ließ sich einen Digestif bringen. Carl lehnte ab, akzeptierte jedoch eine Tasse Kaffee. Er wollte einen klaren Kopf behalten. Eine halbe Stunde später saß er wieder im Fond von Wingates Limousine und war auf dem Weg zum Flughafen. Auf dem Rückflug nach Fort Bragg machte Carl kein Auge zu.

14. KAPITEL

»Wie lange brauchten Sie für Ihre Entscheidung, dieser Einheit beizutreten?« erkundigte sich Ami.

»Etwa eine Woche. Der General war sehr offen zu mir gewesen. Er hatte mir gesagt, daß ich gelegentlich gegen die Gesetze verstoßen würde. Das machte mir Sorgen.«

»Aber Sie haben sich trotzdem dafür entschieden?«

»Ich war jung. Der elitäre Status der Einheit faszinierte mich. Und dann war da noch Wingate selbst. Sie können sich nicht vorstellen, was die Anerkennung dieses Mannes für mich bedeutete. Ich war begeistert, daß er meine Fortschritte verfolgt und mich für diesen Spezialauftrag ausgewählt hatte. Ich konnte ihn unmöglich enttäuschen.«

»Was passierte, nachdem Sie sich bei Wingate gemeldet hatten?«

»Etwa einen Monat lang gar nichts. Dann wurde ich zur Sprachenschule der Army nach Fort Meyer, Virginia versetzt. Ich wohnte außerhalb des Stützpunktes in einem Apartment. Ich lernte Thailändisch und Vietnamesisch. Ich brauchte die Flexibilität eines Studenten, denn meine Befehle kamen sehr unregelmäßig. In meiner freien Zeit hielt ich mich in Form, trainierte meine Kampftechniken und lebte ein ganz normales Studentenleben.«

»Wie haben Sie Ihre Aufträge bekommen?«

»Ich bekam einen Anruf. Entweder gab der andere an, er habe sich verwählt oder wolle sich einfach mit mir auf ein Bier verabreden. Ich fuhr zu einer vorher verabredeten Stelle, meistens spät in der Nacht, oft sogar lange nach Mitternacht. Treffpunkte waren häufig ein Motelzimmer oder ein Parkplatz in einem Einkaufszentrum. Wir haben uns niemals zweimal an demselben Ort getroffen.«

»Sie reden von Wingate?«

»O nein, nicht der General.« Seine Miene verfinsterte sich. »Von ihm habe ich nur einmal einen Befehl erhalten.«

»Wer ...?«

»Mein Führungsoffizier war General Peter Rivera.«

»Wissen Sie, wo ich ihn finden kann? Würde er Ihnen helfen?«

Rice sah Ami ruhig an. »General Riva wurde 1986 ermordet. Die Polizei hält mich für seinen Mörder.«

»Haben Sie ihn denn getötet?«

»Nein, aber es gibt viele Beweise, die mir dieses Verbrechen anlasten.«

Ami fühlte sich unbehaglich, weil sie nicht ganz an Carls Unschuld glaubte.

»Wie sahen Ihre ersten Aufträge aus?«

»Meistens führten sie mich nach Vietnam. Von den Hinterhalten auf die Mulikarawanen habe ich Ihnen schon erzählt. Das machte ich ein paar Mal. Außerdem habe ich mehrmals nordvietnamesische Dörfer infiltriert. Zweimal habe ich mit kleinen Teams der Special Forces zusammengearbeitet, die glaubten, ich gehöre zum Phoenix-Programm. Auf einer Mission wurde ich von einem Nordvietnamesen zu meinem Ziel geführt, der für die CIA arbeitete.«

»Was haben Sie auf diesen Missionen gemacht?«

»Auf einer habe ich mit einem Präzisonsgewehr einen hohen Militär erschossen, bei den beiden anderen Aufträgen habe ich Beamte der Kommunistischen Partei eliminiert.«

»Sie haben Sie erschossen?«

Carl schüttelte den Kopf. »Ich bin nachts in ihre Hütten gekrochen und habe ihnen die Kehlen aufgeschlitzt.«

Ami wurde blaß.

»Mein Krieg war sehr ... persönlich, Ami. Ich habe den Männern, die ich getötet habe, ins Auge gesehen.«

»Waren Sie ... waren Sie noch in der Einheit, als sie 1986 als Deserteur gemeldet wurden?«

»Ja.«

»Aber der Vietnamkrieg hat doch einige Jahre, nachdem Sie eingetreten sind, aufgehört.«

»Die Einheit erfüllte auch nach dem Ende des Krieges noch ihre Zwecke. Die Kommunisten sind ja nicht plötzlich verschwunden. Es gab den Kalten Krieg.«

»Welche Auswirkungen hatte das auf ihre Aufträge?«

»Es wurde mehr spioniert. Ich habe vermutliche Spione beschattet. Und meine Fähigkeiten eingesetzt, um Botschaften zu verwanzen.« Rice lächelte kalt. »Ich habe sogar Kongreßabgeordnete und Angehörige der Regierung der Vereinigten Staaten abgehört.«

»Amerikaner?«

Rice nickte. »Man hat mir nie erzählt, was man mit diesen Informationen anfing, die ich sammelte, aber mir fiel auf, daß einige der Senatoren oder Abgeordneten, die ich überwacht hatte, sich bei bestimmten Abstimmungen plötzlich anders verhielten oder Gesetze unterstützten, gegen die sie zuvor protestiert hatten. Ich fand es außerdem sehr interessant, daß der General Chef des AIDC blieb, ganz gleich, wer Präsident war.«

»Haben Sie jemals ... Gab es noch mehr Anschläge?«

Rice nickte.

»In Vietnam?«

»Nein. Der Fokus änderte sich. Ich habe einen russischen Agenten in Madrid ermordet und einige Leute, die für die Chinesen arbeiteten.«

»Wie ...?«

»Den Russen habe ich in einer Gasse hinter einer Bar erstochen. Die beiden, die für die Chinesen arbeiteten, habe ich ... erschossen.«

»Wieviele Menschen haben Sie ermordet, Carl?«

»Das weiß ich nicht.«

»Macht Ihnen das nicht zu schaffen?«

Carl trank einen Schluck Wasser, während er über ihre Frage nachdachte.

»Zuerst nicht, nein. Bevor wir diese elektronische Ausrüstung aus dem Marineflugzeug holten, hatte ich noch nie getötet. Während der Mission war ich so verängstigt und erschöpft, daß es aus einem bloßen Instinkt passierte, wie bei einem Tier. Dann hat das Patrouillenboot uns gerettet. Man gab mir etwas zu essen, trockene Kleidung, und ich konnte schlafen. Als ich aufwachte, ging ich an Deck. Ich erinnere mich daran, wie ich mit dem Rücken an der Wand des Steuerhauses gesessen habe. Der Dschungel war still und wunderschön. Ich fühlte mich vollkommen friedlich. Da ist mir klar geworden, daß ich mehrere Menschen getötet hatte.

Bei der Ausbildung habe ich mich gefragt, ob ich erstarren würde, aber ich war nicht in Panik geraten. Ich hatte dabei nicht einmal über das Töten nachgedacht. Ich hatte nur getan, was man mich gelehrt hatte. Die Handlung des Tötens war kein kosmisches Ereignis gewesen und hatte nichts Philosophisches an sich. In der Hitze des Gefechts ging es nur einfach um die Frage: er oder ich.«

»Aber das war im Kampf«, erklärte Ami. »Sie haben gesagt, daß sie diesen Russen getötet haben, indem Sie ... ihn erstochen haben. Und diese chinesischen Spione ... Empfinden Sie bei diesen Toten anders?«

»Sie wollen wissen, ob ich Reue empfand?«

»Ja.«

»Die Leute, die ich ermordete, waren der Feind, und es war mein Job, den Feind zu erledigen, aber ich habe es nie genossen. Ich glaubte einfach nur, das Richtige zu tun. Das half mir, mit dem klarzukommen, was ich tat. Je länger es allerdings dauerte ...« Carl machte eine Pause und starrte auf die Bettdecke. »Ich bekam Alpträume. Und Zweifel.«

15. KAPITEL

Washington, D.C./Lost Lake, Kalifornien/ Alexandria, Virginia – 1986

Carl hatte die Frau am Samstag zuvor in einer Singlebar abgeschleppt. Sie war attraktiv, schüchtern und süß. Obwohl ihre Beziehung sich gut anließ, wußte Carl, daß sie nach einigen Monaten am Ende sein würde – wie immer. Normalerweise machten die Frauen Schluß, wenn sie es satt hatten, daß er stets plötzlich verschwand, seine Launen nicht mehr ertrugen oder unter seiner Unfähigkeit litten, echte Gefühle zu zeigen. Wann immer diese Frauen etwas Dauerhaftes wollten, zog Carl den Stecker. Sex ohne Verpflichtung dagegen erleichterte es ihm, wenigstens für kurze Zeit die Erinnerungen zu verdrängen, die sich immer häufiger in seine Gedanken schlichen.

Carl verabredete sich beim ersten Mal immer in einem ausgezeichneten vietnamesischen Restaurant am Dupont Circle. Er hatte gerade die junge Frau damit beeindruckt, daß er auf vietnamesisch bestellte, als Vanessa Wingate am Arm eines Mannes hereinschwebte, der direkt einem Hochglanzmagazin entsprungen zu sein schien.

»Entschuldigst du mich eine Minute?« fragte Carl seine Begleiterin. »Ich habe gerade eine alte Freundin gesehen, die ich schon seit Jahren nicht mehr gesprochen habe.«

Die Frau folgte Carls Blick. Sie lächelte und sagte: »Klar.« Carl wußte, daß es ihr nicht gefallen würde, wenn er Vanessa zuviel Aufmerksamkeit schenkte.

Sekunden bevor er Vanessa erreichte, bemerkte sie, wie Carl sich den Weg durch die Menge bahnte. Sie hatten sich seit der Highschool nicht mehr gesehen, und zunächst spiegelte sich Verwirrung auf ihrem Gesicht, dann Verblüffung, und schließlich sah Carl das, was er erhofft hatte: ein herzliches Lächeln.

»Mein Gott!« stieß Vanessa hervor. Ihr Begleiter schaute sie an, folgte ihrem Blick und sah Carl.

»Vanessa.« Carl lächelte ebenso warm wie seine frühere Geliebte.

»Was machst du denn hier?«

»Ich lebe in Washington. Na ja, eigentlich in Virginia. Lebst du hier, oder bist du nur auf Besuch?«

»Ich wohne in Georgetown.«

»Willst du mich nicht vorstellen?« Vanessas Begleiter vertrug es offensichtlich nicht, daß die beiden ihn einfach ignorierten.

»Entschuldigung. Bob Coyle, das ist Carl Rice, ein alter Freund.«

»Angenehm.«

Coyles kräftiger Händedruck verriet Carl klar und deutlich, daß Coyle sich als Alphamännchen fühlte, das seine Gefährtin verteidigte. Carl ließ Coyle sein Territorium abstekken, indem er sich dem schmerzhaften Händedruck ergab. Er merkte, daß Vanessas Begleiter ihn schnellstmöglich loswerden wollte, und er hatte nicht die Absicht, ihr den Abend zu verderben.

»Ich bin mit jemanden hier«, erklärte Carl deshalb. »Aber ich würde gern über die alten Zeiten mit dir plaudern. Wie kann ich dich erreichen?«

Coyle verzog mürrisch das Gesicht, als Vanessa Carl ihre Telefonnummer gab.

»Nett, Sie kennenzulernen, Bob«, warf Carl hin, bevor er an seinen Tisch zurückkehrte. Sobald er sich gesetzt hatte, erklärte er seiner Begleiterin, daß Vanessa eine alte Freundin war. Die Frau akzeptierte diese Erklärung, und Carl faszinierte sie mit meist erfundenen Kriegsgeschichten, während er unaufhörlich an Vanessa dachte.

Vanessa saß an einem ruhigen Tisch im hinteren Teil eines Bistros, das nur ein paar Blocks von ihrer Wohnung in Georgetown entfernt lag. Sie trug einen braunen Hosenanzug und eine weiße Bluse. Sie sah hinreißend aus. Carl trug eine graue Hose, ein blaues Oxford-Hemd und einen Blazer. Sein Haar war zerzaust, und er wirkte eher aus wie ein junger Anwalt denn wie ein Militär. Als Carl den Tisch erreichte, stand Vanessa auf und umarmte ihn. Es war die Art von kurzer, sachlicher Umarmung, die man sich bei der Gastgeberin einer Cocktailparty abholt, die einen nicht besonders gut kennt. Carl folgerte, daß Vanessa den Schreck überwunden hatte, ihn aus dem Nichts auftauchen zu sehen, und sich an die Umstände ihrer Trennung erinnerte.

»Du siehst großartig aus!« erklärte er.

»Du auch. Machst du immer noch Karate?«

Er nickte. »Und du hast im College Tennis gespielt, richtig?«

»Das College ist schon sehr lange her, Carl. Ich habe damit angefangen, als du in den Krieg gezogen bist.«

Beim letzten Satz schwang eine gewisse Bitterkeit in Vanessas Stimme mit. Carl sah sie an.

»Die Army ist mir gut bekommen.«

»Scheint so, wenn du noch dabei bist.«

Carl wechselte rasch das Thema. »Erzähl mir, was du in den letzten Jahren gemacht hast.«

Vanessa dachte einen Moment nach. »Ich glaube, das Größte war meine Ehe.«

»Der Mann aus dem Restaurant?«

Sie lachte. »Nein. Bob ist Anwalt und arbeitet für einen Kongreßausschuß. Ich arbeite für einen Kongreßabgeordneten. Bob habe ich vor einem Monat bei einer Anhörung kennengelernt.«

»Also bist du nicht mehr verheiratet?«

Vanessa wurde ernst. »Es hat nicht funktioniert. Ich hätte es wissen sollen. Seine einzige Qualifikation war, daß der General ihn verachtete. Wir sind aus Trägheit jahrelang zusammengeblieben, aber die Ehe war schon vorbei, bevor sie richtig angefangen hat.«

»Am Telefon sagtest du, daß du wieder studierst?«

»Ja, ich arbeite tagsüber und gehe abends zur Uni und studiere Jura. Studieren das nicht alle Geschiedenen, nachdem ihre Ehe den Bach runtergegangen ist?«

»Tagsüber arbeiten und abends studieren muß sehr hart sein.«

»Es ist strapaziös, aber das Studium fällt mir leicht.«

»Du hast immer schon schnell gelernt«, meinte Carl. »Bis auf Differentialrechnung.«

Vanessa wirkte traurig. »Ja, bis auf Differentialrechnung. Und, was machst du in der Army?«

»Ich lehre Sprachen in Fort Meyer.«

»Ach ja? Welche Sprachen?«

»Vietnamesisch und Thai.«

»Ich glaube, ich kann mir denken, wo du sie gelernt hast.«

Carl senkte den Blick, als er antwortete, so wie er es einstudiert hatte.

»Ich habe in Vietnam einige schlimme Sachen erlebt. Es war eine harte Zeit. Als ich wieder in den Staaten war, hörte sich ein Job als Sprachlehrer ganz gut an.« Er lächelte. »Ich bin eigentlich froh, daß ich ihn angenommen habe. Ich unterrichte gern und habe gute Kontakte zu vielen Leuten von der Uni geknüpft. Wenn ich meinen Abschied nehme, bin ich noch jung und kann an vielen Orten unterrichten.«

»Das freut mich für dich.«

»Bist du glücklich, Vanessa?«

»Das ist eine sehr persönliche Frage, Carl. Früher hätte ich dir eine Antwort darauf gegeben, aber das ist schon lange her. Ich glaube, jetzt kennen wir uns dafür nicht mehr gut genug.«

Carl hatte nicht erwartet, daß er noch so starke Gefühle für Vanessa empfand. »Ich weiß, daß ich dich verletzt habe, aber das ist schon lange her. Ich würde dich gern neu kennenlernen.«

»Du bist ja jetzt mit mir zusammen, stimmt's?« fragte sie.

Carl und Vanessa aßen ein oder zweimal im Monat in der Nähe des Bürogebäudes des Kongresses zusammen. Manchmal holte er sie auch abends von der Uni ab, und sie tranken einen Kaffee zusammen. Sie trafen sich jedoch eher unregelmäßig, und es waren auch mehr zwanglose Treffen als Verabredungen. Manchmal war Carl verlockt weiterzugehen, aber das Zusammensein mit Vanessa weckte Konflikte in ihm. Wenn sie zusammen waren, brannte er für sie, aber gleichzeitig kämpfte er mit seinem schlechten Gewissen, weil er ihr nicht erzählt hatte, daß er noch für ihren Vater arbeitete und sie außerdem über die wahre Natur seiner Arbeit im ungewissen ließ. Zudem hatte er das unangenehme Gefühl, daß er den General hinterging, weil er ihm nicht gesagt hatte, daß er sich mit seiner Tochter traf. Nicht, daß er viele Gelegenheiten gehabt hätte, mit Morris Wingate zu sprechen. Seitdem er der Einheit beigetreten war, hatte er Wingate nur noch selten gesehen. Der General hatte ihm erklärt, wie gefährlich es für jedes Mitglied der Einheit war, mit ihm gesehen zu werden. Es gab überall Spione.

Carl hatte eine Weile sogar mit dem Gedanken gespielt, die Einheit zu verlassen. Er riskierte nun seit mehr als zehn Jahren sein Leben, und vielleicht wurde er allmählich zu alt dafür. Wenn er jetzt aufhörte, konnte er einen Lehrauftrag an einer Universität bekommen. Vielleicht würde Vanessa ihn dann heiraten. Sie könnten sich irgendwo niederlassen, Kinder bekommen, und sie konnte ihren interessanten Beruf ausüben. Es wäre eine ruhige Existenz, aber Carl konnte sich vorstellen, sich an ein Leben mit zwei Kindern, einem Hund und einem Haus in der Vorstadt mit einem weißen Gartenzaun zu gewöhnen. Er redete sich sogar ein, daß er von der Hölle ins Paradies umziehen könnte, ohne daß Vanessa von seinem geheimen Leben erfuhr.

Das hartnäckige Klopfen an ihrer Wohnungstür riß Vanessa aus tiefstem Schlaf. »Ich komme ja schon!« rief sie, während sie sich ihren Morgenmantel überwarf. Als sie durch das

Guckloch schaute, sah sie Carl Rice im Flur stehen. Seit fast drei Wochen hatte sie ihn nicht mehr gesehen oder mit ihm telefoniert.

»Bitte, Vanessa, mach auf!« bat Carl, nachdem er noch einmal geklopft hatte. Sie wollte nicht, daß er ihre Nachbarn weckte, also öffnete sie die Tür. Carl stolperte herein. Er war unrasiert, seine Kleidung sah aus, als hätte er darin geschlafen, und er hatte einen wilden Ausdruck in den Augen.

»Was willst du, Carl?« fragte Vanessa.

»Ich muß mit dir reden.«

»Jetzt? Es ist nach Mitternacht. Kann das nicht bis morgen warten?«

»Tut mir leid. Ich weiß, daß es spät ist, aber ich habe keine Ahnung, was ich tun soll.«

Vanessa schaute ihren Besucher scharf an. Carl wirkte eindeutig verzweifelt.

»Inwiefern?«

»Kann ich mich setzen?« fragte Carl. »Ich bin vollkommen fertig. Ich habe seit Tagen nicht mehr geschlafen.«

Vanessa trat zur Seite. Carl ließ sich auf die Couch fallen und legte den Kopf in den Nacken.

»Ich kann es nicht mehr«, sagte er. »Ich muß da raus.«

»Wo raus?«

»Ich habe dich belogen«, erklärte er. »Ich konnte dir einfach nicht die Wahrheit sagen, also habe ich dich belogen, aber das will ich nicht mehr. Du sollst wissen, wer ich bin. Ich bin ein Killer. Ich morde für deinen Vater, und ich will damit aufhören.«

Vanessa stockte der Atem.

»Du bist die einzige Person, die das überhaupt verstehen kann«, sagte Carl.

»Was soll ich verstehen?«

»Ich habe schreckliche Dinge getan.«

»Und jetzt willst du von mir Absolution?«

»Dafür ist es längst zu spät.«

Vanessa bekam Angst. Ihr Vater hatte sie immer mit Allgemeinplätzen abgespeist, wenn sie wissen wollte, was die AIDC machte, und ihr nie erzählt, was er wirklich tat. Natürlich hegte sie einen Verdacht. Warum ließ er sich auf Schritt und Tritt von bewaffneten Leibwächtern begleiten?

»Ich war so glücklich, nachdem wir uns wieder getroffen haben«, erzählte Carl. »Ich dachte, ich könnte mit dir neu anfangen, doch fast alles, was ich dir erzählt habe, war gelogen. Dann haben sie mir einen neuen Auftrag gegeben. Es war schlimm, sehr schlimm. Ich will aufhören. Ich kann das nicht mehr machen.«

»Was hast du gemacht?«

»Ich bin nach Texas geflogen. Dort lebte eine Chinesin. Ihre Eltern sind nach Amerika eingewandert, als sie neun war. Sie hat an einem streng geheimen Projekt gearbeitet. Was es war, weiß ich nicht.« Vanessa registrierte, daß Carl von der Frau in der Vergangenheit sprach. »Man sagte mir, sie sei eine sehr gefährliche Spionin, die Geheimnisse an die Chinesen verriet. Die Chinesen hätten sie angeheuert. Sie sei eine Bedrohung für unser Land.«

»Und du ...?«

Carl zwang sich dazu, Vanessa anzusehen. Er hatte sich geschworen, ihr alles zu erzählen, und wollte nicht kneifen.

»Ich habe ihr in die Augen geschossen. Sie hat geschlafen. Ich bin in ihr Haus eingebrochen und habe sie beide getötet.«

»Da war noch jemand?«

Carl nickte. Seine Stimme brach. »Ihr Ehemann. Er war Captain in der Armee.«

»War er auch ein Spion?«

Carl schüttelte langsam den Kopf. »Sie sind sich nicht sicher, aber sie konnten das Risiko nicht eingehen, daß er mit ihr zusammenarbeitete. Das hat man mir jedenfalls erzählt.« Carl brach in Tränen aus. »Er war ein Amerikaner, Vanessa. Vielleicht war er vollkommen unschuldig. Er war Captain, genau wie ich.«

»Captain? Du hast mir erzählt, du seiest Sergeant.«

»Das ist meine Tarnung. Genau wie mein Job an der Sprachenschule. Mein ganzes Leben ist eine Lüge.«

Carl ließ den Kopf sinken, schlug die Hände vor sein Gesicht und schluchzte. Was er Vanessa erzählt hatte, entsetzte sie, und sie brachte es nicht fertig, ihn zu trösten.

»Mein Vater hat dir deine Befehle gegeben?«

»Ich habe mehr als zehn Jahre für ihn gearbeitet.«

Vanessa sah ihn verwirrt an. »Die AIDC sammelt Geheimdienstdaten. Sie haben keine Agenten, die so etwas tun, was du machst.«

»Haben sie wohl, Vanessa, aber nur eine Handvoll Menschen wissen über meine Einheit Bescheid.«

Carl erklärte ihr, was er gemacht hatte, seit er von dem General rekrutiert worden war. Mit jedem seiner Worte wurde Vanessa wütender.

»Dieser Drecksack!« zischte sie, als Carl fertig war. Ihre Augen glänzten. »Ist dir klar, was passiert, wenn wir ihn bloßstellen?«

»Denk nicht mal an so etwas! Dein Vater ist ein sehr gefährlicher Mann. Ich habe keine Ahnung, wie weit er gehen würde, wenn er dich für eine Gefahr halten würde.«

»Willst du mir nicht helfen? Willst du nicht endlich aufhören, seine Marionette zu spielen?«

»Ich will aufhören, aber ich will nicht, daß du stirbst. Dein Vater wird uns umbringen, wenn er sich bedroht fühlt. Was du vorhast, ist unmöglich. Es gibt keinen konkreten Beweis, daß diese Einheit existiert. Der General würde es abstreiten, ebenso wie jeder andere, der mit dieser Operation in Verbindung steht. Und wenn du doch zufällig Beweise finden würdest, daß diese Einheit existiert, würdest du jeden in Gefahr bringen, der davon weiß. Für diese Leute ist Mord eine Methode, ein Problem zu lösen. Ich bin einer von ihnen, Vanessa. Wir denken so. Wenn du ein Problem hast, und ein Mord löst dieses Problem, dann mordest du eben.«

Vanessa schwieg einen Moment. Dann sah sie Carl an. »Was willst du jetzt machen?«

»Ich will meinen Abschied nehmen. Ich will zur Ruhe kommen.«

»Wird mein Vater dich gehen lassen?«

»Das weiß ich nicht, aber ich muß ihn fragen.«

Vanessa dachte einen Moment nach. »Das könnte sehr gefährlich sein, Carl. Mein Vater haßt Schwäche. Du weißt einfach zu viel und kannst ihm sehr schaden. Sobald er erfährt, daß du aussteigen willst, wirst du selbst zu einem Problem, das er lösen muß.«

Carl starrte Vanessa trübe an. »Das interessiert mich nicht mehr. Ich muß aufhören. Wenn er mich gehen läßt, habe ich es hinter mir. Wenn er mich tötet, auch.« Er lachte. »So oder so, ich kann nur gewinnen.«

Carl rief Vanessa an dem Abend an, nachdem er seine Entscheidung getroffen hatte. Es lief nur ihr Anrufbeantworter. Er versuchte es noch einige Male, aber Vanessa nahm nicht ab. Am nächsten Tag versuchte Carl es bei ihrer Arbeit und erfuhr, daß sie nicht da war. Sie tauchte auch an ihrer Universität nicht auf. Carl fragte sich, ob Vanessas Wohnung abgehört wurde. War sie vielleicht seinetwegen umgebracht worden? Er fuhr zu ihrer Wohnung. Dort war alles dunkel. Er öffnete das Schloß und trat ein. Sie war nicht da, und auf ihrem Anrufbeantworter häuften sich die Nachrichten.

Am nächsten Abend bekam Carl einen Anruf von einem Meinungsforschungsinstitut. Er hatte noch nie so rasch nach seiner Rückkehr von einem Auftrag einen neuen erhalten, aber der Anruf signalisierte ein neues Treffen. Fünf Stunden, nachdem er die Nachricht entschlüsselt hatte, parkte er vor dem Zimmer 105 eines Motels in einem Außenbezirk von Baltimore. Carl erwartete General Peter Rivera vorzufinden, aber der Raum war leer. Ein heftiger Schneesturm tobte sich über der Ostküste aus, so daß seine Verspätung durch die Wetterbedingungen zu erklären war.

Carl warf seine grüne Jacke und die Strickmütze auf das Bett und ging ins Bad. Dann brühte er sich einen Kaffee in dem Topf auf, den das Motel in jedem Zimmer zur Verfügung stellte. Während der Kaffee sich setzte, überlegte er, was er tun sollte, falls Rivera einen Auftrag für ihn hatte, bei dem er einen Mord begehen mußte. Noch bevor er sich eine Strategie ausdenken konnte, öffnete sich die Tür. Carl zog seine Waffe und drückte sich an die Badezimmerwand. Er konnte die Eingangstür im Spiegel über dem Waschbecken sehen. Der starke Wind fegte Schneeflocken ins Zimmer. Ein Mann kam herein. Er war zu groß für Rivera. Sein Gesicht wurde von dem aufgestellten Kragen seines Mantels verborgen.

»Die Steuerzahler müssen für diese Kugeln gerade stehen, Carl«, sagte Morris Wingate. »Verschwenden Sie sie nicht!«

Carl schob seine Waffe in das Halfter und trat mit zwei Kaffeebechern in der Hand ins Schlafzimmer.

»Heiß genug für Sie?« erkundigte er sich beiläufig, als er dem General einen Becher reichte.

»Heiß genug«, erwiderte Wingate und trampelte sich den Schnee von den Schuhen.

»Ich habe versucht, Sie anzurufen«, erklärte Carl.

»Ich war unterwegs.« Carl war klar, daß er keine weitere Erklärung bekommen würde. Der General setzte sich in den einzigen Sessel des Zimmers und wärmte seine Hände an dem Kaffeebecher. Carl zog den Schreibtischstuhl heraus und stellte seinen Becher auf die Schreibunterlage. Dann zwang er sich, Wingate anzusehen, als er zur Sache kam.

»Ich denke darüber nach, den Dienst zu quittieren.«

»Hat das etwas mit Vanessa zu tun?«

Carl war darauf trainiert, seine Gefühle zu verbergen, aber diesmal ließ seine Ausbildung ihn im Stich.

»Sie sind sehr wichtig für uns, Carl. Wir behalten Sie natürlich im Auge.«

Carl fühlte sich elend.

Der General schüttelte traurig den Kopf. Als er sprach, klang er nicht wütend, sondern nur traurig und enttäuscht.

»Ich wünschte, Sie hätten sich mir vorher anvertraut. Sie wissen, daß Sie und Vanessa mir viel bedeuten.«

Carl schwieg, weil ihm unklar war, wie viel Wingate wußte.

»Haben Sie Ihr gesagt, was Sie tun?« erkundigte sich der General.

Carls Gedanken überschlugen sich, als er die richtige Antwort suchte. Falls Wingate seine Beichte belauscht hatte, konnte eine Lüge das Todesurteil für ihn und Vanessa bedeuten. Allerdings konnte das ebenfalls passieren, wenn Wingate nicht wußte, was Carl seiner Tochter erzählt hatte, und er dem General nun reinen Wein einschenkte.

»Ich habe Ihr nichts von der Einheit gesagt, und das habe ich auch nicht vor«, log er. »Wir wissen beide, wie sie dann reagieren würde.«

Wingate nickte. »Warum haben Sie sich entschlossen, Ihre Karriere aufzugeben?«

Carl blickte auf seine Hände. »Ich lasse nach. Ich bin ausgebrannt.«

»Sie sollten in Ruhe darüber nachdenken. Sie sind auf dem Weg nach oben, Carl. Sie werden die Karriereleiter hinaufklettern, wenn Sie beim Militär bleiben. Es gibt da einflußreiche Leute, die Großes mit Ihnen vorhaben. Versprechen Sie mir, nicht überstürzt zu handeln?«

»Ich werde keine übereilte Entscheidung treffen, Sir«, lenkte Carl ein.

»Gut, denn ich habe eine wichtige Aufgabe für Sie.« Das überraschte Carl. Normalerweise instruierte ihn General Rivera. »Wenn Sie diese Mission erledigt haben, nehmen Sie Urlaub und finden heraus, was Sie mit Ihrem Leben anfangen wollen. Ich werde Ihre Entscheidung hundertprozentig unterstützen, ganz gleich, wie sie ausfällt.«

Wingate öffnete den Aktenkoffer, den er bei sich hatte. Darin befand sich Bargeld, ein falscher Paß, eine Waffe und andere Dinge, die Carl bei einem Auftrag brauchte. Der General reichte ihm einen dünnen Ordner. Darin befand sich das Foto eines gutaussehenden Mannes mit zerzaustem Haar, der vor einem Bürogebäude stand. Er kam Carl vage bekannt vor.

»Wer ist das?«

»Das brauchen Sie nicht zu wissen.«

Carl war verwirrt. General Rivera hatte ihm immer die Namen der Zielpersonen einer Operation genannt.

»Das ist ungewöhnlich, Sir.«

»Stimmt.« Wingate schob das Foto zur Seite und schlug eine Landkarte auf.

»Lost Lake ist eine wohlhabende Gemeinde mit Sommerhäusern in Nordkalifornien.« Wingate deutete auf eine rot umrandete Stelle. »Ihre Zielperson lebt hier. Sie können das Grundstück mit einem Boot erreichen.« Der General schob Carl einen Papierstreifen zu. »Das ist der Sicherheitscode. Die Zielperson dürfte heute nacht allein sein.«

»Was soll ich tun?«

»Sie erledigen den Spion eines ausländischen Geheimdienstes. In seinem Besitz befinden sich die militärischen Unterlagen jedes Mitgliedes unserer Einheit, einschließlich Ihrer Unterlagen.«

»Wie ...?«

»Ich habe nicht das Recht, Ihnen das zu sagen, aber Sie können sich vorstellen, was passiert, wenn eine uns nicht eben freundlich gesonnene Macht zum Beispiel Ihre Identität herausfindet. Ich will diese Unterlagen wiederhaben. Die Existenz der Einheit steht auf dem Spiel. Wenn Sie die Unterlagen haben, möchte ich, daß Sie diesen Mann eliminieren. Und zwar so brutal und drastisch wie möglich.«

Carl war überrascht. Normalerweise wurde ein Mord so schnell und reibungslos wie möglich ausgeführt.

»Darf ich fragen, Sir, warum die Zielperson auf diese Art und Weise eliminiert werden soll?«

»Ich pflege meine Befehle nicht zu erklären, Carl. Sie dürfen davon ausgehen, daß es gute Gründe für alles gibt, was ich anordne.« Der General stand auf. »Sie fliegen sofort los. Am Flughafen wartet ein Wagen auf Sie. Bringen Sie mir diese Papiere. Vergessen Sie nicht, daß die Existenz der Einheit von Ihnen abhängt.«

Das normale Prozedere bei einer Mission sah eine ausführliche Instruktion und genug Zeit zur Vorbereitung vor. Diesmal flog Carl nur mit den spärlichen Informationen nach Westen, die Wingate ihm im Motel gegeben hatte. Er landete nach Einbruch der Dunkelheit auf einem winzigen Flughafen in Kalifornien. Kurz vor zwei Uhr morgens ankerte er mit einem Rennboot kurz vor einem flachen Strand, der vor dem Haus der Zielperson durch Bäume abgeschirmt wurde. Carl arbeitete sich durch das Wäldchen, bis er die Rückseite eines modernen Blockhauses sehen konnte. Alles war dunkel. Er überquerte rasch den Rasen. In seiner dunklen Kleidung, der Tarnfarbe und der dunkelblauen Strickmütze war er kaum zu erkennen.

Carl öffnete das Schloß, tippte den Sicherheitscode ein und war nach einigen Sekunden im Inneren des Hauses. Er hatte sich auf dem Flug den Grundriß des Hauses eingeprägt und wußte, wo die Treppe zum Schlafzimmer lag. Der Mann in dem breiten Doppelbett lag auf der Seite zusammengerollt und schlummerte friedlich. Er riß entsetzt die Augen auf, als Carl ihm ein Klebeband über den Mund preßte. Carl setzte ihn mit einem gezielten Schlag außer Gefecht und fesselte ihm Hände und Knöchel. Als er fertig war und der Mann aus seiner Ohnmacht erwachte, zeigte Carl ihm ein großes Jagdmesser mit einer gezackten Klinge. Ein Skalpell war zwar leichter und einfacher zu handhaben, aber er benutzte das große Messer, um seinem Opfer Angst einzuflößen.

»Ich will die Armyunterlagen, die Sie gestohlen haben. Geben Sie sie mir, und ich lasse Sie am Leben«, log er. »Weigern Sie sich, leiden Sie, bis Sie zerbrechen. Das tut am Ende jeder.«

Die Brust des Mannes hob und senkte sich hastig unter seinen angstvollen Atemzügen. Er schwitzte, und seine Muskeln zuckten unwillkürlich.

»Ich werde jetzt das Klebeband entfernen. Sie bringen mich dorthin, wo wir suchen müssen. Wir gehen zusammen. Wenn Sie gelogen haben, schneide ich Ihnen Ihr linkes Auge heraus.«

Carl zog das Band ab. »Sie machen einen Fehler ...!« keuchte der Mann.

Noch bevor der Mann den Satz zu Ende sprechen konnte, preßte Carl das Band wieder über dessen Mund, riß dessen Pyjamajacke auf und schnitt ihm ein Stück Haut aus der Brust. Der Mann kniff die Augen zu, stöhnte dumpf und wand sich hin und her, als er versuchte, den Schmerz zu lindern. Carl empfand normalerweise nichts in einer solchen Situation, aber diesmal fühlte er sich elend. Er schwor sich, daß dies seine letzte Mission sein würde.

»Wir versuchen es noch einmal. Ich frage Sie nach den Papieren, und Sie geben sie mir. Mehr will ich nicht von Ihnen. Vergessen Sie den Schmerz nicht, den Sie eben erlitten haben, denn das war der letzte Schmerz, den Sie noch ertragen konnten. Jedesmal, wenn Sie meine Instruktionen nicht befolgen, werde ich die Schmerzen steigern. Ich habe alle Zeit der Welt. Verschlimmern Sie Ihr Leiden nicht unnötig! Wenn ich jetzt das Klebeband entferne, sagen Sie mir, wo ich die Unterlagen finde!«

»Sie sind unten in meinem Büro«, keuchte der Mann, als Carl das Band abzog. Carl hoffte, daß er die Wahrheit sagte. Er wollte diese Mission beenden. Er preßte erneut das Klebeband über den Mund des Mannes, obwohl sie so weit von den nächsten Nachbarn entfernt waren, daß niemand seine Schreie hören würde, aber er wollte kein Risiko eingehen. Er half seiner Zielperson auf die Beine, zerschnitt seine Fußfesseln und stützte ihn, als sie die Treppe nach unten gingen. Der Mann blutete heftig aus seiner Brustwunde, und der Schmerz ließ ihn taumeln. Als sie das Büro erreichten, schaltete Carl das Licht an. Dann band er die Zielperson an einen ledernen Schreibtischstuhl und zog ihm das Klebeband vom Mund.

»Wo sind die Unterlagen?«

Der Mann gab ihm die Kombination eines Wandsafes. Carl öffnete den Safe und nahm einen Stapel Dokumente heraus. Es dauerte nur einen Moment, dann hatte er die Unterlagen gefunden.

Carl zog das Messer. Wingate wollte, daß es ein blutiger Mord wurde, und er würde dem Befehl des Generals dieses letzte Mal gehorchen. Er führte einige Schnitte aus und arbeitete so schnell, daß sein Opfer nicht lange leiden mußte. Dabei versuchte er, dem sich heftig wehrenden Mann nicht ins Gesicht zu sehen. Als er das Gefühl hatte, daß der Körper nun mißhandelt genug aussah, erlöste er den Mann mit einem kurzen Schnitt durch die Kehle. Seine Hände zitterten, als er den tödlichen Schnitt ansetzte, und ihm stiegen die Tränen in die Augen. Dann hörte er hinter sich ein Geräusch und wirbelte herum, das Messer in Kampfhaltung.

»Carl?«

Vanessa Wingate stand in der Tür. Sie trug ein langes, weißes T-Shirt, ihr Haar war vom Schlaf zerzaust. Sie starrten sich einen Moment an, bevor Vanessas Blick auf den Mann im Stuhl fiel. Während sie langsam zurückwich, ließ sie Carl keine Sekunde aus den Augen. Er wußte, daß er sie packen sollte, aber das Entsetzen in ihrer Miene paralysierte ihn. Vanessa rannte durch den Flur und in die Nacht hinaus. Bei jeder anderen Mission hätte Carl eine flüchtende Zeugin verfolgt und sie ebenfalls zum Schweigen gebracht, doch diesmal konnte er nur zu seinem Boot laufen. Er rannte über den Rasen, als Vanessa anfing zu schreien.

Der Fahrer des Generals brachte Carl vom Flughafen zu Wingates Haus in Alexandria, Virginia. Carl war am Rande seiner Beherrschung, als man ihn in das Arbeitszimmer führte. General Wingate saß am Kamin und las. Als Carl hereinkam, stand er auf.

»Haben Sie die Unterlagen?« fragte er besorgt.

»Wen habe ich umgebracht?«

Der General musterte ihn einen Augenblick. »Ist etwas vorgefallen?«

»Wen habe ich umgebracht?«

Wingate seufzte. »Einen Kongreßabgeordneten. Sie werden darüber in den Zeitungen lesen. Morgen.«

»Wie lautete sein Name?« Carl stellte die Frage, obwohl er sicher war, daß er ihn schon kannte.

»Eric Glass.«

Carl starrte den General an. »Sie haben mich benutzt.«

»Wovon reden Sie da, Mann?«

»Vanessa war da, Sie Dreckskerl! Sie war im Haus!«

»Es ist nicht so, wie Sie denken.«

»Dann erklären Sie mir die Situation, General, denn ich bin ein wenig verwirrt. Zum ersten Mal geben Sie statt Peter Rivera mir einen Auftrag. Zufällig betrifft dieser Auftrag Ihre Tochter und den Mann, für den sie arbeitet. Außerdem muß ich zum ersten Mal einen Mann so brutal wie möglich ermorden. Haben Sie mich benutzt, um sich an Glass zu rächen, weil er mit Ihrer Tochter schläft?«

»Sie haben recht. Glass und Vanessa haben eine Affäre, aber deshalb mußte Glass nicht sterben. Es gibt eine einzige Liste mit den Namen der Männer unserer Einheit. Sie lag sicher im Safe meines Arbeitszimmers in Kalifornien. Glass ist ein Schläfer, ein versteckter Agent. Er hat Vanessa verführt und sie dazu gebracht, die Unterlagen zu stehlen. Sie hat es getan, weil sie mich haßt. Sie will mich vernichten, und sie glaubte, daß Glass ihr dabei helfen könnte. Sie wußte nicht, daß er ein Spion war. Sie dachte, er würde einen Untersuchungsausschuß einberufen und mich und die Einheit bloßstellen.«

»Warum haben Sie mir nicht gesagt, daß Vanessa in seinem Haus ist?«

»Weil ich es nicht wußte. Ich hätte Sie niemals dorthin geschickt, wenn ich das vermutet hätte. Deshalb habe ich Ihnen auch den Namen des Mannes nicht genannt, den Sie eliminieren sollten. Ich weiß zwar, daß Sie Glass nie begegnet sind, aber Sie wußten, daß Vanessa für ihn arbeitet.«

»Warum haben Sie mich überhaupt dorthin geschickt?«

»Weil Sie der Beste sind, den ich habe, und dieser Auftrag der wichtigste war, den ich jemals erteilt habe.«

Carl ging zu einem Lederarmsessel vor dem Kamin und

setzte sich. Er fühlte die Hitze auf seinem Gesicht, während er in die Flammen starrte.

»Sie hat mich gesehen. Sie weiß, was ich getan habe.«

»Das ist ein Problem, aber damit werde ich fertig. Ich habe einen Anruf aus Lost Lake bekommen. Vanessa steht unter Schock und liegt im örtlichen Krankenhaus. Ich fliege dorthin, sobald wir hier fertig sind. Ich wollte persönlich mit Ihnen reden, wenn Sie kommen. Der Sheriff hat mir erzählt, daß Vanessa Sie identifiziert hat.«

»Was mache ich jetzt? Wenn ich nach Fort Meyer zurückkehre, wird man mich verhaften.«

»Das ist richtig. Die Polizei sucht bereits nach Ihnen. Ich bin sicher, daß sich auch das FBI bald einschalten wird, aber ich habe bereits eine Lösung. Ich werde Sie irgendwohin schicken, wo niemand nach Ihnen suchen wird.«

Carl schaute hoch. »Wo ist das?«

»Wir haben Nachrichten bekommen, daß vermißte amerikanische Soldaten in einem geheimen Lager im nordvietnamesischen Dschungel gefangengehalten werden. Ich schicke alle Mitglieder der Einheit dorthin, um sie zu retten.«

Die Chance, die übrigen Mitglieder der Einheit wiederzusehen, lenkte Carl ab. »Was passiert, wenn ich zurückkomme?«

»Carl, ich liebe Sie wie einen Sohn. Ich möchte Sie beschützen. Ich habe auch schon einige Ideen, wie ich das bewerkstelligen könnte, aber ich weiß noch nicht, ob sie auch funktionieren. Falls nicht, müssen Sie untertauchen. Wenn Sie zurückkommen, sind Sie ein wohlhabender Mann mit einem neuen Leben und einem neuen Gesicht. Und jetzt geben Sie mir bitte die Unterlagen.«

16. KAPITEL

»Und? Haben Sie die vermißten Soldaten gerettet?« erkundigte sich Ami.

Carl lachte verbittert. »Der Auftrag war eine Falle, und ich war so naiv, daß ich es nicht durchschaut habe.«

»Was ist passiert?«

»Wir waren zehn. Ich hatte ihre Fotos gesehen, als ich die Unterlagen durchgeblättert habe, die ich aus dem Safe des Kongreßabgeordneten Glass gestohlen habe. Also wußte ich, daß alle dabei waren. Ich kannte nur einen, Paul Molineaux. Er hatte meinen ersten Kampfeinsatz geleitet und war auch diesmal der Teamführer. Er zeigte uns Bilder von dem Lager und instruierte uns. Wir sollten mit dem Boot ins Landesinnere fahren, aber Molineaux sagte, daß Hubschrauber auf uns warteten, die uns in die Nähe des Zielorts fliegen würden. Er hatte Fotos der vermißten Soldaten dabei. Es wirkte alles sehr echt, und wir glaubten ihm.«

»Aber es stimmte nicht? Es gab keine Vermißten?«

Carl zuckte mit den Schultern. »Vielleicht gab es welche, wenngleich ich es bezweifle. Ich glaube, der General hat ein paar Fotos aus dem Hut gezaubert, um uns zu stimulieren. Jeder einzelne Mann der Einheit hätte bereitwillig sein Leben aufs Spiel gesetzt, um einen vermißten Kameraden nach Hause zu holen. Wir bekamen allerdings gar nicht die Chance, herauszufinden, ob es irgendwelche im Kampf vermißten Kameraden gab.

Molineaux blieb an Bord des Bootes, das uns ins Landesinnere brachte. Allein das war schon merkwürdig. Dann übertrug er mir das Kommando. Er meinte, wegen des Gefangenenlagers wimmelte es in der Gegend von feindlichen Soldaten, und er wollte das Boot sichern, das unsere alternative Fluchtroute wäre. Wir haben ihm blind geglaubt. Wir waren wirklich blöd.«

»Was geschah dann?«

»Die Vietnamesen haben uns erwartet und uns aufgelauert. Wir waren unterwegs zu einem Ort am Ende eines Tales. Sie erwischten uns am Fuß der Hügel. Eine Zweiundachtzig-Millimeter-Granate explodierte fünf Meter vor mir, und dann brach die Hölle los. Überall knallten Schüsse. Ich versuchte, von der Lichtung, wo sie uns in die Falle gelockt hatten, in den Wald zu entkommen und meine Verletzung zu versorgen.«

»Sie wurden verwundet?«

»Am Bauch, aber es war nicht schlimm. Es brannte nur, als würde man einen heißen Schürhaken darauf drücken. Außerdem war mein Bein taub, und mir war schlecht. Nach einer Weile nahm der Schmerz ab und wurde ein ständiges, scharfes Brennen. Damit kam ich klar. Außerdem bin ich gelaufen, als es passierte, weil ich wegen des vielen Gewehrfeuers Angst hatte. Ich entkam durch eine ausgewaschene Rinne in den Dschungel und hörte, wie meine Männer kämpften und starben. Dann befahl ein Vietnamese einigen seiner Leute, mich zu jagen, und kommandierte die anderen ab, die Leichen zu untersuchen und sich zu überzeugen, daß alle wirklich tot waren. Es gelang mir, meinen Verfolgern zu entkommen. Als ich den Fluß erreichte, war das Boot weg. Wäre es noch da gewesen, wäre ich in Sicherheit gewesen, aber ich hatte zu lange gebraucht, um mich zum Fluß durchzuschlagen. Deshalb holten die Vietnamesen mich ein. Da war ich durch meine Verletzung schon so geschwächt, daß ich nicht mehr kämpfen konnte.«

»Was ist passiert, nachdem man Sie erwischt hat?«

»Sie haben die Wunde gereinigt und die meisten Granatsplitter entfernt. Und mir fast alle Kleidung abgenommen.

Ich mußte barfuß gehen, und sie marschierten im Kreis, um den Weg länger zu machen.«

»Wie lange sind Sie marschiert?«

»Keine Ahnung. Ich weiß nur, daß es sehr lange dauerte, bis wir zu dem Lager kamen.«

»Was haben Sie dort mit Ihnen gemacht?«

»Es war jedenfalls nicht der Club Mediterrane.« Er lachte heiser. »Die Vietnamesen folterten mit Vorliebe meine Füße. Einmal haben sie mir die Arme mit nassen Lederriemen hinter dem Rücken gefesselt. Die Riemen zogen meine Schultern weiter zurück, als sie trockneten. Irgendwann haben die Vietnamesen mich auch einmal in eine Stahlkiste gesperrt und in der glühenden Sonne stehen lassen.«

»Was wollten sie von Ihnen?«

»Das war ja das Merkwürdige. Sie haben keine Fragen gestellt. Sie haben mich einfach nur gefoltert. Als brauchten sie keine Informationen von mir, weil sie schon alles wußten, was ich ihnen hätte verraten können.«

»Wie sind Sie entkommen?«

»Das Lager war eigentlich nur ein Dorf. Es gab dort keine Zellen. Ich war in einer Hütte eingesperrt, vor deren Tür Wachen standen. Nachts wurden ich mit Ketten an Händen und Füßen um einen Pfosten gefesselt. Es ist mir gelungen, durch den harten Lehmboden bis unter den Sockel des Pfostens zu graben. Ich habe den ganzen Lehm, den ich nachts ausgegraben habe, wieder zurückgelegt, wenn es hell wurde. Schließlich konnte ich die Kette unter dem Pfosten herausziehen. Als der Wachtposten auf seiner Runde nach mir sah, habe ich die Kette wie eine Garrotte benutzt und ihm die Gurgel zerquetscht. Er hatte ein Messer im Stiefel. Damit habe ich den Wachposten vor der Hütte erstochen. Bei ihm habe ich den Schlüssel für meine Ketten gefunden. Ich bin aus dem Lager geflohen und losgerannt. Ich wußte ungefähr, wo ich mich befand, und war darin ausgebildet, im Dschungel zu überleben.«

»Wie sind Sie wieder in die Vereinigten Staaten gekommen?«

»Ich bin nach Thailand geflohen. An der Grenze habe ich Geld gestohlen, mir einen falschen Ausweis gekauft und habe auf einem Schiff als Matrose angeheuert. Es hat fast ein Jahr gedauert, bis ich schließlich in San Francisco an Land gehen konnte. Ich vermutete, daß ich geächtet war, also wollte ich Peter Rivera aufsuchen. Nur war der ermordet worden, und zwar auf genau die gleiche Weise, wie ich Eric Glass umgebracht hatte. Die Beweise deuteten auf mich als Mörder hin. Erst da habe ich kapiert, was hier eigentlich vorging. Wingate hatte die Einheit aufgelöst und das Geld aus dem Geheimfond gestohlen. Er hat mir den Mord an Rivera und den Diebstahl des Geldes in die Schuhe geschoben. Natürlich haben ihm alle diese Geschichte abgekauft, weil Vanessa gesehen hatte, daß ich den Kongreßabgeordneten ermordete.

Einige Monate nach dem Mord an Rivera nahm der General seinen Abschied, zog sich nach Kalifornien zurück und lebte dort fünf Jahre lang ruhig und unauffällig. Dann investierte er eine sehr große Summe in Computex, Simeon Browns Software-Firma. Ich glaube, er hat das Geld aus dem Geheimfond dafür benutzt. Mit seinen ausgezeichneten Kontakten zum Militär sicherte Wingate Computex lukrative Verträge. Er lebte vom Geld seiner toten Frau, bis Computex richtig erfolgreich wurde. Als die Firma schließlich ein echter Renner an der Börse wurde, ist Simeon Brown tödlich verunglückt. Eine glückliche Fügung für den General, stimmt's?«

»Haben Sie jemals versucht, sich zu rächen?«

Carl schüttelte den Kopf. »Ich war müde, Ami, und ich hatte es satt. Diese Monate im Dschungel haben mich verändert. Ich wollte keine Rache, sondern meine Ruhe. Ich tauchte ab und war damit zufrieden, unterhalb des Radars der Gesellschaft zu leben. Immerhin«, er lächelte, »habe ich schon seit Jahren keine Steuern mehr bezahlt, und mich rufen auch nicht ständig irgendwelche Rechtsanwälte an. Was will man mehr?«

17. KAPITEL

Ami hatte Vanessa nicht bei den anderen Reportern stehen sehen, als sie mit gesenktem Kopf und eingezogenen Schultern durch die Krankenhauslobby stürmte. Die Menschenmenge, die Scheinwerfer der Fernsehteams und die schreienden Reporter flößten ihr Unbehagen ein. Selbst wenn Ami die Journalistenmeute genauer betrachtet hätte, hätte sie ihre Klientin kaum erkannt. Vanessa trug eine schwarze Perücke, Make-up und eine dunkle Sonnenbrille. Darin wirkte sie eher wie eine schrill gekleidete Klatschkolumnistin denn wie die geschmacklos gekleidete Vertreterin eines Schmierenblatts.

Während die anderen Pressemitglieder auf die Rückkehr der Reporter warteten, die als Vertreter ausgewählt worden waren, um Morellis Anhörung zu verfolgen, sonderte sich Vanessa unauffällig von dem Pressecorps ab und bezog um die Ecke von Leroy Ganetts Büro Stellung. Kurz nachdem die Anhörung beendet war, tauchte Ganett mit Brendan Kirkpatrick an seiner Seite auf. Eine Viertelstunde später verließen die beiden Männer das Arztzimmer, und Vanessa hörte, wie Ganett zu dem Staatsanwalt sagte, daß er in der Cafeteria etwas essen wollte. Sie wartete, bis die Aufzugtüren sich schlossen, und nahm den nächsten Fahrstuhl ins Untergeschoß.

Vanessa tat, als musterte sie die Speisen, während Ganett ein Sandwich, einen Apfel und einen Fruchtsaft auf sein Tablett stellte. Nachdem der Arzt bezahlt hatte, machte sich Vanessa an seine Verfolgung. Er wickelte soeben das Zellophan von seinem Sandwich, als sie ihn ansprach.

»Dr. Ganett, ich bin Sheryl Neidig«, erklärte sie, während sie sich auf den Stuhl dem Arzt gegenüber setzte. »Ich bin von L. A. hierher geflogen, um Informationen über den Little-League-Fall einzuholen.«

»Tut mir leid, darüber darf ich nicht sprechen.«

»Das erwarte ich auch im Moment gar nicht. Mir ist klar, daß Sie die ärztliche Schweigepflicht respektieren müssen.«

Dr. Ganett sah sie verblüfft an. »Was wollen Sie dann von mir?«

»Ich arbeite für Phoenix Productions. Wir sind eine unabhängige Produktionsfirma in Hollywood und sondieren die Möglichkeit, einen Film über Daniel Morellis Fall zu drehen.«

»Ich darf mit Ihnen nicht über meinen Patienten reden.«

»Das dürfen Sie schon, falls Mr. Morelli bereit ist, Sie von Ihrer Schweigepflicht zu entbinden. Ich versichere Ihnen, daß es in seinem finanziellen Interesse liegt, das zu tun. In Ihrem übrigens auch. Wenn er uns die Rechte an seiner Geschichte verkauft, findet sich in unserem Film bestimmt auch eine Rolle, für die Sie sozusagen das Vorbild darstellen.«

»Ich als Vorbild? Na ja, ich weiß nicht …«

»Wir würden natürlich Ihren Namen nicht verwenden, es sei denn, Sie möchten es. Da Mr. Morelli verwundet in einem Krankenhaus liegt, muß natürlich ein Arzt in unserem Film auftauchen, und außerdem brauchen wir einen Berater, der uns dabei hilft, den Film so realistisch wie möglich zu machen, was das Medizinische angeht.« Vanessa warf ihm ihr verführerischstes Lächeln zu. »Wären Sie daran nicht interessiert?«

»Ich … ich weiß nicht. Was müßte ich denn tun?«

»Für Sie wäre das alles ein Kinderspiel. Sie würden dafür sorgen, daß sich unsere Schauspieler wie echte Ärzte verhalten. Sie erklären die medizinischen Prozeduren und solche Sachen. Wir könnten Sie sogar vielleicht als Statist einbauen, wenn Sie Interesse haben, oder eine kleine Nebenrolle ins

Drehbuch schreiben, in der Sie persönlich auftauchen.« Vanessa lächelte. »Vielleicht ist das für Sie der Anfang einer vollkommen neuen Karriere.«

Ganett war sichtlich interessiert, aber auch nervös. »Das muß ich vorher mit meinem Verwaltungsrat abstimmen.«

»Also hätten Sie Interesse?«

»Vielleicht.«

»Sie würden auch gut für Ihre Mitarbeit bezahlt.«

»Ach ja?«

»Ihr Honorar müssen wir noch aushandeln, aber – bitte verraten Sie niemandem, daß ich Ihnen das gesagt habe – wir reden hier von zehn- bis fünfundzwanzigtausend Dollar.«

»Das klingt ... fair. Wann muß ich Ihnen sagen, ob ich das machen darf?«

Ganett hatte angebissen. Vanessa lächelte. »Wie wäre es, wenn ich Sie morgen anrufe?«

»Einverstanden.«

»Großartig. Wie lautet die Durchwahl zu Ihrem Büro?«

Ganett nannte sie ihr, und Vanessa schrieb sie umständlich in einen Spiralblock, den sie aus ihrer Handtasche zog. Dann steckte sie das Notizbuch wieder ein und stand auf.

»Ich rufe in L. A. an und sage denen, daß Sie Interesse haben. Mein Boß wird sehr erfreut sein. Ich melde mich bald bei Ihnen.«

18. KAPITEL

Auf der Rückfahrt in ihr Büro konnte Ami ihre Erregung kaum im Zaum halten. George French hatte sie davor gewarnt, sich zu weit auf Carls Geschichte einzulassen, aber sie war fest davon überzeugt, daß er nicht log.

Sobald Ami hinter ihrem Schreibtisch saß, wählte sie die Nummer des Gutachters.

»Doktor, ich bin's, Ami. Ich bin gerade aus dem Krankenhaus zurückgekommen.«

»Wie ist es gelaufen?«

»Morelli hat sich mir endlich anvertraut. Allerdings heißt er gar nicht Daniel Morelli.«

»Und wie heißt er jetzt?«

»Das ist höchst vertraulich, Doktor. Sie verstehen bestimmt, warum Sie niemandem etwas davon verraten dürfen, wenn Sie gehört haben, was er mir erzählt hat.«

»Machen Sie sich deswegen keine Sorgen, Ami.«

»Gut. Morelli behauptet, sein richtiger Name sei Carl Rice und er gelte seit 1986 als Deserteur. Wenn er die Wahrheit sagt, wäre das einfach unglaublich.«

»Was meinen Sie damit?«

Ami berichtete French von der geheimen Einheit, in der Carl angeblich unter Morris Wingate gedient hatte. Sie schilderte seine Missionen und schloß mit Carls Behauptung, Morris Wingate habe ihm befohlen, den Kongreßabgeordneten Glass zu ermorden.

»Was halten Sie davon, Doktor?« wollte Ami wissen, als sie geendet hatte.

»Entweder hat der Junge eine rege Phantasie, oder Sie sind auf einen der größten Skandale in der Geschichte der amerikanischen Politik gestoßen.«

»Was davon trifft Ihrer Meinung nach zu?«

»Wollen Sie meine ehrliche Meinung hören? Ich würde Tür Nummer eins wählen. Einer der aussichtsreichsten Kandidaten für das Präsidentenamt der Vereinigten Staaten hat es ausgerechnet auf ihn abgesehen? Das könnte dem Einleitungskapitel für *Paranoides Verhalten für Dummköpfe* entsprungen sein. Und solche Gefangenenlager habe ich schon in Dutzenden von Filmen gesehen.«

»Da wir Carls richtigen Namen kennen, könnten wir seine Geschichte zumindest zum Teil überprüfen.«

»Falls es sein richtiger Name ist.«

»Könnten Sie Ihren Freund noch einmal bitten, Carls militärische Laufbahn zu überprüfen?«

»Ja, aber das ist das letzte Mal.«

»Einverstanden. Falls Carl in dem Punkt gelogen hat, will ich nichts mehr mit ihm zu tun haben.«

»Ich rufe Sie an, wenn ich etwas herausgefunden habe.«

Ami legte auf und spielte mit dem Gedanken, Vanessa Kohler anzurufen, entschied sich jedoch dagegen. Sie wollte sich persönlich mit Vanessa treffen und sich außerdem auf diese Begegnung vorbereiten. Ami fuhr ihren Computer hoch. Kurz darauf fand sie die Geschichte eines Karate-Schwarzgurts namens Mark Torrance, der während eines Einbruchs zusammengeschlagen worden war.

Als nächstes suchte sie das Web nach Artikeln über den Mord an dem Kongreßabgeordneten Eric Glass ab. Der Politiker war 1985 in Lost Lake, Kalifornien ermordet worden. Eine Zeugin, deren Identität die Polizei geheimhielt, hatte Carl Rice belastet. Es gab noch weitere Artikel darüber, die aber keine neuen Informationen enthielten.

Anschließend rief Ami einige Artikel über die Ermordung von General Peter Rivera auf. In einem fand sie eine beunruhigende Information. General Rivera war in seinem Haus in

Bethesda, Maryland aufgefunden worden. Man hatte ihn gefoltert und ermordet, und zwar ganz ähnlich wie den Kongreßabgeordneten Glass. Auch hier galt Carl Rice als Hauptverdächtiger. Ein findiger Reporter der *Baltimore Sun* hatte den Zusammenhang in den Fällen von Rivera und Glass erkannt und den Hintergrund von Carl Rice untersucht. Seinem Artikel zufolge war Rice aus psychologischen Gründen aus der Army entlassen worden.

Amis Telefon summte, und die Empfangsdame meldete, daß Brendan Kirkpatrick in der Leitung wartete. Ami überlegte kurz, den Anruf nicht anzunehmen, aber immerhin vertrat sie Carl Rice noch, bis ein anderer Rechtsanwalt den Fall übernahm.

»Hallo, Mr. Kirkpatrick.«

»Mrs. Vergano, haben Sie sich schon von Ihrer ersten Anhörung erholt?«

Amis Blutdruck schnellte hoch, bis sie begriff, daß die Frage nicht spöttisch gemeint gewesen war, sondern Kirkpatrick einen freundlichen Ton angeschlagen hatte. Trotzdem war sie noch lange nicht bereit, einfach zu vergeben und zu vergessen.

»Was kann ich für Sie tun?« erkundigte sie sich frostig.

»Es geht eher darum, was ich für Sie tun kann. Ich habe mich mit dem ermittelnden Beamten getroffen. Er hat mit weiteren Zeugen gesprochen, und ich konnte mir ein besseres Bild über den Fall machen. Ich hätte einen Vorschlag für Mr. Morelli.«

»Und wie lautet der?«

»Ich bin bereit, die Anklage wegen versuchten Mordes fallen zu lassen, wenn er sich der Körperverletzung eines Beamten schuldig bekennt. Ich beantrage eine dreijährige Haftstrafe. Bei guter Führung dürfte er in einem Jahr wieder draußen sein.«

»Woher kommt denn Ihr plötzlicher Gesinnungswandel?«

»Ich bin mittlerweile überzeugt, daß Morelli den Trainer beschützen wollte, als er mit Barney Lutz gekämpft hat.«

»Warum lassen Sie die Anklage dann nicht gänzlich fallen, wenn es Notwehr war?«

»Ihr Mandant war zu gewalttätig und hat außerdem einen Polizisten verletzt.«

»Morelli wurde von hinten angegriffen. Er wußte nicht, daß es ein Polizist war.«

»Aber er konnte es sehen, nachdem er den Cop zu Boden geworfen hat. Der andere Beamte hat ausgesagt, er habe auf Morelli geschossen, weil er seinem Partner die Gurgel zertrümmern wollte.«

»Er hat im Affekt gehandelt.«

»Möglich. Jedenfalls hat er nicht aufgehört, als er die Uniform sah. Mehr kann ich nicht für ihn tun.«

»Ich unterbreite meinem Mandanten Ihr Angebot«, erwiderte Ami.

»Es ist allerdings an eine Bedingung geknüpft.«

»Und die wäre?«

»Wenn Morelli den Deal will, muß er uns seinen richtigen Namen verraten.«

»Warum?«

»Weil wir nur so überprüfen können, ob er vielleicht wegen weiterer Verbrechen gesucht wird. Wir sind bei dem Versuch, ihn zu identifizieren, in einer Sackgasse gelandet. So etwas ist heutzutage ein bißchen unheimlich. Die Fingerabdrücke von jemandem wie Morelli sollten eigentlich registriert sein.«

»Er ist nicht seßhaft. Er hat keinen regelmäßigen Job, und er läßt sich in bar bezahlen.«

»Tom Haven, der Beamte, der Morelli niedergeschossen hat, war ebenfalls beim Militär und versteht etwas von Selbstverteidigung. Er hat mir gesagt, daß nur jemand mit einer exzellenten Ausbildung so kämpfen kann wie Ihr Mandant. Haven hält es für wahrscheinlich, daß Morelli ein ehemaliger Militär ist. Um so merkwürdiger, daß seine Fingerabdrücke nirgendwo aktenkundig sind.« Kirkpatrick machte eine kleine Pause. »Sie werden das sicher nicht glauben, aber

Ihr Mandant ist möglicherweise ein ausgebildeter Killer. Ich muß wissen, ob er andere Menschen außer den Cop und Mr. Lutz angegriffen oder verletzt hat.«

»Ich rufe Dan an und melde mich dann bei Ihnen.«

»Gut. Noch eins.«

»Ja?«

»Ich möchte mich dafür entschuldigen, daß ich am ersten Tag so barsch zu Ihnen war. Ich kannte Sie nicht und glaubte ehrlich, Sie wären einer von diesen Geiern, die einfach nur Morellis Fall hinterherjagten. Ich hätte keine voreiligen Schlußfolgerungen ziehen sollen.«

Seine Entschuldigung überraschte Ami, aber das linderte ihren Ärger über Kirkpatrick nur unwesentlich.

»Stimmt, das hätten Sie nicht tun sollen«, gab sie zurück.

»Deshalb habe ich mich ja entschuldigt. Ich habe mich etwas umgehört. Sie haben einen guten Ruf.«

»Ich melde mich wieder bei Ihnen«, preßte Ami hervor und legte auf.

Dann schaute sie aus ihrem Fenster. Sieh an, dachte sie. Es geschehen doch noch Zeichen und Wunder. Vielleicht hatte sie sich ja in dem Staatsanwalt geirrt, und er war doch kein Idiot. Sie erinnerte sich an das, was Betty Sato ihr über Kirkpatricks Frau erzählt hatte. Ami wußte, wie es sich anfühlte, einen Partner zu verlieren, den man aufrichtig geliebt hatte. So etwas veränderte die Menschen.

Sie nahm Ryans Foto vom Schreibtisch und betrachtete es. Er war ein so wundervoller Junge. Sie hatte Chad verloren, aber sie konnte von Glück reden, daß Sie noch Ryan hatte, den sie lieben konnte. Kirkpatrick hatte kein Kind, das den schicksalhaften Verlust seiner Frau linderte. Sein Leben wurde nur noch von seiner Arbeit ausgefüllt, und diese Arbeit bestand darin, sich mit den furchtbaren Greueln auseinander zu setzen, welche Menschen anderen Frauen, Männern und Kindern zufügten. Man mußte einfach hart und argwöhnisch werden, wenn man sich den ganzen Tag nur damit beschäftigte. Ami schloß die Augen und dankte Gott für Ryan.

Nach Chads Tod hatte nur ihr Sohn verhindert, daß sie verrückt wurde. Er hatte ihr Hoffnung gegeben. Ohne ihn wäre sie vielleicht in ihrer Verzweiflung versunken.

Ami stellte das Foto wieder zurück und öffnete die Akte über Carl Rice. Sie hatte die Nummer von Ray Armitages Hotel in Boulder, Kalifornien, dort notiert. Sie war einfach nicht erfahren genug, um abschätzen zu können, ob der Deal, den Kirkpatrick ihr angeboten hatte, gut oder schlecht für ihren Mandanten war. Das war etwas für einen erfahrenen Strafverteidiger. Glücklicherweise war Armitage in seiner Suite, als sie anrief. Sie verriet ihm nichts über die neuesten Entwicklungen, sondern schilderte ihm nur Kirkpatricks Angebot an Morelli, sich gegen Verzicht auf eine Mordanklage der Körperverletzung schuldig zu bekennen. Armitage hielt das Angebot zwar für in Ordnung, meinte jedoch, er könne Morelli erst korrekt beraten, nachdem er die Fakten gründlich studiert habe. Bedauerlicherweise hatte es eine neue Entwicklung im Fall des olympischen Skispringers gegeben, die ihn drei Tage länger in Colorado festhalten würde. Er versprach, Ami sofort anzurufen, sobald er wußte, wann er nach Portland zurückkehren konnte, und versicherte ihr erneut, daß er sehr an Morellis Fall interessiert wäre.

Ami legte auf. Sie war enttäuscht, daß sie weiterhin als Anwältin für Rice fungieren mußte. Der Fall war eine Nummer zu groß für sie, und zudem beunruhigte sie die Geschichte in der *Baltimore Sun*. Falls Rice tatsächlich wegen mentaler Probleme aus der Army entlassen worden war, hatte Dr. French vielleicht doch recht. Möglicherweise beruhte Carls abenteuerliche Geschichte von einer geheimen Einheit, die von dem aktuellen Präsidentschaftskandidaten geführt worden war, doch auf bloßer Phantasie. Sie hatte gehofft, den Job, die Wahrheit über Carl Rice herauszufinden, an Ray Armitage abgeben zu können. Nun mußte sie selbst weitermachen.

19. KAPITEL

Als Ami am nächsten Morgen im Büro ankam, fand sie eine Nachricht von George French vor. Darin bat er sie, so schnell wie möglich in seine Praxis zu kommen. Auf der Fahrt dorthin war Ami nervös, und es linderte ihre Anspannung nicht gerade, als Dr. French sie ausgesprochen grimmig in seinem Wartezimmer begrüßte.

»Mein Freund hat mir eine Kopie von Rices militärischer Laufbahn gefaxt«, sagte der Psychiater, als er Ami in sein Behandlungszimmer führte. »Es wird Ihnen nicht gefallen.«

Kaum hatte Ami sich gesetzt, reichte French ihr ein amtliches Dokument mit der Aufschrift: *Bericht über Versetzung oder Entlassung*. Während Ami es überflog, gab ihr der Arzt eine kurze Zusammenfassung des Inhalts.

»Carl Rice wurde in San Diego zur Army eingezogen und diente in den Special Forces. Er lernte ein Jahr Vietnamesisch in der Sprachenschule der Army in Fort Meyer und wurde anschließend zu einem Kampfeinsatz nach Vietnam geschickt. Nach der Mission wurde Rice wegen kampfbedingtem Streß in ein Krankenhaus eingewiesen. Nach seiner Entlassung kehrte er in die Vereinigten Staaten zurück und wurde Sprachlehrer in Fort Meyer. Außer diesem einen Aufenthalt in Vietnam finden sich in den Unterlagen keine weiteren Einsätze in Übersee.«

French deutete auf einen Abschnitt des Formulars, in dem der Rang des Soldaten eingetragen war.

»Erinnern Sie sich noch, daß Rice uns gesagt hat, er sei Captain?«

Ami nickte.
»Hier steht, er war Sergeant.«
»Ich verstehe nichts von militärischen Rängen. Ist das ein großer Unterschied?«
French lachte. »Das ist ein himmelweiter Unterschied, Ami. Ein Sergant ist im Gegensatz zu einem Captain kein befehlshabender Offizier. Captain ist ein viel höherer Rang.«
French gab Ami ein weiteres Dokument und deutete auf einen Abschnitt, der mit *Führung* überschrieben war.
»Und jetzt kommt es wirklich faustdick. Rice wurde aus der Army ausgeschlossen, weil er ohne Berechtigung Rangabzeichen eines Captains und die entsprechende Uniform getragen hat.«
Dann reichte French Ami einen psychiatrischen Bericht des Walter Reed General Hospitals, der von einem gewissen Captain Howard Stienbock unterschrieben war.
»Lesen Sie«, forderte der Psychiater sie auf.
Argwöhnisch vertiefte sich Ami in Dr. Stienbocks Bericht.

Hiermit bestätige ich, daß Carl Ellis Rice, 31, etwa vierzehn Jahre im aktiven militärischen Dienst, auf Ersuchen seines Kompaniebefehlshabers am 7. und am 15. März von mir in der NPOP-Klinik im Walter Reed General Hospital untersucht wurde.

1. Sachdienliche Informationen: Bei verschiedenen Gelegenheiten soll Rice Rangabzeichen und Auszeichnungen eines Captains vor der Klasse getragen haben, die er in Vietnamesisch unterrichtete. Rice gab zu Protokoll, daß sich diese Episoden nach einer Zurückweisung durch eine Frau ereigneten, deren Identität er geheimhielt. Er gab nur an, sie sei die Tochter eines Generals der Army der Vereinigten Staaten. Rice erklärte, er habe die Abzeichen getragen, weil er eigentlich Captain sei, obwohl er in den offiziellen Unterlagen des Militärs als Sergeant geführt werde. Als man ihn aufforderte, diese Diskrepanz zu erklären, weigerte sich Rice mit der Begründung, daß ich nicht berechtigt sei, diese Informationen zu erhalten. Aber er bestätigte, daß er häufig in geheimen Missionen unterwegs war. Meinen Aufforderungen, diese Bemerkungen zu erläutern, begegnete Rice entweder mit einem Lächeln oder verbalen Weigerungen, in denen er auf die »nationale Sicherheit« anspielte.

2. Geistiger Zustand: Rice präsentiert sich als geistig äußerst aufmerksamer Einunddreißigjähriger und weist keinerlei Anzeichen für organische Hirnfehlfunktionen auf. Seine Stimmung war eher niedergedrückt, er sprach langsam und war schwer zu verstehen. Es gibt keinerlei Beweise dafür, daß sich die Vorfälle, bei denen er angeblich die Rangabzeichen eines Captains trug, in einem Zustand geistiger Unzurechnungsfähigkeit ereigneten. Rice wurde während seiner Dienstzeit in Vietnam ins Krankenhaus eingeliefert, wo er wegen kampfbezogenen Stresses und Depressionen behandelt wurde.

3. Ergebnisse und Schlußfolgerungen:

A. Diagnose: Paranoide Persönlichkeitsstörung mit möglicherweise paranoiden Wahnvorstellungen als ein Ergebnis von kampfbezogenem Streß, die aufgrund jüngster persönlicher Probleme ausgelöst wurden. Ich komme zu dem Schluß, daß Rice möglicherweise glaubt, er habe im Kampf versagt, und daraufhin eine Wahnvorstellung entwickelt hat, in der er als Captain auf geheime Missionen geschickt wird, um sein Gefühl der Unzulänglichkeit zu kompensieren. Ohne weitere Informationen kann ich jedoch keine endgültige Diagnose stellen. Rice weigert sich, mir diese zu liefern.

B. Die untersuchte Person ist in der Lage, falsch von richtig zu unterscheiden, und ist weiterhin fähig, das Richtige zu tun. Er ist mental durchaus tauglich, seine Verteidigung aktiv zu verfolgen.

C. Das Subjekt ist für jedes weitere Verfahren schuldfähig, das dem Kommando angemessen erscheint.

»Was bedeutet das?« wollte Ami wissen.

»Ich kann nur spekulieren, aber gehen wir einmal davon aus, daß Rice seine Beziehung zu Vanessa Kohler wieder aufleben lassen wollte, als sie sich in Washington getroffen haben. Nur war sie da nicht mehr so an ihm interessiert wie zu ihren Teenagerzeiten. Rice wußte, daß sie ihren Vater haßte, und vermutete, daß der General alle möglichen schlimmen Dinge getan und sogar ihre Mutter ermordet hatte. Deshalb wollte er sie für sich zurückgewinnen, indem er eine Geschichte über ihren Vater erfand, in welcher er ihm befahl, verschiedene Verbrechen zu begehen. Falls er wirklich paranoid ist, glaubt er das vielleicht sogar selbst.«

»Ich habe das Jahrbuch von St. Martins überprüft«, erklärte Ami. »Rice hat dort im Jahrgang 1970 seinen Abschluß gemacht, genau wie Vanessa Wingate.«

»Das muß noch nicht bedeuten, daß sie in der Schule ein Liebespaar waren«, wandte French ein. »Ob es nun wahr ist oder nicht, er scheint jedenfalls zu glauben, daß sie seine Geliebte war. Wenn er von Vanessa besessen war, könnte er sie mit dem Kongreßabgeordneten Glass gesehen haben und zu dem Schluß gekommen sein, daß die beiden eine Affäre hatten. Er hat sich vielleicht eingeredet, Glass sei ein Rivale, der zwischen ihm und seinem Objekt der Begierde stand. Das könnte seine Depressionen erklären. Vielleicht hat er sich auch eingeredet, Vanessa würde zu ihm zurückkehren, wenn er dieses Hindernis aus dem Weg räumte. Das wäre eine Erklärung, warum er den Kongreßabgeordneten ermordete.«

20. KAPITEL

Vanessa war nicht auf ihrem Zimmer, als Ami in ihrem Hotel anrief, also hinterließ sie eine Nachricht. Ihre Klientin rief sie kurz vor zwölf Uhr mittags zurück, und sie verabredeten sich zum Lunch in der Brasserie Montmartre. Das Restaurant lag nur wenige Blocks von Vanessas Hotel entfernt, so daß Ami von ihrem Büro zu Fuß dorthin gehen konnte. Sie reservierte einen Tisch in einer Nische, damit sie ungestört reden konnten. Als sie ankam, wartete Vanessa bereits auf sie.

»Wir haben einiges zu besprechen«, erklärte Ami, nachdem sie bestellt hatten. »Ich habe mit Ray Armitage gesprochen. Sein Fall in Colorado hält ihn länger auf. Er kommt erst zwei Tage später als vorgesehen nach Portland zurück. Außerdem hat der Stellvertretende Bezirksstaatsanwalt Morelli einen Deal vorgeschlagen.«

»Wie sieht dieser Deal aus?«

Vanessa hörte aufmerksam zu, als Ami Brendans Angebot wiederholte.

»Also muß Dan ins Gefängnis, wenn er auf den Deal eingeht?« erkundigte sie sich.

»Ich fürchte ja.«

»Und wenn er das Angebot ablehnt? Wird er dann trotzdem eingesperrt?«

»Ja, es sei denn, Armitage kann den Richter überzeugen, eine niedrigere Kaution festzusetzen, die Dan bezahlen kann. Ansonsten kommt er ins Gefängnis – falls er nicht freigesprochen wird, was ich allerdings für unwahrscheinlich halte.«

»Wann erfahren wir die Höhe der Kaution?«

»Armitage hat mir gesagt, daß er sofort eine Anhörung beantragen wird, aber vorher muß er erst einmal die Fakten durcharbeiten, mit Dan sprechen, eine Zeugenliste erstellen und dergleichen. Das kann eine Woche dauern.«

Vanessa dachte nach, während die Kellnerin ihre Bestellungen servierte. Als sie gegangen war, sah Ami Vanessa offen an.

»Sind Sie Morris Wingates Tochter?«

Vanessa zögerte.

»Sind Sie mit Carl auf die Highschool gegangen?«

Diesmal konnte Vanessa ihre Überraschung nicht verbergen. »Er hat Ihnen seinen richtigen Namen genannt?«

Ami nickte. »Ich weiß außerdem, daß Sie beide 1970 Ihren Abschluß gemacht haben. Ich habe im Jahrbuch von St. Martins nachgeschlagen.«

»Was haben Sie noch herausgefunden?«

»Ich habe einen Psychiater konsultiert, der Carl befragt hat. Wir machen uns Sorgen um seine geistige Gesundheit.«

»Verstehe.«

»Vanessa, Carl hat mir viele beunruhigende Dinge erzählt. Wenn ich ihm helfen soll, muß ich wissen, ob sie stimmen.«

»Was hat er Ihnen erzählt?«

»Das kann ich Ihnen nicht verraten, weil das meine anwaltliche Schweigepflicht verletzen würde. Außerdem will ich es nicht sagen, weil ich herausfinden möchte, ob Sie beide dieselbe Geschichte erzählen. Das hilft mir, Carls Geisteszustand einzuschätzen.«

»Was wollen Sie wissen?«

»Wie sah ihre Beziehung auf der Highschool aus?«

Vanessa wurde traurig. »Sie war in unserem letzten Jahr sehr intensiv«, antwortete sie leise. »Sie endete, als er eingezogen wurde.«

»Warum?«

Vanessa schaute auf den Tisch. »Carl hatte ein Stipendium für Dartmouth. Es war sein Traum, dorthin zu gehen. Wenn er es versucht hätte, hätte er sich von seiner Einberufung zurückstellen lassen können, damit er aufs College gehen konnte. Mein Vater hat ihn überredet, zur Army zu gehen. Ich hatte das Gefühl, daß er meinen Vater mir vorgezogen hatte.« Vanessa schaute Ami direkt an. »Dafür habe ich Carl gehaßt«, gab sie zu.

»Wann haben Sie Carl wieder gesehen?«

»1985, in Washington. Es war purer Zufall. Wir haben uns in einem Restaurant getroffen. Er hat mich erkannt und mich angesprochen. Eine Woche später haben wir zusammen gegessen.«

»Also waren Sie wieder mit Carl zusammen?«

»So würde ich das nicht ausdrücken. Wir haben uns ab und zu zum Essen getroffen. Manchmal hat er auch auf mich gewartet, wenn meine Seminare zu Ende waren, und wir haben Kaffee getrunken. Es war rein freundschaftlich.«

»Wie lange ging das so?«

»Ein paar Monate.«

»Warum haben Sie es beendet?«

»Carl verschwand für ein paar Wochen.« Vanessa schob sich eine Gabel Salat in den Mund. Sie wollte offenkundig Zeit gewinnen, während sie überlegte, was sie sagte.

»Haben Sie sich Sorgen gemacht, als Carl nicht mehr auftauchte?«

»Zunächst nicht. Wir waren ja nicht zusammen, er war nur ein alter Freund. Wir hatten als Teenager eine Liebesbeziehung gehabt, aber das war schon lange her. Zwischendurch hatte ich geheiratet, mich scheiden lassen. Ich habe Carl zwar manchmal vermißt, weil er ein netter Kerl war. Allerdings vermutete ich, daß er sich mehr von unserer Beziehung erhofft hatte. Ich dachte, er hätte meine Zurückhaltung gespürt und wollte die Beziehung selbst beenden, um nicht abgewiesen zu werden.«

»Also empfanden Sie keine romantischen Gefühle für Carl, als Sie sich in Washington wiedersahen?«

»Wenn er mich gefragt hätte, ob ich mit ihm schlafen würde, hätte ich das abgelehnt.« Vanessa seufzte. »Ehrlich, damals gefiel es mir, mit Carl zusammen zu sein, aber, na ja, er war Sergeant in der Army. Wenn er den Dienst quittierte, hätte er als Lehrer in einer Sprachenschule gearbeitet und wäre vielleicht eines Tages Professor geworden. Damals arbeitete ich tagsüber mit vielen Männern und Frauen im Kongreß, die auf der nationalen oder internationalen Bühne große Dinge vollbrachten, und ging abends mit brillanten Jurastudenten aus, die irgendwann einmal die Welt regieren würden. Ich hatte Spaß mit Carl, aber ich sah keine gemeinsame Zukunft für uns.«

»Haben Sie Carl danach noch einmal gesehen?«

Vanessa reagierte nicht.

»Ist er irgendwann frühmorgens in Ihrer Wohnung aufgetaucht?« setzte Ami nach.

»Ja.«

Ami lächelte. »Ich muß Ihnen die Informationen wirklich aus der Nase ziehen.«

Vanessa lächelte nicht.

»Er hat mir von der Einheit erzählt«, gab Ami schließlich zu.

»Gott sei Dank«, seufzte Vanessa. Endlich war der Damm gebrochen. »Carl hat mir gesagt, er sei Angehöriger einer geheimen Armyeinheit, die aus einer kleinen Zahl besonders ausgebildeter Männer bestehe und von meinem Vater geleitet werde. Sie arbeitete inoffiziell für seinen Geheimdienst, den AIDC, und die Männer führten auf Befehl des Generals verschiedene illegale Aufträge aus, unter anderem Morde. Carl erklärte mir, daß er gerade von einer Mission zurückgekehrt sei. Seine Befehle lauteten, zwei Menschen zu ermorden. Er konnte dieses Leben nicht mehr ertragen und wollte aussteigen. Er war verzweifelt.«

»Haben Sie versucht, ihm zu helfen?«

»Ja. Ich wußte, daß mein Vater seine Geschäfte auch von unserem Haus in Kalifornien aus führte. In seinem Arbeitszimmer befindet sich ein Safe. Eines Tages war ich zufällig im Zimmer, als mein Vater ihn öffnete. Er war unvorsichtig, und ich prägte mir die Kombination ein. Als Carl zu mir kam, war Vater in Washington, also bin ich mit der ersten Maschine nach Hause geflogen und habe das Arbeitszimmer durchsucht. In dem Safe fand ich Personalunterlagen über diese Männer.«

»Waren es Unterlagen über die geheime Einheit?«

»Nichts in diesen Dokumenten brachte die Männer mit der Einheit in Verbindung, von der Carl mir erzählt hatte, aber ich vermutete, daß es die Mitglieder der Einheit waren, denn Carls Unterlagen befanden sich ebenfalls dabei. Alle Soldaten hatten eine hochspezialisierte Ausbildung genossen.«

»Was haben Sie mit den Unterlagen gemacht?«

»Das wissen Sie doch genau.«

»Sie müssen es mir trotzdem erzählen.«

»Ich habe sie Eric Glass übergeben.« Vanessa versagte fast die Stimme. »Eric war ein sehr anständiger Mensch.« Sie trank einen Schluck Wasser. »Er saß im Kontrollausschuß des Kongresses, der die Geheimdienste beaufsichtigte. Ich verriet ihm, was Carl mir über diese Einheit erzählt hatte. Eric wollte die Unterlagen der Männer aus dem Safe meines Vaters von einem seiner Angestellten überprüfen lassen.«

»Und Sie haben sich mit dem Kongreßabgeordneten in Lost Lake getroffen, in der Nacht, in der ermordet wurde?«

»Es war Carl.« Vanessa flüsterte die Worte so leise, daß sie kaum zu verstehen waren. Ihr lief eine Träne über die Wange. »Er hat Eric gefoltert, bis der ihm verriet, wo die Unterlagen waren. Dann hat er ihm die Kehle durchgeschnitten.«

»Sie haben ihn gesehen?«

Vanessa nickte langsam. »Da war soviel Blut ...«

»Was ist passiert, nachdem die Polizei aufgetaucht war?« fragte Ami.

»Ich erinnere mich an diese Nacht nur noch sehr ungenau, aber ich weiß noch sehr gut, was mein Vater mir angetan hat.« Vanessas Trauer schlug plötzlich in Verbitterung um.

»Er hat mich in eine psychiatrische Klinik eingesperrt. Ich habe ein Jahr in der Hölle verbracht. Auf diese Weise hat er dafür gesorgt, daß mir niemand jemals auch nur ein Wort glauben würde, das ich über diese Einheit sagte.« Vanessa deutete auf ihre Stirn. »Ich habe hier einen großen, roten Stempel. Darauf steht: ›ehemalige Psychiatriepatientin, Spinnerin.‹ Als ich entlassen wurde, war ich von Medikamenten abhängig. Ich war arbeitsunfähig.« Ami spürte die Wut, die in Vanessa hochstieg. »Sie haben keine Ahnung, was ich durchgemacht habe.«

»Vanessa, Sie werden mir das nicht glauben wollen, aber es gibt noch eine andere Erklärung für das alles, eine, die nichts mit Ihrem Vater zu tun hat. Der Psychiater, der Carl untersucht hat, glaubt, Carl könnte an einer seltenen Form von Geisteskrankheit leiden, einem sogenannten paranoiden Zustand. Laut dieses Gutachters wäre das eine mögliche Erklärung für Carls Geschichte. Er könnte so gestört sein, daß er wirklich glaubte, in einer geheimen Einheit zu dienen, die von Ihrem Vater geleitet wurde. Deshalb klingt er so plausibel.«

»Verstehen Sie jetzt, wogegen ich kämpfen muß?« gab Vanessa zurück. »Niemand will mir glauben! Ich weiß genau, daß mein Vater diese Einheit befehligte. Und jetzt endlich habe ich eine Chance, es auch zu beweisen. Ich habe einen Zeugen, der allen erklären kann, wie mein Vater wirklich ist, aber ich muß ihn aus dem Gefängnis holen, bevor er ihn umbringen läßt. Mein Vater kann jeden Augenblick herausfinden, daß Carl Rice noch lebt. Dann hetzt er ihm seine Killer auf den Hals.«

»Carl ist vollkommen sicher, Vanessa. Er sitzt in der geschlossenen Abteilung des Krankenhauses und wird von einem Polizisten bewacht. Niemand kommt zu ihm.«

Einen Moment glaubte Ami, ihre Klientin würde widersprechen, doch plötzlich wurde Vanessa ganz ruhig.

»Vermutlich haben Sie recht«, lenkte sie ein.

»Machen Sie sich keine Sorgen! Ray Armitage ist der beste Anwalt. Er wird den Fall sehr bald übernehmen. Dann bekommen wir endlich Ergebnisse. Einverstanden?«

Vanessa nickte. »Tut mir leid, daß ich mich so aufgeregt habe. Sie machen Ihren Job großartig.«

Ami lächelte zwar, aber sie war sicher, daß Vanessa nach ihrem plötzlichen Stimmungsumschwung kein einziges Wort ernst gemeint hatte.

Nach dem Essen schlenderte Ami in ihr Büro zurück und ging noch einmal alles durch, was sie über Carl Rice wußte. Sie bekam aber keine neuen Einsichten, bis sie Captain Howard Stienbocks psychiatrisches Gutachten las. Der Arzt war zu dem Schluß gekommen, daß Carl 1985 ein mentales Problem gehabt hatte. Dr. Stienbocks Diagnose würde erhärten, daß Ihr Patient ein langwieriges psychiatrisches Problem hatte, falls Ray Armitage auf geistige Unzurechnungsfähigkeit plädieren wollte.

Ami rief auf gut Glück im Walter Reed General Hospital an. Vielleicht arbeitete Stienbock ja noch dort. Die Frau in der Telefonzentrale konnte jedoch keinen Dr. Stienbock in ihren Unterlagen finden, also stellte sie Ami zur Personalabteilung durch. Nachdem man sie eine Weile in der Leitung warten ließ, informierte man Ami, daß Dr. Stienbock gestorben war.

»Wann ist das passiert?« fragte Ami.

»Im Dezember 1985.«

Das war nur wenige Monate, nachdem er seinen Befund über Rice angefertigt hatte.

»Wie ist er gestorben?«

»Das steht nicht in unseren Unterlagen.«

»War er verheiratet? Dann könnte ich seine Witwe anrufen.«

»Er war alleinstehend.«

»Haben Sie vielleicht den Namen seiner nächsten Angehörigen?«

»Tut mir leid, aber diese Information darf ich am Telefon nicht herausgeben.«

Ami bedankte sich bei der Frau und legte auf. Dann fuhr sie ihren Computer hoch und suchte im Internet nach Dr. Howard Stienbock. Es gab nur wenige Treffer, aber einer war ein Artikel in der *Washington Post.* Darin ging es um einen Unfall mit Fahrerflucht, bei dem ein Psychiater ums Leben gekommen war, der im Walter Reed General Hospital arbeitete. Wenn man dem Nachruf glauben konnte, dann hatte Doktor Stienbock während des Vietnamkrieges bei den Special Forces gedient und an nicht näher bezeichneten Kampfeinsätzen teilgenommen.

Ami drehte sich von ihrem Computer weg und starrte auf die Wand. Stienbocks Tod bewies gar nichts. Das bedeutete nur, daß der Arzt als Zeuge nicht mehr zur Verfügung stand. Seine Verbindung zu den Special Forces gab ihr jedoch zu denken. Den flüchtigen Fahrer, der den Arzt getötet hatte, hatte man im übrigen nie gefunden.

Trotzdem hielt Ami nicht mehr Beweise als vor ihrer Suche nach Dr. Stienbock in der Hand, daß Carl Rice tatsächlich zu dieser geheimen Einheit gehört hatte. Vanessa stützte ihren Glauben an die Existenz dieser Einheit allein auf die Behauptungen von Carl Rice, der vielleicht unter Wahnvorstellungen litt. Ihr einziger Beweis war eine Liste mit Personalunterlagen, die sie aber nicht beibringen konnte. Sie konnten aus einem vollkommen harmlosen Grund im Safe des Generals gelegen haben. Aber wenn Carl nun nicht log? Wie konnte man beweisen, daß diese Einheit existiert hatte, wenn alle Spuren darüber ausgelöscht worden waren?

Ami kam ein Gedanke. Laut Vanessa und Carl hatten die beiden sich nach seiner Beichte über seine Aktivitäten in dieser Einheit nur noch ein einziges Mal gesehen, im Haus des Kongreßabgeordneten Glass, und das nur ein paar Sekunden. Carl hatte ausgesagt, daß Vanessa seinen Namen genannt hatte und anschließend weggelaufen war. Woher wußte Carl von den Unterlagen, die Vanessa aus dem Safe ihres Vaters gestohlen hatte? Falls diese Unterlagen tatsächlich existiert hatten und Vanessa ihm nichts davon erzählt hatte, gab es nur eine Person, die ihm das gesagt haben konnte. General Morris Wingate.

Ami suchte nach einer anderen möglichen Erklärung. Vielleicht hatte Carl die Unterlagen gesehen, als er Glass in dessen Büro folterte. Aber warum sollte er Glass ins Arbeitszimmer schleppen? Warum hatte er ihn nicht dort umgebracht, wo er ihn gefunden hatte, in seinem Bett?

Ami fragte sich, ob diese Unterlagen im offiziellen Polizeibericht über den Mord erwähnt wurden. Wenn sie noch im Büro des Abgeordneten gewesen waren, als die Polizei ankam, bewies das, daß Carl gelogen hatte. Tauchten diese Unterlagen jedoch in dem Polizeiberichten nicht auf, könnte Carls Version richtig gewesen sein.

Ami traf eine spontane Entscheidung. Mary O'Dells Sohn Bobby war Ryans bester Freund. Ami würde sie fragen, ob Ryan eine oder zwei Nächte bei Mary übernachten konnte. Wenn sie noch heute abend nach San Francisco flog, konnte sie gleich am früh am nächsten Morgen ins Polizeipräsidium von Lost Lake fahren.

21. KAPITEL

Vanessa wußte, daß Dr. Ganett um sechs Uhr abends in seinem Büro sein würde. Sie hatte vorher bei ihm angerufen, sich als Sheryl Neidig ausgegeben und ihm gesagt, sie hätte aufregende Nachrichten, die sie ihm persönlich überbringen wollte. Ganett hatte es kaum erwarten können, sich mit ihr zu treffen, und hatte zugestimmt, im Krankenhaus auf sie zu warten. Vanessa setzte ihre schwarze Perücke auf, zog eine enge schwarze Hose und eine knapp sitzende blaue Seidenbluse an. Außerdem setzte sie die Sonnenbrille auf und hoffte, daß Dr. Ganett das für einen Hollywoodtick hielt.

Als Vanessa ihre Pläne schmiedete, hatte sie nicht damit gerechnet, wie nervös sie sein würde, wenn der Zeitpunkt naht, sie in die Tat umzusetzen. Als sie an Ganetts Bürotür klopfte, war ihr fast schlecht vor Aufregung. Ihre Hand zitterte. Der Arzt bat sie herein und führte sie zu einem Stuhl.

»Ich habe großartige Nachrichten aus L. A.«, begann Vanessa und unterdrückte krampfhaft ein Zittern in ihrer Stimme. »Fox ist ganz wild darauf, einen Film über Daniel Morelli und das Problem dieser Little-League-Eltern zu drehen. Man ist ganz heiß darauf, Sie zu konsultieren. Sie denken sogar darüber nach, Ihnen vielleicht eine größere Rolle zu geben.«

Ganett strahlte. »Das ist ja aufregend.«

»Wenn man Filme über wahre Ereignisse dreht, muß man allerdings schnell agieren, damit die Ereignisse den Zuschauern noch frisch im Gedächtnis sind, wenn der Film gesendet wird.«

Ganett nickte wissend.

»Bob Spizer, mein Boß, will, daß ich sofort mit der Sichtung der Location anfange.« Vanessa fischte eine Digitalkamera aus ihrer großen Umhängetasche. »Ich habe schon ein paar Fotos von Ihrem Krankenhaus gemacht, aber ich brauche noch einige Aufnahmen der geschlossenen Abteilung, die ich nach L. A. schicken kann. Sie sind für den Drehbuchautor.« Vanessa beugte sich vor und senkte die Stimme. »Nick Battaglia ist mit von der Partie. Wir haben unglaubliches Glück gehabt, ihn zu bekommen. Normalerweise kriegt man ihn nie, aber er befindet sich gerade zwischen zwei Projekten.«

Ganett nickte wieder, obwohl er noch nie von Nick Battaglia gehört hatte. Das wäre auch verwunderlich gewesen, denn Vanessa hatte den Namen erfunden.

»Nick stellt sich die Szenen gern bildlich vor, bevor er sie schreibt. Er ist ein richtiger Künstler. Manchmal ist es schwierig, mit ihm zusammenzuarbeiten, aber er liefert immer erstklassige Arbeit. Ich weiß, daß es schon spät ist, aber ich dachte, Sie könnten mich vielleicht auf diese geschlossene Abteilung schleusen.«

»In Morellis Krankenzimmer kann ich Sie aber nicht bringen«, erklärte Ganett.

»Natürlich nicht.« Vanessa hielt inne, als wäre ihr eine Idee gekommen. »Gibt es noch andere, nicht belegte Krankenzimmer, die so aussehen wie seins?«

»Ja. Ich kann ihnen eines zeigen.«

»Großartig! Ihr Vertrag ist in ein oder zwei Tagen fertig. Sie sollten ihn vielleicht von einem Anwalt durchsehen lassen. Ich kann zwar nicht sagen, wieviel sie Ihnen für Ihre Konsultation zahlen, aber ich lege ein gutes Wort für Sie ein.«

Auf dem Weg zur Station bombardierte Vanessa Ganett mit Fragen, damit er beschäftigt war und sie selbst Zeit hatte, den Plan zu durchdenken, den sie sich zurechtgelegt hatte. Sie war darauf gekommen, nachdem Ami ihr erzählt hatte, wie einfach sie zu Carl vorgelassen worden war.

Der Aufzug hielt. Vanessa ließ Ganett vorausgehen. Ihr war schwindlig, und sie hoffte, daß der Arzt nicht merkte, wie sie schwitzte.

»Hallo, James«, begrüßte Ganett den schlanken Schwarzen hinter dem Empfangstresen.

»Guten Abend, Dr. Ganett.«

»Das ist Sheryl Neidig. Sie arbeitet bei einer Produktionsfirma in Hollywood. Die wollen einen Film über diese Little-League-Sache drehen.«

»Im Ernst?«

»Dr. Ganett wird unser technischer Berater.« Vanessa warf James ihr strahlendstes Lächeln zu.

»Lassen Sie uns bitte hinein?« bat Ganett. »Sheryl muß für den Drehbuchautor ein paar Fotos von der Station machen.«

Vanessa fragte sich, ob der Pfleger ihre Tasche durchsuchen würde. Sie war überzeugt, daß sie zu ihrer Waffe greifen konnte, bevor er reagieren konnte.

»Klar doch.« James grinste Vanessa an. »Wenn Sie noch ein paar Statisten brauchen – ich stehe jederzeit zur Verfügung.«

»Ich werde daran denken«, antwortete sie, während James in sein Funkgerät sprach. Einen Moment später öffnete ein anderer Pfleger die Tür von innen. Er war groß und blond und hatte die Statur eines Gewichthebers.

»Wie kommt man eigentlich hier wieder heraus?« fragte Vanessa lachend. »Ich würde hier nur ungern übernachten.«

»Mack hat die Schlüssel zu unserem Himmelreich, stimmt's, Mack?« fragte Dr. Ganett.

»Keine Sorge«, antwortete Mack grinsend. »Wir lassen Sie schon wieder raus. Vielleicht.«

Vanessa lachte und stellte Ganett eine weitere Frage, die er beantwortete. Anschließend schilderte er ihr, welche Art von Patienten sie auf der geschlossenen Abteilung behandelten, während Mack sie über den Korridor zum Zimmer von Carl Rice führte.

»Wie öffnen Sie diese Türen?« fragte Vanessa, als sie den

Polizisten vor Carls Tür beinahe erreicht hatten. Es kostete sie ungeheure Mühe, gelassen zu klingen.

Der Pfleger zog einen Schlüsselbund heraus. »Wie der Doktor schon sagte: Ich habe die Schlüssel zum Himmelreich.«

»Öffnen diese Schlüssel alle Zimmer?«

»Es gibt einen Hauptschlüssel«, erwiderte Mack und zeigte ihn ihr.

Mittlerweile standen sie vor Carls Zimmer. Ganett stellte Vanessa als »Dame vom Film« dem Beamten vor und erklärte ihm, was sie auf der Station wollten. Der Polizist war sichtlich beeindruckt.

»Darf ich einen Blick in das Zimmer werfen?« fragte Vanessa den Polizisten.

»Klar.«

Vanessa schaute durch das kleine Fenster im oberen Drittel der Tür. Carl lag in seinem Bett und starrte sie an, ließ sich jedoch nicht anmerken, ob er sie erkannte. Sie trat von der Tür zurück.

»Könnte ich jetzt einen Blick in eines der leeren Krankenzimmer werfen?« fragte Vanessa. Mack sah Ganett an, und der nickte. Der Pfleger schloß die dicke Metalltür des angrenzenden Zimmers auf. Es war mit dem von Carl identisch, bis auf das Bett, auf dem nur eine blanke Matratze lag. Als sie hineingingen, stellte Vanessa Ganett und dem Pfleger ein paar Fragen. Dann hielt sie inne, als wäre ihr gerade eine interessante Idee gekommen.

»Officer!« rief sie dem Polizisten zu. »Könnten Sie kurz hereinkommen? Dann mache ich ein Foto für den Drehbuchautor. Er will sicher den Kostümbildnern Morellis Pfleger und Wächter beschreiben.«

»Klar«, gab der Polizist zurück. Er war zu allem bereit, was ihn, wenn auch nur kurz, von der monotonen Aufgabe erlöste, ein verschlossenes Krankenzimmer zu bewachen.

Vanessa atmete so schnell, daß sie überzeugt war, der Polizist müßte es hören, als er an ihr vorbei ging. Als die drei Männer in dem Zimmer standen, schloß Vanessa einen Moment die Augen, um sich zu sammeln, aber sie zitterte immer noch, als sie die Pistole aus ihrer Tasche zog.

Die Männer starrten sie verständnislos an. Dann griff der Cop nach seiner Waffe.

»Ich schieße, wenn Sie Ihre Waffe anfassen.« Es überraschte Vanessa, wie ruhig sie klang. »Wenn Sie kooperieren, passiert keinem etwas!«

Die Zeit schien stillzustehen, während die drei Männer überlegten. Vanessa betete, daß sie nicht angreifen würden. Sie wußte nicht, ob sie wirklich fähig war, den Abzug zu betätigen.

Der Beamte erstarrte, aber Mack sah aus, als wollte er sie gleich anspringen.

»Tun Sie's nicht, Mack.« Vanessa richtete die Mündung ihrer Waffe auf seinen Bauch. »Ich möchte Sie nicht töten.«

Mack zögerte, und Vanessa wußte, daß sie gewonnen hatte.

»Legen Sie sich auf den Bauch und spreizen Sie Arme und Beine.«

Die Männer gehorchten, ließen ihre Waffe jedoch nicht aus den Augen.

»Sheryl, was soll das?« fragte Ganett, als er sich hinlegte.

Vanessa ignorierte ihn. »Mack, schieben Sie die Schlüssel und das Funkgerät zu mir. Keine ruckartigen Bewegungen!«

Mack kam ihrem Befehl nach.

»Officer, bitte schieben Sie Ihre Waffe zu mir!

Der Beamte gehorchte ebenfalls.

»Jetzt die Handys!«

Vanessa sah, wie Ganett seine Chancen abwog, und richtete ihre Pistole auf ihn. »Leroy, wäre es nicht schrecklich, wenn Sie wegen Ihres Handys sterben würden? Ich verspreche Ihnen, daß ich es draußen vor die Tür lege.«

Der Arzt schob sein Handy über den Boden.

»Gut, es läuft nun folgendermaßen: Ich sperre Sie ein, aber ich schaue noch mal nach Ihnen, bevor ich verschwinde. Wenn Sie sich bewegt haben, erschieße ich Sie. Wenn Sie

Ihre Positionen verändert haben, sterben Sie! Wenn Sie keinen Ärger machen, geht alles gut aus!«

Nachdem Vanessa die Tür geschlossen hatte, gaben beinahe ihre Knie vor Erleichterung nach. Mit einem kurzen Blick durch das Fenster überzeugte sie sich, daß die Männer sich nicht rührten. Sie schloß Carls Tür auf. Er starrte sie an.

»Steh auf, Carl, verschwinden wir von hier!«

»Wer ...?«

»Ich bin's, Vanessa. Beeil dich! Wir haben keine Zeit zum Plaudern. Ich habe gerade deinen Wächter, einen Pfleger und den Arzt in das Zimmer nebenan gesperrt. Du mußt sofort hier weg.«

Carl stand mühsam auf. Er war in den letzten Tagen zwar ein wenig umhergelaufen, aber seine Beine waren vom langen Liegen noch recht steif.

»Bleib dicht an der Wand, wenn wir zur Vordertür kommen«, sagte Vanessa. »Der Pfleger auf der anderen Seite hat in etwa deine Größe. Nimm seine Kleidung, wenn ich ihn in die Station gelockt habe.« Sie zog eine zweite Pistole aus der Umhängetasche und gab sie Carl mit dem Griff voran. »Nimm die Waffe!«

Carl überprüfte die Waffe, lud sie durch und ließ sie dann mit der Mündung nach unten an seiner Seite herunterhängen. Als sie zum Eingang der Station kamen, drückte er sich an die Wand, damit man ihn durch das Fenster nicht sehen konnte. Es verblüffte Vanessa, wie lebendig sie sich fühlte, jetzt, wo Carl bei ihr war. Sie öffnete die Tür mit dem Hauptschlüssel. James blickte überrascht hoch, als sie allein herauskam.

»Wo ist denn der Doktor?« erkundigte er sich.

Carl trat heraus. James fiel fast der Kiefer herunter, als der Gefangene eine Waffe auf ihn richtete. Er wollte aufstehen, aber Carl schlug ihm den Griff der Pistole an die Schläfe. Die Beine des Pflegers gaben nach, und er taumelte. Vanessa wurde blaß, als sie das Blut sah, aber sie riß sich zusammen. Carl packte den benommenen Pfleger am Kragen und stieß ihn durch die Tür. James stürzte zu Boden.

»Ausziehen, und zwar schnell!« befahl Carl. Er nahm sich das Hemd und die Hose des Pflegers, nachdem der sie ausgezogen hatte. Während Vanessa James mit ihrer Waffe in Schach hielt, zog Carl sich an. Dann führten sie James durch den Flur und sperrten ihn zu den anderen Männern in das Zimmer. Die drei hatten sich nicht von der Stelle gerührt.

»Warum tust du das?« wollte Carl wissen, als sie im Aufzug nach unten fuhren. »Weißt du eigentlich, was für Schwierigkeiten du dir damit eingebrockt hast?«

»Ich weiß, daß du bald tot wärst, wenn du hierbleiben würdest. Wenn ich dich schon so leicht herausholen kann, wie einfach wären dann wohl die Männer meines Vaters hier hereingekommen, sobald er erfahren hätte, daß du noch lebst?«

»Ich wünschte, du hättest mich in Ruhe gelassen. Ich habe Ami Vergano eingeschärft, daß du dich auf keinen Fall einmischen solltest.«

Vanessa lächelte. »Wann habe ich je auf das gehört, was mir jemand anders befohlen hat?«

Carl erwiderte ihr Lächeln. »Also, wie lautet dein Plan?«

»Mein Wagen ist vollgetankt, wir verlassen die Stadt. Ich habe keine Ahnung, wie es dann weitergeht.«

22. KAPITEL

Ami erwischte die Abendmaschine nach San Francisco und nahm sich kurz nach Mitternacht am Flughafen einen Leihwagen. Die Fahrt nach Lost Lake dauerte zwei Stunden. Sie verbrachte den Rest der Nacht in einem Motel kurz vor der Stadt. Als ihr Reisewecker um acht Uhr ansprang, hatte sie das Gefühl, ihr Kopf würde zerspringen. Nachdem sie geduscht hatte, fühlte sie sich etwas besser, und ihre Stimmung hob sich, als sie in die frische Bergluft hinaustrat.

Hinter dem Motel verlief ein Wasserarm des Lost Lake. Ami sah zwischen den Pinien das blaue Wasser schimmern. Sie schlenderte zu einem Landungssteg, dessen Holz grau verwittert war. Ein paar Boote schaukelten an ihren Ankerketten, und einige Frühaufsteher angelten bereits in der Nähe des anderen Ufers. Ami betrachtete die grünen Hügel, die sich hinter dem kristallklaren Wasser erhoben. Ein Falke glitt unter schneeweißen Federwolken dahin. Diese idyllische Szenerie ließ die Gewalttat, die hier passiert war, noch unwirklicher erscheinen.

Die Innenstadt von Lost Lake bestand aus drei Parallelstraßen, der Main, der Elm und der Shasta Street. Während Ami die Main Street runterfuhr, fielen ihr Antiquitätengeschäfte und Kunstgalerien und drei Cafès auf. Das Büro des Sheriffs lag in einem einstöckigen, braunen Betonklotz am Ende der Main Street. Ami parkte und ließ einen silbrig glänzenden Tanklastzug und einen Pick-up mit einer Ladung Holz vorbei, bevor sie die Straße überquerte.

Im Wartebereich der Wache standen ein paar Stühle, die mit ausgebleichtem Kunstleder bezogen waren. Ein niedriges Metallgitter trennte diese Zone von einem großen Raum mit Metallschreibtischen, an denen uniformierte Deputys saßen. Die Empfangsdame, eine große, freundliche Frau in einem weiten bunten Kleid, saß an dem Tisch direkt neben dem Gitter und telefonierte. Ami entnahm dem einseitigen Gespräch, daß offenbar ein Bär die Garage eines Anwohners verwüstet hatte. Schließlich legte die Frau den Hörer auf und lächelte Ami strahlend an.

»Was kann ich für Sie tun?«

»Ich habe einen Termin beim Sheriff.«

Einige Minuten später trat ein großer, breitschultriger Mann mit kurzem, graumeliertem Haar und haselnußbraunen Augen aus einem Korridor, der in den hinteren Teil der Wache führte. Er trug eine braune Uniform und mußte etwa Ende Vierzig sein.

»Mrs. Vergano?« Er hielt ihr die Pforte in dem Gitter auf, das den Zugang zu der Wache blockierte.

»Ja.« Sie reichte ihm die Hand.

»Aaron Harney«, stellte er sich vor und schüttelte ihr die Hand. »Kommen Sie doch bitte mit in mein Büro.«

Ami folgte Harney in sein holzgetäfeltes Büro im hinteren Teil der Wache. Die Wände waren mit gerahmten Gedenktafeln, Diplomen und Fotos von Harney neben dem Gouverneur und anderen Berühmtheiten bepflastert. Den Mittelpunkt bildete ein ausgestopfter Elchschädel. Ein gläserner Bücherschrank mit Gesetzestexten stand an einer Wand. Auf dem Schrank befanden sich Bowling- und Softballtrophäen, die das Büro des Sheriffs gewonnen hatte. Auf Harneys zerkratztem Schreibtisch stand außerdem ein Foto, das vermutlich seine Frau und seine fünf Kinder zeigte.

Harney bot Ami einen Platz an und setzte sich dann auf seinen Schreibtischstuhl.

»Sie haben mir gestern abend am Telefon nur gesagt, daß

Sie gern über den Mord an dem Kongreßabgeordneten Glass mit mir reden wollten. Den Grund dafür haben Sie aber im unklaren gelassen«, begann Harney das Gespräch.

»Ich arbeite an einem Fall, der vielleicht etwas damit zu tun hat«, erwiderte Ami. »Ich würde gern mehr über den Glass-Fall wissen oder vielleicht sogar die alten Akten einsehen, falls das möglich ist.«

»Das ist es durchaus, falls Sie mir sagen können, warum Sie ein Mord interessiert, der bereits zweiundzwanzig Jahre zurückliegt.«

»Das ist ein wenig heikel, Sheriff. Sie wissen ja, daß das Gesetz mir verbietet, das Vertrauen eines Klienten zu mißbrauchen.«

Harney nickte. »Und Sie wissen, daß es keine Einschränkungen bei der Verfolgung eines Mordverdächtigen gibt.«

»Gestern abend habe ich meinen Sohn bei einer Nachbarin gelassen und bin hierher geflogen. Ich muß heute wieder zurück, also habe ich keine Zeit, vor Gericht zu gehen, um Einsicht in die Akten zu beantragen. Wenn Sie nicht wollen, daß ich sie sehe, haben Sie schon gewonnen.«

Harney gefiel die Aufrichtigkeit seiner Besucherin. Die meisten Anwälte hätten ihm mit der ganzen Wucht des Gesetzes gedroht.

»Wußten Sie, daß ich in der Nacht, als der Kongreßabgeordnete ermordet wurde, der erste Beamte am Tatort war?«

Amis Überraschung war Antwort genug.

»Ich bin Sheriff, seit Earl Baseheart sich zur Ruhe gesetzt hat. Bis dahin war ich lange Jahre Deputy. Wenn ich meine Erfahrungen als Militärpolizist bei der Army dazu zähle, komme ich auf etwa fünfundzwanzig Jahre Kampf gegen das Verbrechen. Während dieser Zeit habe ich einiges gesehen, aber das hier war mit Abstand das Schlimmste. Den Anblick der Leiche des Abgeordneten kann ich bis heute nicht vergessen. Jetzt verstehen Sie vielleicht, warum ich wirklich interessiert war, als Sie anriefen.«

»Es geht um den Fall Daniel Morelli«, sagte Ami. »Sie haben

vielleicht in den Nachrichten davon gehört. Mein Mandant wird beschuldigt, einen Vater während eines Baseballspiels von Kindern niedergestochen zu haben.«

»Davon habe ich gehört. Schlimme Sache. Aber was hat das mit dem Mord an dem Kongreßabgeordneten zu tun?«

Ami seufzte. »Ich wünschte, ich könnte Ihnen das sagen, aber ich unterliege der gesetzlichen Schweigepflicht.«

Harney musterte Ami, die seinen Blick offen erwiderte. Er stand auf.

»Fahren wir ein Stück spazieren. Wenn wir zurückkommen, können Sie die Akte einsehen.«

»Danke, Sheriff.«

»Sie können sich bei mir bedanken, indem Sie mich anrufen, sobald Sie über diesen Fall reden können.«

Sie fuhren im Streifenwagen des Sheriffs eine Viertelstunde von der Wache zum Lost Lake. Unterwegs fragte Ami ihn, was ihm von der Nacht, in der Eric Glass ermordet worden war, noch im Gedächtnis.

»Ich kann mich an den Schrei erinnern.« Er schüttelte sich unwillkürlich. »Ich befand mich am anderen Ufer des Sees, aber in der Nacht tragen die Geräusche hier weit. Der Schrei ist mir richtig durch Mark und Bein gegangen.«

»Hat der Kongreßabgeordnete so geschrien?«

»Nein.« Harneys Miene war grimmig. »Er hat sicher viel geschrien, so wie seine Wunden aussahen, aber den Schrei hat eine Frau ausgestoßen. Vanessa Wingate, die Tochter des Generals.«

»Was haben Sie getan, nachdem Sie den Schrei gehört haben?«

»Ich bin, so schnell ich konnte, um den See gefahren und habe über Funk Verstärkung angefordert. Miss Wingate taumelte benommen aus dem Wald. Sie hat mich fast zu Tode erschreckt. Ehrlich gesagt, habe ich sie im ersten Moment für einen Geist gehalten. Sie trug ein langes, weißes T-Shirt und starrte ins Leere.«

»Hat sie etwas gesagt?«

»Ja. Sie hat immer und immer dieselben Worte wiederholt. ›Carl hat ihn umgebracht, Carl Rice.‹«

»Also gab es nie irgendwelche Zweifel, daß Rice der Mörder war?«

Harney zögerte.

»Haben Sie Zweifel?«

»Nicht viele, aber wir haben niemals irgendwelche konkreten Beweise gefunden, die Miss Wingates Geschichte bestätigen konnten. Es sah aus, als hätte jemand ein Boot auf den Strand gezogen, aber wann das passiert war und wer das getan hatte, konnten wir nicht feststellen. Die Leute ziehen ständig irgendwelche Boote aus dem See an den Strand. Ich habe einen Außenbordmotor gehört, als ich ausstieg, aber das muß nicht zwingend der Mörder gewesen sein.«

»Haben Sie die Leute befragt, die um den See herum wohnen?«

»Selbstverständlich. Angeblich ist niemand hinausgefahren, aber die Jugendlichen hier aus dem Ort schleichen sich immer wieder auf die Grundstücke. Natürlich hat sich von denen keiner gemeldet.«

»Wer waren Ihre anderen Verdächtigen?«

»Das ist doch wohl offensichtlich, oder? Immerhin war Vanessa Wingate im Haus und hat sich sehr seltsam benommen.«

»Aber Sie haben sie nicht verhaftet.«

»Sie hatte kein Blut an sich, und wir haben auch das Messer nie gefunden. Vermutlich hat der Mörder es mitgenommen. Falls sie und der Kongreßabgeordnete wirklich ein Liebespaar waren, hätte sie vielleicht ein Motiv gehabt, doch das hat sie immer abgestritten. Und als wir das Haus durchsuchten, sah es tatsächlich so aus, als hätte sie im Gästezimmer übernachtet. Glass schlief in seinem Doppelbett, in dem offenbar nur seine Seite benutzt worden war. Bevor wir ihr noch weitere Fragen stellen konnten, hat General Wingate seine Tochter weggeschafft.«

»Was meinen Sie damit?«

»Ich fand Miss Wingates Namen und eine Adresse in Kalifornien in ihrer Handtasche. Es dauerte eine Weile, bis ich den General schließlich an die Leitung bekommen habe, aber wir haben ihn so schnell benachrichtigt, wie wir konnten. Ein paar Stunden später war er schon da.« Harney schüttelte den Kopf, immer noch beeindruckt von dem Auftauchen des Generals. »Das war vielleicht ein Auftritt. Er kam mit einem Hubschrauber in Begleitung zweier Leibwächter und eines Psychiaters, der im Serenity Manor arbeitete. Das ist eine psychiatrische Privatklinik. Der General hat die Angelegenheit kurzerhand in die Hand genommen, wie es wohl seine Art war. Wingate ist einer der charismatischsten Männer, die ich je getroffen habe. Ich zweifle keine Sekunde daran, daß er unser nächster Präsident wird.«

Sie bogen um eine Kurve, und Ami sah an einer Steinmauer den Schriftzug *Lost Lake Resort* in großen, schwarzen Metallbuchstaben. Harney bog auf eine asphaltierte, zweispurige Straße ein, die sich etwa eine Viertelmeile durch einen Nadelwald schlängelte. Der Zugang zu dem Gelände wurde durch ein Tor versperrt, das durch den Zugangscode oder durch einen Sicherheitsbeamten in dem kleinen Backsteinhäuschen daneben geöffnet werden konnte. Sowohl das Tor als auch der Sicherheitsmann versprachen allerdings keinen echten Schutz. Man konnte sich mit Leichtigkeit neben dem Tor durch den Wald schlagen. Der Wachposten war zudem alt, fett und träge. Immerhin verlieh das Tor den wohlhabenden Bewohnern der teuren Häuser, die den See säumten, einen Hauch von Exklusivität.

»Hallo, Ray«, sagte Sheriff Harney.

»Sheriff.« Der Wachmann nickte.

»Ich drehe eine Runde, wenn Sie gestatten.«

Der Sicherheitsbeamte nickte wieder, öffnete das Tor und winkte sie hindurch. Nach einhundertfünfzig Metern sah Ami die ersten Richtungsschilder zu einer Jagdhütte. Die Straße gabelte sich, und Harney bog links ab, weg von der Hütte, und fuhr auf die grünen Hügel zu. Regelmäßig tauchten Zufahrten auf. Die meisten Häuser lagen hinter Bäumen versteckt, aber manchmal erhaschte Ami einen Blick auf eine der Sommerresidenzen. Die meisten paßten überhaupt nicht hierher, sie sahen aus wie spanische Villen oder riesige Steinfestungen.

»Was ist mit Vanessa passiert, als Ihr Vater im Krankenhaus angekommen ist?« fragte sie. Sie betrachtete die Landschaft, aber in Gedanken ging sie die Geschichte des Sheriffs noch einmal durch.

»Die Hölle brach los. Sie schrie wie am Spieß, als der General das Zimmer betrat. Sie mußte mit Medikamenten ruhiggestellt werden. Dann besprach sich der Psychiater, der mit dem General gekommen war, mit den Ärzten. Bevor wir uns versahen, flatterte unsere Zeugin mit dem Helikopter davon. Damals sahen wir sie zum letzten Mal.«

»Haben Sie versucht, den General daran zu hindern, sie mitzunehmen?«

»Wir sind Kleinstadtcops. Der General war eine andere Nummer. Earl erklärte, daß seine Tochter unsere einzige Zeugin sei, und der General versprach ihm, wir könnten jederzeit zu ihr, wenn das nötig sein sollte. Was sollte Earl da noch sagen? Wingate war ihr Vater, und das Krankenhaus in Lost Lake konnte die Art von psychiatrischer Hilfe, die sie nach Auskunft von Wingates Arzt brauchte, nicht stellen.« Harney zuckte mit den Schultern. »Das war alles. Bis auf den FBI-Mann.«

»Wen?«

»Victor Hobson, ein echt harter Knochen. Das FBI wurde eingeschaltet, weil Glass Kongreßabgeordneter war. Hobson war auf den Fall angesetzt worden. Er tauchte einige Stunden nach dem Abflug des Generals auf und war stinksauer, als er erfuhr, was Wingate gemacht hatte.«

»Gab es in dem Fall jemals irgendwelche Ergebnisse?«

»Nein. Der General hatte die Militärunterlagen von Rice mitgebracht. Rice war aus psychiatrischen Gründen entlassen worden. Wingate behauptete, er sei ein schwer gestörter junger Mann. Anscheinend waren Rice und Miss Wingate zusammen auf die Highschool gegangen, und er stand auf sie. Dann haben sie sich in Washington wiedergesehen, wo Miss Wingate für den Kongreßabgeordneten arbeitete. Wingate glaubte, daß Rice von seiner Tochter besessen war und Glass vermutlich tötete, weil er sich einbildete, der Kongreßabgeordnete und seine Tochter hätten ein Verhältnis.«

»Wurde Rice jemals verhaftet?«

»Nein. Wir haben nach ihm gefahndet, und das FBI hat ihn eine Weile auf der Liste der zehn gesuchtesten Kriminellen geführt, aber ich habe nie etwas von ihm gehört. Außer daß ein General an der Ostküste ermordet worden ist und Rice Tatverdächtiger war. Das war alles.«

Harney bog in die nächste Auffahrt ein. An ihrem Ende lag ein zweistöckiges Blockhaus hinter einem gepflegten Rasen und einigen Blumenbeeten.

»Ich dachte, Sie wollten sich den Tatort vielleicht ansehen. Er gehört jetzt den Reynolds. Er ist Bankier in San Francisco. Sie kommen im Sommer oft hierher, aber zur Zeit sind sie in Europa. Ins Haus kann ich Sie natürlich nicht lassen.«

»Das verstehe ich.«

»Es war nicht so einfach, nach dem Mord das Haus zu verkaufen. Als die Reynolds es erwarben, haben sie es vollkommen umgebaut und einige Wände eingerissen. Es sieht überhaupt nicht mehr so aus wie früher. Nur das Grundstück ist noch genauso wie damals in dieser Nacht.«

Ami stieg aus. Es war heiß, und in der Mittagshitze wehte kein Lüftchen. Sie starrte auf das Haus und drehte sich einmal langsam um ihre Achse. Sie versuchte sich vorzustellen, wie es hier nachts aussah. Der Sheriff wartete geduldig und folgte Ami, als sie zur Rückseite des Hauses ging. Das Haus hatte den Wind vom See abgehalten, der nun kühl und angenehm über ihre Haut strich.

»Diesen Landungssteg gab es auch damals schon.« Harney deutete auf einen kurzen, hölzernen Pier. »Glass hatte ein Rennboot, mit dem er herumgespielt hat. Auf diesem Pfad zum Tennisplatz habe ich Miss Wingate das erste Mal gesehen.«

Ami betrachtete einen Moment den Landungssteg, bevor sie sich auf den Pfad konzentrierte, der zu dem Tennisplatz führte. Sie stellte sich vor, wie Vanessa Wingate hier mitten in der Nacht in ihrem weißen T-Shirt herumgeirrt war.

»Der Pfad führt an dem Tennisplatz vorbei zu einem schmalen, steinigen Strand. Wir nehmen an, daß Rice das Boot dort an Land gezogen hat.«

»Es ist alles so friedlich und so wunderschön hier«, sagte Ami. »Schwer vorzustellen, daß hier ein Mord geschehen ist.«

»Es ist unser erster und bisher auch letzter, Gott sei Dank.«

Ami schlenderte wieder zum Rasen zurück. Die Vorhänge waren zugezogen, aber zwischen ihnen und dem Fensterbrett war ein Spalt offen. Sie spähte in die Küche.

»Das ist neu«, erklärte Harney. »Die Reynolds haben den supermodernen Herd und neuen Backofen eingebaut. Diese Marmortresen waren damals auch noch nicht da.«

Ami fragte sich, wie sehr man etwas umbauen mußte, bevor die Geister einen ruhen ließen. Sie wandte sich von dem Haus ab.

»Danke, daß Sie es mir gezeigt haben.«

»Hat es Sie weitergebracht?« fragte der Sheriff.

»Nein. Aber vielleicht finde ich ja etwas in den Akten.«

23. KAPITEL

Die Akten über den Mordfall Glass lagen für Ami bereit, als sie mit Sheriff Harney vom See zurückkehrten. Sie ging alles sorgfältig durch und studierte auch die Fotos vom Tatort. Ami hatte noch nie ein Mordopfer gesehen. Der Anblick des toten Glass war so widerlich, daß ihr fast schlecht wurde.

Ami konnte jedoch nur eine einzige neue Information aus den Akten ziehen, nämlich daß keinerlei Armyunterlagen bei der Durchsuchung des Hauses gefunden worden waren. Entweder log Vanessa und hatte Glass diese Akten nie übergeben, oder Rice hatte sie auf seiner Flucht mitgehen lassen. Für Vanessa und Rice sprach, daß sie beide dieselbe Geschichte über diese Unterlagen erzählt hatten. Ami war überzeugt, daß sie seit Carls Verhaftung keine Gelegenheit mehr gehabt hatten, sich abzusprechen oder überhaupt miteinander zu reden. Daß Vanessa Personalakten von Soldaten gefunden hatte, einschließlich der von Carl, bewies natürlich nicht, daß diese geheime Einheit tatsächlich existiert hatte.

Ami hatte die letzte Akte durchgesehen, als ihr Handy klingelte. Mary O'Dell war am Apparat, die Freundin, die auf Ryan aufpaßte.

»Ein Glück, daß ich dich erwische!« stieß Mary hervor. »Du mußt sofort nach Hause kommen!«

»Was ist passiert?« Ami fürchtete, daß Ryan etwas passiert sein könnte.

»Die Polizei war hier. Sie suchen dich.«

»Mich? Weshalb denn?«

»Der Mann, der bei dir gewohnt hat, ist geflüchtet. Es ist in allen Nachrichten.«

Ami fuhr so schnell sie konnte zum Flughafen von San Francisco und nahm die erste Maschine nach Portland. Detective Walsh hatte seine Nummer bei Mary hinterlassen. Ami hatte ihn angerufen, während sie auf das Einchecken wartete. Walsh bestätigte, daß ihr Mandant aus der geschlossenen Abteilung geflohen war, wollte Ami aber am Telefon keine weiteren Informationen geben.

Walsh hatte einen Polizisten zum Flughafen geschickt, der bereits am Gate wartete, als Amis Maschine in Portland landete. Fernsehteams und ein größeres Aufgebot an Polizeiwagen verstärkten das für jedes Krankenhaus übliche Chaos. Amis Eskorte führte sie durch die Medienmeute in der Lobby und in den Aufzug. Als der Lift anhielt, trat Ami hinaus und landete in einer Gruppe von Beamten der Spurensicherung, uniformierten Polizisten und einigen Männern in Anzügen. Brendan Kirkpatrick sprach mit einem Beamten an der Tür der geschlossenen Abteilung und unterbrach sich mitten im Satz, als er Ami sah.

»Mrs. Vergano, schön Sie zu sehen«, begrüßte er sie kühl.

»Was ist passiert?«

»Ihr Schützling ist mit der Hilfe einer Frau entkommen. Sie hatten Glück, daß Sie in Kalifornien waren, sonst hätte ich Sie sofort verhaften lassen.«

Ami sah ihn furchtsam an. Ihr stockte fast der Atem.

»Ich weiß davon nichts. Und ich habe ihm auch nicht zur Flucht verholfen.«

»Wem haben Sie nicht zur Flucht verholfen, Mrs. Vergano? Wie lautet der wirkliche Name Ihres Mandanten, und wer ist diese Frau?«

Ami fühlte sich vollkommen hilflos. »Ich darf Ihre Fragen nicht beantworten, Brendan. Die Aussagen meines Mandanten unterliegen der anwaltlichen Schweigepflicht.«

»Ich werde Sie morgen in aller Herrgottsfrühe vor einen verdammten Richter zerren!«

»Sie müssen mir glauben!« flehte Ami ihn an. »Ich würde Ihnen helfen, wenn ich könnte.«

Kirkpatrick stieß vernehmlich die Luft aus. »Ich fahre Sie schon wieder an. Es tut mir leid. Ich bin vollkommen erschöpft.«

»Glauben Sie mir, ich würde mit Ihnen zusammenarbeiten, wenn ich könnte. Ich sage Ihnen alles, was ich weiß, wenn der Richter das anordnet.«

Plötzlich wurde Ami klar, daß Carl auf der Station eingesperrt und von einem Polizisten und mindestens zwei Pflegern bewacht worden war.

»Ist jemand verletzt worden?« erkundigte sie sich.

»Ihr Mandant hat einen der Pfleger mit einer Pistole niedergeschlagen. Die Platzwunde mußte genäht werden. Sonst ist niemand verletzt worden.«

»Wie ist er entkommen?«

»Eine Frau hat sich als Filmproduzentin ausgegeben und Dr. Ganett dazu gebracht, sie auf die Station zu führen. Offensichtlich hat er aus seinem Erlebnis mit Ihnen nichts gelernt.«

Ami errötete.

»Die Pfleger waren so begeistert, in einem Film mitzuspielen, daß sie die Frau nicht einmal durchsucht haben. Sie hatte zwei Pistolen in ihrer Tasche. Rice und die Frau haben das Personal in ein leeres Krankenzimmer gesperrt und sind verschwunden. Bis jetzt haben wir keine Ahnung, wo sie sind oder wohin sie wollen.«

Kirkpatrick wollte noch etwas sagen, als Detective Walsh aus dem Aufzug trat. Er schien aufgeregt zu sein.

»Entschuldigen Sie uns bitte, Mrs. Vergano«, sagte er, während er den Staatsanwalt außer Hörweite zog. Als Walsh sprach, beobachtete Ami, wie Kirkpatrick immer aufgeregter wurde. Sie hörte, wie er fluchte. Dann kamen die beiden Männer zu ihr zurück.

»Schluß mit den Spielchen, Ami«, zischte Kirkpatrick, der seine Wut kaum noch zügeln konnte. »Wir brauchen den Namen der Frau und alles andere, was Sie uns noch sagen können.«

»Was ist passiert?«

»Dr. George French ist tot. Ermordet«, erklärte Walsh.

Ami wurde kalkweiß. Ihre Beine gaben unter ihr nach. Kirkpatrick hielt sie fest, damit sie nicht stürzte.

»Bringen Sie ihr ein Glas Wasser«, bat der Staatsanwalt Walsh, während er Ami zu einem Stuhl führte. Als Walsh mit einem Becher Wasser zurückkehrte, liefen Ami die Tränen über die Wangen.

»Er war so ein guter Mensch«, schluchzte sie. Kirkpatrick schaute durch das Fenster aufs Meer hinaus, und Walsh kniete sich neben Ami und hielt ihr den Becher an den Mund.

»Sie müssen uns helfen, Ami«, sagte der Detective. »Wissen Sie, wer die Frau ist? Haben Sie eine Ahnung, wohin sie fliehen könnten?«

»Wieso glauben Sie, daß mein Mandant Dr. French getötet hat?« wollte Ami wissen. Die Frage klang eher wie ein Hilferuf.

»Wir wissen es nicht, aber das ist schon ein verteufelter Zufall.«

Plötzlich schoß Ami ein schrecklicher Gedanke durch den Kopf. »Wie wurde George ...?«

Walsh zögerte mit einer Antwort. »Es sieht so aus, als wäre er aus seinem Haus entführt und in sein Büro gebracht worden«, erwiderte er.

»Wurde er erschossen?« fragte Ami. Sie hoffte inständig, daß Walsh ihre Frage bejahte.

»Nein.« Walsh zögerte wieder.

»Bitte, es ist wichtig!«

»Er wurde gefoltert, und dann wurde ihm die Kehle durchgeschnitten.«

Ami kniff die Augen fest zusammen. Sie fühlte sich elend.

Am liebsten hätte sie Ryan genommen und wäre weggelaufen, aber zuerst mußte sie etwas anderes tun.

»Bringen Sie mich zum Tatort?«

»Ich glaube nicht, daß ...«, begann Walsh.

»Bitte«, unterbrach sie ihn. Sie erinnerte sich an die Fotos vom Tatort aus den Akten des Kongreßabgeordneten. »Ich kann es Ihnen nicht erklären, aber ich muß den Tatort sehen.«

Auf der Fahrt dorthin erfuhr Ami, daß das Reinigungspersonal in Frenchs Bürogebäude die Leiche des Arztes gefunden hatte. Ein Streifenwagen war zum Haus des Arztes geschickt worden. Die Beamten fanden dort die Leiche seiner Frau vor. Walsh glaubte, daß die Frenchs geschlafen hatten, als der Mörder eingebrochen war. Man hatte sein Schlafzimmer und sein Arbeitszimmer durchsucht, und Walsh vermutete, daß der Killer nicht gefunden hatte, wonach er suchte. Daraufhin hatte er den Psychiater in die Stadt gebracht. Der Safe und die Aktenschränke in Frenchs Büro waren aufgebrochen worden, und die Akten lagen verstreut auf dem Boden.

Als sie vor dem Bürogebäude hielten, wurde Ami zu Frenchs Praxis gebracht. Als sie vom Empfangsbereich in das Behandlungszimmer des Arztes gingen, stieg Kirkpatrick der widerliche Gestank frischer Leichen in die Nase, der jedem Mordschauplatz anhaftete. Er sah Ami an. Sie war blaß und schwankte leicht.

»Sind Sie sicher, daß Sie das sehen wollen?« fragte er.

Ami antwortete nur mit einem Nicken, weil sie den Atem anhielt, um den Gestank nicht wahrzunehmen. Sie hoffte, daß sie sich nicht übergeben mußte.

Als sie an der Tür des Büros ankamen, preßte Ami ihre Augen fest zusammen und öffnete sie dann langsam wieder, um die Leiche anzusehen. Das Büro glich einem Schlachthaus. Der Couchtisch und der Teppich waren mit Blutspritzern übersät. Ihr Magen brannte, Galle stieg ihr in die Speiseröhre.

Ami konzentrierte sich auf zwei nackte Füße, die mit Klebeband an den Fuß eines Drehstuhls in der Mitte des Raumes gefesselt waren. Sie waren ebenfalls blutüberströmt und wiesen Spuren von Schlägen auf. Ami erinnerte sich an das, was Carl Rice über die Neigung der Nordvietnamesen erzählt hatte, seine Füße zu mißhandeln. Langsam glitt ihr Blick höher. French trug eine blutverschmierte Pyjamahose. Ami rang nach Luft, riß sich aber zusammen. Sie hob den Kopf und betrachtete dann das, was von Doktor George French übrig geblieben war. Man hatte ihn mit Klebeband an den Stuhl gefesselt. Seine Brust war entblößt, und sein ganzer Oberkörper war von tiefen Schnitten übersät. Sie blickte auf ein Spiegelbild des Tatortes im Haus des Kongreßabgeordneten Eric Glass.

Ami taumelte aus dem Zimmer. Kirkpatrick mußte sie fast ins Wartezimmer tragen. Dort setzte er sie auf eine Couch und reichte ihr eine Wasserflasche, die er vorrausschauend mitgenommen hatte. Walsh und Kirkpatrick warteten ungeduldig, bis Ami sich wieder erholt hatte.

»Können Sie uns den Namen der Frau und Morellis richtigen Namen verraten?«

Ami sah aus, als wäre sie am Rande eines Nervenzusammenbruchs. »Ich weiß nicht, was ich tun soll. Ich müßte dafür meine Schweigepflicht verletzten.« Ihre Stimme zitterte, als sie ein Schluchzen unterdrückte.

»Können Sie uns wenigstens sagen, ob etwas von dem, was Sie in dem Büro gesehen haben, Sie glauben läßt, daß Morelli der Täter war?« drängte Walsh. »Das wäre ja Ihre eigene Meinung, nichts, was Ihr Mandant Ihnen anvertraut hat.«

»Er war es«, erwiderte Ami. »Ich kann Ihnen nicht sagen, woher ich das weiß, aber ich weiß es.«

»Brendan, schaffen Sie Mrs. Vergano gleich morgen früh zu einem Richter. Ich stelle sie in der Zwischenzeit unter Polizeischutz.«

»Warum?« fragte Ami ungläubig.

»Morelli ist nicht geflohen«, erklärte Walsh. »Er ist hier in

Portland geblieben, obwohl jeder Polizist in der Stadt nach ihm sucht. Ich glaube, er versucht alle Aufzeichnungen von dem zu zerstören, was er Ihnen und French erzählt hat. Wären Sie nicht unterwegs gewesen, wären Sie vermutlich ebenfalls tot.«

Ami war bereits verängstigt, doch seine Worte entsetzten sie.

»Er würde mich doch jetzt nicht mehr umbringen! Er kann sich bestimmt denken, daß ich mit Ihnen gesprochen habe!«

»Er weiß aber nicht genau, ob Sie uns alles erzählt haben, was Sie wissen. Vielleicht geht er davon aus, daß Sie sich an Ihre Schweigepflicht gehalten haben. Wenn er vorhat, Sie umzubringen, bevor Sie reden, muß er das heute nacht versuchen. Ich habe bereits einen Wagen zu Mary O'Dells Haus geschickt, damit Ihr Sohn beschützt wird.«

»O Gott!« stöhnte Ami und sank zusammen. »Was soll ich bloß tun?«

»Gehen Sie nach Hause und versuchen Sie, sich auszuruhen«, riet Kirkpatrick. »Sonst klappen Sie mir noch zusammen.«

»Nein, ich möchte Ryan sehen.«

»Das ist keine gute Idee«, widersprach Walsh. »Wenn Morelli es auf Sie abgesehen hat, sollten Sie lieber nicht in der Nähe Ihres Sohnes sein.«

24. KAPITEL

Emily Hobson war seit fünfzehn Jahren Victor Hobsons Ehefrau. Folglich wartete sie mit dem Abendessen auf ihn, als er kurz nach acht nach Hause kam. Zwei Jahre, bevor er Emily kennenlernte, war er mit einer Kassiererin verlobt gewesen, die er während der Ermittlungen bei einem Banküberfall getroffen hatte. Die Frau hatte ihre Verlobung aufgelöst, weil sie weder seine unregelmäßigen Arbeitszeiten länger ertragen konnte noch seine Weigerung, Einzelheiten von seinem Job mit ihr zu besprechen. Emily dagegen war Fingerabdruckexpertin im Labor des FBI. Sie hatte ihren Job aufgegeben, nachdem ihr zweites Kind zur Welt gekommen war. Victor machte sich Sorgen, ob sie sich langweilte, wenn sie die ganze Zeit zu Hause blieb. Es überraschte ihn, daß es sie vollkommen ausfüllte, ihre Kinder großzuziehen und ihn zu ertragen. Victor war klar, wie viel Glück er gehabt hatte, jemanden zu treffen, der seinen Beruf aus eigener Anschauung kannte.

Nach dem Essen sah Victor nach seinen Kindern. Sein Sohn war in ein Videospiel vertieft, und seine Tochter telefonierte mit ihrer besten Freundin. Sie begrüßten ihn beide mit einem Gesichtsausdruck, der unmißverständlich signalisierte, daß er sie ja nicht stören sollte. Also ging Victor wieder nach unten und schaltete der Fernseher ein. Ein Selbstmordattentäter hatte sich und sieben weitere Menschen in einem Café in Jerusalem in die Luft gesprengt, und es gab eine überraschende Entwicklung in dem Little-League-Fall.

Während der Nachrichtensprecher die sensationelle Geschichte in Oregon diskutierte, brachte der Sender noch einmal den Film von der Prügelei, die zu der Verhaftung eines Assistenztrainers der Little League wegen Körperverletzung in mehreren Fällen geführt hatte. Victor stand auf, als das verwackelte Amateurvideo das Gesicht eines Mannes einfing, bei dem es sich dem Sprecher zufolge um Daniel Morelli handelte. Er erklärte weiter, eine bis dato unbekannte Frau habe Morelli zur Flucht aus der geschlossenen Abteilung des County-Krankenhauses verholfen. Das von einem Polizeizeichner angefertigte Phantombild einer Frau und ein Polizeifoto von Morelli flackerten über den Bildschirm.

Hobson war kurz nach dem Mord an dem Kongreßabgeordneten Eric Glass nach Lost Lake geflogen. Vanessa Wingate war zu dem Zeitpunkt bereits von ihrem Vater aus dem Krankenhaus weggeschafft worden. Das einzige positive Ergebnis seines Ausflugs war die Möglichkeit gewesen, die Armyunterlagen von Carl Rice studieren zu können, die dem Sheriff von Vanessas Vater zur Verfügung gestellt worden waren. Hobson besaß noch eine Kopie dieser Akte, in der sich auch das einzige Foto befand, das er jemals von Rice hatte auftreiben können. Das Gesicht auf dem Polizeifoto war älter und von Sorgenfalten gezeichnet, aber Hobson hatte keinerlei Zweifel, daß es sich bei Daniel Morelli um Carl Rice handelte.

Hobson schaltete den Fernseher aus. Am Tag, nachdem Morris Wingate öffentlich seine Absicht erklärt hatte, gegen Präsident Charles Jennings um die Nominierung seiner Partei zum Präsidentschaftskandidaten anzutreten, hatte Hobson einen Anruf von Ted Schoonover erhalten, einem ehemaligen CIA-Mann und dem Sicherheitschef des jetzigen Präsidenten. Schoonover hatte ihn zum Frühstück in ein griechisches Restaurant in einem Einkaufszentrum in einem Vorort von Maryland eingeladen. Hobson hätte darauf gewettet, daß kein einziger bedeutender Mann aus Washington jemals seinen Fuß in diesen Laden gesetzt hatte. Schoonover war ein kleiner Mann mit schütterem Haar und einem

Doppelkinn. Kaum jemand, der in einer Menge auffallen würde. Nach ihrem Treffen hatte Hobson ihn überprüfen lassen. Bis auf einige grundlegende Personalinformationen war Schoonover ein fast schon gruselig unbeschriebenes Blatt. Hobson fand nur heraus, daß Schoonover unter Charles Jennings gearbeitet hatte, als der noch Direktor bei der CIA gewesen war. Als Hobson versuchte, mehr Einzelheiten über den ehemaligen Geheimdienstler in Erfahrung zu bringen, teilte man ihm mit, daß er nicht die nötige Sicherheitsstufe für die entsprechenden Daten besaß.

Während des Frühstücks hatte Schoonover Hobson gefragt, ob er Wingates Ankündigung gehört hatte. Dann bat er den FBI-Mann, ihn über die Ereignisse in Lost Lake und ihr Folgen in Kenntnis zu setzen. Als Hobson fertig war, wollte Schoonover wissen, ob es neue Informationen über den Verbleib von Carl Rice gab. Hobson hatte Schoonover mitgeteilt, daß er seit Mitte der achtziger Jahre nichts mehr von Rice gehört habe. Schoonover erklärte ihm, daß der Präsident sofort informiert werden wolle, sollten neue Erkenntnisse in diesem Fall auftauchen.

Hobson hatte Schoonover nach seinem Telefonat mit Vanessa Wingate nicht verständigt, weil er nichts Konkretes zu berichten hatte. Nun jedoch nahm er Schoonovers Visitenkarte aus seiner Brieftasche und wählte die Handynummer, die der Berater des Präsidenten auf die Rückseite gekritzelt hatte.

»Reden Sie«, meldete sich Schoonover nach dreimaligem Klingeln.

»Viktor Hobson. Es hat eine neue Entwicklung in dem Fall gegeben, über den wir gesprochen haben.«

»Lust auf ein spätes Abendessen?«

»Derselbe Ort?«

»In einer halben Stunde.«

Das Schild an der Tür verkündete, daß das Akropolis um elf Uhr abends schloß, aber Ted Schoonover saß hinter der

Scheibe, stopfte ein Baklava in sich hinein und schlürfte einen starken griechischen Kaffee, als Hobson um halb zwölf vor der Tür parkte. Bevor Hobson klopfen konnte, ließ ihn ein kahlköpfiger Mann mit einer Schürze herein und sperrte hinter ihm die Tür wieder zu.

»Möchten Sie einen Kaffee? Hier gibt es das beste Bakalva«, begrüßte ihn Schoonover.

»Danke, nein.«

»Dann klären Sie mich auf.«

»Vanessa Wingate hat mich vor ein paar Tagen angerufen und mir gesagt, sie wisse, wie sie Carl Rice finden könnte. Mehr wollte sie nicht verraten. Ich habe Ihren Anruf zu einem Motel zurückverfolgt, aber der Rezeptionist meinte, sie habe bereits ausgecheckt. Vanessa verhält sich, gelinde gesagt, merkwürdig. Sie behauptet, ihr Vater versuche, sie umzubringen. Ihr Freund erzählte mir, sie habe 911 angerufen und den Cops erzählt, daß man ihm in ihrer gemeinsamen Wohnung auflauern würde, obwohl das gar nicht stimmte.«

»Worauf läuft das hier hinaus?«

»Haben Sie von der Schießerei bei dem Baseballspiel von Kindern in Oregon gehört?«

»Ich habe etwas darüber gelesen.«

»Ich glaube, Carl Rice ist der Mann, den die Polizei bei dem Spiel angeschossen und festgenommen hat. Außerdem bin ich davon überzeugt, daß er in Portland, Oregon war, jedenfalls bis gestern abend.«

»Was soll das heißen, bis gestern abend?«

»Eine Frau hat ihn aus der geschlossenen Abteilung des County-Krankenhauses befreit.«

Schoonover hörte auf zu kauen und schenkte Hobson seine volle Aufmerksamkeit.

»Heute abend haben sie im Fernsehen ein Foto des Mannes gezeigt, der geflohen ist. Der Nachrichtensprecher nannte ihn Daniel Morelli. Ich bin mir nicht hundertprozentig sicher, weil es nun ja schon viele Jahre her ist, der Mann könnte Carl Rice sein, und das Phantombild der Frau, das der Polizeizeichner angefertigt hat, ähnelt sehr stark Vanessa Wingate.«

»Was wollen Sie unternehmen?«

»Ich wollte einen Beamten nach Portland schicken, der die Fahndung im Auge behält.«

Schoonover dachte eine Weile nach, während er sich die Lippen mit einer Serviette abtupfte.

»Nein«, sagte er schließlich. »Sie nehmen sich dieser Angelegenheit persönlich an.«

»Ich bin Stellvertretender Direktor. Ich kann nicht einfach nach Oregon fahren. Rice hat sich zwanzig Jahre lang erfolgreich versteckt. Ich habe keine Ahnung, wie lange die Polizei braucht, um ihn zu finden.«

»Machen Sie sich keine Sorgen um Ihre Arbeit. Das kläre ich mit dem Direktor. Sie werden den Behörden offiziell die Hilfe des FBI in dieser Sache anbieten. Falls Rice verhaftet wird, rufen Sie mich an! Ab da übernehme ich. Sie sorgen nur dafür, daß vor mir niemand auch nur in die Nähe dieses Burschen kommt. Haben Sie mich verstanden?«

25. KAPITEL

Ami nickte auf der Fahrt nach Hause zweimal ein, aber die Furcht war stärker als ihre Erschöpfung. Schließlich hielt der Streifenwagen vor ihrem Haus. Ami und Ryan wohnten in einem Bauernhaus, das von dichten Wäldern umgeben war. Es hatte eine malerische Veranda mit einer Hollywoodschaukel, in der Chad und sie in warmen Sommernächten gesessen hatten, wenn Ryan bereits im Bett lag. Tagsüber glich die Szenerie einer idyllischen Postkarte. Doch als Ami an diesem Abend die Wälder betrachtete, die sie so gern malte, sah sie nur dunkle Schatten, in denen Mörder lauerten.

Einer der Beamten hielt Wache, während Ami im Wagen wartete. Der andere schloß mit Amis Schlüssel die Haustür auf. Als er sich überzeugt hatte, daß sich niemand im Haus befand, führten die beiden Polizisten sie hinein. Während Ami nach oben ging und sich für die Nacht fertigmachte, bezog der eine Beamte Posten im Wohnzimmer. Der andere lief draußen Patrouille. Nachdem sie sich geduscht hatte, fühlte sich Ami besser. Sie bezweifelte allerdings, daß sie einschlafen konnte. Eine Weile hielten ihre aufgewühlten Gedanken sie auch wach, aber sie war körperlich und psychisch so ausgelaugt, daß sie schon bald eindöste.

Ami schlug ruckartig die Augen auf und warf einen müden Blick zur Uhr auf ihrem Nachttisch. Es war Viertel vor zwei morgens, in ihrem Schlafzimmer war es stockfinster. Ein dumpfer Schlag hatte sie aus ihrem tiefen Schlummer gerissen, aber sie war nicht sicher, ob sie das vielleicht geträumt hatte.

Sie setzte sich auf und lauschte. Sie hörte nichts außer dem Ticken der Standuhr unten im Flur. Chad hatte diese Antiquität geliebt. Das metallische Klacken der Zeiger war nachts deutlich zu hören und hatte Ami immer gestört, aber sie brachte es einfach nicht über sich, die Uhr nach Chads Tod wegzugeben. Nun war dies das einzige Geräusch, das sie wahrnahm. Sie hatte sich gerade eingeredet, daß der Schlag, der sie geweckt hatte, ihrer Phantasie entsprungen war, als eine Bodendiele knarrte.

Jemand schlich die Treppe hoch und versuchte dabei, möglichst kein Geräusch zu machen. Ami sprang aus dem Bett. Ihr Herz hämmerte fast schmerzhaft in ihrer Brust, als ihr wieder einfiel, daß ein Polizist im Haus war. Sie schalt sich eine Närrin, als der Türknopf sich drehte.

Ami hastete zur Tür und stemmte sich dagegen. Der Knopf drehte sich nicht weiter.

»Wer ist da?«

Die Holztür zersplitterte. Scharfe Splitter drangen in Amis Haut, und eine Kante der Tür prallte gegen ihre Stirn. Sie fiel rücklings aufs Bett. Ein Schatten beugte sich über sie. Der Mann war ganz in Schwarz gekleidet und verschmolz fast mit der Dunkelheit. Er hob ein bedrohlich aussehendes Messer, dessen gezackte Schneide im Licht des Mondes funkelte, der plötzlich hinter einer Wolke auftauchte. Ami rollte sich vom Bett auf den Boden. Im selben Moment wurde sie gewaltsam an den Haaren hochgezogen. Der Schmerz war fast unerträglich. Sie schrie, und der Griff an ihrem Haar lokkerte sich. Ami rollte auf den Rücken und hob abwehrend die Hände. Ihr Angreifer brach auf ihr zusammen. Ami schrie wieder, während sie versuchte, das Gewicht von sich zu stoßen, das sie auf den Boden drückte. Der Killer schlug jedoch nicht mehr zu und rührte sich auch kaum. Ami blickte über seine Schulter und sah einen zweiten Mann, dessen Gesicht unter einer ähnlichen Gesichtsmaske verborgen war, wie der erste Angreifer sie trug. Ami schob sich unter dem Mann hinaus, bis sie mit dem Rücken an die Wand stieß.

»Ich bin's«, sagte eine bekannte Stimme.

Der Mann zog die Skimaske herunter. Über ihr stand Carl Rice. Er hielt ein großes, blutverschmiertes Messer in der rechten Hand. Carl bemerkte ihren Blick und legte es auf den Boden.

»Ich tue Ihnen nichts. Ich habe im Radio von dem Mord an Dr. French gehört und wußte, daß man versuchen würde, Sie umzubringen.«

Ami schaffte es kaum noch zu atmen.

»Kommen Sie! Ich helfe Ihnen«, sagte Carl.

Er zog Ami auf die Füße. Sie schlug einen Bogen um die Leiche, damit sie den Toten nicht berührte, aber sie konnte den Blick nicht von ihm losreißen.

»Wer ist das?« fragte Ami, obwohl sie fürchtete, daß sie die Antwort bereits kannte.

»Einer von Wingates Leuten.«

»O nein«, stöhnte Ami. Die Vorstellung, daß eine so mächtige Person wie Wingate ihr nach dem Leben trachtete, überwältigte sie beinahe.

»Das war wirklich der denkbar ungünstigste Zeitpunkt, wieder von den Toten aufzuerstehen«, erklärte Carl. »Wingate kann sich ausrechnen, daß die Polizei mich irgendwann wegen des Mordes an General Rivera und an Glass sucht. Er fürchtet, daß ich die Informationen über diese geheime Einheit im Austausch gegen eine Strafverminderung ausplaudern könnte. Sollte Präsident Jennings eine genauere Untersuchung über die Einheit einleiten, gehen Wingates Hoffnungen auf das Amt des Präsidentschaftskandidaten den Bach runter. Deshalb mußte Dr. French sterben. Wingate wollte herausfinden, was ich Ihnen und dem Arzt erzählt habe und wer noch davon weiß. Ami, haben Sie der Polizei von unseren Gesprächen erzählt?«

Als er die Polizei erwähnte, fielen Ami ihre Aufpasser ein. »Was ist mit den beiden Beamten passiert, die ...?«

Carl schüttelte den Kopf. »Ich bin zu spät gekommen.«

»Diese armen Männer! Sie wollten mir nur helfen.«

Sie fing an zu schluchzen. Carl packte ihren Oberarm. »Sie müssen sich zusammenreißen. Wir haben für so was keine Zeit.«

»*Wir* haben keine Zeit?« schrie Ami. Ihr Zorn fegte ihre Verzweiflung weg. »Sie sind an allem schuld! Die Männer würden noch leben, wenn Sie nicht da gewesen wären.«

»Und Sie wären tot«, antwortete er ruhig. »Das sind Sie vielleicht sowieso bald, wenn wir weiter herumstehen und uns streiten, wer wofür verantwortlich ist. Wenn Wingates Männer sich nicht bald melden, schickt er andere. Und jetzt sagen Sie mir, was Sie der Polizei von der Einheit erzählt haben.«

»Die Polizei weiß nichts. Ich habe Ihnen gesagt, daß alles, was sie mir anvertraut haben, unter meine Schweigepflicht fällt.« Plötzlich schoß ihr das Bild von George Frenchs mißhandelten Leichnam durch den Kopf, und sie schüttelte sich. »Wingates Männer müssen wissen, was Sie uns gesagt haben. Dr. French wurde genauso gefoltert, wie Sie Eric Glass gefoltert haben.«

»Hält die Polizei mich für den Mörder von French?«

Ami nickte. »Ich habe die Fotos vom Tatort in Lost Lake gesehen. Ich dachte ...«

»Natürlich. Was hätten Sie auch sonst denken sollen?« Carl legte Ami die Hände auf die Schultern. »Es gibt nur eine Möglichkeit, wie Sie sich retten können. Sie müssen diesem Staatsanwalt, Kirkpatrick, von dieser Einheit erzählen. Wingate hat keinen Grund mehr, Sie umzubringen, wenn noch andere Leute meine Geschichte kennen. Ziehen Sie sich an! Ich bringe Sie zum Polizeihauptquartier und setze Sie dort ab.« Rice deutete auf die Leiche. »Er ist Ihr Beweis.«

Ami ergriff ein paar Kleidungsstücke und Turnschuhe und ging ins Bad, während Carl den Toten durchsuchte. Als sie herauskam, hielt er eine Pistole in der Hand, die er dem Killer abgenommen hatte.

Er führte Ami im Dunkeln die Treppe hinunter und zur Hintertür. Sie schlugen einen Bogen durch den Wald, der an ihr Grundstück angrenzte, und kamen auf einem Schotterweg heraus, etwa eine Viertelmeile von ihrem Haus entfernt. Ami sah in der Finsternis die Umrisse eines Wagens. Carl zielte mit einem Laserstift auf die Windschutzscheibe und schaltete ihn einmal kurz ein und aus. Der Motor wurde angelassen, und Carl lief mit Ami im Schlepptau zum Wagen. Ami sprang auf den Rücksitz, und Carl glitt auf den Beifahrersitz. Vanessa gab Gas.

»Wir setzen Ami am Polizeihauptquartier ab«, erklärte Carl.

Vanessa wollte gerade antworten, als Ami auf den Weg deutete. »Was ist das?«

Ein Wagen schoß mit ausgeschalteten Scheinwerfern auf sie zu. Carl öffnete das Fenster und feuerte über die Motorhaube. Ein Schuß aus dem anderen Fahrzeug erwischte einen von Vanessas Scheinwerfern. Carl feuerte wieder, und die Windschutzscheibe des anderen Wagens zersplitterte. Fast im gleichen Moment kam er schlingernd vom Weg ab. Als sie an dem Wagen vorbeirasten, sah Ami eine zusammengesunkene Gestalt auf dem Fahrersitz.

»Fahr weiter!« befahl Carl. Vanessa trat das Gaspedal durch, und Ami wurde in die Polster zurückgedrückt.

Zwei Männer waren aus dem Wagen gesprungen und eröffneten das Feuer. Carl drückte Ami zu Boden, als eine Kugel funkensprühend vom Kofferraum des Wagens abprallte. Ami rollte hilflos auf dem Boden hin und her, während Vanessa den Wagen aus der Reichweite der Pistolen steuerte.

»Sie können sich wieder hinsetzen«, erklärte Carl, nachdem er sich überzeugt hatte, daß sie in Sicherheit waren.

»Wohin fahren wir, wenn wir Ami abgesetzt haben?« wollte Vanessa wissen.

»Keine Ahnung«, gab Carl zu. »Wir müssen uns irgendwo verstecken, bis die Fahndung eingestellt wird. Dann überlegen wir uns, wie wir außer Landes kommen.«

»Ich hätte da eine Idee«, meinte Ami. »Als ich noch in meiner alten Firma gearbeitet habe, habe ich mit zwei anderen Pärchen eine Blockhütte gekauft. Sie liegt an der Küste. Ich bin ziemlich sicher, daß dieses Wochenende niemand da ist. Sie können dort bleiben.«

»Danke für das Angebot, aber ich verzichte«, sagte Carl.

»Warum? Die Hütte liegt ziemlich einsam. Niemand wird dort nach Ihnen suchen.«

»Wenn die Polizei herausfindet, daß Sie uns geholfen haben, wird man Sie verhaften. Das will ich nicht riskieren.«

»Sie haben mir gerade das Leben gerettet, Carl. Ich wäre tot, wenn Sie nicht da gewesen wären.« Ami nahm den Schlüssel von ihrem Schlüsselring. »Das nehme ich gern für jemanden in Kauf, der ein viel größeres Risiko für mich eingegangen ist. Verstecken Sie sich in dem Blockhaus!«

26. KAPITEL

Ami trank einen Kaffee, als Walsh und Kirkpatrick in das Verhörzimmer stürmten, in dem sie die letzte halbe Stunde gewartet hatte. Sie trug Jeans und ein Sweatshirt und sah vollkommen fertig aus.

»Ist Ryan in Sicherheit?« fragte sie, bevor die Männer etwas sagen konnten.

»Ihm geht's gut«, beruhigte Walsh sie. »Ich habe vorsichtshalber noch einen Wagen dorthin geschickt. Jetzt erzählen Sie uns, was in Ihrem Haus passiert ist.«

»Die Polizisten, die mich bewacht haben, sind tot. Ich wäre ebenfalls tot, wenn Carl mich nicht gerettet hätte.«

»Wer ist Carl?« wollte Walsh wissen.

»Der richtige Namen meines Mandanten ist Carl Rice, nicht Daniel Morelli. Die Frau, die ihm bei der Flucht geholfen hat, ist Vanessa Wingate, die Tochter von General Morris Wingate.«

»Derselbe Wingate, der sich als Kandidat für das Amt des Präsidenten der Vereinigten Staaten bewirbt?« fragte Walsh nach.

Ami nickte.

»Heilige Scheiße!«

Brendan Kirkpatrick stellte sich gerade die Konsequenzen für seine Karriere vor, wenn er eine landesweite Fahndung nach der Tochter eines Mannes herausgab, der im Moment als aussichtsreichster Anwärter für die Nominierung als Präsidentschaftskandidat seiner Partei gehandelt wurde.

»Also gut, Ami«, sagte er. »Fangen wir vorn an! Was hat

die Tochter eines Präsidentschaftskandidaten mit einem umherziehenden Schreiner zu schaffen, der bei einem Baseballspiel in eine Schlägerei verwickelt worden ist?«

Während der nächsten halben Stunde wiederholte Ami vor dem Staatsanwalt und dem Detective die Geschichten, die Carl und Vanessa ihr erzählt hatten. Die beiden Männer hörten ihr aufmerksam zu, und Walsh machte sich Notizen. Als Ami mit ihrem Bericht fast am Ende war, kam ein Beamter mit einer Nachricht für herein. Der Detective schnitt ihm das Wort ab und ging mit ihm hinaus. Kurz darauf kehrte er zurück. Seine düstere Miene versprach nichts Gutes.

»Die Männer, die ich zu Ihrem Haus geschickt habe, sind zurück. Sie haben die Officer gefunden. Sie sind beide tot. Sonst gibt es keine Leichen in Ihrem Haus.«

»Das ist unmöglich!« erklärte Ami verwirrt.

»Haben Sie die Männer gesehen, die die Beamten ermordet haben?« wollte Walsh wissen.

»Haben Sie nicht zugehört? Einer von ihnen hat mich mit einem Messer angegriffen!«

»Beruhigen Sie sich«, mischte sich Kirkpatrick ein.

»Halten Sie mich für eine Lügnerin? Glauben Sie, daß ich mir das alles ausgedacht habe?«

»Niemand behauptet, daß Sie lügen«, erwiderte Kirkpatrick schnell. »Aber diese ganze Geschichte klingt einfach ...«

»Unglaublich?« beendete Ami den Satz für ihn. »Meinen Sie etwa, das wäre mir nicht klar?«

Ein unbehagliches Schweigen senkte sich über den Raum. Ami nutzte den Moment, um nachzudenken.

»Vanessa hat auf einem Schotterweg im Wald hinter meinem Haus gewartet, während Carl mich gerettet hat. Nachdem wir das Haus verlassen haben, fuhren die beiden mich hierher. Noch auf dem Waldweg haben uns Männer aus einem anderen Wagen angegriffen. Carl hat den Fahrer erschossen, und der Wagen ist in einen Graben gerutscht.

Offenbar war er nicht schwer beschädigt, so daß sie zu meinem Haus fahren und die Leichen wegschaffen konnten.«

Bevor Kirkpatrick darauf etwas erwidern konnte, ging die Tür des Verhörzimmers auf. Ein großer Mann trat ein. Sein Gesicht wirkte wie in Granit gemeißelt. Ihm folgten zwei andere Männer in blauen Nadelstreifenanzügen.

»Wer sind Sie?« fuhr Kirkpatrick ihn an.

»Victor Hobson, Stellvertretender Direktor für polizeiliche Ermittlungen beim FBI. Das hier sind die Agenten McCollum und Haggard. Soweit ich weiß, hatten Sie Carl Rice verhaftet und haben ihn entkommen lassen. Ich werde Ihnen helfen, ihn wiederzufinden.«

Walsh und Kirkpatrick warfen sich einen vielsagenden Blick zu.

»Woher wissen Sie, daß der Name unseres Gefangenen Carl Rice ist?« erkundigte sich der Bezirksstaatsanwalt.

»Ich jage Rice seit 1985. Er wird wegen Mordes an dem Kongreßabgeordneten Eric Glass und an General Peter Rivera gesucht. Bei der Frau, die ihm zur Flucht verholfen hat, handelt es sich sehr wahrscheinlich um Vanessa Kohler, General Morris Wingates Tochter.«

»Mr. Hobson«, erwiderte Kirkpatrick, »ich würde Ihnen gerne eine Frage stellen, aber vorher möchte ich hören, was Sie uns über Rice und Vanessa Wingate zu sagen haben. Können Sie uns mitteilen, was Sie wissen?«

»1985 wurde der Kongreßabgeordnete Eric Glass in seinem Sommerhaus am Lost Lake, Kalifornien, gefoltert und ermordet. Ein Deputy griff Vanessa Wingate auf, die offenbar unter Schock über das Grundstück irrte. Sie hat Carl Rice als den Mörder identifiziert, aber außer ihrer Aussage wurde nichts gefunden, was Rice mit diesem Verbrechen in Verbindung brachte. Man hat mich dorthin geschickt, um in der Angelegenheit zu ermitteln, weil das Opfer Kongreßmitglied war. Als ich in Lost Lake eintraf, hatte General Wingate seine Tochter bereits aus dem Krankenhaus geschafft und sie in die Obhut einer privaten psychiatrischen

Klinik übergeben. Dort blieb sie ein Jahr. Während der Zeit verhinderten die Ärzte, daß ich mit ihr reden konnte.

Ich erfuhr, daß Rice und Ms. Wingate während ihrer Schulzeit zusammengewesen waren. Sie sind sich dann einen Monat vor dem Mord an dem Kongreßabgeordneten zufällig in Washington begegnet. Ich fand ebenfalls heraus, daß Rice erst kurz zuvor aus psychischen Gründen aus dem Militär entlassen worden war. Die vorherrschende Theorie lautet, daß Rice den Abgeordneten vermutlich aus Eifersucht ermordet hat. Falls er überhaupt der Täter war.

Einige Monate nach dem Mord an Eric Glass wurde General Peter Rivera in Maryland gefoltert und ermordet. Die Vorgehensweise war identisch mit der beim Mord an Glass. Konkrete Hinweise am Tatort des Rivera-Mordes wiesen auf Rice als Täter hin.

Ich habe Miss Wingate nach ihrer Entlassung aus dem Krankenhaus befragt. Sie distanzierte sich von ihrem Vater. Sie hatte den Mädchennamen ihrer Mutter angenommen und hieß nun Kohler. Miss Kohler bestätigte, daß sie sah, wie Rice den Kongreßabgeordneten ermordet hat. Sie stritt ab, daß Glass und sie ein Verhältnis hatten, und weigerte sich, mir zu sagen, warum sie in Glass' Haus gewesen ist.« Er dachte kurz nach und zuckte dann mit den Schultern. »Das ist alles, was ich über den Fall weiß. Sie hatten eine Frage an mich?«

»Mr. Hobson, haben Sie jemals gehört, daß Carl Rice Mitglied einer geheimen Armyeinheit gewesen ist, die von General Wingate geleitet wurde?« fragte Kirkpatrick.

»Das behauptet Vanessa Kohler in einem unveröffentlichten Manuskript. Die Personalunterlagen von Carl Rice widersprechen diesen Behauptungen. Nach allem, was ich weiß, haßt sie ihren Vater. Sie glaubt, daß er ihre Mutter ermordet hat. Außerdem behauptet sie, daß er John F. Kennedy erschossen hätte.«

Kirkpatrick und Walsh starrten sich ungläubig an.

»Sie wollen uns wohl veralbern«, sagte der Staatsanwalt.

»Also ist sie übergeschnappt?« meinte Walsh.

»Vanessa Kohler ist eine sehr labile Frau mit vielen merkwürdigen Vorstellungen. Sie arbeitet für ein zweifelhaftes Magazin, das Geschichten über Entführungen durch Aliens und das Auftauchen von Elvis bringt.«

»Wir haben gerade erfahren, daß Carl Rice behauptet, diese Einheit habe wirklich existiert und er habe unter dem Befehl des Generals darin gedient«, erklärte Walsh.

»Meiner Meinung nach haben wir es hier mit zwei geistig gestörten Individuen zu tun, die gegenseitig ihre Phantasien anheizen. Es ist letztlich sogar möglich, daß Vanessa den Kongreßabgeordneten ermordet und die Tat Rice in die Schuhe geschoben hat.«

»Warum sollte er Vanessa dann helfen?« fragte Ami.

»Wer sind Sie?« wollte Hobson wissen.

»Ami Vergano. Carl hat die Wohnung über meiner Garage gemietet. Er hat als Assistenztrainer bei dem Baseballspiel meines Sohnes ausgeholfen, als er Barney Lutz und den Officer verletzt hat.«

»Mrs. Vergano ist Rices Anwältin«, fügte Kirkpatrick hinzu.

»Verstehe«, meinte Hobson. »Nun, Mrs. Vergano, falls Rice tatsächlich verrückt und in Vanessa Kohler verliebt ist, könnte er zu allem fähig sein.«

»Mr. Hobson«, erwiderte Ami, »heute nacht ist jemand in mein Haus eingebrochen. Dieser Jemand hat zwei Polizisten ermordet und versucht, auch mich umzubringen. Carl hat mich gerettet. Halten Sie es wirklich für so abwegig, daß Carl und Vanessa die Wahrheit über den General und diese Einheit sagen?«

»Morris Wingates Firma verfügt über eigene Sicherheitsbeamten. Falls der General in Rice eine Gefahr für seine Tochter sah, könnte er ihr seine Leute hinterher geschickt haben.«

»Aber sie haben die Polizisten ermordet!«

»Haben Sie gesehen, wie sie das taten?« erkundigte sich Walsh.

Ami schwieg. Als sie antwortete, hörte sie sich nicht mehr so sicher an. »Ich habe gesehen, wie Carl den Mann getötet hat, der in mein Zimmer eingebrochen ist. Er sagte mir, daß die Männer meine Wachen ermordet hatten.«

»Da haben Sie's«, meinte Hobson. »Ist es nicht ebenso möglich, daß Rice die Polizisten und Wingates Männer ermordet hat, die sie vor ihm schützen sollten? Rice könnte ihnen aufgelauert, sie ermordet und ihnen dann erzählt haben, daß er Sie gerettet hat.«

»Diese Spekulationen führen uns nirgendwo hin«, mischte sich Walsh ein. »Es spielt keine Rolle, ob diese Einheit existiert oder nicht. Rice ist aus der Sicherheitsverwahrung ausgebrochen, und Vanessa Wingate hat ihm geholfen. Sie sind flüchtig, bewaffnet und gefährlich. Wir müssen sie erwischen. Die Hintergründe können wir erörtern, wenn sie hinter Schloß und Riegel sitzen.«

27. KAPITEL

Vanessa fuhr von Portland über kleine Nebenstraßen bis zur US 101, dem schmalen Highway, der an Oregons malerischer Küste von Washington nach Kalifornien führt. Am Tage hätten Carl und Vanessa beeindruckende Felsen zu Gesicht bekommen, die sich aus dem Pazifik erhoben, und gewaltige Sanddünen und Nadelwälder, aber sie waren mitten in der Nacht unterwegs und sahen nur den unheimlichen Schimmer der Schaumkronen, die in der Dunkelheit zu schweben schienen, wenn sich der Highway dem Ozean näherte.

Ami hatte ihnen beschrieben, wo der nicht asphaltierte Weg zum Blockhaus vom Highway abging. Ihre Angaben waren sehr präzise. Sie fanden die Abzweigung sofort. Der Wagen holperte etwa eine Viertelmeile über den Feldweg, bis im Licht der Scheinwerfer ein zweistöckiges Haus auftauchte. Das Holz war unter der ständigen Seeluft ergraut. Das Blockhaus stand mit der Rückseite zum Meer und war auf den drei anderen Seiten von Wald umgeben.

Carl und Vanessa merkten plötzlich, wie hungrig sie waren. Vanessa hatte vorausgeplant und eine Segeltuchtasche mit Vorräten sowie eine Reisetasche mit Kleidung im Kofferraum verstaut. Als erstes überprüften sie den Kühlschrank des Hauses, um ihre Vorräte nicht zu verschwenden. Sie fanden Bier und Säfte, einige eingefrorene Lebensmittel im Tiefkühlfach und in den Schränken Konserven. Carl bereitete ein Abendessen aus ihren eigenen Vorräten und einigen der Lebensmittel aus dem Haus zu.

Als sie gegessen hatten, wusch Carl ab, während Vanessa den Rest des Hauses erkundete. Außer der Küche gab es im Erdgeschoß ein kleines Wohnzimmer und eine Dusche. Durch eine Hintertür gelangte man auf einen sandigen Hof, von dem aus man den Strand sehen konnte. Oben lagen drei kleine Schlafzimmer. Vanessa stand in einem Raum, als sie hörte, wie Carl hinter sie trat. Er legte seine Hände auf ihre Schultern. Sie fühlte seine Wärme durch ihr T-Shirt und drehte sich in seinen Armen herum.

»Ich glaube, ich habe mich noch nicht bei dir bedankt«, sagte er.

Vanessa lächelte. »Wir waren wohl zu beschäftigt.«

Carl ließ seine Hände zu Vanessas Taille gleiten und küßte sie. Sein Kuß war zögernd, aber Vanessas Reaktion ermutigte ihn. Carl holte tief Luft.

»Du mußt dich ausruhen«, sagte er.

Vanessa strich mit ihrer Hand über seine Brust. »Hast du Lust, mir Gesellschaft zu leisten?«

»Und wie, aber nicht heute nacht. Ich halte Wache.«

»Hier wird uns niemand finden. Du brauchst auch Schlaf.«

»Ich habe im Wagen gedöst. Und wir wissen nicht, wie Wingate uns überwacht. Er könnte uns sogar mit einem Satelliten verfolgen.« Er küßte ihre Stirn. »Geh schlafen. Einer von uns muß morgen früh frisch sein.«

Vanessa öffnete das Fenster und ließ die kühle Seeluft herein. Sie war plötzlich todmüde. Sie streifte sich ihre Schuhe ab und glitt zwischen die Laken. Ihr kam es vor, als hätte sie erst wenige Minuten geschlafen, als ein hartnäckiges Tippen gegen ihre Schulter sie aus einem finsteren Traum riß. Eine Hand lag auf ihrem Mund, und sie geriet in Panik, bis sie merkte, daß Carl vor ihr stand.

»Sie sind da«, flüsterte er.

Vanessa zog sich ihre Schuhe an, nahm die Magnum aus ihrer Handtasche und folgte Carl zur Hintertür. Auf dem Weg die Treppe hinunter erklärte ihr Carl, daß sie den Wagen nicht benutzen konnten, weil sie dann an Wingates Männern vorbei mußten.

»Wir laufen in den Wald hinter dem Haus und flüchten von da aus weiter«, sagte Carl. »Ich habe kein Boot am Strand gesehen. Sie greifen uns von vorn an und versuchen, uns zu umzingeln.«

»Ich halte dich nur auf, Carl. Ich mache Lärm, und sie werden mich hören.«

»Du hast mich nicht vergessen, und jetzt lasse ich dich nicht im Stich.«

Sie packte seine Schulter und sah ihn an. »Denk nach! Mein Vater wird dich umbringen lassen, mich aber nicht. Ich bin immer noch seine Tochter. Verschwinde, und dann befreie mich, wenn du kannst!«

Carl wollte widersprechen, aber sie legte ihm einen Finger auf die Lippen. »Dafür ist keine Zeit. Geh!«

Carl gab nach. Vanessa hatte ihre Lage richtig eingeschätzt. Er konnte sich wie ein Geist im Wald bewegen, aber Vanessa war nicht ausgebildet und würde sie beide wahrscheinlich verraten.

»Ich hole dich«, versprach Carl. Er küßte sie und verschwand durch die Hintertür. Vanessa sah ihm nach, wie er in nördlicher Richtung im Wald verschwand. Sie wandte sich nach Süden und hoffte, so viele Männer wie möglich auf sich zu ziehen.

Der Hinterhof war nur klein, und sie erreichte nach wenigen Schritten den Wald. Im Lauf der Jahre hatten die Bewohner einen Trampelpfad durch das Unterholz gebahnt, aber sie vermied ihn, denn genau dort würden ihre Verfolger sie vermuten. Sie verließ den Pfad und versuchte, sich durch das Dickicht zu zwängen, ohne Geräusche zu machen. Mattes Mondlicht drang durch die oberen Äste der Bäume. Vanessa war erst wenige Schritte im Dunkeln gegangen, als ein Zweig gegen ihre Wange schlug und ihre Haut aufriß. Es tat weh, und sie preßte die Zähne zusammen. Dabei stolperte sie über eine Wurzel und fiel hin. Sie wollte gerade aufstehen, als ein

Mann einige Schritte vor ihr aus der Dunkelheit auftauchte. Er hielt eine automatische Pistole in der Hand, die kaum kleiner war als Vanessas Magnum.

Sie umklammerte ihre Waffe, als der Mann im Dickicht untertauchte. Sie wußte nicht, was sie tun sollte. Sie hatte auf ihrem Weg schon viel Lärm gemacht und würde noch mehr machen, wenn sie ihr Versteck verließ. Nach kurzer Überlegung entschied sie sich, zu bleiben, wo sie war. Vielleicht verschwanden Wingates Männer ja, wenn sie sie nicht fanden. Sie hatte gerade ihre Entscheidung getroffen, als jemand ihr die Waffe aus der Hand riß. Vanessa fuhr herum.

»Ich bin's, Vanessa. Hab keine Angst.«

Vanessa stand unsicher auf. Ihre Beine zitterten. Sie konnte kaum atmen, so schnürte sich ihre Brust zusammen.

»Sam?«

»Alles wird gut.«

Vanessa trat einen Schritt zurück und stieß gegen einen anderen Mann, der unmittelbar hinter ihr stand.

»Keine Sorge«, sagte Sam Cutler. »Du bist in Sicherheit. Ich bringe dich zum General.«

Vanessa starrte ihn fassungslos an. »Du arbeitest für meinen Vater?«

»Dein Vater hat sich große Sorgen um dich gemacht, vor allem, seit er sich entschlossen hat, für das Präsidentenamt zu kandidieren. Er fürchtete, du könntest etwas Verrücktes anstellen, und wollte dich beschützen.«

Vanessas Augen glühten vor Haß. Sie hatte diesen Mann gemocht, hatte ihn in ihr Bett gelassen. Sie erinnerte sich daran, wie viel Angst sie gehabt hatte, als sie glaubte, ihr Vater könnte ihm etwas antun. Nun kam sie sich wie ein Idiotin vor.

Vanessa holte aus, um Sam zu schlagen, aber der Mann hinter ihr packte ihr Handgelenk mit einem eisernen Griff.

»Du Dreckskerl!« kreischte Vanessa, als sie sich bemühte, sich zu befreien.

»Bitte versuch das zu verstehen, Vanessa. Ich weiß, daß du wütend bist, aber ...«

Vanessa trat Cutler mit aller Kraft gegen das Schienbein. Der Tritt mußte höllisch schmerzen, aber er zuckte nicht einmal mit der Wimper.

»Für so was haben wir keine Zeit, Vanessa. Du bist in großer Gefahr.«

Vanessa versuchte, Cutler noch einmal zu treten, aber er brachte sich schnell außer Reichweite. Verzweifelt wand sie sich in dem eisernen Griff des anderen Mannes.

»Bitte beruhige dich! Ich weiß, daß Rice dir eingeredet hat, er wäre Mitglied einer geheimen Einheit, die dein Vater geleitet hätte, aber das stimmt nicht. Carl Rice ist geistesgestört.«

»Sag diesem Gorilla, er soll mich loslassen.«

»Das geht nicht, solange du dich so aufführst. Und jetzt verrate mir bitte, wohin Rice verschwunden ist.«

»Damit du ihn auch umbringen kannst?«

»Damit wir ihn einfangen und der Polizei übergeben können. Ist dir eigentlich klar, in welchen Schwierigkeiten du steckst? Du hast einen gemeingefährlichen Killer aus dem Knast befreit.«

»Der General hat ihn zu einem Killer gemacht.«

»Du siehst das alles vollkommen falsch. Ich habe Carls erste Mission in Vietnam geleitet. Wir haben zwei Männer verloren, und Carl hat einen schrecklichen Kampf erlebt. Das hat er nicht verarbeiten können. Er ist zusammengebrochen und mußte ins Krankenhaus. Davon hat er sich wahrscheinlich nie erholt.«

»Nein. Carl hat mir von dieser Mission erzählt. Er war sehr mutig ...«

»Das stimmt, aber viele tapfere Männer haben nach solchen Erfahrungen einen Nervenzusammenbruch erlitten. Deswegen muß man sich nicht schämen. Was allerdings Carl angeht ... Ich bin zwar kein Seelenklempner, aber ich vermute, daß er sich diese geheime Einheit ausgedacht hat, damit er seine Erlebnisse verdauen konnte. Er hat in der Sprachenschule gearbeitet, bis die Army herausfand, wie krank er wirklich war. Dann hat man ihn entlassen.«

»Nein. Diese Unterlagen sind gefälscht. Mein Vater hat sie erfunden«, widersprach Vanessa, auch wenn ihr Zweifel kamen.

»Hör zu, wir haben keine Zeit, darüber zu diskutieren. Carl Rice lauert irgendwo da draußen und ist bewaffnet. Er hat zwei Polizisten umgebracht und zwei meiner Leute. Ich muß dich in Sicherheit bringen, bevor er dir oder noch mehr meiner Leute Schaden zufügt. Also, wo ist er?«

Vanessa war zwar verwirrt, aber sie wollte Carl um jeden Preis beschützen.

»Ich habe keine Ahnung, wo Carl ist. Wir haben uns getrennt. Ich habe ihn weggeschickt, weil ich ihn nur aufgehalten hätte.«

Cutler musterte sie kurz. Vanessa hielt den Atem an.

»Gut, ich glaube dir«, sagte Cutler. »Carl ist außer Übung. Meine Jungs finden ihn schon noch früh genug.«

Er warf dem Mann, der Vanessa festhielt, einen Blick zu. »Bring sie zum Wagen! Ich gehe selbst auf die Jagd.«

»Wie hast du uns gefunden?«

Vanessa versuchte, Zeit zu schinden, weil jede Minute Carl bei seiner Flucht half.

»Du hast es mir leichtgemacht. Erinnerst du dich noch daran, als du mich von deinem Hotel aus angerufen und mir gesagt hast, daß es dir gutgeht?«

Vanessa nickte.

»Nachdem du aufgelegt hast, habe ich einfach nur Stern und 69 gedrückt, und die Nummer abgelesen, von der aus du angerufen hast. Eine freundliche junge Frau erklärte mir, im Portland Hilton Hotel gelandet zu sein. Als ich wußte, wo du warst, ist dir einer meiner Leute zu deinem Wagen gefolgt und hat einen Sender daran befestigt.«

»Daher wußtest du, daß wir auf diesem Waldweg hinter Amis Haus waren«, erklärte Vanessa.

Statt zu antworten, nickte Sam Cutler dem Mann zu, der Vanessa festhielt. Sie fühlte, wie eine Nadel in ihre Haut drang. Sie wollte Sam fragen, was er da getan hatte, aber sie brachte kein Wort mehr über die Lippen. Sekunden später lag sie bewußtlos in seinen Armen.

Vanessa war noch halb ohnmächtig und hatte keine Ahnung, wo sie sich befand, als der Wagen anhielt. Sie glaubte, einen Flugzeugmotor zu hören, aber sie war sich nicht sicher, ob sie sich das nicht nur einbildete. Die Fondtür des Wagens klappte auf. Die kühle Luft, die hereindrang, linderte ein wenig die Wirkung der Droge. Bevor sie sich erholen konnte, wurde sie von kräftigen Händen aus dem Wagen gezogen. Sie stand unsicher da und sah sich um. Die Sonne ging gerade hinter dem Hangar eines kleinen Flughafens auf. Einige Meter vor ihr auf der Teerdecke stand ein schwarzer Hubschrauber mit dem Logo von Computex.

»Sie wacht auf«, sagte der Mann, der sie stützte.

»Das ist okay«, antwortete Sam Cutler. »Sie ist noch zu schwach, um Ärger zu machen. Ich gebe ihr noch eine Dosis, bevor wir starten.«

Vanessa wurde über die Piste geführt. Als man sie in den Hubschrauber hob, zog Cutler ein Handy aus der Tasche und wählte eine Nummer.

»Auftrag erfüllt«, sagte er zu der Person am anderen Ende. »Bis morgen.«

Cutler sprang in den Hubschrauber und setzte sich neben Vanessa.

»Wohin fliegen wir?« murmelte sie, als Cutler sie anschnallte.

»Nach Hause«, erwiderte Sam. Dann fühlte Vanessa erneut einen Stich in ihrer Haut und versank in einer samtigen Dunkelheit, die sich erst Stunden später wieder lichtete, als der Hubschrauber auf dem Landeplatz des Anwesens ihres Vaters in Kalifornien aufsetzte. Einige Momente später half man ihr heraus und führte sie über den Rasen zu dem Haus. Sie war heimgekehrt, aber es fühlte sich an wie ein Alptraum.

»Wir haben ein Zimmer für dich vorbereitet«, erklärte Cutler, während er ihr die Treppe zum ersten Stock hinauf half. Sie gingen zu einem Raum, in dem die Dienstmädchen gewohnt hatten, als ihre Mutter noch am Leben gewesen war. Das Personal des Generals war männlich und bestand ausschließlich aus ehemaligen Militärs.

»Dein Vater macht gerade Wahlkampf in Cleveland«, erklärte Sam, nachdem er Vanessa ausgezogen und ihr einen Pyjama übergestreift hatte, der ihr irgendwie bekannt vorkam. Sie hatte ihn getragen, als sie noch zu Hause gelebt hatte. »Er kommt morgen zurück, dann könnt ihr euch versöhnen. Er macht sich wirklich Sorgen um dich.«

Sam schlug die Decke zurück und half Vanessa ins Bett. Es fühlte sich so gut an, wieder unter weichen Decken zu liegen. »Schlaf gut, Vanessa«, flüsterte Sam. Sie fühlte erneut einen Einstich, dann fiel die Tür zu. Vanessa hörte, wie jemand abschloß. Bevor sie erneut das Bewußtsein verlor, dachte sie mit Erstaunen, daß ihr Vater all die Jahre ihre Pyjamas aufbewahrt hatte.

28. KAPITEL

Es war fast halb sieben, als die Krisensitzung im Hauptquartier der Polizei endlich zu Ende ging. Ami hielt sich seit Stunden nur mit Hilfe von Adrenalin wach. Brendan Kirkpatrick hatte beobachtet, wie ihr die Augen zufielen und ihr mehr als einmal das Kinn auf die Brust sank.

»Sie müssen völlig erschöpft sein«, meinte er.

»Allmählich holt mich der Schlafmangel ein«, gab Ami mit einem müden Lächeln zu.

»Ich habe ein Zimmer im Heathman für Sie reservieren lassen«, sagte Brendan. Das war ein vornehmes Hotel nur wenige Häuserblocks vom Justizzentrum entfernt.

Ami wirkte beunruhigt. »Das kann ich mir nicht leisten.«

»Keine Sorge. Das County bezahlt die Rechnung, bis Sie und Ihr Sohn wieder sicher nach Hause gehen können. Ich habe eine Polizistin gebeten, Ihnen Kleidung von zu Hause mitzubringen. Sie wartet in ihrem Hotelzimmer, zusammen mit ihrer Zahnbürste, einer Bürste und anderem Zeug aus Ihrem Bad. Sie hat auch ein paar Sachen für Ihren Sohn eingepackt. Falls Sie noch etwas brauchen, schicke ich Sie mit einer Polizeieskorte nach Hause.«

»Danke, Brendan.«

»Sie sind eine wichtige Zeugin.«

»Das war sehr umsichtig von Ihnen.«

»Ich bin froh, daß Sie es zu schätzen wissen, aber trinken Sie nicht zuviel aus der Minibar.«

»Im Moment habe ich nicht einmal genug Kraft, um sie aufzumachen.«

»Dann bringe ich Sie wohl besser zum Hotel.«

»Das müssen Sie nicht.«

»Weiß ich, aber ich bin fast verhungert, und wir können beide ein Frühstück gebrauchen.«

Ami hatte nicht bemerkt, wie hungrig sie war, bis Brendan das Essen erwähnte. Die Aussicht auf ein anständiges Frühstück und saubere Laken kam ihr plötzlich paradiesisch vor.

Vor dem Justizzentrum strömten bereits die ersten Pendler in die Innenstadt von Portland, aber auf den Straßen war es noch relativ leer. Vor den Parkhäusern standen keine Autoschlangen, und nur vereinzelt waren Fußgänger zu ihren Büros unterwegs. Viele hielten Becher mit dampfendem Kaffee in der Hand. Ami blieb stehen und blinzelte im Sonnenlicht. Die kühle Brise landeinwärts vom Willamette River erfrischte sie, nachdem sie die ganze Nacht im Verhörzimmer gehockt hatte.

»Ein wenig Bewegung tut jetzt gut«, meinte Brendan.

»Ich würde lieber schlafen.«

»Ich weiß, was Sie meinen. Diesen Luxus werde ich mir nicht so häufig leisten können, bis wir Rice geschnappt haben.«

Brendan war so freundlich zu ihr, daß Ami Gewissensbisse bekam, weil sie ihm verschwieg, daß Carl und Vanessa in ihrem Blockhaus untergeschlüpft waren. Mehr als einmal seit sie in das Justizzentrum gegangen waren, spielte sie mit dem Gedanken, ihm zu verraten, wo er die Flüchtigen finden konnte. Doch trotz allem, was Hobson gesagt hatte, glaubte sie, daß Carl und Vanessa ihr Leben riskiert hatten, um sie zu retten. Sie wollte die beiden nicht einfach aufgeben.

»Stimmen Sie Hobsons Einschätzung von den Vorgängen in meinem Haus zu? Daß Wingate seine Leute geschickt hat, um Vanessa zu retten, und Carl sie und die Officer umgebracht hat?«

»Das ergibt jedenfalls einen Sinn.«

»Warum hat Carl mich dann am Leben gelassen? Warum

bringt er Dr. French und die Polizisten um, mich aber nicht?«

»Wer kann schon sagen, wie der Verstand von jemandem mit seiner geistigen Verfassung arbeitet? Vielleicht hat French etwas gesagt, aus dem Rice schloß, daß er mit Wingate zusammenarbeitete. Oder Rice mißtraut Psychiatern, hält Sie aber für eine von den Guten.«

»Vermutlich ist diese Erklärung so plausibel wie jede andere, aber ich halte es immer noch für sehr wahrscheinlich, daß er mich gerettet hat. Falls er die Wahrheit sagt, hat General Wingate sehr starke Motive, Carl und alle die zu töten, denen Carl von dieser Einheit erzählt hat. Wie Dr. French und mich.«

»Falls diese Einheit wirklich existiert. Dafür haben wir nur Carls Wort.«

Ami war zu müde, um weiter zu debattieren, und es erleichterte sie, als endlich das Heathman auf der anderen Straßenseite auftauchte. Das Hotelrestaurant hatte gerade erst geöffnet, so daß wenige andere Frühstücksgäste im Speisesaal saßen. Eine Hosteß führte Ami und Brendan zu einem Tisch am Fenster, und ein Kellner brachte ihnen Wasser. Ami bestellte eine leichte Mahlzeit und Brendan Pfannkuchen.

»Ich möchte Ryan sehen«, erklärte Ami, nachdem der Kellner mit ihrer Bestellung davongegangen war.

»Er kann bei Ihnen bleiben, bis Sie wieder ungefährdet nach Hause können. Ich wette, er findet es cool, ein paar Tage in einem Hotel zu wohnen.«

»Bestimmt. Er ist sehr neugierig.« Ami lächelte. »Manchmal treibt er mich mit seinen Fragen fast in den Wahnsinn.«

»Soweit ich weiß, war er nach dem Spiel sehr durcheinander.«

»Jetzt geht es ihm besser, aber es ist sehr hart für ihn. Er mag Carl und bekommt von den Ereignissen immer noch Alpträume. Er hat schon lange genug gebraucht, um über den Tod seines Vaters hinwegzukommen.«

»Das muß sehr hart für Sie beide gewesen sein.«

»Chad war ein großartiger Vater. Und ein großartiger Ehemann.« Ami war müde, und es fiel ihr schwer, ihre Gefühle zu beherrschen.

»Ich weiß. Betty Sato hat es mir erzählt.« Kirkpatrick wollte nicht, daß sie über etwas redete, was sie offenbar noch schmerzte.

»Ryan war mein Rettungsring, Brendan. Seinetwegen habe ich weitergemacht. Wäre er nicht da gewesen ... Ich weiß nicht, was ich dann getan hätte.«

»Sie sind zäh. Sie lassen sich nichts gefallen, schon gar nicht von mir.«

Er lächelte. Ami dachte an seine eigene Lage, und daß er tapfer weitergemacht hatte, obwohl auch er jemanden verloren hatte, den er liebte.

»Wie haben Sie das bewältigt, so ganz allein?«

»Ich habe einfach einen Fuß vor den anderen gesetzt und bin weitergegangen. Ich gehe immer noch, weil ich Angst habe, stehenzubleiben, aber das muß ich Ihnen ja nicht erzählen.«

Der Kellner kam mit ihrem Essen. Sie waren beide froh über diese Unterbrechung.

»Ich checke Sie nach dem Frühstück ein«, erklärte Brendan, als sie wieder allein waren. »Dann sorge ich dafür, daß Ryan von der Schule abgeholt und hierher gebracht wird.«

»Das ist furchtbar nett von Ihnen.«

»Ich versuche mich für die Art und Weise zu entschuldigen, wie ich Sie bei unserem ersten Treffen behandelt habe. Ich habe noch immer Gewissensbisse deswegen.«

»Ja, Sie waren ein echter Mistkerl«, antwortete Ami lächelnd. »Aber ich verzeihe Ihnen.«

»Gut. Ich möchte auch nicht, daß Sie wütend auf mich sind. Jedenfalls nicht außerhalb des Gerichtssaales.«

29. KAPITEL

Carl war zurückgekehrt, nachdem er eine falsche Fährte gelegt hatte, die seine Verfolger hoffentlich nach Süden lockte. Von seiner Position hinter einem Baum ein paar Meter entfernt hatte er alles gehört, was Sam Cutler zu Vanessa sagte, und auch gesehen, daß er den Befehl gab, ihr eine Spritze zu verabreichen.

Carl war sicher, daß er Cutler bereits zweimal gesehen hatte. Nur hatte sich Wingates Mann während Carls erster Mission und bei der Rettungsaktion für die vermißten Soldaten Paul Molineaux genannt. Er überlegte kurz, ob er Molineaux und den anderen Mann, der Vanessa festhielt, umbringen sollte, verzichtete aber lieber darauf. Cutler hatte recht, was ihn betraf: Er war aus der Übung. Mit zwanzig hätte er beide Männer ohne Probleme mit einer Pistole selbst aus dieser Entfernung auslöschen können, aber Vanessa könnte sterben, wenn er seine Schüsse nicht schnell genug abfeuerte oder sein Ziel verfehlte. Ihm bot sich eine bessere Möglichkeit, als Vanessas Wächter sie zum Wagen brachten, doch auch diesen Plan mußte er aufgeben, als zwei weitere Männer neben Cutler auftauchten.

»Wir haben ihn verloren«, sagte der eine.

»Okay«, antwortete Sam. »Er hatte genug Zeit, zu verschwinden. In der Nacht kriegen wir ihn nie. Bringen wir die Tochter des Generals nach Hause!«

Carl sah ihnen nach. Er hatte gehört, was Cutler über diesen Sender gesagt hatte. Als er sicher war, daß Cutler und seine Leute verschwunden waren, setzte er ihn außer Gefecht, und während er fuhr, schmiedete er einen Plan, wie er Vanessa retten konnte. Er ließ ihren Wagen auf dem Parkplatz eines Supermarkts stehen, stahl einen unauffälligen Chevrolet und fuhr nach Süden. Er benutzte nur Nebenstraßen und brauchte für die Strecke an der Küste entlang fast einen ganzen Tag. Unterwegs hörte er im Radio die Nachrichten. Wingate hielt eine Rede in Cleveland. Wenn der General danach direkt nach Hause flog, würden er und Carl etwa um dieselbe Zeit dort ankommen.

Nach Einbruch der Dunkelheit brach Carl in einem Sportgeschäft in einer kleinen Stadt in der Nähe von San Diego ein. Er stahl ein paar Bergstiefel mit steifer Sohle, ein Fernglas, einen Tauchanzug, eine Harpune samt Pfeilen, einige Meter festes Seil und die stärkste Angelschnur, die er finden konnte. Seine Beute stopfte er in eine von Vanessas Segeltuchtaschen und fuhr zu einem Strand einige Meilen südlich vom Landsitz des Generals. Dort hatte er herumgehangen, als er noch Student in St. Martins gewesen war.

Auf dem kleinen Parkplatz standen keine anderen Wagen, als Carl gegen Mitternacht dort anhielt und den Tauchanzug überstreifte. Der Strand war ebenfalls verlassen. Er schnallte sich die Segeltuchtasche auf den Rücken und schwamm an der Küste entlang. Es war anstrengend, sich durch die Brandung zu kämpfen, aber der Gedanke an Vanessa trieb ihn weiter. Außerdem wußte Carl, daß es noch weit schwieriger sein würde, in das Haus zu gelangen und Vanessa zu retten. Ganz gleich, wie oft Carl seinen Plan durchging, er klang in jeder Version wie ein Himmelfahrtskommando.

Altwerden ist Mist, dachte Carl, als er aus der Brandung auf den Strand hinter dem steinernen Steg am Rand von Morris Wingates Grundstück trat. Er zerrte die Segeltuchtasche hinter sich her, ließ sich auf den Sand fallen und rang nach Luft. Ihm tat jeder Muskel seines Körpers weh. Fast sein ganzes Leben lang war Carl so gut in Form gewesen, daß er beinahe jede körperliche Anstrengung mit einem Minimum an Erschöpfung ertragen konnte, aber mittlerweile war er fast fünfzig und sein Körper war nicht mehr so widerstandsfähig wie früher, obwohl er immer noch hart trainierte. Außerdem hatte er sich noch nicht ganz von seinen Schußverletzungen erholt. Nur der Gedanke an Vanessa trieb ihn weiter. Er hatte sie einmal enttäuscht, als er zur Army gegangen war, und würde sie nicht noch einmal im Stich lassen.

Als er wieder fast normal atmete, spähte Carl über den Landungssteg und betrachtete die hundert Meter hohe Klippe, welche die Grenze von Wingates Besitz markierte. Als er den alten Baum sah, der immer noch über die Klippe hinüberragte, atmete er erleichtert auf. Sein Plan hing von diesem Baum ab. Es würde reichen, wenn er nur halb so kräftig war, wie er aussah.

Carls Hauptproblem war der Zustand der Klippe. Die Natur nagte seit Jahrhunderten an der Felswand, die er erklettern mußte. In den Spalten hatte sich Pflanzen eingenistet und lockerte den Stein. Der salzige Wind vom Meer fraß unbarmherzig an dem Fels. Dadurch bröckelte die Flanke unaufhörlich ab. Es war schon am Tage tückisch genug, Halt für Füße und Hände zu finden. In der Nacht konnte jeder Zentimeter dieses Aufstiegs eine unerfreuliche Überraschung bereithalten.

Carl wand sich aus seinem Tauchanzug und zog Jeans, T-Shirt und Wanderschuhe an, bevor er mit dem Fernglas die Spitze der Klippe absuchte. Als er sich überzeugt hatte, daß keine Wachen darauf patrouillierten, schlang er sich die Segeltuchtasche über die Schultern. Er wollte schon über den Strand sprinten, als er über sich das Geräusch von Rotorblättern hörte. Er preßte sich gegen den Steg und suchte den Himmel ab, bis er einen Lichtpunkt sah, der aus nördlicher Richtung zu Wingates Anwesen flog. Einige Augenblicke später flammten die Landelichter an Wingates Helikopterlandeplatz auf, und ein Computex-Hubschrauber schien aus den Wolken zu fallen. Der General war eingetroffen.

Carl rechnete damit, daß die Ankunft des Hubschraubers

die Wachen ablenken würde, also rannte er über den Strand zum Fuß der Klippen, blieb im Schatten stehen und lauschte. Hatte man ihn entdeckt? Als er überzeugt war, daß niemand ihn gesehen hatte, begann er den Aufstieg unmittelbar unter dem Baum.

Obwohl seine Arme und Beine noch von dem anstrengenden Schwimmen schmerzten, seine Wunden höllisch brannten und der Wind ihn gnadenlos herumschleuderte, brachte Carl die ersten dreißig Meter problemlos hinter sich. Dann bröckelten hintereinander zwei Handhalte und ein Fußhalt, und er rutschte ein Stück die Klippe hinab. Carl stoppte seinen Sturz auf einem schmalen Vorsprung und holte seine Ausrüstung heraus. Nachdem er ein langes Stück Angelschnur an einem Pfeil befestigt hatte, legte er ihn auf die Sehne der Harpune. Vom Strand aus war der Baum hundert Meter steil nach oben entfernt. Von Carls Standort aus war er weniger als siebzig Meter weg. Das war zwar noch eine große Entfernung, aber er mußte es versuchen.

Carl zielte über die Rückseite des Baumes hinaus. Sein erster Schuß ging fehl, und er mußte den Pfeil zurückholen. Den zweiten Schuß trieb der Wind von der Klippe fort. Carl wartete geduldig, bis der Wind kurz abflaute, bevor er es zum dritten Mal versuchte. Er seufzte und drückte ab. Diesmal beschrieb der Pfeil einen Bogen durch die Luft, flog über die Nordseite des Baumes und über den Stamm hinweg. Das Gewicht des Pfeils zog die Angelschnur über den Stamm des Baumes an der Südseite hinunter, an Carl vorbei. Er fiel fast bis auf den Strand.

Carl kletterte die Klippe hinab, während er Leine nachließ. Als er den Pfeil erreichte, nahm er ein Stück Seil aus der Segeltuchtasche und band sie mit einem Seemannsknoten an die Angelschnur direkt über dem Pfeil. Dann ließ er den Pfeil los, ging zur Nordseite des Baumes und wickelte die Angelschnur auf, bis das Seil an beiden Seiten über dem Baumstamm hinunter hing.

Nachdem er den Pfeil und die Angelschnur von dem Seil gelöst hatte, formte Carl eine Schlinge an dem einen Ende des Seils und schob das andere Ende hindurch. Damit machte er eine Schlaufe um den Baumstamm. Carl zog das Seil straff, bis es sich um den Stamm schlang und festen Halt hatte.

Dann formte er aus kürzeren Seilstücken eine Schlinge, die er um seine Brust legte, und eine Art Sitzgeschirr, das er an seiner Taille und an seinem Hintern sicherte, so daß es wie eine Windel saß. Schließlich holte er zwei weitere Stricke aus der Tasche, die etwa doppelt so lang waren wie sein Körper. Das erste Stück band er um das Tauende, das von dem Baum baumelte. Er machte einen speziellen Knoten und direkt darunter noch einen. Dieser Knoten war eine clevere Vorrichtung. Man konnte ihn an dem Seil hinauf oder hinunter schieben, wenn es keine Spannung hatte. Wurde das Tau jedoch gestrafft, spannte er sich und rutschte nicht. Carl führte den ersten Knoten unter seine Brustschlinge hindurch und befestigte ihn an seinem Sitzgeschirr. Sobald er sich in das Geschirr setzte, hielt die Spannung auf dem Knoten das Geschirr an dem Tau. Dann konnte Carl gefahrlos an dem Seil hängen. Wenn er einen Fuß in die Schlaufe des zweiten Knotens setzte, konnte er sich aufrechtstellen und die Spannung des zweiten Knotens verhinderte, daß er abrutschte, wenn er aufstand. Außerdem löste sich in dem Moment auch die Spannung des oberen Knotens, und er konnte ihn an dem Tau soweit hinaufschieben, wie seine Arme reichten. Damit hatte Carl ein einfaches System konstruiert, das ihm erlaubte, an dem Seil hinaufzurutschen, indem er einfach aufstand und sich setzte. Er konnte mit einem minimalen Aufwand an Kraft zu dem Baum hinaufklettern, weil er im Sitzen und Stehen kurz ausruhen konnte.

Als Carl den Baum erreichte, verharrte er unter dem Rand der Klippe, ließ sich in sein Sitzgeschirr sinken und schöpfte Atem. Als er sich kräftig genug fühlte, spähte er über den Rand. Von den Wachen war nichts zu sehen. Carl zog sich über die Kante und ließ das Seil an dem Baum hängen. So konnten Vanessa und er sich schnell hinunterhangeln, falls sie fliehen mußten. Er beschmierte es allerdings vorher mit Erde, damit die Wachposten es nicht sahen.

Carl hatte den Männern, die er in Amis Haus getötet hatte, zwei Neun-Millimeter-Glock-Automatic mit Schalldämpfern, Munition und ein Kampfmesser abgenommen. Das Messer steckte bereits in der Scheide, die er sich vor dem Aufstieg umgeschnallt hatte. Nun nahm er die Pistolen aus der Tasche, die er anschließend im Unterholz ein paar Schritte von dem Baum entfernt versteckte.

Carl dachte darüber nach, was ihn erwartete. Er mußte an den Wächtern und an Wingates Überwachunganlage vorbeikommen, in das Haus einbrechen und Vanessa finden, ohne sich erwischen oder töten zu lassen. Dann mußte er mit ihr entkommen, was bedeutete, Vanessa hatte keine andere Wahl, als zum Strand hinunter zu hangeln und in der aufgewühlten See die Küste entlang zu schwimmen. Wie sollte ihnen das gelingen? Es war beinahe unmöglich!

Als Vanessa diesmal das Bewußtsein wiedererlangte, stand ein Mann an der Tür und beobachtete sie. Ein anderer saß neben ihrem Bett. Im Zimmer war es dunkel, und sie schloß die Augen.

Eine warme Hand legte sich über ihre. Sie zwang sich, die Augen wieder aufzuschlagen. Das Licht ging an, und sie blinzelte.

»Gott sei Dank, du bist in Sicherheit.«

Vanessa brauchte einen Moment, bis sie begriff, daß Ihr Vater gesprochen hatte, und sie benötigte einen weiteren Herzschlag, bis sie sich erinnerte, daß sie ihn haßte. Wut pumpte Adrenalin durch ihren Körper, das die Wirkung der Betäubungsdrogen vertrieb. Sie versuchte, sich aufzusetzen.

Der General berührte ihre Schulter. »Nein, ruh dich aus. Du brauchst deine Kraft.«

»Nimm deine Hände von mir.«

»Vanessa, ich liebe dich. Was ich getan habe, mußte ich tun, um dich zu beschützen.«

»Vor wem? Du bist der einzige Mensch, vor dem ich Angst habe.«

»Du weißt nicht, was du da sagst. Alles habe ich getan, um dir zu helfen.«

»Hast du mich deshalb zum Beispiel ein Jahr in ein Irrenhaus gesperrt und mich unter Drogen setzen lassen, damit ich niemandem sagen konnte, daß du Carl befohlen hast, Eric Glass zu ermorden?«

Sie deutete auf Sam Cutler, der ihnen von der Tür aus zusah. »Und deshalb hast du mich auch von deinem kleinen Spion kidnappen lassen? Sag mir eins: Hat Sam dir, während er bei mir lebte, auch detailliert beschrieben, wie wir gevögelt haben?«

Vanessas sprach undeutlich, und ihre Stimme klang tonlos. Trotzdem zuckte der General zusammen.

»Carl Rice ist ein verrückter Killer«, erwiderte Wingate. »Ich habe keine Ahnung, wieviele Menschen er ermordet hat. Ich mußte dich von ihm wegholen.«

»Du mußt ihn ermorden, weil er der einzige noch lebende Zeuge ist, der die Wahrheit über dein schmutziges Geheimnis verraten kann, das verhindern könnte, daß du Präsident wirst.«

Wingate seufzte. »Das sind Wahnvorstellungen, Vanessa. Das macht ihn so überzeugend. Er glaubt wirklich alles, was er dir erzählt hat. Aber nichts davon stimmt. Es gab keine geheime Einheit. Ich habe nicht dafür gesorgt, daß Carl eingezogen wurde, und ich habe ihm niemals befohlen, Eric Glass zu töten. Das alles spielt sich nur in Carls Kopf ab, und du glaubst ihm, weil du mich haßt. Hast du eine Ahnung, wie schlecht ich mich fühle, weil meine Tochter mich für so böse hält, daß ich meine eigene Ehefrau ermorden würde, die ich sehr geliebt habe?« Der General senkte den Kopf, seine Stimme klang belegt. »Ich habe es dir niemals gesagt, aber es gab Nächte, in denen ich mich deinetwegen in den Schlaf geweint habe. Weil ich wußte, daß du eine so schlechte Meinung von mir hast …«

Wingate schüttelte den Kopf. Auf Vanessa wirkte es, als

würden seine Gefühle ihn überwältigen, und das schockierte sie. Sie hatte nie erlebt, daß ihr Vater die Beherrschung verlor, nicht einmal auf der Beerdigung seiner Frau. Nicht zuletzt diese Beherrschung hatte sie überzeugt, daß Morris Wingate seine Frau gar nicht geliebt hatte. Spielte der General nun seine Gefühle, oder waren sie echt? Alles, was sie über ihren Vater zu wissen glaubte, sagte ihr, daß er sie nur vortäuschte.

»Bist du hungrig?« fragte Wingate. »Ich habe ein Abendessen vorbereiten lassen.« Er lächelte plötzlich. »Ich habe einen neuen Küchenchef, ein Franzose. Ich habe ihn aus einem Vier-Sterne-Restaurant in Los Angeles entführt.«

»Sieht aus, als wäre Entführung dein neues Hobby.«

»Du hast auch einige sehr interessante Hobbys«, antwortete Wingate müde. »Du hast mich in eine schreckliche Situation gebracht, Vanessa. Du bist eine gesuchte Kriminelle. Du hast Carl Rice, einem mehrfachen Mörder, zur Flucht aus dem Gefängnis verholfen. Ich bin dein Vater, ich liebe dich und möchte dich beschützen, aber ich bewerbe mich auch um die Nominierung zum Präsidentschaftskandidaten meiner Partei. Ganz zu schweigen von dem Ärger, den ich mir einhandeln könnte, weil ich eine Flüchtige verstecke. Was sollte ich tun?«

»Deine politischen Ziele interessieren mich nicht«, erwiderte Vanessa.

»Ich weiß, daß du mir nicht glaubst, aber Rice ist ein sehr gefährlicher Mann. Ich mußte dich vor ihm schützen.«

»Also wirst du mich wieder in eine Klinik einweisen?«

»Niemand weiß, daß du hier bist, und dabei will ich es belassen. Ich habe aus meiner Zeit beim Militär und bei Computex weltweit genug Kontakte. Es wäre einfach für mich, dir eine neue Identität zu verschaffen. Du könntest in einem anderen Land von vorn anfangen. Du wärst in Sicherheit, und ich würde dafür sorgen, daß du immer genug Geld hast.«

»Darum geht es also! Du willst mich irgendwohin schikken, damit ich kein Aufsehen erregen kann.«

»Ich will verhindern, daß du ins Gefängnis kommst, weil deine Wahnvorstellungen dich dazu verleitet haben, einem Mörder zu helfen.«

»Was hast du mit Carl vor?«

»Um Carl kümmert sich die Polizei. Vielleicht erwischen sie ihn ja nie. Er ist sehr erfindungsreich. Immerhin ist es ihm jahrelang gelungen, sich vor der Ergreifung zu schützen. Möglicherweise bleibt ihm das Glück ja treu. Hat er dir gesagt, wohin er geht und welche Pläne er hat?«

»Wir wußten nicht, wohin wir gehen sollten. Wir wollten uns in der Blockhütte verstecken, wo Sam uns aufgestöbert hat, und am Morgen unsere weiteren Schritte planen, nachdem wir uns ausgeruht hatten.«

»Also weißt du nicht, wo er sein könnte?«

»Nein.«

Wingate sah Cutler an, der sich daraufhin aufrichtete und eine Spritze aus der Tasche zog.

»Was ist das?« erkundigte sich Vanessa.

Wingate reagierte rasch und drückte Vanessa auf das Bett.

»Etwas, das dir hilft, zu ruhen«, sagte er. »Es tut nicht weh.«

»Ich will keine Drogen mehr!« schrie Vanessa, während sie versuchte, sich zu befreien.

Wingate und Cutler ignorierten ihr Schreien und packten sie. »Halten Sie sie gut fest, General«, sagte Cutler, als er sich vorbeugte, um ihr die Injektion zu verpassen. »Ich will die Vene nicht verfehlen.«

Es waren etwas mehr als zwei Meilen durch den Wald von dem Steinsteg über den Strand zum Besitz des Generals. Charlotte Kohler war gern über diese Wege spaziert, die sie sich von einem Landschaftsarchitekten in ihrem privaten Wald hatte anlegen lassen. Carl mied sie, weil sie sich für Bewegungsmelder anboten. Nach einer Weile sah er die Lichter des Hauses zwischen den Bäumen schimmern. Vorsichtig schlich er weiter, bis sich nur noch wenige Bäume zwischen ihm und dem

Rasen auf der Rückseite des Anwesens befanden. Das Gelände unmittelbar hinter dem Haus bot nur wenige Möglichkeiten, sich zu verstecken. Während Carl das Haus beobachtete, überquerten zwei Wachen den Rasen.

Er verfolgte die Route der Wachen sehr genau. Einer der Männer ging am Rand des Pools in der Nähe der Cabana entlang, wo Carl sich bei seinem ersten Besuch in diesem Haus die Badehose angezogen hatte. Als der Posten verschwand, traf Carl eine Entscheidung.

Die Posten brauchten zwölf Minuten, um ihren Rundgang zu beenden. Carl arbeitete sich durch den Wald so dicht an die Umkleidekabinen heran, wie er konnte. Alles hing davon ab, daß er unentdeckt blieb. Er lief vom Wald zum Pool und duckte sich hinter die Cabana.

Dann sah er auf die Uhr. Noch drei Minuten. Er stellte sich den Angriff vor und ging mögliche Szenarien durch. Als er noch eine Minute Zeit hatte, zog Carl das Messer aus der Scheide. Er hatte bei solchen Gelegenheiten häufiger ein bestimmtes Phänomen erlebt. Seitdem war er überzeugt, daß Menschen eine Art magnetisches Feld um sich hatten, das sie warnte, wenn andere Menschen in unmittelbarer Nähe waren. Er wußte zwar nicht, ob wissenschaftliche Studien seine Wahrnehmung stützten, aber er hatte erlebt, daß ein mögliches Opfer, ganz gleich wie verstohlen man sich ihm näherte, merkte, wenn ein Angreifer dieses magnetische Feld betrat. Wenn er auch nur einen Moment zögerte, konnte das einen schnellen Angriff in einen Kampf auf Leben und Tod verwandeln.

Die Wachen überquerten den Rasen, und Carls Ziel tauchte an dem Pool auf, als der andere Wächter gerade um die Ecke des Hauses bog. Carl handelte, als der Mann ihm den Rücken zukehrte. Der Wachposten wirbelte zwar herum, als Carl angriff, hatte jedoch keine Chance. Er starb, ohne auch nur das geringste Geräusch von sich geben zu können. Carl zerrte die Leiche des Wächters in die Cabana und zog seine Kleidung an. Nun hatte er außer den Glocks und dem Messer noch die automatische Waffe des Postens und zwei Extramagazine mit Munition.

Um Zeit gutzumachen, ging Carl etwas schneller, als sein Opfer gegangen war, aber er kam trotzdem zu spät. Er sah den anderen Wachposten, als sie beide auf der Nordseite des Hauses waren, in der Nähe der Kellertür. Das war jedoch ein ganz glücklicher Umstand, denn hier befanden sich kaum Fenster. Carl kniete sich hin und tat, als würde er sich die Schuhbänder zuschnüren. Er senkte den Kopf und verbarg sein Gesicht.

»Was gibt's, Rick?« erkundigte sich der andere Wachposten, als er näher kam.

Carl erschoß ihn mit der schallgedämpften Glock und lehnte die Leiche gegen die Hauswand. Er drückte die Klinke der Kellertür hinunter. Sie war verschlossen. Hastig durchwühlte er die Taschen des Wachpostens und fand einen Schlüsselring. Der dritte Schlüssel paßte.

Einmal in ihrer Schulzeit hatten Carl und Vanessa sich in der kühlen Dunkelheit des Kellers auf einem alten Perserteppich geliebt, während Vanessas Vater sich mit seinen wichtigen Freunden über ihnen getroffen hatte. Im Keller war es zwar immer noch kühl und dunkel, aber die erotischen Erinnerungen waren ausgelöscht, als Carl zwischen den gelagerten Möbeln und ausgemusterten Kunstwerken die Treppe zum Erdgeschoß hinaufstieg. Die Kellertür führte in einen kurzen Flur neben der Küche. Er öffnete sie einen Spalt, so daß er den Flur überblicken konnte.

Ein Wachposten ging am Flureingang vorbei, und Carl duckte sich hinter die Tür. Nachdem der Posten sich entfernt hatte, schlich Carl über den Flur in seine Richtung. Als er das Ende des Flurs erreicht hatte, bückte er sich und spähte um die Ecke. Der Wachposten stand mit dem Rücken zu ihm und schien eine Pause einzulegen. Carl setzte den Mann mit einem Schlag auf den Schädel außer Gefecht. Anschließend schleifte er ihn in den Keller, fesselte ihn mit Plastikhandschellen, die er in der Gesäßtasche des Wachpostens gefunden hatte, und lehnte ihn aufrecht an staubige Kartons. Dann schlug er ihm mehrmals in Gesicht, bis er aufwachte.

Der Mann schlug flackernd die Augen auf. Er versuchte, seinen Blick auf Carls Gesicht zu richten, aber der metallische Geschmack in seinem Mund lenkte seinen Blick auf die Pistolenmündung, die zwischen seinen Lippen steckte.

»Du hast eine einzige Chance«, sagte Carl leise und gebieterisch. »Wenn ich die Mündung aus deinem Mund nehme, sagst du mir, wo der General seine Gefangene versteckt. Sonst erschieße ich dich und suche mir jemanden, der redseliger ist. Klar?«

Der Posten nickte. Carl zog die Mündung von den Lippen des Mannes zurück.

»Erster Stock. Dienstmädchenzimmer.«

Carl schlug dem Mann schnell und härter als beim ersten Mal die Waffe an den Kopf. Der Wachposten sank zur Seite, während Carl bereits zur Treppe lief. Das Dienstmädchenzimmer kannte er. Vanessa und er hatten dort an einem Sommerabend miteinander geschlafen. Wenn er darüber nachdachte, hatte fast jede Erinnerung an Wingates Haus etwas mit Sex zu tun.

Er benutzte die Hintertreppe in den ersten Stock. Lautlos schlich er über den Flur. Als er sich dem Zimmer näherte, hörte er Stimmen. Dann schrie Vanessa.

»Ich will keine Drogen mehr!«

Als Carl die Tür aufstieß, drückte der General Vanessa auf das Bett, und Sam Cutler hockte auf ihr mit einer Spritze in der Hand. Er sagte etwas zu dem General.

»Leg die Spritze weg!« sagte Carl mit schneidender Stimme.

Cutler erstarrte. Wingate drehte den Kopf zur Tür, ohne aber ein Wort zu sagen.

»Leg sie weg!« wiederholte Carl.

Cutler legte die Spritze vorsichtig auf den Nachttisch neben dem Bett.

»Weg von ihr, an die Wand. Sofort!«

Beide Männer gehorchten.

»Ich wußte, daß du kommen würdest«, sagte Vanessa.

Carl trat an die Seite des Bettes. Einen winzigen Moment lang glitt sein Blick von Wingate und Cutler zu Vanessa. Im gleichen Moment ließ Cutler einen japanichen Wurfstern aus seinem Ärmel in seine Hand fallen und schleuderte ihn wie einen Frisbee über das Bett. Der Wurfstern hatte sechs rasiermesserscharfe Spitzen und traf Carl in die rechte Schulter. Vor Schmerzen ließ er die Glock fallen. Cutler sprang über das Bett. Vanessa riß das Bein hoch und erwischte Cutler am Knie. Als er über sie stolperte, packte Vanessa die Spritze und rammte sie tief in Cutlers Schenkel.

»Du Miststück!« fauchte er. Im nächsten Moment verdrehte er die Augen. Vanessa wußte genau, was nun mit Cutler passierte. Sie hatte es immer wieder erlebt, seit Cutler ihr im Wald das erste Mal diese Spritze gegeben hatte.

Wingate machte einen Schritt auf Rice zu, änderte dann seine Richtung und stürmte aus dem Zimmer, während Carl die Glock mit der linken Hand packte und auf ihn zielte. Der Schuß fegte durch die offene Tür und grub sich in die Wand. Der Putz flog durch den Flur. Der General schrie aus Leibeskräften. Rice spähte in den Flur. Es war niemand sonst zu sehen, aber das würde sich bald ändern.

»Steh auf, Vanessa!«

Sie rappelte sich hoch. Sie wollte sich beeilen, aber ihre Beine fühlten sich wie aus Gummi an. Carl stützte sie. Er wußte, daß er sich unmöglich den Weg aus dem Haus kämpfen und dann die Klippe hinunter fliehen konnte, solange Vanessa in diesem Zustand war.

Carl hielt die Glock mit seiner linken Hand und packte Vanessas Ellbogen mit der rechten.

»Konzentriere dich, Vanessa! Wir müssen schnellstens hier raus.«

»Okay«, antwortete sie schläfrig.

Carl trat einen Schritt in den Flur hinaus, als auch schon auf ihn geschossen wurde. Die Kugel hätte ihm fast den Kopf abgerissen. Er duckte sich hastig in das Zimmer zurück, während Holzsplitter aus dem Türrahmen durch die Luft flogen. Carl schlug die Tür zu und klemmte einen Stuhl unter den Türknauf. Dann warf er Cutler auf den Boden und kippte das Bett um.

»Leg dich hinter das Bett auf den Boden! Sie werden gleich diese Tür und die Wand durchlöchern.«

Carl legte sich neben Vanessa hinter das Bett und breitete seine Waffen und seine Munition neben sich aus. Sie würden sich eine Weile verteidigen können, aber was würde dann geschehen?

»Was passiert jetzt?« Vanessa klang immer noch etwas entrückt.

»Keine Ahnung. Wir sitzen hier fest. Es gibt nur einen Ausweg, die Tür, und die bewacht dein Vater. Selbst wenn wir durch die Tür kommen, müssen wir uns durch den Flur zur Treppe kämpfen. Danach müssen wir uns den Weg die Treppe hinunter und durch das Haus freischießen.«

Carl zuckte mit den Schultern. Vanessa versuchte, sich zu konzentrieren. Irgendwann hatte sie den Anflug einer Idee gehabt, aber sie war zu erledigt, um einen klaren Gedanken zu fassen. Dafür war ihr etwas anderes klargeworden. Sie hatte sich gefragt, warum ihr Vater sie zwar genug liebte, daß er alle ihre Pyjamas aufgehoben hatte, sie dafür aber im Dienstmädchenzimmer im unbewohnten Flügel des Hauses untergebracht hatte und nicht in ihrem alten Zimmer. Jetzt kannte sie die Antwort auf diese Frage. Der General hatte damit gerechnet, daß Carl sie holen wollte. Sie war nur ein Köder für ihn und dieses Zimmer war eine Falle gewesen.

»Carl, nehmen Sie Vernunft an!« rief der General. »Aus diesem Zimmer gibt es keinen Ausweg. Werfen Sie Ihre Waffen heraus! Dann wird Vanessa nicht verletzt und Sie auch nicht.«

»Das klingt wirklich sehr verlockend, Morris«, höhnte Carl. »Ich bin sicher, daß wir Ihnen vertrauen können. Vielleicht essen wir zusammen und plaudern über alte Zeiten. Zum Beispiel über die Mission zur Rettung der vermißten

Soldaten, die Ihr mieser Handlanger angeführt hat? Sie haben danach wirklich ausgiebig nach mir und den anderen Jungs gesucht.«

»Ich habe keine Ahnung, wovon Sie reden, Carl. Sam hat nur einmal ein Team mit Ihnen geleitet, bei Ihrem ersten Auftrag. Daran sind Sie zerbrochen. Sie sind krank, Carl. Ich sage das auch vor Gericht aus. Vielleicht kommen Sie dann ja in eine Klinik und müssen nicht ins Gefängnis.«

»Genau!« sagte Vanessa, es ihr wieder einfiel.

»Was?« fragte Carl, aber Vanessa antwortete nicht. Statt dessen durchsuchte sie Sam Cutler. Kurz bevor sie auf dem Flughafen in den Computex-Hubschrauber gestiegen waren, hatte Cutler jemanden mit einem Handy angerufen. Anschließend hatte er es eingesteckt.

»Ja!« sagte sie triumphierend und zog es aus seiner Tasche.

30. KAPITEL

Victor Hobson lag kurz nach Mitternacht in seinem Hotelbett, am Ende eines fruchtlosen Tages, an dem er zwischen dem Hauptquartier der Portland Polizei und dem Büro des FBI hin und her gependelt war. Um fünf Uhr morgens zwang er sich aus dem Bett und fühlte sich erschöpfter als in der Nacht zuvor. An der Ostkuste war es acht Uhr. Zu Hause würde er fast eine Stunde hinter seinem Zeitplan herhinken.

Der Spiegel im Bad des Hotelzimmers war nicht sehr freundlich zu Hobson. Eine Rasur und eine kalte Dusche belebten ihn etwas, aber es deprimierte ihn, daß er bei der Fahndung nicht weiterkam.

Carl Rice schien in den letzten zwanzig Jahren so ungreifbar gewesen zu sein wie ein Geist. Manchmal hatte Hobson sich gefragt, ob Rice nicht nur eine Ausgeburt seiner Phantasie war. Victor konnte einfach nicht begreifen, wie ein Mensch so vollkommen verschwinden konnte.

Für einen Anruf an der Ostküste war es zu spät gewesen, als er ins Bett ging, also rief Hobson seine Frau nun an. Emily und die Kinder waren gewiß bereits aufgestanden. Er griff nach dem Hoteltelefon, als sein Handy klingelte.

»Victor, hier spricht Vanessa Kohler.«

Ihre Stimme wirkte auf Hobson wie eine Injektion mit Koffein. »Wo sind Sie?«

»Im Haus meines Vaters. Carl Rice ist bei mir. Sie wissen, wo das Haus liegt, richtig?«

»Ja.«

»Die Männer meines Vaters haben mich gekidnappt und

mich mit Drogen betäubt. Carl ist hier eingebrochen und hat versucht, mich zu retten, aber jetzt sitzen wir in der Falle. Wir haben uns in einem Dienstbotenzimmer im ersten Stock verbarrikadiert. Die Handlanger meines Vaters wollen uns umbringen. Wir sind bewaffnet und kämpfen, wenn wir müssen, aber wir würden uns lieber der Polizei ergeben.«

»Das kann ich arrangieren.«

»Dann beeilen Sie sich! Ich weiß nicht, wie lange mein Vater wartet, bis er seinen Leuten befiehlt, das Zimmer zu stürmen. Sagen Sie der örtlichen Polizei, wo wir sind und daß wir uns ihnen ergeben wollen. Sie müssen uns aus dem Zimmer holen! Wir wagen uns nicht in den Flur. Die Männer meines Vaters haben bereits auf uns geschossen.«

»Ich rufe sofort die Polizei an«, versicherte ihr Hobson.

»Wenn die Beamten auf dem Weg sind, rufen Sie meinen Vater an. Ich bleibe in der Leitung, damit Sie hören können, falls er versucht, das Zimmer zu stürmen. Sagen Sie ihm, daß Sie mit mir reden und daß die Polizei kommt. Und befehlen Sie ihm, mit dem Schießen aufzuhören. Er wird uns töten, wenn die Polizei nicht bald hier ist.«

»Geben Sie mir die Nummer des Landsitzes.«

Nachdem Vanessa ihm die Telefonnummer genannt hatte, rief Hobson Detective Walsh über das Hoteltelefon an. Walsh nahm nach dem ersten Klingeln ab. Er klang noch schläfrig.

»Howard, hier spricht Victor Hobson. Ich habe Vanessa Wingate am Telefon. Sie hat sich in einem Zimmer im ersten Stock von General Wingates Anwesen in Kalifornien verbarrikadiert. Carl Rice ist bei ihr, sie sind bewaffnet. Vanessa hat mir versichert, sie würden sich den Polizeibeamten ergeben, wenn die sie aus dem Haus holen. Rufen Sie die Polizei in San Diego an! Sie sollen sofort zu Wingates Haus fahren. Erklären Sie ihnen die Lage. Vanessa sagt, die Sicherheitsbeamten ihres Vaters würden auf sie schießen. Ich rufe den General an und versuche, die Lage zu entschärfen.«

Hobson beschrieb Walsh, wo Wingates Besitz lag, legte auf und wählte die Nummer des Anwesens.

»Geh ran, General!« schrie Vanessa, als das Telefon im Haus schrillte. »Ich spreche mit einem Stellvertretenden Direktor des FBI über Sams Handy. Wir werden uns der Polizei stellen. Er hört alles, was hier passiert. Und er will mit dir reden. Haben Sie mich gehört?« fragte sie anschließend Hobson.

»Ich höre Sie«, versicherte ihr der FBI-Mann.

»Mein Vater weiß, daß Sie anrufen. Wenn er uns erschießt, ist das Mord.«

Es klickte im Hoteltelefon. »Wer ist da?« fragte General Wingate.

»Victor Hobson. Ich bin Stellvertretender Direktor des FBI. Wir haben vor vielen Jahren miteinander gesprochen, als ich den Mord an dem Kongreßabgeordneten Eric Glass untersucht habe.«

»Ich erinnere mich. Damals waren Sie noch ein einfacher Agent.«

»Sie haben ein ausgezeichnetes Gedächtnis. Ihre Tochter hat mich angerufen. Sie telefoniert über ein Handy mit mir und hört alles, was ich sage. Offenbar ist die Situation in Ihrem Haus ziemlich heikel.«

»Meine Tochter ist krank, Direktor Hobson. Carl Rice, der Mörder von Eric Glass, saß in Portland, Oregon im Gefängnis. Vanessa hat ihm zur Flucht verholfen. Er ist zwar verrückt, aber sehr gerissen. Rice hat Vanessa davon überzeugt, daß ich irgendein Superverbrecher bin, der sie beide umbringen will. Meine Männer haben Vanessa aus Rices Gewalt befreit, aber er konnte entkommen. Ich habe Vanessa hierher bringen lassen, damit ich ihr die Hilfe geben kann, die sie braucht. Ich wollte die Behörden verständigen, sobald ich einen Anwalt gefunden habe, der sie vertritt. Doch Rice ist in mein Haus eingedrungen, hat einige meiner Sicherheitsleute getötet und wollte mich ebenfalls umbringen. Ich konnte entkommen, und jetzt halten meine Sicherheitsbeamten ihn in Schach. Er hat einen meiner Leute als Geisel genommen, falls er ihn nicht schon umgebracht hat.«

»Okay, General. Befehlen Sie jetzt Ihren Leuten, das Feuer einzustellen«, erwiderte Hobson. »Die Polizei von San Diego ist bereits verständigt und unterwegs zu Ihnen. Vanessa sagt, sie und Rice würden sich den Beamten stellen, also brauchen Sie die beiden nicht mehr länger festzuhalten.«

»Hast du das mitgekriegt?« schrie Vanessa an Hobsons Handy ihren Vater an. »Direktor Hobson bekommt alles mit, was du tust. Carl und ich geben unsere Waffen ab, wenn die Polizei kommt. Wir werden niemanden bedrohen, also kann uns auch niemand in Notwehr umbringen oder weil wir uns angeblich der Verhaftung widersetzt hätten. Wenn du uns erschießt, wirst du wegen Mordes angeklagt.«

Die zweite Amtsleitung an Hobsons Hoteltelefon blinkte.

»Ich lege Sie einen Moment auf die Warteschleife, General«, sagte er. »Ich bekomme gerade einen Anruf. Vermutlich von der Polizei.«

»Ich warte«, erwiderte Wingate. »Machen Sie sich keine Sorgen. Meine Männer werden nicht schießen. Ich will nicht, daß Vanessa etwas passiert.«

Hobson ließ sich kurz von Detective Walsh auf den neuesten Stand bringen und sprach dann mit Wingate weiter.

»Die örtliche Polizei ist in wenigen Minuten da, General. Sorgen Sie bitte dafür, daß Ihre Leute am Tor sie hereinlassen.«

»Natürlich. Direktor Hobson, würden Sie meine Tochter jetzt bitten, als Zeichen ihres guten Willens meinen Mann freizulassen?«

»Vanessa?«

»Ja.«

»Ihr Vater sagt, Sie hätten eine Geisel.«

»Er ist keine Geisel. Dieser Mistkerl hat mich gekidnappt. Sie kennen ihn. Es ist Sam Cutler.«

»Ihr Freund?«

»Mein Ex-Freund. Mein Vater hat ihn bezahlt, damit er mich im Auge behält. Er hat mir die Spritzen gegeben und versucht, Carl umzubringen.«

»Lassen Sie ihn frei? Als Zeichen Ihres guten Willens?«

»Ich sollte den Dreckskerl umbringen, aber ich gebe ihm seinem Herrn und Meister zurück, wenn Carl einverstanden ist.«

Hobson lauschte angestrengt. Er hörte, wie Vanessa und Rice sich berieten, konnte jedoch nicht verstehen, was sie sagten.

»Okay. Sagen Sie dem General, er soll seine Leute abziehen, dann legen wir ihn in den Flur. Er ist noch bewußtlos.«

»Vanessa ist einverstanden, Ihren Mann herauszugeben, General, wenn Sie Ihre Leute von der Tür abziehen.«

»Einverstanden.«

»Gut.«

»Darf ich Sie noch um etwas bitten?«

»Worum?«

»Bitten Sie die Polizei, meine Tochter behutsam zu behandeln. Sie ist schwer krank. Ich glaube, sie nimmt die Wirklichkeit nicht mehr richtig wahr. Sie gehört in eine Klinik, nicht ins Gefängnis.«

Vanessa hörte nur Hobsons Antworten mit, aber sie konnte sich sehr genau vorstellen, was ihr Vater sagte. Natürlich würde er lügen und Hobson einreden, daß Carl und sie verrückt waren.

Sobald Hobson ihr gesagt hatte, daß der General seine Männer zurückgezogen hatte, gab Carl Vanessa seine Waffe.

»Er scheint noch ohnmächtig zu sein«, meinte Carl, »aber schieß sofort, wenn er es nur spielt.«

Vanessa richtete die Waffe auf Cutler. Carls Schulter schmerzte höllisch, als er das Bett aus dem Weg schob und den Stuhl unter dem Türknauf fortzog. Dann packte er Cutler unter den Armen und zerrte ihn zur Tür. Vanessa folgte ihnen und hielt dabei die Mündung der Waffe auf Cutler gerichtet. Er schien zwar noch bewußtlos zu sein, aber Vanessa wollte nichts riskieren.

Carl schleppte Cutler zur Tür, die Vanessa für ihn öffnete. Der Flur war leer. Carl legte Cutler auf den Boden und schob ihn hinaus. Vanessa schlug die Tür zu. Carl rammte den Stuhl wieder unter den Knauf und wuchtete das Bett davor.

»Wir haben getan, was Sie wollten«, erklärte Vanessa Hobson. »Sam liegt im Flur, unversehrt und schlafend. Jetzt ist es Ihr Job, uns hier herauszuholen.«

»Die Polizei ist gleich da«, sagte Hobson.

Vanessa setzte sich mit dem Rücken an die Wand und zog die Knie an die Brust.

»Wie geht es dir?« wollte Carl wissen.

»Mir geht's gut, ich bin nur sehr müde. Das liegt bestimmt an diesen Drogen.«

»Ihre Wirkung wird bald nachlassen.«

Vanessa schloß die Augen.

»Tut mir leid, daß ich dich in diese Sache hineingezogen habe«, sagte Carl.

»Das hast du nicht. Immerhin habe ich dich aus der geschlossenen Abteilung befreit.«

»Und jetzt landen wir vermutlich beide hinter Gittern. Ich wollte nicht, daß es dazu kommt.«

»Warum hast du versucht, mich zu retten, Carl? Du hättest schon längst weit weg sein können, in Sicherheit.«

»Ich habe dich einmal im Stich gelassen. Noch einmal wollte ich das nicht tun. Ich habe mich von dem General verführen lassen. Diese Entscheidung hat mich mein ganzes Leben lang verfolgt.«

»Glaubst du, wir wären zusammen geblieben, wenn du aufs College gegangen wärest? Ich war damals ziemlich durchgeknallt.« Sie lachte. »Das bin ich wohl immer noch.«

»Ich habe keine Ahnung, wie es mit uns weitergegangen wäre. Ich weiß nur, daß ich dich enttäuscht habe.«

»Also wolltest du das wiedergutmachen, indem du die Burg des bösen Generals stürmst?«

»Ich habe nur mein Wort gehalten. Du hast mich gerettet, und ich habe dir versprochen, dich zu holen. Genau das habe ich auch getan. Es tut mir nur leid, daß es kein Happy End gibt wie im Kino.«

»Ach, ich weiß nicht. Im Kino rückt die Kavallerie auch immer erst in letzter Sekunde an.«

Vanessa deutete auf die Hauswand. Rice hörte das leise Heulen von Sirenen. »Wir kommen hier heraus und wir überleben«, erklärte sie.

»Aber wir werden beide im Gefängnis landen.«

Vanessa umklammerte Carls Unterarm. »Wir werden ihn besiegen. Ich weiß es. Ich bin nur noch nicht dahinter gekommen, wie wir das anstellen können, aber wir werden meinen Vater bezwingen.«

Vanessa stieß diese Worte inbrünstig hervor, doch Carl war davon überzeugt, daß er den Rest seines Lebens hinter Gittern verbringen mußte. Wingate würde es vermutlich gelingen, Vanessa vor dem Gefängnis zu bewahren, aber sie würde Jahre, wenn nicht sogar den Rest ihres Lebens in einer psychiatrischen Klinik verbringen.

Er schlang seinen gesunden Arm um ihre Schultern und drückte ihr einen Kuß auf die Stirn. »Sicher werden wir das, Vanessa. Ganz bestimmt.«

31. KAPITEL

Der Weckruf riß Ami um kurz nach sechs Uhr morgens aus tiefstem Schlaf, ohne daß jedoch Ryan wach wurde. Ami legte den Telefonhörer auf, ließ sich auf das Bett zurückfallen und beobachtete ihren schlafenden Sohn. Gestern abend war er ganz aufgeregt gewesen, weil er in einem Hotel übernachten, in einem vornehmen Speisesaal essen und auf ihrem Zimmer den Disneykanal schauen durfte. Nun schlief er so friedlich, daß sie unwillkürlich lächelte. Um sie herum herrschten Chaos und Tod, ihr Junge schien jedoch nicht davon berührt zu werden.

Ami hätte Ryan gern schlafen lassen, aber sie mußte ihn zur Schule bringen. Dann würde sie in ihr Büro gehen. Seit die Tochter des Generals in ihrem Büro aufgetaucht war, hatte der Morelli-Fall fast ihre ganze Zeit in Anspruch genommen. Ami hatte allerdings noch andere Klienten mit dringenden Problemen, und sie konnte es sich nicht leisten, den ganzen Tag faul in einem Hotelzimmer herumzuliegen. Das hatte sie auch Brendan Kirkpatrick bei ihrem gemeinsamen Frühstück gestern morgen erklärt. Der Staatsanwalt hatte dafür gesorgt, daß der Polizist, der sie bewachte, sie ins Büro fuhr, nachdem sie kurz nach zwölf Uhr aufgewacht war. Der Beamte hatte im Empfangsbereich Posten bezogen, bis sie Ryan von der Schule abholen mußte.

»He, mein Kleiner.« Ami rüttelte sanft an Ryans Schulter. »Zeit, aufzustehen.«

Ryan grunzte und rollte von ihr weg. Sie beugte sich über ihn und küßte ihn auf die Wange.

»Mom, laß das!« Er mochte es nicht, auf diese Art geweckt zu werden.

»Dann schaff deinen Hintern aus dem Bett. Du hast Schule.«

»Kann ich nicht hier bei dir bleiben?«

»Nein. Außerdem bleibe ich auch nicht hier. Ich muß arbeiten. Wenn du dich beeilst, können wir noch im Speisesaal frühstücken.«

Schlagartig war Ryan hellwach. »Kriege ich Pfannkuchen?«

»Nur, wenn du nicht herumtrödelst. Also Beeilung!«

Als Ryan sich die Kleidung nahm, die Ami für ihn herausgelegt hatte, klopfte es an der Tür. Der Wachposten würde niemanden hereinlassen, der ihr gefährlich werden konnte. Dann dachte sie an das, was mit den beiden Polizisten passiert war, die sie in ihrem Haus bewacht hatten.

Sie zog sich den Frotteebademantel des Hotels über und spähte durch das Guckloch in der Tür. Brendan Kirkpatrick schien geradewegs einem Männermodemagazin entstiegen zu sein. Sie dagegen sah aus wie eine Frau, die gerade aus dem Bett gestiegen war und sich noch nicht einmal die Zähne geputzt hatte. Einen Moment spielte sie mit dem Gedanken, sich zu verleugnen, aber das würde natürlich nicht funktionieren. Der Wachposten wußte, daß sie das Zimmer nicht verlassen hatte. Außerdem benahm sich eine erwachsene Frau in einer solchen Situation nicht so albern, also öffnete sie die Tür und ließ den Staatsanwalt herein.

»Wie komme ich zu dieser Ehre?« Ami zog den Bademantel am Hals zusammen.

Brendan schien nicht zu bemerken, wie schrecklich sie aussah. Er lächelte sie an. »Sie sind außer Gefahr. Man hat die beiden erwischt.«

»Wo?« Ami fürchtete, daß sie in ihrem Blockhaus verhaftet worden waren.

»In Kalifornien. Ich habe noch nicht alle Informationen. Walsh hat mir nur gesagt, daß Wingates Sicherheitsleute die Tochter des Generals gerettet und auf sein Anwesen in der

Nähe von San Diego gebracht haben. Rice ist in das Haus eingedrungen, um sie zurückzuholen. Er hat mehrere von Wingates Leuten getötet und verletzt, aber der General hat sie in seinem Haus in die Falle gelockt. Sie haben sich der Polizei gestellt.«

Ami war ihre Erleichterung deutlich anzusehen. Kirkpatrick vermutete, daß sie froh war, weil Rice nun hinter Gittern saß, wo er ihrem Sohn nichts mehr antun konnte. Ami war jedoch nur beruhigt, daß die Polizei nicht herausgefunden hatte, daß sie den beiden Flüchtigen geholfen hatte.

»Jedenfalls«, fuhr Brendan fort, »sind Sie in Sicherheit. Sie können noch heute abend wieder nach Hause.«

»Das ist großartig.«

»Sie sind bestimmt erleichtert.«

»Allerdings. Seit Vanessa in mein Büro gekommen ist, hat sich dieser Fall zu einem Alptraum entwickelt. Ich hätte mich erst gar nicht darauf einlassen sollen. Eigentlich wollte ich Rice auch nie vertreten. Ich wollte nur einspringen, bis ein kompetenterer Anwalt den Fall übernehmen konnte.«

Brendan lächelte. »Für einen frischgebackenen Perry Mason haben Sie mir das Leben ganz schön schwer gemacht.«

»Gut. Ich werte es als Erfolg, daß Sie etwas Bescheidenheit gelernt haben. Vielleicht hacken Sie dann ja das nächste Mal nicht so schnell auf einer wehrlosen Frau herum.«

Brendan hob die Hände. »He, ich habe meine Lektion gelernt. Außerdem sind Sie sind alles andere als wehrlos. Ich wollte Ihnen nur die guten Neuigkeiten persönlich überbringen.«

»Danke.«

»Tja ...« Kirkpatrick wirkte etwas verlegen. »Ich muß ins Büro. Auf mich warten noch andere Fälle. Vielleicht laufen wir uns ja mal wieder hier über den Weg.«

»Vielleicht.«

»Ich muß Sie möglicherweise als Zeugin aufrufen.«

»Ich bin bereit.«

»Bis dann.«

Ami starrte Kirkpatrick nach, während sie die Tür schloß. Bildete sie sich das nur ein, oder benahm sich der Bezirksstaatsanwalt in ihrer Nähe so nervös wie ein Jugendlicher, der zum ersten Mal in ein Mädchen verliebt war? Mochte er sie? Sie hatte ihn jedenfalls nicht gemocht, jedenfalls am Anfang nicht. Aber allmählich erwärmte sie sich für ihn. Wie würde sie reagieren, wenn er sie zum Essen einlud? Nein, er hatte sie ja gar nicht eingeladen, und sie würde dieses Problem lösen, wenn es sich stellte. Im Moment genügte es ihr, wenn sie Ryan zur Schule bringen konnte. Die Aufregungen der letzten Zeit reichten für ein ganzes Leben, und sie freute sich darauf, endlich wieder ihre normale, langweilige Existenz führen zu können.

32. KAPITEL

Patrick Gorman, der Besitzer des *Exposed*-Magazin schlenderte in das Besucherzimmer des Gefängnisses von San Diego und ließ sich auf den Stuhl gegenüber einer recht niedergeschlagenen Vanessa Kohler fallen. Vanessas anfängliche Euphorie über das glückliche Ende im Haus ihres Vaters war verflogen. Nach zahllosen Verhören durch die Polizei dämmerte ihr, daß jeder der Version von General Morris Wingate glaubte. Keiner schenkte ihrer Erzählung von geheimen Einheiten und einer Verschwörung in höchsten Regierungskreisen auch nur den geringsten Glauben.

Gorman mußte sich zu einem Lächeln zwingen. Es machte ihn traurig, eine seiner besten Reporterinnen in einer so kläglichen Verfassung zu sehen.

»Als ich Sie engagierte, habe ich da vergessen, Ihnen zu sagen, daß Ihr Job darin besteht, über Nachrichten zu berichten, nicht selbst in den Nachrichten zu erscheinen?«

»Da habe ich wohl nicht richtig zugehört.«

»Das glaube ich Ihnen auf's Wort. Also, wie geht es Ihnen?«

»Ganz gut. Ich werde von den übrigen Gefangenen isoliert, also brauche ich nicht zu befürchten, von einer Gang vergewaltigt zu werden. Meine größten Probleme sind Langweile und das miese Essen. Bei dem lächerlichen Gehalt, das Sie zahlen, kann ich mir natürlich nur mieses Essen leisten. Also ist wohl die Langeweile mein größtes Problem.«

»He, für ein Klatschblatt zahle ich Spitzenhonorare! Versuchen Sie doch, beim *Enquirer* mehr zu bekommen!«

»Wie läuft das Magazin?«

»Seit Sie gegangen sind, sinken die Auflagenzahlen. Niemand schreibt so gute Storys über Riesenratten wie Sie.«

Vanessa lächelte schwach, wurde jedoch sofort wieder ernst. »Haben Sie etwas von Carl gehört?«

»Soweit ich weiß, ist er im Gewahrsam des FBI. Er wurde bisher nicht einmal einem Untersuchungsrichter vorgeführt.«

Vanessa beugte sich vor und senkte ihre Stimme. »Hat meine Anwältin Ihnen mein Manuskript gebracht?«

»Ich habe es gestern gelesen.«

»Und? Veröffentlichen Sie es?«

Gorman schüttelte bedächtig den Kopf. »Das kann ich nicht, Vanessa.«

»Diese Sache ist größer als Watergate, Pat. Man wird *Exposed* im selben Atemzug nennen wie die *Washington Post.*«

»*Exposed* kann es sich nicht leisten, seriös zu werden. Wir würden unsere Leser verlieren«, scherzte Gorman, um die Situation aufzulockern, aber Vanessa stieg nicht darauf ein.

»Wollen Sie wirklich, daß jemand wie Morris Wingate dieses Land führt?«

»Meine politische Einstellung hat nichts mit meiner Entscheidung zu tun. Sie sind lange genug im Zeitungsgeschäft, um zu wissen, daß man so etwas nicht ohne handfeste Beweise drucken kann.«

»Sie haben genug Möglichkeiten, Pat. Setzen Sie sie ein, um meine Behauptungen zu bestätigen.«

»Für ein solches Kaliber reichen meine Kontakte nicht aus. Sie schreiben über illegale Operationen, die so alt und so tief vergraben sind, daß keiner je etwas darüber gehört hat.«

»Carl Rice weiß alles darüber.«

»Wir können eine solche Story nicht auf das Wort eines geflohenen Angeklagten stützen, der einen Kongreßabgeordneten, einen General und ...« Gorman schüttelte den Kopf. »Ich habe die genaue Zahl der Toten im Haus Ihres Vaters vergessen.«

»Sie müssen den Leuten zeigen, wie mein Vater wirklich ist.«

»Das kann ich nur mit absolut überzeugenden Beweisen. Sonst verklagt er uns, und wir verschwänden sang und klanglos von der Bildfläche.«

»Sie haben Angst, stimmt's? Hat er Ihnen gedroht?«

Gorman wirkte müde. »Weder Ihr Vater noch irgend jemand, der mit Ihm zu tun hat, hat sich bei mir gemeldet. Wir können einfach keine haltlosen Geschichten drucken, die einen Präsidentschaftskandidaten als Mörder bezichtigen.«

»Warum sind Sie dann hier?«

Gorman wirkte beklommen. »Wie ich schon sagte, Sie schreiben keine Knüller mehr, Sie sind der Knüller. Sie und Carl Rice sind die größte Story landesweit. *Exposed* hätte gern die Exklusivrechte.«

»Das glaube ich nicht, Pat! Ich hätte nie erwartet, daß Sie unsere Freundschaft ausnutzen würden.«

»Ihre Verteidigung wird kostspielig. Wir übernehmen die Honorare des besten Strafverteidigers.«

»Und wie lautet Ihre Schlagzeile? ›Liebestolle Jungfer von Serienkiller verführt‹, oder gefällt Ihnen ›Verrücktes Liebespaar auf der Flucht‹ besser?«

»Sie können die Geschichte so erzählen, wie Sie wollen. Sie können sogar über Ihren Vater schreiben. Unsere Anwälte haben mir gesagt, daß wir nicht vor Gericht gezerrt werden können, wenn Sie diese Anschuldigungen selbst erheben.«

Vanessa wirkte traurig. »Ich bin sehr enttäuscht von Ihnen, Pat. Ich dachte, Sie seien mein Freund.«

»Das bin ich auch. Ich will Ihnen helfen.«

»Sie wollen eine Story. Und Sie machen mich selbst zu einer gigantischen, menschenfressenden Ratte.«

»Das stimmt nicht!« protestierte Gorman schwächlich, aber er wirkte beschämt.

»Bitte, gehen Sie.«

»Denken Sie darüber nach?«

Vanessa war den Tränen nahe. Gorman konnte ihr nicht in die Augen blicken.

»Gehen Sie einfach, Pat.«

»Vanessa ...«

»Bitte.«

Vanessa schloß die Augen. Sie fühlte sich elender und niedergedrückter als bei ihrer Verhaftung. Sie hätte nie geglaubt, daß Pat Gorman sie im Stich lassen würde, aber er war wie alle anderen. Einen Moment lang ergab sie sich ihrer Verzweiflung, doch plötzlich erinnerte sie sich an etwas, was Gorman gesagt hatte. Der Schließer kam herein, um sie zu ihrer Zelle zu führen, aber sie bemerkte ihn nicht einmal. Ihr Boß hatte sie ungewollt auf etwas gestoßen, was Carl und sie möglicherweise retten konnte.

33. KAPITEL

Das Justizzentrum von Portland ist ein sechzehnstöckiges Hochhaus aus Beton und Glas in der Innenstadt. Ein Park trennt es vom Multnomah-County-Gerichtsgebäude. Außer dem Polizeipräsidium von Portland beherbergt das Justizgebäude das Büro des Bezirksstaatsanwalts, verschiedene Gerichtssäle, das kriminaltechnische Labor, die Behörde für Bewährungen und vorzeitige Haftentlassungen sowie das Gefängnis von Multnomah County. Ami Vergano war bereits im dreizehnten Stock des Justizzentrums gewesen, als sie von den Kriminalbeamten der Portland-Polizei verhört worden war, aber ein Gefängnis hatte sie noch nie von innen gesehen. Entsprechend unwohl fühlte sie sich bei ihrem ersten Besuch in diesem Teil des Hochhauses.

Das Gefängnis erstreckte sich vom dritten bis zum neunten Stockwerk des Justizzentrums, aber die Anmeldung lag im ersten Stock. Der Weg dorthin führte durch die Lobby mit der gewölbten Decke, vorbei an den geschwungenen Treppen, die zu den Gerichtssälen im zweiten Stock führten, und durch zwei Glastüren.

»Ich bin Ami Vergano, Vanessa Kohlers Anwältin«, erklärte sie dem Deputy am Empfang. »Ich möchte sie besuchen. Sie ist vielleicht unter dem Namen Vanessa Wingate eingetragen.«

Während der Deputy ihren Ausweis kontrollierte, sah sich Ami in dem Raum um. Ein Teenager mit Tätowierungen und einem Nasenring warf beunruhigte Blicke auf die Tür, durch die ehemalige Gefangene das Gefängnis verließen. Das Mädchen roch, als hätte es seit Tagen nicht mehr gebadet, und hatte dunkle Schatten unter den Augen. Die einzige andere Person, die im Empfangsbereich wartete, war ein korpulenter Anwalt. Er las Polizeiberichte. Offenbar bereitete er sich auf den Besuch bei einem Mandaten vor.

Der Beamte gab Ami den Ausweis zurück und durchsuchte ihren Aktenkoffer. Als die Suche weder Waffen noch verbotene Güter zu Tage förderte, winkte er Ami zu einem Metalldetektor vor dem Gefängnisaufzug. Ami ging hindurch, ohne Alarm auszulösen. Ein anderer Beamter brachte sie zum Aufzug und fuhr mit ihr in das Stockwerk, in dem Vanessa einsaß.

Nach der kurzen Fahrt trat Ami in einen engen Korridor mit grauen Betonwänden. Kaum hatten sich die Aufzugtüren hinter ihr geschlossen, bekam sie Platzangst. Der Beamte an der Rezeption hatte ihr gesagt, sie sollte den Polizisten auf diesem Stockwerk über eine Gegensprechanlage rufen, die an der Wand neben einer dicken Metalltür auf dem Flur befestigt war. Ami drückte mehrmals nervös den Knopf, bis der Lautsprecher knisterte und eine Stimme sie nach ihren Wünschen fragte.

Wenige Augenblicke später betrachtete ein Gefängniswärter Ami durch die dicke Glasscheibe in der oberen Hälfte der Tür und sprach in ein Walkie-Talkie. Elektronische Schlösser schnappten auf, und der Wachmann schob Ami in einen anderen schmalen Korridor, der an den drei großen Besuchsräumen entlang führte, in der Gefangene ihren Anwälten von Angesicht zu Angesicht gegenübersitzen konnten. Scheiben aus bruchsicherem Glas gewährten einen Blick in die Räume.

Vanessa wartete bereits in dem am weitesten von den Aufzügen entfernten Raum. Sie trug einen orangefarbenen Overall und saß auf einem Plastikstuhl, von denen noch ein identischer auf der anderen Seite eines runden Tisches stand, der am Boden festgeschraubt war. Der Wachmann öffnete eine weitere Metalltür und trat zur Seite. Ami ging in das Zimmer, und der Wachmann deutete auf einen schwarzen

Knopf, der an einer Gegensprechanlage an der Betonwand befestigt war.

»Drücken Sie den Knopf, wenn Sie fertig sind. Dann lasse ich Sie heraus.« Die Tür fiel ins Schloß.

Vanessas war ungekämmt und deutlich abgemagert. Sie hatte endlose Tage im Gefängnis von San Diego gesessen, während Oregon und Kalifornien sich darum stritten, wer sie zuerst anklagen durfte.

»Geht es Ihnen gut?« fragte Ami.

»Nein. Ich bin am Ende«, antwortete Vanessa aufrichtig. Sie wirkte erschöpft.

»Es tut mir so leid, Vanessa.«

»Es ist nicht Ihre Schuld. Ich allein trage die Verantwortung.« Plötzlich zeigte sich ein Anflug von Vanessas alter Entschlossenheit und Selbstvertrauen auf ihrem Gesicht. »Aber ich bereue nichts. Carl wäre tot, wenn ich ihn nicht gerettet hätte.« Dann ließ sie die Schultern sinken und wirkte verloren. »Hoffentlich überlebt er im Gefängnis. Seine Chancen stehen nicht gut. Er ist für den General eine zu große Bedrohung.«

Ami widersprach ihr nicht. Sie war mittlerweile davon überzeugt, daß diese geheime Einheit eine Wahnvorstellung ihrer Mandantin war, aber was nützte es, wenn sie ihr nun widersprach. Sie öffnete den Aktenkoffer und entnahm ihm einige Dokumente.

»Ich habe eine Niederlegungsverfügung mitgebracht, die Sie unterschreiben müssen.« Ami schob ihr die Papiere und einen Stift hinüber.

»Sie wollen mich nicht vertreten?«

»Das kann ich nicht. Das haben wir doch schon bei unserem ersten Gespräch geklärt. Erstens habe ich keine Erfahrung als Strafverteidigerin, und zweitens ist es unethisch für einen Anwalt, zwei Mandanten in demselben Fall zu verteidigen. Das ist ein eindeutiger Interessenkonflikt. Zum Beispiel kann ein Anwalt für seinen Mandaten einen Deal mit der Anklage aushandeln. Wenn es zwei Angeklagte gibt, ist es Usus, daß der Anwalt eines Beklagten dem Bezirksstaatsanwalt anbietet, daß sein Mandant für ein geringeres Strafmaß gegen den anderen Angeklagten aussagt. Das kann ich aber nicht für Sie und Carl tun, wenn ich Sie beide vertrete. Außerdem habe ich geholfen, Sie zu verstecken. Können Sie sich vorstellen, welche Schwierigkeiten ich bekomme, wenn das herauskommt? Ich habe Ihnen geholfen und aktiv Beihilfe zu Ihrer Flucht geleistet. Wenn ich ebenfalls angeklagt werde, muß ich den Fall niederlegen. Ganz zu schweigen davon bin ich Zeugin für Carls Angriff auf Barney Lutz und den Polizeibeamten bei Ryans Spiel.« Ami lächelte bedauernd. »Machen Sie sich keine Sorgen! Ray Armitage will Carl nach wie vor vertreten, und für Sie habe ich Janet Massengill als Anwältin gewonnen. Sie ist exzellent und glaubt, daß sie eine gute Chance hat, Sie gegen Kaution freizubekommen.«

»Nein.« Vanessa schüttelte den Kopf. »Ich wäre in großer Gefahr, wenn ich freikäme. Ich bin in Einzelhaft, und mein Vater kann mir nichts tun, es sei denn, er besticht einen Wächter.«

»Das können Sie mit Ihrer neuen Anwältin besprechen. Sie müssen keine Kaution beantragen, wenn Sie nicht wollen. Sobald Sie diese Erklärung unterschrieben haben, übernimmt Janet Ihren Fall. Sie hat heute noch keine Zeit, wird Sie aber gleich morgen aufsuchen.«

Vanessa griff über den Tisch und legte ihre Hand auf Amis. »Lassen Sie mich nicht im Stich, Ami.«

»Haben Sie nicht zugehört? Ich habe keine Wahl.«

»Sie müssen meine Anwältin bleiben. Das ist meine einzige Chance.«

»Ihre einzige Chance? Wofür?«

»Um meinen Vater zu entlarven und Carl zu retten.«

»Wie wollen Sie das schaffen, Vanessa?« Ami wurde allmählich gereizt, weil ihre Mandantin die Realität offenbar einfach nicht akzeptieren wollte.

»Ich kann eine Anhörung in einem öffentlichen Verfahren

beantragen, bei dem die Presse und die Öffentlichkeit anwesend ist. Ich kann Zeugen aufrufen. Ich kann meinen Vater vorladen, und Sie können ihn unter Eid ins Kreuzverhör nehmen, während die ganze Welt zusieht.«

»Das wird nicht funktionieren. Er wird einfach alles abstreiten, und der Ankläger wird Ihre psychiatrische Krankengeschichte ausbreiten. Ihr Anwalt hat keinerlei Beweise, die irgend etwas von dem widerlegen würden, was der General sagt.«

»Carl würde ihm widersprechen.«

»Niemand wird Carl seine Geschichte ohne Beweise abnehmen. Was glauben Sie, bleibt von seiner Glaubwürdigkeit übrig, wenn Brendan Kirkpatrick ihn erst ins Kreuzverhör genommen hat? Die Beweise, daß er einen Kongreßabgeordneten, einen General, einige der Sicherheitsbeamten Ihres Vaters und meinen Freund George French ermordet hat, sind einfach überwältigend.«

Vanessa sah Ami direkt an. »Carl schwört, daß er nicht einmal in den Vereinigten Staaten war, als General Rivera ermordet wurde. Und George French hat er ebenfalls nicht umgebracht. Ich war von dem Moment bei ihm, an dem ich ihm zur Flucht verholfen habe, bis zur Entführung durch meinen Vater.«

Ami schüttelte den Kopf. »Das können Sie den Leuten nur schwer verkaufen, Vanessa. Ich habe die Fotos des Tatorts von Lost Lake gesehen. George wurde auf dieselbe Weise umgebracht, wie Carl den Kongreßabgeordneten getötet hat. Und wenn Sie sein einziges Alibi sind …« Ami hob die Hände. »Erkennen Sie das Problem?«

»Es gibt eine Möglichkeit, wie ich meinen Vater entlarven kann, die nichts mit Carl zu tun hat. Aber Sie müssen mir dabei helfen. Ich traue sonst niemandem zu, diese Sache durchzuziehen.«

»Was wollen Sie ›durchziehen‹?« fragte Ami argwöhnisch.

»Ich kann vielleicht beweisen, daß diese Einheit existiert hat und mein Vater daran beteiligt war. Es ist allerdings schwierig.« Vanessa schaute auf die Tischplatte. »Wenn es nicht funktioniert ...«

Sie wirkte so niedergeschlagen, daß Ami beinahe widerwillig Mitleid für sie empfand.

»Das geht nicht, Vanessa. Ich habe Ihnen gerade erklärt, warum ich Ihren und Carls Fall niederlegen muß. Schildern Sie Janet Massengill Ihren Plan! Sie kann alles, was ich kann, nur viel besser.«

Vanessa schaute hoch. Ihre Miene war wie versteinert, und nur ihre Augen glühten vor Entschlossenheit.

»Sie sind meine einzige Hoffnung, Ami. Sie werden Carl und mich nicht im Stich lassen.«

»Vanessa ...«

»Ich werde der Polizei verraten, daß Sie uns geholfen haben.«

Ami war einen Moment fassungslos, dann stieg ihr vor Wut das Blut ins Gesicht. »Ich wäre ruiniert«, sagte sie. »Man würde mich verhaften und aus der Anwaltskammer ausschließen.«

»Ich wollte nicht, daß es soweit kommt, aber ich habe keine Wahl. Ich muß meinen Vater aufhalten. Er darf nicht Präsident der Vereinigten Staaten werden, sondern muß für alles zahlen, was er mir, Carl und vielen anderen angetan hat.«

»Bitte, tun Sie das nicht, Vanessa. Ich habe nur versucht, Ihnen zu helfen. Ich habe Ihnen nie etwas Schlechtes zugefügt. Warum wollen Sie mir und meinem Sohn das antun?«

»Ich will weder Ihnen noch Ryan weh tun, aber ich mache es, wenn es sein muß. Vergessen Sie eines nicht, Ami. Ich bin die Tochter meines Vaters, und ich kann genauso rücksichtslos sein wie er, wenn es nicht anders geht.«

»Was wollen Sie von mir?« Ami hoffte, daß sie einen Fehler in Vanessas Plan finden würde und Wingates Tochter überzeugen konnte, ihn aufzugeben und sie gehen zu lassen.

»Schreiben Sie sich diese Nummer auf! Das ist die Nummer von Victor Hobsons Handy. Arrangieren Sie ein Treffen. Wenn ich recht habe, gibt es einen konkreten Beweis, daß die Einheit existierte. Und er kann mir helfen, diesen Beweis zu finden.«

34. KAPITEL

Der Wachmann führte Ami, Brendan Kirkpatrick und Victor Hobson in das Besucherzimmer und schloß die Tür hinter ihnen ab. Vanessa saß bereits an einem Tisch, an dem drei freie Stühle standen.

»Mr. Hobson kennen Sie ja bereits«, sagte Ami zu ihr. »Das hier ist Brendan Kirkpatrick. Er wird Sie anklagen. Ich möchte das nur klarstellen.«

»Ich hege keine Illusionen über Mr. Kirkpatricks Absichten.«

»Gut.« Der Bezirksstaatsanwalt stellte ein Diktiergerät auf den Tisch. »Ich bestehe darauf, daß wir alles aufnehmen, was hier gesagt wird.«

»Das habe ich ebenfalls erwartet«, antwortete Vanessa.

Während sich Kirkpatrick an dem Gerät zu schaffen machte, setzte sich Victor Hobson auf den Stuhl Vanessa gegenüber.

»Ist schon lange her«, sagte er.

»Fast zwanzig Jahre.«

»Ich bedauere, daß wir uns unter solchen Umständen wiedersehen.«

»Ich auch«, erwiderte Vanessa und lächelte ironisch. »Aber Sie werden mir helfen, diese Umstände zu verändern.«

Brendan sprach in das Diktiergerät, nannte das Datum, erklärte, warum die Aufnahmen gemacht würden, und zählte die Namen der Anwesenden auf.

»Vanessa, ich muß eins klarstellen, bevor wir fortfahren«, erklärte Victor Hobson, nachdem Kirkpatrick seine einleitenden Bemerkungen beendet hatte. »Ich bin beim FBI, also ein Vertreter des Gesetzes. Das gilt auch für Brendan. Unser Job ist es, Sie ins Gefängnis zu bringen.«

»Falsch, Victor. Ihr Job ist es, Verbrecher zu erwischen. Das sind weder Carl noch ich. In diesem Fall ist mein Vater der Kriminelle, und ich werde Ihnen helfen, ihn zu überführen.«

Brendan Kirkpatrick schüttelte den Kopf. »Das gefällt mir nicht. Ich bin nur auf Mrs. Vergano Ersuchen hier. Und die sollte Sie eigentlich nicht einmal vertreten.«

»Ich habe auf meinen Einspruch wegen eines möglichen Interessenkonflikts schriftlich verzichtet.«

»Sie hat mir das Dokument gezeigt«, erwiderte Brendan. »Ich glaube immer noch, daß Sie damit einen gewaltigen Fehler machen. Ihnen ist klar, daß ich alle belastenden Bemerkungen, die sie hier zu Protokoll geben, vor Gericht benutze, um Sie zu überführen? Zudem werde ich Mr. Hobson und Ihre Anwältin in den Zeugenstand rufen, um ihre Aussagen zu bestätigen, falls das nötig werden sollte!«

»Ja.«

»Wenn ich Mrs. Vergano als Zeugin aufrufe, kann sie Sie auf keinen Fall mehr länger vertreten.«

»Das weiß ich auch, aber dazu wird es hoffentlich nicht kommen.« Vanessa beugte sich vor und konzentrierte sich auf Kirkpatrick. »Meine Kautionsanhörung ist nächste Woche …?«

»Und ich werde Einspruch gegen Ihren Antrag einreichen. Ich will ganz ehrlich zu Ihnen sein, Miss Kohler. Ich halte Sie und Mr. Rice für gefährliche Kriminelle. Ich werde nicht nur einer Entlassung auf Kaution widersprechen, sondern ich werde Ihnen auch sehr wenig Zugeständnisse einräumen, wenn Sie versuchen, auf schuldig zu plädieren und einen Deal auszuhandeln.«

»Würden Sie das immer noch so sehen, wenn ich beweisen könnte, daß mein Vater eine geheime Einheit der Army während und nach dem Vietnamkrieg geleitet hat, die auf Befehl meines Vaters eine Vielzahl illegaler Handlungen auch in den Vereinigten Staaten begangen hat, einschließlich des Mordes an Eric Glass?«

Kirkpatrick seufzte. »Ich habe Ihre Aussage vor den Behörden in Kalifornien gelesen. Mr. Hobson hat mir von Ihrem Buch erzählt. Ich finde Ihre Anschuldigungen gegen General Wingate ungeheuerlich und vollkommen haltlos. Selbst wenn sie stimmten, was würde das an der Tatsache ändern, daß Sie Rice mit vorgehaltener Waffe aus einer bewachten, geschlossenen Abteilung eines Krankenhauses befreit haben? Ich glaube, wir sollten dieses Treffen beenden, bevor Sie etwas sagen, was Ihre Lage noch schlimmer macht, als sie schon ist.«

»Mein Vater ist ein skrupelloser Killer. Möchten Sie, daß ein solcher Mann unser Land regiert?«

»Natürlich nicht – falls er ein skrupelloser Killer ist«, antwortete Kirkpatrick. »Aber Sie können Ihre Behauptungen nicht beweisen. Und ich denke über nichts, was Sie oder Carl Rice gesagt haben, auch nur nach, solange Sie keine stichhaltigen Beweise vorlegen.«

Vanessa sah Victor Hobson an. »Es gibt vielleicht einen solchen Beweis, an den Sie herankommen könnten, Victor. Sollten Sie ihn finden, könnten wir meine Kautionsanhörung dazu benutzen, meinen Vater zu überführen. Wir könnten ihn in den Zeugenstand rufen und ihn unter Eid nehmen.«

»Worüber genau reden wir hier?« erkundigte sich Hobson.

»Ich glaube, wir sollten das Gespräch jetzt abbrechen«, meinte Kirkpatrick.

»Hören wir uns erst an, was Vanessa zu sagen hat«, widersprach Hobson.

Seine Worte überraschten Kirkpatrick, und Vanessa hätte beinah vor Erleichterung geschluchzt, als ihr klarwurde, daß der FBI-Direktor ihr zumindest zuhören wollte.

»Patrick Gorman, mein Boß bei *Exposed*, hat mich im Gefängnis in San Diego besucht. Wir haben über die Gefängniskost gescherzt, und ich sagte ihm, daß ich mir mit dem, was er mir bezahlt, nichts Besseres leisten kann.«

»Wie soll ausgerechnet Gefängniskost beweisen, daß Ihr Vater eine Einheit von Meuchelmördern geleitet hat?« unterbrach Kirkpatrick sie gereizt.

»Genau das möchte ich Ihnen ja erklären.«

35. KAPITEL

Das Multnomah-County-Gerichtsgebäude erstreckt sich über einen ganzen Block gegenüber dem Lownsdale Park in der Innenstadt von Portland. Das graue Gebäude aus Stahlbeton war 1914 erbaut worden. In einem kleinen Gefängnis im sechsten Stock warteten die Häftlinge auf ihre Gerichtstermine. Der Aufzug zu den Gerichtssälen hielt in einer kleinen Nische im Hinterhof des Gerichtsgebäudes an der Fifth Avenue. Richter Ruben Velascos Gerichtssaal, in dem Vanessas Kautionsanhörung stattfinden sollte, lag nach vorne heraus, zur Fourth Avenue.

Ami trug zu ihrem schwarzen Hosenanzug und ihrer weißen Seidenbluse eine dezente Perlenkette. Der Anzug war eines ihrer wenigen eleganten Kleidungsstücke. Vanessa trug ein schlichtes graues Kostüm, das Ami für sie gekauft hatte. Wären die Handschellen nicht gewesen, hätte man sie für eine Mitarbeiterin der Verteidigung halten können. Ami ging einige Schritte hinter den Polizisten, die Vanessa aus dem Gefängnisaufzug führten, als er im fünften Stock anhielt. Sie waren kaum in den Flur getreten, als eine größere Menschenmenge sich auf sie stürzte.

»Gehen Sie weiter, und beantworten Sie keine Fragen«, riet Ami ihrer Mandantin Vanessa, als die Reporter und Fernsehkameras sich ihnen näherten. Die Deputys mußten ihnen den Weg durch die schreienden Journalisten bahnen. Ami hob die Hand vor die Augen, um sie vor den grellen Fernsehscheinwerfern zu schützen, während sie den Beamten folgte.

»Waren Sie und Carl Rice ein Liebespaar?«

»Warum hassen Sie Ihren Vater?«

»Stimmen Sie bei den Vorwahlen für Präsident Jennings?«

Die Fragen prasselten wie ein Wolkenbruch auf sie ein, aber Vanessa zuckte nicht zurück. Während Ami die Aufmerksamkeit der Medien scheute, begrüßte Vanessa sie als Chance, ihre Botschaft über ihren Vater öffentlich zu machen. Sie straffte die Schultern und stellte sich den Journalisten.

»Mein Vater ist ein Mörder!« rief Vanessa entgegen Amis Rat. »Er gehört ins Zuchthaus, nicht ins Weiße Haus!«

Ami machte sich Sorgen, daß Vanessas öffentliche Stellungnahme den Richter gegen sie einnehmen könnte, doch Vanessa schien das gleichgültig zu sein. Sie würde Jahre hinter Gittern verbringen, wenn Victor Hobson ihr nicht helfen konnte, aber sie hatte keine Angst. Sie hatte das Irrenhaus überlebt, weil sie an sich geglaubt hatte, und sie würde auch das Gefängnis überstehen. Jedenfalls hatte sie nichts mehr zu verlieren. Wenn Hobson scheiterte, war sie nicht schlechter dran als in dem Augenblick, in dem sie sich der Polizei gestellt hatte. Sollte Hobson jedoch diesen Beweis finden, war ihr Vater erledigt.

Eine Reihe von Zuschauern drängte sich durch die Metalldetektoren, die vor Richter Velascos Gerichtssaal aufgebaut worden waren. Ein Beamter drängte etliche Menschen beiseite, damit Ami, Vanessa und die Beamten den Gerichtssaal betreten konnten. Brendan Kirkpatrick und Howard Walsh drehten sich auf ihren Stühlen am Tisch der Anklagevertreter um und beobachteten, wie die Frauen den Mittelgang herunterschritten. Ami bemerkte sie nicht, weil sie zu sehr damit beschäftigt war, die Zuschauerbänke abzusuchen. Reporter drängten sich auf den für die Presse reservierten Bereich im vorderen Teil des Saals. Leroy Ganett, der sowohl von Ami als auch dem Stellvertretenden Bezirksstaatsanwalt als Zeuge vorgeladen worden war, saß im hinteren Teil des Gerichtssaals. Der Arzt errötete und wandte den Blick ab, als er die Frau sah, die ihn getäuscht hatte. Nur Victor Hobson, auf dessen Anwesenheit Ami gehofft hatte, war nirgendwo zu sehen.

Und noch jemand fehlte im Gerichtssaal. General Morris Wingate wartete im Büro des Bezirksstaatsanwaltes. Er wurde von Beamten des Secret Service und seinen eigenen Sicherheitsleuten bewacht. Kirkpatrick hatte den General in das Gebäude geschafft, bevor das Gericht zusammentrat, um ihn unbemerkt an der Menge von Demonstranten, Anhängern und Reportern vorbeizuschmuggeln, die sich vor dem Gerichtsgebäude versammelt hatten, als durchgesickert war, daß der General als Zeuge vorgeladen worden war.

Gerade als sie die niedrige Balustrade erreichten, die den Zuschauerraum von der Zone abtrennte, in der die Verteidiger und Ankläger saßen, bemerkte Vanessa einen schlanken, elegant gekleideten und gebildet wirkenden, etwa fünfzigjährigen Mann unter den Zuschauern.

»Sehen Sie den Kerl auf dem Stuhl am Fenster, in der dritten Reihe von hinten?« flüsterte Vanessa Ami zu. »Das ist Bryce McDermott, der Chefberater meines Vaters. Vermutlich wird er ihm alles berichten, was hier passiert.«

Im Gerichtssaal erhob sich Gemurmel unter Sympathisanten und Gegnern von Vanessa, als die Beamten ihr die Handschellen abnahmen. Dann setzten sich die beiden Frauen an den Tisch der Verteidigung. Ami versuchte, das Gemurmel auf den Zuschauerbänken zu ignorieren, und konzentrierte sich auf ihre Pläne für die direkte Befragung ihrer Zeugen und das Kreuzverhör. Wenig später kündigte der Gerichtsdiener das Erscheinen des Richters Ruben Velasco an. Ami stand auf und bedeutete Vanessa, es ihr gleich zu tun, als Velasco auf seiner Bank Platz nahm.

»Guten Morgen«, begrüßte er die Anwesenden. »Sie dürfen sich setzen.«

Der Richter wartete mit der Ansprache an die Zuschauer, bis sein Gerichtsdiener Namen und Nummer des Falles zu Protokoll gegeben hatte.

»Bevor wir mit dieser Kautionsanhörung beginnen, möchte

ich den Vertretern der Öffentlichkeit, die das Privileg haben, dieses Gerichtsverfahren zu verfolgen, eins unmißverständlich klarmachen. Ich dulde unter keinen Umständen eine Mißachtung des Gerichts in meinem Saal. Jeder, der das Verfahren stört, wird sofort aus dem Saal verwiesen. Außerdem hat er Sanktionen zu erwarten, einschließlich einer Strafe wegen Mißachtung des Gerichts. Ich kündige das vor allem deshalb an, weil möglicherweise General Morris Wingate, Kandidat für die Präsidentschaftsnominierung seiner Partei, als Zeuge aufgerufen wird. Sollte es dazu kommen, erleben wir hier zusätzlich zu den üblichen Sicherheitsmaßnahmen ein verstärktes Aufgebot an Polizei sowie an Secret-Service-Beamten. Falls jemand mit dem Gedanken spielt, während der Aussage des Generals eine politische Demonstration durchzuführen, möchte ich ihn warnen: Sie landen im Gefängnis. Ich hoffe, ich habe mich klar ausgedrückt.« Der Richter ließ seine Worte einen Moment wirken. »Gut, fahren wir fort. Sind die Parteien bereit?«

»Die Vertreter des Volkes sind soweit, Euer Ehren.« Brendan Kirkpatrick stand respektvoll auf, als er antwortete.

Ami folgte seinem Beispiel. »Ami Vergano für Miss Kohler. Wir sind bereit.«

»Sehr gut. Mr. Kirkpatrick, wie lautet ihre Stellungnahme die Kaution für Miss Kohler betreffend?«

»Wir wollen keine Kaution zulassen. Die Angeklagte hat Carl Rice mit vorgehaltener Waffe aus der bewachten Abteilung des County-Hospitals befreit. Sie hat während des Ausbruchs vier Menschen mit dieser Waffe bedroht. Seit seiner Flucht hat Mr. Rice eine Anzahl von Menschen getötet und verletzt. Miss Kohler könnte ihm bei einigen dieser Verbrechen geholfen und Beihilfe geleistet haben. Nachdem gegen Sie in Oregon verhandelt wurde, wird die Angeklagte nach Kalifornien überstellt, wo sie wegen Mordes und schwerer Körperverletzung vor Gericht gestellt wird. Taten, die bei einem Einbruch in General Wingates Haus begangen wurden. Die Handlungen der Angeklagten beweisen, daß sie eine Gefahr für andere darstellt. Außerdem besteht hohes Fluchtrisiko. Miss Kohler hegt einen pathologischen Haß gegen ihren Vater, General Morris Wingate. Wäre sie auf freiem Fuß, wäre sie möglicherweise auch eine Gefahr für einen Präsidentschaftskandidaten.«

Kirkpatrick setzte sich, und Ami stand auf. Innerlich widerstrebte ihr die Argumentation, die sie nun führen würde, aber sie hatte die Pflicht, die Position ihrer Mandantin zu vertreten, selbst wenn sie nicht wirklich dahinterstand. Wichtiger war jedoch, daß Vanessa nach wie vor Amis und Ryans Leben zerstören konnte, wenn sie den Behörden verriet, daß ihre Anwältin ihr geholfen hatte, sich zu verstekken.

»Euer Ehren, Miss Kohler hat bisher keinerlei Straftaten begangen. Sie ist bei einem Magazin in Washington, D. C. beschäftigt. Ich lege eine eidesstattliche Versicherung ihres Arbeitgebers vor, in der er versichert, daß er Miss Kohler weiterbeschäftigen wird. Außerdem wohnt sie seit Jahren in derselben Wohnung in Washington. Bis zu den genannten Vorfällen war Miss Kohler eine vorbildliche Bürgerin. Mehr ins Gewicht fällt jedoch, daß Miss Kohler Mr. Rice nicht aus kriminellen Gründen geholfen hat. Miss Kohler glaubt, daß ihre Handlungen, Carl Rice aus dem Krankenhaus zu retten, dadurch gerechtfertigt waren, daß sie nur einen anderen Menschen verteidigt hat. Ebenso wie die Taten von Mr. Rice in Kalifornien gerechtfertigt waren. Er hat dort nur Miss Kohler gerettet, die von ihrem Vater und seinen Handlangern entführt und gefangengehalten wurde.

Carl Rice und General Morris Wingate kennen sich seit der Zeit, als Miss Kohler und Mr. Rice in Kalifornien noch gemeinsam zur Schule gingen. Mr. Rice hat in seinem letzten Jahr auf der Highschool einen Einberufungsbescheid bekommen und ist in die Army eingetreten, statt einen Aufschub für das College zu beantragen. Er wurde Mitglied der Special Forces in Vietnam, und dort kreuzten sich erneut seine Wege mit denen des Generals.

Während des Vietnamkrieges war General Wingate der Leiter der Agentur zur Koordination von Geheimdienstdaten, AIDC. Seine Statuten untersagen es diesem Geheimdienst, aktive Geheimdienstagenten zu beschäftigen. Trotz dieses eindeutigen Verbots unterhielt General Wingate eine kleine, streng geheime Einheit innerhalb seines Dienstes. Diese Einheit wurde mit Geldern finanziert, die aus illegalen Aktivitäten stammten, zum Beispiel Drogenhandel.«

Die Zuschauer wurden unruhig, und Richter Velasco ließ seinen Hammer heruntersausen und gebot Ruhe. Als das Gemurmel erstarb, wandte er sich an Ami.

»Sie haben hoffentlich Beweise, welche die Existenz der Einheit und die Beteiligung des Generals daran belegen.«

»Ich habe Zeugen vorgeladen, deren Aussagen die Existenz dieser Einheit und die Beziehung des Generals zu ihr bestätigen werden.«

Velasco sah sie ungläubig an, bat Ami jedoch, fortzufahren.

»Kurz nachdem Mr. Rice von seinem ersten Kampfeinsatz in die Staaten zurückkehrte, arrangierte General Wingate ein Treffen, bei dem er Mr. Rice für diese geheime Einheit rekrutierte. Von den frühen siebziger Jahren bis 1985 diente Mr. Rice in dieser Einheit. Er erfüllte auf Befehl mehrere Aufträge, einschließlich Mordanschläge in Europa und auf amerikanischem Boden. 1985 lebte Vanessa Kohler in Washington, wo sie Mr. Rice zufällig wieder begegnete. An einem Abend gestand er ihr, daß er den Befehl erhalten und ausgeführt hatte, zwei Menschen in Texas zu ermorden. Sie sollten angeblich für die Chinesen spionieren. Er war sehr durcheinander und erzählte Miss Kohler, daß er die Einheit verlassen wollte.

Miss Kohler fand Dokumente in einem Safe im Haus des Generals, welche die Existenz dieser Einheit bewiesen. Sie übergab sie dem Kongreßabgeordneten Eric Glass in seinem Sommerhaus in Lost Lake, Kalifornien. Sie hoffte, daß der Abgeordnete die Aktivitäten der Einheit aufdecken und die Beteiligung ihres Vaters an diesen illegalen Aktionen beweisen konnte. Als General Wingate entdeckte, daß diese Dokumente verschwunden waren, schickte er Mr. Rice nach Lost Lake, damit er Eric Glass tötete und die Dokumente wiederbeschaffte. Nachdem Mr. Rice diesen Auftrag erfüllt hatte, traf General Wingate Vorkehrungen, Mr. Rice zu ermorden. Er überlebte, jedoch ohne Wissen des Generals. Mr. Rice lebte daraufhin jahrelang im Untergrund, aber sein Bild ging nach seiner Verhaftung aufgrund der Ereignisse bei einem Baseballspiel durch die Presse. Als Miss Kohler ihn erkannte, war ihr klar, daß es nur eine Frage der Zeit war, bevor ihr Vater erfuhr, daß Carl Rice lebte. Miss Kohler half Mr. Rice bei seiner Flucht aus dem Krankenhaus, weil sie davon überzeugt war, daß General Wingate ihn umbringen lassen würde, um sein Geheimnis zu wahren.«

Der Lärm im Gerichtssaal schwoll wieder an. Der Richter ließ erneut seinen Hammer niedersausen.

»Treten Sie zur Richterbank vor!« befahl er den beiden Anwälten.

Der Richter beugte sich vor und senkte die Stimme, als Ami und Brendan Kirkpatrick vor seinem Podest standen.

»Ich warne Sie, Mrs. Vergano. Ich werde nicht gestatten, daß Sie meinen Gerichtssaal als Plattform für eine politische Debatte mißbrauchen. Ihre Vorwürfe werden von jeder Fernsehanstalt und jeder Zeitung in diesem Land übertragen und gedruckt und könnten das Ergebnis der Vorwahl beeinflussen. Ich werde Sie der Anwaltskammer melden und Sie ausschließen lassen, falls diese Anwürfe sich als unbegründet erweisen oder nicht mit dem Zweck dieser Anhörung vereinbar sein sollten.«

»Ich verstehe, Euer Ehren«, antwortete Ami kleinlaut. Ihr war schwindelig vor Angst.

»Mr. Kirkpatrick, wieso höre ich von Ihnen keinen einzigen Einspruch?«

»Ich wüßte nicht, wogegen ich Einspruch erheben könnte, Euer Ehren. Mrs. Vergano behauptet, Zeugen zu haben, die ihre Vorwürfe bestätigen können. Ich persönlich halte es zwar für unwahrscheinlich, daß sie glaubwürdig sind, aber in diesem Gerichtssaal können nur Sie über die Glaubwürdigkeit eines Zeugen entscheiden.«

»Das werde ich auch tun, Mrs. Vergano, darauf können Sie sich verlassen. Sollte ich zu dem Schluß kommen, daß Sie oder Ihre Mandantin dieses Gerichtsverfahren mißbraucht haben, hat das Konsequenzen für Sie.«

Selbst in der schlecht sitzenden, orangefarbenen Gefängniskleidung und angekettet an Händen und Füßen flößte Carl Rice Respekt ein. Er hielt sich sehr aufrecht und wirkte wie ein Mann, zu dem man besser Abstand hielt.

»Kann man Mr. Rice während seiner Aussage die Fesseln abnehmen?« fragte Ami den Richter.

»Sergeant Perkins?« Der Richter gab die Frage an den ranghöchsten Gefängniswärter weiter.

»Wir würden ihn lieber gefesselt lassen, Euer Ehren. Mr. Rice wird als Gefangener mit hohem Risiko eingestuft. Man hat uns informiert, daß er in verschiedenen Kampftechniken ausgebildet wurde und ehemaliger Angehöriger der Special Forces ist. Der Sheriff hält es daher für geboten, daß Handschellen und Fußfesseln bleiben.«

»Ich folge der Empfehlung des Sheriffs, Mrs. Vergano. Bei einem Prozeß würde ich vielleicht anders entscheiden. Da ich weiß, daß er ein Gefangener ist, wird das meine Entscheidung über seine Kaution nicht beeinflussen.«

Carl zuckte mit den Schultern, um zu zeigen, daß es ihm gleichgültig war. Richter Velasco befahl dem Gerichtsdiener, ihm den Eid abzunehmen. Die Sicherheitsbeamten halfen Rice in den Zeugenstand.

»Mrs. Vergano«, erklärte Richter Velasco. »Bevor Sie mit Mr. Rices Befragung beginnen, möchte ich ihm selbst einige Fragen stellen.«

Ami nickte.

Der Richter drehte sich zu dem Zeugen herum. »Mr. Rice, Mrs. Vergano war Ihre Anwältin …«

»Sie ist es noch immer, Euer Ehren«, unterbrach Rice ihn ruhig.

»Das beunruhigt mich etwas. Normalerweise vertritt ein Anwalt nicht zwei Angeklagte, die wegen desselben Falles vor Gericht stehen.«

»Mrs. Vergano hat mir die Probleme verdeutlicht, die auftreten können, wenn sie Mrs. Vergano und mich vertritt. Ich habe auf meine Rechte diesbezüglich verzichtet. Miss Kohler und ich glauben, daß es in unser beider Interesse liegt, wenn Mrs. Vergano uns beide vertritt.«

»Ihre Entscheidung gefällt mir zwar nicht, aber ich billige Ihre Wahl. Ich möchte Sie jedoch noch auf etwas anderes hinweisen. Ihnen ist bewußt, daß Sie unter Eid stehen und alles, was Sie sagen, von dem Gerichtsstenotypisten aufgezeichnet wird? Ihre Aussagen können vor jedem Gericht bei jedem Verfahren, das dieser Anhörung möglicherweise folgt, gegen Sie verwendet werden.«

»Ja, Sir. Ich habe das eingehend mit Mrs. Vergano besprochen.«

»Sie könnten sich durch Ihre Aussage selbst belasten.«

»Ich weiß Ihre Sorge zu schätzen, Euer Ehren, aber ich bin bereit, meine Freiheit zu riskieren, damit das amerikanische Volk die Wahrheit über Morris Wingate erfährt.«

Richter Velasco war sichtlich aufgebracht. Er schien noch etwas sagen zu wollen, wandte sich jedoch statt dessen an Ami. »Fahren Sie fort, Mrs. Vergano.«

»Mr. Rice, haben Sie in der Army der Vereinigten Staaten gedient?«

»Ja.«

»Während des Vietnamkrieges?«

»Während und danach.«

»Wann endete Ihr Dienst?«

»Offiziell wohl gar nicht, aber ich habe aus eigenem Entschluß im Jahr 1985 den Dienst quittiert.«

»Was waren das für Umstände, die Sie veranlaßt haben, den Dienst zu quittieren?«

»General Morris Wingate hat mich und andere Mitglieder einer illegalen Einheit, die er innerhalb des AIDC befehligte, nach Nordvietnam geschickt. Wir sollten angeblich vermißte amerikanische Soldaten retten. Diese Mission war jedoch eine Falle. Die Nordvietnamesen wußten, daß wir kamen, und haben uns in einen Hinterhalt gelockt. Bis auf mich sind alle Mitglieder der Einheit gefallen. Ich wurde gefangengenommen, aber mir gelang die Flucht. Nach einem Jahr schaffte ich es zurück in die Vereinigten Staaten und lebte im Untergrund. Ich dachte mir, daß niemand nach mir suchen würde, weil der General annahm, ich sei tot.«

»Sie haben ausgesagt, daß der Auftrag eine Falle war. Wer hat sie gestellt?«

»General Wingate. Er wollte alle Mitglieder der Einheit eliminieren, was ihm auch fast gelungen wäre.«

Ami bat Rice, dem Richter zu schildern, wie er in die Einheit rekrutiert wurde und von einigen seiner Aufträge zu berichten. Das Gemurmel im Saal schwoll an, als Rice die Zuschauer mit seinem Bericht faszinierte, wie er Maultierkarawanen in den Shan Hills überfiel, Dorfältesten in Südostasien mitten in der Nacht die Kehlen durchschnitt und Spione in Europa und Amerika ermordete. Ami hörte, wie hinter ihr auf den Pressesitzen Bleistifte über Papier kratzten. Auf den Bänken drängten sich Vertreter fast jeder großen Zeitung des Landes und selbst einige Korrespondenten der ausländischen Presse.

»Mr. Rice, Sie haben ausgesagt, daß Sie nach Ihrem ersten Kampfeinsatz für General Wingates Einheit rekrutiert wurden.«

»Ja.«

»Wurden Sie bei diesem ersten Einsatz verwundet?«

»Ich erhielt einen Streifschuß, nichts Ernstes.«

»Hat man Sie wegen dieser Verletzung in ein Krankenhaus eingeliefert?«

»Ich kam ins Krankenhaus, wo man die Wunde versorgt hat, aber ich wurde noch am gleichen Tag entlassen.«

»Wurden Sie wegen eines kampfbedingten Belastungssyndroms behandelt?«

»Nein.«

»Haben Sie bei der Mission zur Rettung der vermißten Soldaten eine schwerere Verletzung davongetragen?«

»Ja. Eine Granate ist in meiner Nähe explodiert, und ich wurde von Schrapnellsplittern getroffen.«

»Kommen wir zu etwas anderem. Auf welcher Highschool haben Sie Ihren Abschluß gemacht?«

»St. Martins Prep in Kalifornien.«

»War Miss Kohler dort ebenfalls Schülerin?«

»Wir waren im selben Jahrgang.«

»Wer ist Miss Kohlers Vater?«

»General Morris Wingate.«

»Haben Sie General Wingate kennengelernt, während Sie mit seiner Tochter ausgingen?«

»Ja, bei mehreren Gelegenheiten.«

»Hat Miss Kohler sich von Ihnen getrennt, als Sie noch auf der Highschool waren?«

»Ja.«

»Warum?«

»Ich wurde eingezogen. Sie wollte, daß ich mich der Einberufung widersetzte. Ich war an einem College zugelassen worden und hätte ein Stipendium bekommen. Sie hat sich darüber aufgeregt, daß ich es nicht angenommen habe, sondern zum Militär gegangen bin. Sie glaubte, ihr Vater habe meine Einberufung manipuliert, um uns auseinanderzubringen.«

»Wann haben Sie Miss Kohler nach der Highschool wieder gesehen?«

»1985.«

»Wo war das?«

»In Washington. Ich unterrichtete an der Sprachenschule der Army in Fort Meyer. Sie studierte abends Jura und arbeitete tagsüber für den Kongreßabgeordneten Eric Glass.«

»Haben Sie Miss Kohler irgendwann nach Ihrem Wiedersehen von der Zusammenarbeit mit ihrem Vater und diesen geheimen Aufträgen erzählt?«

»Ja.«

»Haben Sie später erfahren, was Miss Kohler, nachdem Sie sie eingeweiht hatten, getan hat?«

»Ja. Sie hat die Personalunterlagen der zehn Mitglieder der Einheit aus dem Safe ihres Vaters gestohlen und sie dem Abgeordneten Glass in seinem Sommerhaus in Lost Lake übergeben.«

»Wurde Ihnen von Morris Wingate ein Befehl gegeben, bezüglich des Kongreßabgeordneten und dieser Unterlagen?«

»General Wingate hat mir gesagt, Eric Glass sei ein Verräter, der die Unterlagen an ein fremdes Land verkaufen wollte. Er hat mir befohlen, nach Lost Lake zu fahren, die Akten wiederzubeschaffen und den Kongreßabgeordneten zu Tode zu foltern.«

Seine Worten lösten in einigen Teilen des Zuhörerraums lautstarke Reaktionen aus. Richter Velasco forderte nachdrücklich Ruhe. Ami fuhr mit ihrer Befragung fort, als sich das aufgeregte Gemurmel im Gerichtssaal gelegt hatte.

»War Mord durch Folter bei Ihren Aufträgen ungewöhnlich?«

Zum ersten Mal schien Rice die Fassung zu verlieren. Er leckte sich die Lippen und wirkte bedrückt.

»War es ein ungewöhnlicher Auftrag, jemanden zu Tode zu foltern?« wiederholte Ami ihre Frage.

»Ja.« Rice war kaum zu verstehen.

»Haben Sie die Befehle des Generals befolgt?«

»Ja.«

»Hat jemand gesehen, wie Sie Eric Glass ermordet haben?«

Rice schaute zu Vanessa hinüber. »Miss Kohler war im Haus. Ich wußte nicht, daß sie dort war, bis ich sie gesehen habe. Der General hatte mir nicht gesagt, daß seine Tochter dem Kongreßabgeordneten diese Unterlagen gegeben hatte.«

»Was haben Sie getan, nachdem Sie Miss Kohler sahen?«

»Ich bin in Panik geraten und geflohen. Als ich mich wieder in der Gewalt hatte, brachte ich die Dokumente zum General und bat ihn, zu erklären, warum Vanessa in Lost Lake war. Er sagte mir, Glass habe sie verführt, die Unterlagen zu stehlen. Außerdem erklärte er, sie habe der Polizei verraten, daß ich den Kongreßabgeordneten ermordet hätte. Dann wollte er mich nach Nordvietnam schicken. Dort sollte ich eine Gruppe von amerikanischen Soldaten retten. Er versprach mir, daß er bei meiner Rückkehr dafür sorgen würde, daß man mich nicht verhaftete. Er sprach von einer neuen Identität.«

»Dazu ist es nicht gekommen?«

»Nein«, antwortete Rice verbittert. »Die Mission war eine Falle. Der General wollte unseren Tod, um sich selbst zu schützen. All diese tapferen Soldaten, die ihr Leben für dieses Land gegeben haben ...«

Rice verstummte. Er versuchte sichtlich, die Fassung zu bewahren, aber er war den Tränen nahe. Er bat um ein Glas Wasser. Im Zuschauerraum wurde geflüstert. Ami warf einen kurzen Blick hinter sich. Die Zuschauer wirkten bedrückt und ernst.

»Wie haben Sie überlebt?« Ami stellte die Frage so leise, daß der Gerichtsstenotypist sie nur mit Mühe hören konnte.

»Ich bin geflohen.«

»Würden Sie dem Richter bitte schildern, was passiert ist?«

Carl riß sich zusammen und erzählte Richter Velasco, wie er gefangen und gefoltert wurde, wie er entkam, im Dschungel überlebte und wie ihm die Rückkehr nach Amerika gelang. Während Carl sprach, starrte er auf das Geländer des Zeugenstandes. Als er fertig war, wirkte er vollkommen ausgelaugt.

»Warum hat Miss Kohler Sie aus dem Krankenhaus befreit?« fragte Ami, als Rice sich erholt hatte.

»Sie glaubte, der General würde versuchen, mich umzubringen, sobald er erfuhr, daß ich noch am Leben war.«

»Also hat Miss Kohler Sie befreit, um Sie zu retten?«
»Ja.«
»Waren Ihre Befürchtungen gerechtfertigt?«
»Davon gehe ich aus.«
»Haben Sie nach Ihrer Flucht aus dem Krankenhaus Dr. George French, einen Psychiater, der Sie in meinem Auftrag untersucht hat, und seine Frau ermordet?«
»Nein.«
»Wer hat Sie dann umgebracht?«
»General Wingate hat seine Männer beauftragt, Dr. George French umzubringen.«
»Woher wissen Sie das?«
»Weil seine Leute auch versucht haben, Sie umzubringen, Mrs. Vergano.«
»Und Sie haben mich gerettet?«
»Ja.«
»Warum glauben Sie, hat General Wingate Dr. French ermorden lassen und das auch bei mir versucht?«
»Sie beide haben mich im Krankenhaus besucht. Er befürchtete wohl, ich hätte Ihnen von der Einheit sowie seiner Verantwortung dafür erzählt und daß Sie diese Informationen als Gegenleistung bei einem Deal mit dem Staatsanwalt benutzen könnten.«
»Warum sind Sie gewaltsam in das Haus des Generals in Kalifornien eingedrungen?«
»Seine Männer hatten Vanessa entführt. Ich hatte Angst um ihr Leben.«
»Also ist Miss Kohler nicht freiwillig in das Haus ihres Vaters gegangen?«
»Nein.«
»Ich habe keine weiteren Fragen an den Zeugen, Euer Ehren.«
Brendan Kirkpatrick stand langsam auf und ging auf den Zeugen zu. Auf dem Weg zum Zeugenstand legte er Ami die Kopien einiger Dokumente auf den Tisch.
»Euer Ehren, ich habe der Anwältin gerade Kopien der Be-

weisstücke eins, zwei und drei gegeben, die ich zuvor markiert habe. Mrs. Vergano ist bereit einzuräumen, allerdings nur für diese Anhörung, daß es sich um die Armyunterlagen von Mr. Rice aus seinen offiziellen Personalakten handelt. Ich bitte, sie als Beweisstücke zuzulassen.«

»Sind Sie einverstanden, Mrs. Vergano?« fragte Richter Velasco.

»Ja, aber nur für diese Anhörung, Euer Ehren.«

»Gut. Die Dokumente werden zugelassen.«

»Ich habe nur ein paar Fragen an Sie, Mr. Rice«, erklärte Kirkpatrick, während er dem Zeugen Kopien der Dokumente gab. »Sie haben ausgesagt, daß Sie von den frühen siebziger Jahren bis 1985 in dieser sogenannten geheimen Einheit waren, bis Sie desertiert sind?«

»Ja.«

»Sie hatten zahlreiche Einsätze in Übersee?«

»Ja.«

»Sehen Sie sich bitte Ihre Personalakten an. Werden dort nach Ihrem ersten Auslandseinsatz noch weitere Einsätze in Übersee aufgeführt?«

»Nein, aber diese Aufzeichnungen sind gefälscht. Von meinen Einsätzen in der Einheit gibt es keine schriftlichen Aufzeichnungen.«

»Das sagen Sie, aber Ihre offiziellen Personalunterlagen stützen Ihre Aussage nicht. Stimmt das?«

»Ja.«

»Wie war Ihr Rang im Jahr 1985?«

»Ich war Captain.«

»In den Unterlagen werden Sie als Sergeant geführt, nicht wahr?«

»Ja.«

»Betrachten Sie bitte Beweisstück drei. Das ist eine psychiatrische Diagnose, ausgestellt von Dr. Howard Stienbock.«

»Dieser Mann hat mich niemals untersucht. Das ist eine Fälschung.«

»Hier steht, daß Sie aus dem Dienst entlassen wurden, weil

Sie vorgaben, Captain zu sein. Der Doktor schließt daraus, daß Sie vielleicht als ein Resultat aus dem Streß, den Sie bei Ihrem einzigen Kampfeinsatz erlitten haben, eine Wahnvorstellung entwickelten.«

»Das war nicht mein einziger Kampfeinsatz. Diese Dokumente wurden von General Wingate angefertigt, um meinen Dienst in der Einheit zu decken.«

»Diese Dokumente sind also Teil der Verschwörung gegen Sie?«

»Sie wurden als Tarnung angefertigt.«

»Und die Unterlagen, die Sie in Lost Lake mitgenommen haben, befinden sich nicht mehr in Ihrem Besitz?«

»Ich habe sie dem General übergeben.«

»Die Männer in der Einheit sind praktischerweise alle tot, ja, und Ihre Leichen irgendwo in Nordvietnam verscharrt?«

»Es war für sie nicht praktisch, Mr. Kirkpatrick. Das waren tapfere Männer.«

»Das sagen Sie. Aber beweisen können Sie diese Geschichte nicht, oder doch?«

Rice dachte einen Moment nach und nickte dann.

»Sie müssen für das Protokoll laut antworten, Mr. Rice. Haben Sie einen Beweis für Ihre Anschuldigungen gegen General Morris Wingate?«

»Nur mein Wort«, flüsterte Rice kaum vernehmlich.

»Dann muß der Richter Ihr Wort also akzeptieren, daß es diese geheime Einheit gibt, ebenso, daß Sie darin gedient haben, und auch, daß die Armyunterlagen gefälscht sind. Ist das korrekt?«

Rice starrte die Personalakten an, die er in der Hand hielt, und antwortete nicht.

Kirkpatrick wechselte das Thema. »Hat Ihnen die Angeklagte während Ihrer gemeinsamen Zeit in der Highschool von ihren Gefühlen ihrem Vater gegenüber erzählt?«

»Ja.«

»Könnte man sagen, daß die Angeklagte ihren Vater haßt?«

»Ja.«

»Hat Sie Ihnen jemals erzählt, daß Sie glaubte, General Wingate habe ihre Mutter ermordet?«

»Ja.«

»Und stand dieser Mord im Zusammenhang mit der Verschwörung und dem Mord an Präsident John F. Kennedy?«

Die Leute im Zuschauerraum schnappten beinahe unisono nach Luft. Einige lachten. Richter Velasco ließ seinen Hammer hinuntersausen.

»Sie hat mir nie erzählt, daß Ihr Vater an der Ermordung von Kennedy beteiligt gewesen sei.«

»Aber sie haßt ihren Vater und würde alles tun, um Ihrem Vater zu schaden, nicht wahr?«

»Einspruch!« rief Ami. »Diese Frage fordert den Zeugen zu einer Spekulation auf.«

Bevor der Richter entscheiden konnte, reagierte Kirkpatrick. »Ich ziehe die Frage zurück. Ich habe keine weiteren Fragen an den Zeugen.«

Die Sicherheitsbeamten halfen Carl aus dem Zeugenstand. Als er an dem Tisch der Verteidigung vorbeiging, sah er Vanessa an. Sie lächelte. Er erwiderte das Lächeln, als er aus dem Gerichtssaal geführt wurde, aber es wirkte wenig zuversichtlich.

»Rufen Sie Ihren nächsten Zeugen auf«, forderte der Richter Ami auf.

»Miss Kohler ruft Dr. Leroy Ganett in den Zeugenstand«, erklärte Ami.

Dr. Ganett ging zum Zeugenstand, ohne Ami oder Vanessa anzusehen. Er war aufgeregt, als er den Eid abgelegte.

»Dr. Ganett«, fragte Ami, nachdem sie die Personalien des Arztes und seine Funktion im County-Krankenhaus verlesen hatte. »Sie waren der behandelnde Arzt von Carl Rice?«

»Ja«, antwortete er gepreßt. Es war offensichtlich, daß er überall lieber gewesen wäre als im Zeugenstand.

»Sie kannten ihn unter dem Namen Daniel Morelli?«

»Ja.«

»Warum haben Sie Mr. Rice behandelt?«

»Er wurde mit Schußwunden ins Krankenhaus eingeliefert. Ich habe ihn operiert, und nachdem er in der geschlossenen Abteilung untergebracht worden war, habe ich ihn weiterbehandelt.«

»Doktor, ich gebe Ihnen jetzt Beweisstück eins. Bitte identifizieren Sie es für das Gericht.«

»Das ist mein medizinischer Bericht über Mr. Rice.«

»Haben Sie ihn geschrieben, nachdem Sie Ihren Patienten untersucht haben?«

»Ja.«

Ami deutete auf einen Satz in dem Bericht. »Würden Sie diesen Satz dem Gericht vorlesen, bitte?«

Dr. Ganett sah, auf was sie deutete, und räusperte sich. »In diesem Satz steht, daß eine Röntgenaufnahme vom Bauch des Patienten Metallfragmente zeigte, die einem Schrapnell ähnlich sind.«

»Schrapnell sind Splitter einer Bombe oder Granate, die man im Krieg verwendet, nicht wahr?«

»Nicht unbedingt nur im Krieg, aber sie stammen von einer Granate, ja.«

»Die meisten Schrapnellwunden werden im Krieg verursacht, oder nicht?«

Dr. Ganett dachte einen Moment nach und nickte. »Ich würde sagen, daß man in einem Krieg eine größere Anzahl von Schrapnellwunden zu sehen bekommt.«

»Keine weiteren Fragen, Euer Ehren.«

»Dr. Ganett.« Brendan Kirkpatrick stand auf und blieb hinter dem Tisch der Ankläger stehen. »Sie haben den Ausdruck ›einem Schrapnell ähnlich‹ in ihrem Bericht benutzt?«

»Ja.«

»Warum haben Sie nicht einfach gesagt, daß diese Metallsplitter Schrapnell sind? Warum haben Sie ›ähnlich‹ gesagt?«

»Wir können nicht hundertprozentig sagen, ob diese Splitter Schrapnell sind. Es sind Metallsplitter, die Schrapnell sehr ähneln, aber es könnte auch etwas anderes sein.«

»Könnten es auch Metallsplitter sein, die Mr. Rice bei einer Explosion in diesem Land getroffen haben?«

»Ja.«

»Könnten solche Metallsplitter, wie Sie sie bei Mr. Rice gefunden haben, auch bei einem Autounfall in den menschlichen Körper eindringen?«

»Das will ich nicht ausschließen.«

»Also können wir aufgrund einer Röntgenaufnahme nicht mit Sicherheit sagen, wo Mr. Rice diese Wunde erlitten hat, ebenso wenig unter welchen Umständen. Stimmt das?«

»Das stimmt wohl.«

»Gehen wir einmal davon aus, daß Mr. Rice diese Wunde im Kampf erlitten hat, können Sie uns dann sagen, ob diese Verwundung sich 1985 ereignet hat und nicht, sagen wir, Anfang der siebziger Jahre?«

»Nein, das kann ich nicht.«

Ganetts Erleichterung war unübersehbar, als Ami erklärte, sie habe keine weiteren Fragen an den Zeugen. Er hastete aus dem Gerichtssaal.

»Noch mehr Zeugen, Mrs. Vergano?« fragte Richter Velasco.

Ami stand wieder auf. »Ich rufe im Namen von Miss Kohler Detective Howard Walsh in den Zeugenstand.«

Nachdem Walsh den Eid geleistet hatte, stellte Ami für das Protokoll fest, daß er im Little-League-Fall ermittelt hatte.

»Detective Walsh, haben Sie von Mr. Rice Fingerabdrücke genommen, als er im Zusammenhang mit den Vorfällen bei dem Baseballspiel verhaftet wurde?«

»Ja.«

»Was haben Sie mit den Fingerabdrücken gemacht?«

»Wir haben sie durch das Identifikationssystem geschickt, um herauszufinden, ob bereits etwas gegen ihn vorlag.«

»Konnte Sie die Abdrücke zuordnen?«

»Nein.«

»Mr. Kirkpatrick hat die Personalunterlagen der Army

von Mr. Rice als Beweisstück eingereicht. Waren denn in den Akten keine Fingerabdrücke von Mr. Rice?«

Walsh zögerte. »Es scheint hier einen Verwaltungsfehler vorzuliegen. Seine Fingerabdrücke befinden sich nicht in seinen Militärakten.«

»Danke, Detective. Keine weiteren Fragen, Euer Ehren.«

»Keine Fragen, Euer Ehren«, schloß sich Kirkpatrick an.

»Mein letzte Zeugin ist Vanessa Kohler, Euer Ehren«, erklärte Ami ein wenig aufgeregt.

Auf diesen Moment hatte Vanessa gewartet. Das war ihre Chance, der Welt klarzumachen, daß ihr Vater die Verkörperung des Bösen war. Doch als ihr Name aufgerufen wurde, kamen ihr Zweifel. Hatten die anderen vielleicht recht? War diese Einheit ein Phantasieprodukt von Carls Einbildung? Liebte ihr Vater sie vielleicht doch?

»Miss Kohler«, sagte Richter Velasco. »Treten Sie bitte vor und leisten Sie den Eid.«

Vanessa riß sich zusammen und zwang sich, aufzustehen. Nein, sie war im Recht. Sie straffte die Schultern und ging zum Zeugenstand.

Bevor Richter Velasco Ami erlaubte, ihre Mandantin zu befragen, betonte er noch einmal das Problem, daß Ami sie und Carl Rice gleichzeitig vertrat. Als Vanessa antwortete, daß sie trotzdem aussagen wollte, bat Velasco Ami, fortzufahren.

»Miss Kohler«, sagte Ami nach den üblichen einleitenden Fragen, »hat Ihnen Carl Rice 1985 in Washington über seinen Dienst in einer geheimen Einheit erzählt, die Ihr Vater innerhalb des AIDC kommandierte?«

»Ja.«

»Haben Sie nach diesem Gespräch versucht, Beweise dafür zu finden, daß diese Einheit existierte?«

»Ja.«

»Was haben Sie getan?«

»Mein Vater hat einen Safe in unserem Haus in Kalifornien. Er wußte nicht, daß ich die Kombination kannte. In dem Safe waren die Armyunterlagen von zehn Männern, zu denen auch Carl gehörte.«

»Was haben Sie mit diesen Unterlagen gemacht?«

»Ich arbeitete für Eric Glass, der in dem Ausschuß des Kongresses saß, der die Geheimdienste kontrolliert. Ich wußte, daß er sich in seinem Sommerhaus in Lost Lake in Kalifornien aufhielt. Ich habe ihm die Unterlagen gebracht. Ich wollte, daß er untersuchte, was diese Männer während und nach Vietnam getan haben.«

»Was ist mit den Unterlagen passiert?«

»Ich habe sie Eric gegeben, und er erklärte sich bereit, sie jemandem von seinen Leuten zu geben, der sie untersuchen sollte. Es war bereits spät. Eric erlaubte mir, in seinem Gästezimmer zu übernachten. Mitten in der Nacht schreckte ich auf und ging nach unten.«

Vanessa hielt inne. Selbst nach all den Jahren und obwohl sie die Geschichte schon so oft erzählt hatte, war ihr das Entsetzen über das, was sie gesehen hatte, noch lebhaft im Gedächtnis.

»Möchten Sie einen Schluck Wasser oder eine kurze Pause?« fragte Ami.

»Nein, es geht schon.« Vanessa hustete und holte tief Luft. »Eric war an einen Schreibtischstuhl gefesselt. Er ... Überall war Blut. Carl beugte sich mit einem Messer über ihn. Er hatte Eric getötet und nahm die Unterlagen.«

»Kommen wir zu den Ereignissen im County-Krankenhaus. Warum haben Sie Mr. Rice aus der geschlossenen Abteilung gerettet?«

»Einspruch«, sagte Kirkpatrick. »Das war keine Rettungsaktion. Miss Kohler hat bei einer Flucht aus dem Arrest geholfen und Beihilfe geleistet.«

»Das haben Sie zu entscheiden, Euer Ehren«, erwiderte Ami. »Unserer Meinung nach befand Mr. Rice sich im Krankenhaus in höchster Gefahr und wurde von Miss Kohler aus ehrenwerten Motiven gerettet.«

»Einspruch abgelehnt, Mr. Kirkpatrick. Mrs. Vergano hat

das Recht, ihre Theorie zu äußern. Ob ich diese Theorie akzeptiere, steht auf einem anderen Blatt.«

»Beantworten Sie bitte meine Frage«, sagte Ami.

»Mein Vater glaubte, daß er alle Beweise vernichtet hatte, die beweisen konnten, daß diese Einheit existierte. Doch da Carl am Leben war, bestand die Möglichkeit, daß er seine kriminellen Machenschaften entlarven könnte. Selbst wenn diese Beweise nicht für eine strafrechtliche Verurteilung reichten, konnten Carls Enthüllungen seine Kandidatur für das Präsidentenamt zunichte machen. Ich wußte, daß mein Vater alles tun würde, um Carl aus dem Weg zu räumen, daher habe ich ihn aus dem Krankenhaus befreit.«

»Warum haben Sie den Behörden nicht von dieser Gefahr für Mr. Rice berichtet?«

Vanessa lachte und deutete auf den Zuschauerraum. »Sie können sehen, wieviel Glauben die Polizei meinen Worten schenkt. Mein Vater hat mich nach den Vorfällen in Lost Lake in eine psychiatrische Klinik gesteckt, um meine Glaubwürdigkeit zu ruinieren. Niemand würde mich ernst nehmen, also habe ich Carl gerettet, bevor die Männer des Generals ihn töten konnten. Wie sich herausstellte, sind wir gerade noch rechtzeitig entkommen. Die Killer meines Vaters haben Dr. French und seine Frau kurz nach unserer Flucht ermordet, und sie haben auch versucht, Sie zu töten, Mrs. Vergano.«

»Woher wollen Sie wissen, daß nicht Mr. Rice Dr. French und dessen Frau umgebracht hat?«

»Weil ich von dem Moment, an dem wir das Krankenhaus verließen, bis zu der Entführung durch die Männer meines Vaters mit ihm zusammen war.«

»Kennen Sie einen der Männer, die Sie entführt haben?«

»Sam Cutler.«

»Wer ist Sam Cutler?«

»Ich weiß nicht, ob das sein richtiger Name ist. Carl kannte ihn als Paul Molineaux. Er arbeitet für meinen Vater, aber das wußte ich nicht, als ich ihn kennenlernte.«

»Wie sah Ihre Beziehung zu Mr. Cutler aus, bevor er sie entführt hat?«

»Er war mein Liebhaber«, antwortete Vanessa verbittert. »Als mein Vater sich entschlossen hat, für das Präsidentenamt zu kandidieren, hat er Sam befohlen, sich an mich heranzumachen und dafür zu sorgen, daß ich seinen Wahlkampf nicht störte.« Sie machte eine kleine Pause. »Das habe ich allerdings erst vor kurzem erfahren.«

»War Mr. Cutler allein, als er Sie entführt hat?«

»Nein. Er hatte einige Mitglieder der Sicherheitstruppe meines Vaters bei sich. Sie haben versucht, Carl zu töten, aber er konnte entkommen.«

»Wohin hat Mr. Cutler Sie gebracht?«

»In das Haus meines Vaters nach Kalifornien.«

»Sind Sie in diesem Haus aufgewachsen?«

»Ja.«

»Hat Mr. Cutler Gewalt angewendet, um Sie in dieses Haus zu bringen?«

»Er hat körperliche Gewalt angewendet und mich außerdem unter Drogen gesetzt.«

»Also sind Sie nicht freiwillig in dieses Haus gegangen?«

»Nein.«

»Hat Mr. Rice versucht, Sie zu entführen, als er in das Haus eingedrungen ist?«

»Nein. Er hat versucht, mich zu retten. Mein Vater hat mich gegen meinen Willen dort festgehalten.«

»Also hat Mr. Rice versucht, Sie vor den Entführern zu retten, als er in das Haus eindrang? Sie wären freiwillig mit ihm mitgegangen?«

»Sicher.«

»Sollte der Richter Ihre Kaution senken oder Sie auf Ehrenwort freilassen, was werden Sie dann tun?«

»Ich befolge die Auflagen des Gerichts. Falls ich bis zum Prozeß nach Washington zurückkehren kann, werde ich wieder arbeiten. Patrick Gorman, mein Arbeitgeber, hält meine Stelle für mich frei. Außerdem habe ich dort eine Wohnung, in der ich seit fast fünfzehn Jahren lebe.«

Ami reichte Richter Velasco die entsprechenden Dokumente. »Das ist eine eidesstattliche Erklärung von Patrick Gorman, in welcher er bestätigt, daß Miss Kohler bereits viele Jahre eine wertvolle Mitarbeiterin war und er sie weiterbeschäftigen wird, falls man sie aus der Untersuchungshaft entlassen sollte. Ich habe eine Kopie der Erklärung Mr. Kirkpatrick gegeben, und er hat zugestimmt, sie als Ersatz für Mr. Gormans Zeugenaussage bei dieser Anhörung zu akzeptieren.«

»Gut. Weitere Fragen an Ihre Zeugin?«

»Nein, Euer Ehren«, antwortete Ami.

»Ihre Zeugin, Mr. Kirkpatrick.«

Als Brendan zum Zeugenstand ging, wirkte er bedrückt, als wäre er traurig, seine Fragen stellen zu müssen.

»Waren Carl Rice und Sie auf der Highschool ein Liebespaar, Miss Kohler?«

»Ja.«

»Und Sie haben sich noch auf der Highschool von ihm getrennt?«

»Ja.«

»Und Ihre Bekanntschaft 1985 in Washington erneuert?«

»Ja.«

»Waren Sie in Washington ebenfalls ein Liebespaar?«

»Nein.«

»Wer hat die Entscheidung gefällt, Ihre Beziehung in Washington nur platonisch fortzusetzen?«

»Ich.«

»Aus welchem Grund?«

»Wir hatten uns auf der Highschool nicht gerade wohlwollend getrennt, und wir hatten uns im Lauf der Jahre verändert.« Vanessa zuckte mit den Schultern. »Ich empfand einfach nicht genug für Carl, um mich wieder richtig auf ihn einlassen zu können.«

»Mr. Rice kannte Ihre Gefühle?«

»Ja.«

»Er wußte auch, daß Sie Ihren Vater haßten?«

Vanessa lachte. »Das wußte jeder.«

»Ist Ihre Mutter Charlotte Kohler bei einem Autounfall ums Leben gekommen, als sie noch in der Middle School waren?«

»Das war kein Unfall.«

»Sie glauben, daß Ihr Vater Ihre Mutter umgebracht hat. Stimmt das?«

»Ich weiß, daß er es getan hat.«

»Aber Sie haben keine Beweise dafür, daß sie ermordet wurde?«

»Nein.« Vanessa schaute den Ankläger finster an.

»Die Polizei kam zu dem Ergebnis, daß der Tod Ihrer Mutter ein Unfall war, richtig?«

»Mein Vater beschäftigt Leute, die jeden Mord wie einen Unfall aussehen lassen können.«

»Dennoch lautete das offizielle Urteil, daß der Tod Ihrer Mutter ein Unfall war?«

»Ja.«

»Sie haben ausgesagt, daß Sam Cutler bei Ihnen in Washington lebte?«

»Ja.«

»Haben Sie ihm von Ihrem Verdacht erzählt, daß Ihr Vater eine Rolle bei der Ermordung Kennedys gespielt haben könnte?«

»Die militärische Karriere meines Vaters stieg kurz nach der Ermordung Kennedys steil an«, erwiderte Vanessa trotzig.

»Und Sie glauben, der Grund war seine Mitgliedschaft in einer Art von Geheimbund, der für dieses Attentat verantwortlich war?«

»Dafür habe ich keine Beweise. Es ist ... Diese Übereinstimmung ist ...« Sie unterbrach sich, als sie selbst merkte, wie verrückt das klang. »Ja.«

»Sie haben ausgesagt, daß Sie und Mr. Rice einmal ein

Liebespaar gewesen sind, aber Sie haben Ihre Beziehung platonisch gehalten, als Sie sich 1985 wieder gesehen haben.«

»Das sagte ich gerade, ja.«

»Wenn er nun mehr wollte, Miss Kohler? Er wußte, daß Sie Ihren Vater haßten und daß Sie jede ausgefallene Geschichte glauben würden, die er erfand, solange der Bösewicht darin General Morris Wingate war. Wenn er nun eine Geschichte über eine geheime Einheit erfunden hat, die von Ihrem Vater geleitet wurde, nur um Sie an sich zu binden?«

»Nein, die Einheit hat existiert«, erwiderte Vanessa halsstarrig.

»Falls Mr. Rice nichts über diese Einheit gesagt hätte, wie hätten Sie dann davon erfahren können?«

»Was ist mit den Dokumenten in dem Safe?«

»Bitte beantworten Sie meine Frage, Miss Kohler«, wiederholte Brendan geduldig. »Falls Mr. Rice Ihnen nicht von der Einheit erzählt hätte, hätten Sie dann von ihrer Existenz erfahren?«

»Nein, wohl nicht.«

»Wurde diese Einheit in den Dokumenten irgendwo erwähnt, die Sie aus dem Sage Ihres Vaters genommen haben?«

»Nein, aber Carls Personalunterlagen waren bei denen der anderen Mitglied der Einheit.«

»Könnte es nicht auch eine harmlose Erklärung dafür geben, daß Ihr Vater im Besitz dieser Unterlagen war, eine, die nichts mit einem supergeheimen Team von Attentätern zu tun hatte?«

Vanessa schüttelte ihren Kopf. Sie wurde immer aufgeregter. »Mein Vater ist ein Killer. Er hat Carl befohlen, Eric Glass wegen dieser Unterlagen zu ermorden.«

»Sie können diese Unterlagen nicht zufällig dem Gericht zeigen?«

»Mein Vater hat sie in seinem Besitz, falls er sie nicht längst vernichtet hat.«

Brendan sah den Richter an. »Würden Sie bitte Miss Kohler instruieren, daß Sie meine Fragen beantworten sollte, Euer Ehren?«

»Ja. Miss, Kohler, Sie dürfen nicht mit dem Anwalt streiten. Falls Sie etwas zur Sache sagen wollen, kann Ihre Anwältin Sie später dazu befragen. Haben Sie das verstanden?«

»Ja«, erwiderte Vanessa gereizt.

»Soll der Gerichtsstenotypist die Frage noch einmal vorlesen?«

»Das ist nicht nötig.« Vanessa sah den Bezirksstaatsanwalt an. »Nein, Mr. Kirkpatrick, ich kann diese Unterlagen nicht beibringen.«

»Miss Kohler, ist Ihnen jemals in den Sinn gekommen, daß Mr. Rice den Kongreßabgeordneten vielleicht aus Eifersucht ermordet haben könnten, weil er glaubte, Eric Glass sei Ihr Liebhaber?«

»Das glaube ich nicht. Sie kennen meinen Vater nicht und haben keine Ahnung, wozu er fähig ist.«

»Haben Sie jemals gesehen, wie Ihr Vater jemanden umgebracht hat?« fragte Kirkpatrick.

Vanessa zögerte.

»Haben Sie es gesehen?«

»Nein.«

»Haben Sie mit angehört, wie er jemandem befohlen hat, ein Verbrechen zu begehen?«

»Nein«, antwortete Vanessa leise.

»Hat Ihr Vater Sie jemals verletzt?«

»Er hat mich entführt.«

»Oder hat er Sie von einem Mann befreit, der ein erklärter Massenmörder ist?«

Vanessa musterte den Ankläger mit einem bösen Blick. »Mein Vater hat mich in ein Irrenhaus gesperrt.« Ihre Augen glühten vor Haß. »Er hat mich über ein Jahr unter Drogen setzen lassen, damit ich den Mund halte.«

»Oder um Ihnen zu helfen. Haben die Ärzte in dem Krankenhaus nicht die Diagnose gestellt, und ist nicht aufgrund dieser Diagnose Ihre Einweisung in eine psychiatrische Klinik erfolgt?«

»Die Ärzte haben das getan, was er ihnen gesagt hat.«

»Haben die Ärzte Ihnen das gesagt?«

»Nein.«

»Haben Sie jemals gehört, wie Ihr Vater einen solchen Befehl gab?«

»Dafür ist er viel zu klug. Er hat mir immer nur gesagt, wie sehr er mich liebte und wie sehr es ihn schmerzte, mich in das Krankenhaus zu stecken. Wenn er das sagte, sorgte er dafür, daß es vor Zeugen geschah. Er mag ja böse sein, aber er ist auch ziemlich gerissen.«

»Oder sehr fürsorglich, Miss Kohler. Ich habe keine weiteren Fragen, Euer Ehren.«

»Er hat mich wie eine Idiotin dargestellt«, sagte Vanessa zu Ami. Sie saßen sich während der Mittagspause an einem Tisch im Gericht gegenüber.

»Brendan ist ein exzellenter Staatsanwalt. Er weiß, daß Sie nur Carls Wort als Beweis haben, daß diese Einheit existierte.«

»Und was ist mit dem Mord an Dr. French und seiner Frau?«

»Brendan glaubt weder Ihnen noch Carl. Er glaubt, daß Carl die Frenchs ermordet hat und Sie ihn decken.«

»Carl hat Ihr Leben gerettet. Was hält er davon?«

»Er glaubt, daß die Sicherheitsleute meines Vaters auf der Suche nach Ihnen und Carl zu meinem Haus gekommen sind und Carl sie ermordet hat. Das paßt sehr gut zu Brendans Theorie des Falles.«

Vanessa schüttelte den Kopf. »Wir haben keine Chance, stimmt's?«

»Es tut mir leid, aber ich habe Ihnen vorher gesagt, daß genau das passieren könnte. Sie waren in psychiatrischer Behandlung, und Ihr Vater ist ein Nationalheld. Sie äußern sehr offen, wie sehr Sie Ihren Vater hassen. Das gibt Ihnen ein starkes Motiv, zu lügen oder die Wahrheit zu verzerren.«

»Immer noch keine Nachricht von Hobson?« wollte Vanessa wissen.

»Nein.«

»Ich habe geahnt, daß ich ihn nicht besiegen kann. Mein Vater gewinnt anscheinend immer.«

Vanessa schloß die Augen und legte den Kopf in den Nakken. Ihr Schmerz war so deutlich zu sehen, daß es Ami weh tat, aber sie wußte nicht, wie sie ihr hätte helfen können. Sie hatten verloren, und Vanessa und Carl Rice würden für eine sehr lange Zeit ins Gefängnis wandern.

36. KAPITEL

Nachdem Ami Vergano ihren Fall dargelegt hatte, begann Brendan Kirkpatrick mit der Darstellung der Staatsanwaltschaft. Er befragte Dr. Ganett und die anderen Männer, die Vanessa im Krankenhaus gefangengenommen hatte. Kurz vor Mittag vertagte Richter Velasco das Gericht auf vierzehn Uhr.

Kirkpatrick war bedrückt, als er in das Büro des Bezirksstaatsanwaltes ankam, das im fünften Stock des Gerichtsgebäudes lag. Normalerweise verspürte er nach einem gelungenen Kreuzverhör eher Erleichterung, aber nach der Vernehmung von Vanessa Kohler wollte sich dieses Gefühl nicht einstellen. Kirkpatrick konnte es nicht genießen, jemanden zu besiegen, der voller Haß und krank war.

»Mr. Kirkpatrick«, rief die Empfangsdame ihm zu. »Mr. Stamm hat eine wichtige Nachricht wegen der Kautionsanhörung für Sie. Sie sollten Sie nach Ihrer Rückkehr vom Gericht sofort lesen.«

Jack Stamm war der Bezirksstaatsanwalt von Multnomah County und damit Kirkpatricks Vorgesetzter. Brendan ließ sich von der Empfangsdame die Nachricht aushändigen. Er runzelte verwirrt die Stirn, als er sie überflog. Einen Moment spielte er mit dem Gedanken, in Stamms Büro zu gehen und eine Erklärung für diese Instruktionen zu verlangen, aber die Nachricht befahl ihm unmißverständlich und kommentarlos zu tun, was darin verlangt wurde.

Brendan ging durch den schmalen Korridor vom Empfangstresen zu dem Großraumbüro, in dem die Staatsanwälte und ihre Mitarbeiter arbeiteten. General Wingate wartete im Konferenzzimmer, dessen Tür von zwei Männern des Secret Service bewacht wurde. Sie durchsuchten Brendan und seinen Aktenkoffer gründlich, bevor sie ihn einließen.

General Wingate fixierte den Anklagevertreter mit dem scharfen Blick seiner blaßblauen Augen, als er das Zimmer betrat. Neben ihm saß Bryce McDermott, sein politischer Berater. McDermott war sofort ins Konferenzzimmer geeilt, als Vanessas Kreuzverhör beendet war, um den General darüber zu informieren, was Carl Rice und seine Tochter ausgesagt hatten. Am Ende des Tisches saß ein stämmiger Mann in einem Lederjackett. Kirkpatrick konnte sehen, daß er eine Pistole trug. Der Mann ließ ihn nicht aus den Augen.

Das graumelierte Haar des Generals war militärisch kurz geschnitten. Er trug ein weißes Seidenhemd, einen kastanienbraunen Schlips und die Hose eines anthrazitfarbenen Anzuges. Das passende Jackett lag ordentlich gefaltet über einem Stuhl.

»Bryce hat mir gesagt, daß Sie ziemlich grob mit Vanessa umgegangen sind«, begrüßte Wingate den Staatsanwalt sichtlich erregt.

»Es ist mein Job, eine Kautionsanhörung zu gewinnen, aber ich versichere Ihnen, daß es mir keinen Spaß gemacht hat.«

Der General seufzte. »Ich weiß, daß Sie nur Ihre Arbeit tun, aber es schmerzt mich, wenn Vanessa leidet. Haben Sie Kinder, Mr. Kirkpatrick?«

»Nein«, antwortete Brendan. Seine Miene veränderte sich nicht, aber er fühlte einen Stich im Herzen. Seine Frau und er hatten über Kinder gesprochen, kurz bevor sie gestorben war.

»Alles, was die eigenen Kinder tun, selbst die kleinste Kleinigkeit, versetzt Sie entweder in Ekstase oder bereitet Ihnen Schmerzen. Bedauerlicherweise hat mir Vanessa nur wenig Freude bereitet. Trotzdem kann ich Sie nicht leiden sehen.«

»Leider muß ich Ihnen sagen, daß ich Sie ebenfalls in den Zeugenstand rufen werde, General.«

»Das dürfte doch kaum nötig sein, so wie Sie Carl und Vanessa ins Kreuzverhör genommen haben. Welche Zweifel kann der Richter denn noch an Ihrer Unzurechnungsfähigkeit haben? Er muß doch erkennen, daß er Vanessa in diesem Zustand auf keinen Fall gegen Kaution auf freien Fuß setzen kann!«

»General Wingate, wenn ich eines in meiner beruflichen Laufbahn gelernt habe, dann, daß man niemals Entscheidungen eines Richters oder einer Jury vorhersagen kann. Ich habe in diesem Gerichtsgebäude die seltsamsten Urteile erlebt. Ich weiß nur, daß man immer auf Nummer sicher gehen sollte. Außerdem brauche ich Sie, damit Sie dem Richter erklären können, warum Sie Ihre Tochter in Ihr Haus haben bringen lassen und was passiert ist, als Rice dort eingedrungen ist. Zudem halte ich es für sehr wichtig, daß Sie die Behauptungen über diese geheime Einheit, die Sie als Chef der AIDC angeblich geleitet haben, aus der Welt schaffen.«

Der General drehte sich zu McDermott herum. »Was halten Sie davon, Bryce?«

»Ich stimme Brendan zu. In dem Gerichtssaal drängt sich die gesamte Presse des Landes. Sie haben alles notiert, was Ihre Tochter und Rice behauptet haben. Wenn Sie auf diese Anschuldigungen nicht die richtige Antwort geben, werden die Medien anfangen zu spekulieren. Wir sollten diesen Unsinn im Keim ersticken.«

Wingate seufzte erneut. »Sie haben recht. Ich kann nicht behaupten, daß es mich froh stimmt, meiner Tochter gegenüberzusitzen und Dinge sagen zu müssen, die Ihre Überzeugung zementieren wird, ich wollte Ihr Leben zerstören.«

»Das verstehe ich, Sir, und ich werde versuchen, so weit wie mir möglich ist, auf Ihre Gefühle Rücksicht zu nehmen«, versprach Brendan.

»Ich nehme an, Mrs. Vergano teilt Ihre Einstellung nicht?«

»Nein, Sir, ganz bestimmt nicht.«

Brendan Kirkpatrick und General Wingate marschierten durch die Doppeltür in den Gerichtssaal. Die Leibwächter des Generals umringten sie, und Bryce McDermott folgte ihnen auf dem Fuß.

Plötzlich flammten die Scheinwerfer der Fernsehkameras auf, und im Korridor brach die Hölle los. Dann schlossen sich die Türen, und der General ging zum Zeugenstand. Er blickte starr geradeaus, als nehme er eine Parade ab. Als er auf der Höhe seiner Tochter war, blieb er kurz stehen und lächelte sie bedauernd an. Vanessa antwortete mit einem haßerfüllten Blick. Wingates Lächeln erlosch, und er schüttelte traurig den Kopf.

Nachdem der Gerichtsdiener ihm den Eid abgenommen hatte, setzte sich der General in den Zeugenstand.

»Waren Sie jemals verheiratet?« begann Kirkpatrick, nachdem er Wingates militärische und unternehmerische Vergangenheit aufgeführt hatte.

»Ja, mit Charlotte Kohler, einer wundervollen Frau.«

»Was ist mit ihr passiert?«

Wingate senkte den Blick. »Sie kam bei einem Autounfall ums Leben.«

»Wann ist das passiert?«

»Mitte der sechziger Jahre. Der Tod ihrer Mutter hat Vanessa schwer getroffen.«

»Ist Vanessa Kohler ein Kind aus dieser Ehe?«

»Ja.«

»Wie würden Sie die Beziehung zu Ihrer Tochter beschreiben?«

»Wir standen uns nahe, bis ihre Mutter gestorben ist. Dann hat sie sich irgendwie eingeredet, ich wäre für den Autounfall verantwortlich gewesen, bei dem ihre Mutter starb. Sie war damals in der Pubertät, das ist ein sehr schwieriges Alter. Das hat unsere Beziehung sehr stark belastet.« Der General sah den Bezirksstaatsanwalt an. »Ich trage daran die Hauptverantwortung. Vanessa und ich lebten in Kalifornien, aber ich arbeitete viel, zu viel in Washington.«

»Sie waren der Leiter der Agentur zur Koordination von Geheimdienstdaten, AIDC?«

»Ja. Ich hätte mehr zu Hause sein müssen, aber das ging nicht, vor allem nicht, nachdem der Vietnamkrieg ausgebrochen war.«

»Gab es andere spezielle Ereignisse, welche dieBeziehung zu Ihre Tochter weiter belasteten?«

Wingate nickte. »Im Jahr 1985 mußte Vanessa erleben, wie Carl Rice den Abgeordneten Glass ermordete. Sie erlitt einen Nervenzusammenbruch und mußte in psychiatrische Behandlung. Ich habe sie in ein Privatsanatorium verlegen lassen, wo sie die bestmögliche Pflege bekam. Sie behauptete jedoch zu meinem Leidwesen, die Behandlung sei Teil eines Komplotts gegen sie.« Wingate trank einen Schluck Wasser, bevor er weitersprach. »Es war sehr schmerzlich für mich, Vanessa in eine psychiatrische Klinik einweisen zu müssen, Mr. Kirkpatrick, aber für ihre geistige Gesundheit war es absolut notwendig, sie in die Obhut des Serenity Manor zu geben.« Der General senkte den Blick. »Nach ihrer Einweisung weigerte sie sich, auch nur mit mir zu sprechen.«

»Wie lange kannten Sie Carl Rice?«

»Ich glaube, wir haben uns 1969 in meinem Haus in Kalifornien zum ersten Mal getroffen. Carl war ein Klassenkamerad meiner Tochter.«

»Wie war Ihr erster Eindruck von Mr. Rice?«

»Ich mochte ihn. Er war klug, drückte sich gewählt aus und war ein ernsthafter Student und Sportler.«

»Sie wissen, daß Mr. Rice Sie beschuldigt hat, der Anführer einer geheimen Einheit der Army zu sein und ihn während des Vietnamkrieges rekrutiert zu haben?«

»Ja.«

»Sind Sie ebenfalls darüber informiert, daß er behauptet, diese Einheit habe auf Ihren Befehl hin illegale Handlungen begangen, zu denen auch Mord gehörte?«

»Ja.«

»Ist Ihnen weiterhin bewußt, daß Mr. Rice ausgesagt hat,

Sie hätten ihm befohlen, den Kongreßabgeordneten Glass zu ermorden, um Dokumente wiederzubeschaffen, die Ihre Tochter aus dem Safe Ihres Hauses in Kalifornien gestohlen hat? Diese Dokumente sollten angeblich die Existenz dieser geheimen Einheit beweisen.«

»Ich habe von dieser Aussage gehört.«

»Haben Sie Carl Rice befohlen, Eric Glass zu töten?«

»Nein, absolut nicht.«

»Hat diese geheime Einheit jemals existiert?«

»Nein. Die Agentur zur Koordination von Geheimdienstinformationen arbeitet mit Geheimdienstmaterial, das andere Dienste zur Verfügung stellen, zum Beispiel die CIA. Die Statuten der AIDC erlauben es uns nicht, eigene Agenten zu beschäftigen.«

»Was ist mit diesen Unterlagen über diese geheime Einheit, die Ihre Tochter angeblich aus Ihrem Safe gestohlen hat und die Mr. Rice seinen Worten nach dem Kongreßabgeordneten Glass abgenommen hat? Was können Sie dazu sagen?«

»Mr. Kirkpatrick, diese Unterlagen sind eine Ausgeburt der Phantasie von Mr. Rice und meiner Tochter. Sie waren niemals in meinem Safe, und zwar ganz einfach deshalb nicht, weil sie niemals existiert haben.«

»Können Sie sich erklären, warum Mr. Rice die Geschichte über diese geheime Einheit erfunden hat?«

General Wingate zögerte. »Ich habe tatsächlich eine Theorie«, antwortete er schließlich.

Richter Velasco schaute Ami an, weil er ihren Einspruch erwartete. Als sie schwieg, schrieb er das ihrer Unerfahrenheit zu.

»Bitte schildern Sie diese Theorie dem Gericht.«

»Ich bin nicht besonders stolz auf das, was ich jetzt sagen werde. Damals glaubte ich, zum Besten aller Beteiligten zu handeln.«

Wingate sammelte sich kurz. Ami sah einen Mann, der sich gezwungen sah, eine notwendige, wenn auch bedauerliche Pflicht zu erfüllen. Am Schweigen im Gerichtssaal merkte man, daß er seine Zuhörer und auch den Richter in seinen Bann geschlagen hatte.

»Mr. Rice war ein außerordentlich intelligenter junger Mann, der einen vorzüglichen ersten Eindruck machte. Im Gegensatz zu den anderen Schülern der St. Martins Prep hatte er ein Stipendium bekommen. Ich komme selbst aus einer armen Familie und war ebenfalls auf Stipendien angewiesen. Ich weiß, wie schwer es für jemanden aus einer armen Familie ist, mit anderen Kindern zusammen zu sein, die alles haben. Erst viel später habe ich herausgefunden, daß Carl Rice zutiefst gestört war, vor allem, was seine Beziehung zu mir anging.

Der Vater von Mr. Rice hat seine Familie verlassen, als Carl noch sehr jung war. Seine Mutter hat ihn großgezogen. Es gab bei ihm zu Hause keine starke Vaterfigur. Mir wurde sehr bald klar, daß er Vanessa wegen ihres Reichtums beneidete und wünschte, zu unserer Familie zu gehören. Er begegnete mir wie einem Vater. Mir ist das zunächst nicht aufgefallen, sonst hätte ich mich natürlich von Carl distanziert.«

»Hat ein besonderer Vorfall Sie darauf aufmerksam gemacht, daß es da ein Problem gab?«

»Ja. Damals kannte ich einen Mann, der Kämpfe zwischen Gegnern verschiedener Kampfsportarten organisierte. Boxer kämpften gegen Ringer, Judoka gegen Kickboxer. Ich habe Carl zu einem dieser Kämpfe mitgenommen, weil er ein begeisterter Karateschüler war. Einer der Kämpfer war ein Schwarzgurt namens Torrance. Er leitete ein Dojo und war ein lokaler Karatemeister. Nachdem er gewonnen hatte, diskutierten Carl und ich den Kampf. Ich fragte ihn, wie er wohl gegen Torrance abschneiden würde. Es war eine beiläufige Unterhaltung, und ich habe mir nichts weiter dabei gedacht. Einige Wochen später fand ich einen Umschlag in meiner Post, der keinen Absender hatte. In dem Umschlag befand sich nur ein Zeitungsausschnitt über Torrance. Jemand war in sein Karatestudio eingebrochen und hatte ihn fast totgeschlagen. Ich war sicher, daß Carl der Angreifer war und mir diesen Ausschnitt geschickt hatte, um mich zu beeindrucken. Ich fühlte mich schrecklich, weil ich vielleicht unabsichtlich Carl verleitet hatte, Torrance anzugreifen, und ich machte mir ernstliche Sorgen, daß eine so labile Persönlichkeit meiner Tochter so nahestand. Leider konnte ich Vanessa nicht dazu bringen, mit Carl zu brechen. Während ihres letzten Schuljahres war unsere Beziehung sehr angespannt. Wenn ich ihr vorgeschlagen hätte, sich von Carl zu trennen, hätte sie die Beziehung zweifellos noch intensiviert, nur um mich zu verletzen.«

»Was haben Sie gemacht?« erkundigte sich Brendan.

»Ich dachte daran, die Polizei einzuschalten, aber ich hatte keine Beweise, daß Carl etwas damit zu tun hatte. Außerdem hatte er ein Stipendium für eine Universität erhalten, und ich wußte, daß eine Verhaftung seine Chancen, ein College zu besuchen, zunichte gemacht hätten. Außerdem fühlte ich mich mitschuldig an dem, was da geschehen war. Dann griff das Schicksal ein. Carl erhielt seinen Einberufungsbefehl und kam zu mir, um mich um Rat zu fragen.«

»Hatten Sie etwas mit dieser Einberufung zu tun?«

»Nein. Das ist ebenfalls eine von Vanessas Wahnvorstellungen.«

»Fahren Sie fort.«

»Carl wollte wissen, ob ich es für besser hielt, wenn er zum Militär ging oder sich zurückstellen ließ. Ich hätte ihm raten sollen, auf das College zu gehen, aber ich wollte ihn so weit von Vanessa weg haben wie möglich. Also überredete ich ihn, zur Army zu gehen. Ich hätte es vielleicht nicht ausnutzen sollen, daß er mich als Vaterfigur sah, aber ich tat es trotzdem, um meine Tochter zu beschützen. Außerdem glaubte ich wirklich, daß Carl beim Militär reifen würde. Als er Vanessa 1985 wiedersah, wußte er natürlich, wie sehr sie mich haßte. Ich glaube, er hat diese Geschichte von der geheimen Einheit erfunden, um sie zurückzugewinnen. Er war wohl immer noch in sie verliebt.«

»Haben Sie Mr. Rice zwischen seinem letzten Schuljahr und dem Tag wiedergesehen, als er in Ihr Haus eindrang?«

»Nein. Wir hatten nichts miteinander zu tun.«

»Sie haben ihn nicht nach seinem ersten Kampfeinsatz in Vietnam in Ihr Haus eingeladen, und ihn dort zu dieser geheimen Einheit rekrutiert?«

»Nein. Er war weder in meinem Haus in Virginia, noch gab es, wie ich bereits ausgesagt habe, eine geheime Einheit.«

»Sie haben ihn auch nicht in einem Motel in Maryland getroffen und ihm befohlen, den Kongreßabgeordneten Eric Glass zu Tode zu foltern?«

»Ganz bestimmt nicht.«

»Gut, kommen wir auf jüngere Ereignisse zu sprechen. Bitte schildern Sie dem Richter, wie die Angeklagte in Ihr Haus kam, nachdem Sie Mr. Rice zur Flucht aus dem County Krankenhaus verholfen hatte.«

»Es ist wohl überflüssig zu erwähnen, daß ich entsetzt war, daß Vanessa mit einer so gefährlichen Person auf der Flucht war. Also befahl ich einigen meiner Leute bei Computex ...«

»Ist das Ihr Unternehmen?«

»Ja. Wir haben eine sehr gut ausgebildete Sicherheitsabteilung aus ehemaligen Green Berets und Rangers. Ich habe diese Männer eingesetzt, um meine Angestellten aus Afghanistan zu retten. Diese Leute habe ich hinter Vanessa hergeschickt, weil ich wußte, wie gefährlich Carl sein konnte. Glücklicherweise fanden Sie meine Tochter, bevor Carl ihr etwas antun konnte. Meine Leute sollten Vanessa zu mir bringen. Ich wollte die Behörden verständigen, wenn ich für sie einen juristischen und psychiatrischen Beistand besorgt hatte.« Wingate hielt nachdenklich inne. »Vielleicht hätte ich meine Männer instruieren sollen, Vanessa sofort der Polizei zu übergeben, aber ich konnte seit dem Tod Ihrer Mutter nur so wenig für sie tun und ... Ich habe das vielleicht falsch eingeschätzt, aber ich würde vermutlich wieder genauso handeln.«

»Was ist passiert, nachdem Sie erfahren haben, daß Vanessa gerettet wurde?«

»Ich war in Cleveland und hielt dort eine Wahlkampfrede. Ich flog umgehend nach Hause.«

»Erzählen Sie dem Gericht, was Carl Rice getan hat, nachdem er erfuhr, daß Ihre Tochter bei Ihnen zu Hause war.«

»Kurz nach meiner Ankunft ist Carl in mein Haus eingedrungen.«

»Wurde jemand dabei verletzt?«

»Ja. Einige meiner Männer wurden getötet oder verwundet.«

»Was hat Mr. Rice getan, als er im Haus war?«

»Er ist in das Zimmer eingedrungen, wo Vanessa sich aufhielt. Ich sprach gerade mit ihr, als Carl angriff. Einer meiner Leute lenkte Carl ab, und ich konnte entkommen. Ich habe die Wachen alarmiert. Wir haben ihn festgehalten, bis die Polizei kam. Meine Tochter hatte einen FBI-Agenten namens Victor Hobson angerufen, der ihre Kapitulation aushandelte. Ich bin ihm sehr dankbar, weil Vanessa nichts passiert ist.«

»Ich habe keine weiteren Fragen an General Wingate«, erklärte der Stellvertretende Bezirksstaatsanwalt.

Der Richter nickte Ami zu. »Ihr Zeuge, Mrs. Vergano«, sagte er.

Ami zog eine Liste mit zehn Namen aus ihren Akten. »Danke, Euer Ehren«, sagte sie und stand auf. »General Wingate«, begann sie. »Wer ist Arthur Dombrowski?«

»Ich habe keine Ahnung.«

»Wer ist Frederick Skaarstad?«

»Diesen Namen habe ich noch nie gehört.«

Ami las noch sieben weitere Namen vor. Der General leugnete ausnahmslos, daß er einen von ihnen kannte.

»Aber Carl Rice kennen Sie?« fragte Ami und sah von der Liste auf.

»Ja.«

»Würde es Sie überraschen, daß ich Ihnen gerade die Namen von zehn Männern von einer Liste vorgelesen habe, die sich in den Unterlagen befand, die Ihre Tochter aus Ihrem

Safe in Ihrem Haus in Kalifornien genommen und dem Kongreßabgeordneten Eric Glass gegeben hat?«

»Mrs. Vergano, diese Unterlagen existieren nur in der Phantasie meiner Tochter. Ich nehme an, daß Sie Ihnen diese Namen genannt hat, aber ich habe keine Ahnung, woher Sie diese Namen hat.«

Ami starrte den General an, der sich gegen weitere Fragen des Kreuzverhörs wappnete. Doch nach einem Moment schüttelte sie einfach nur den Kopf.

»Keine weiteren Fragen, Euer Ehren.«

Der General warf einen überraschten Blick zu Kirkpatrick hinüber, der nur mit den Schultern zuckte.

»Haben Sie noch mehr Zeugen, Mr. Kirkpatrick?« fragte Richter Velasco.

»Können wir die Verhandlung unterbrechen, damit ich mit ihm beraten kann?«

»Wie lange brauchen Sie?«

»Zwanzig Minuten, vielleicht eine halbe Stunde.«

»Einverstanden. Wir unterbrechen das Verfahren für eine halbe Stunde.«

Als Wingate und Kirkpatrick den Gang zu den Türen des Gerichtssaals entlang marschierten, bildeten die zwei Agenten vom Secret Service und die Leibwächter des Generals einen engen Kreis um sie. Vor dem Gerichtssaal warteten weitere Sicherheitsleute des Generals. Kirkpatrick stieß die Türen auf, und die Lichter der Kameras flammten auf, während die Journalisten den Präsidentschaftskandidaten mit Fragen bombardierten.

»Der General gibt in einer Stunde eine Pressekonferenz in seinem Hotel.« Bryce McDermotts Stimme übertönte den Lärm. »Bis dahin beantwortet er keine Fragen.«

»Gehen wir nach oben und bringen wir uns vor dem Mob in Sicherheit«, schlug Brendan vor.

Sie eilten im Laufschritt die Marmortreppe zum Büro des Bezirksstaatsanwaltes hinauf. Kirkpatrick führte den General zum Konferenzzimmer.

»Bevor Sie gehen, möchte sich noch jemand mit Ihnen unterhalten«, sagte Brendan vor der Tür zu Wingate.

»Wir haben nicht viel Zeit«, mischte sich McDermott ein. »Der General muß morgen in Pittsburgh sein, und außerdem müssen wir noch diese Pressekonferenz geben.«

»Leider ist das sehr wichtig«, beharrte Brendan und öffnete die Tür zum Konferenzzimmer.

»Guten Tag, General.« Ted Schoonover, der Sicherheitschef von Präsident Jennings, saß an dem großen Konferenztisch, neben ihm Victor Hobson. »Den Stellvertretenden Direktor kennen Sie ja bereits, stimmt's?«

McDermott deutete auf Schoonover. »Was will der denn hier?« fauchte er Brendan ärgerlich an.

»Mr. Kirkpatrick hat keine Ahnung, Bryce«, meinte Schoonover liebenswürdig. »Den Grund meines Besuchs kann ich leider nur mit General Wingate unter vier Augen besprechen. Also warten alle außer General Wingate und Direktor Hobson bitte draußen.«

»Vergessen Sie's!« erwiderte McDermott scharf. »General, wir haben keine Zeit für einen Plausch mit Jennings Kriegshäuptling ...«

»Sie haben keine Wahl, Mr. McDermott«, mischte sich Hobson ein. »Dieses Treffen gehört zu einer polizeilichen Ermittlung, und kraft meiner Autorität als Bundesagent räume ich dieses Zimmer. Sie, die Leibwächter des Generals und der Secret Service warten draußen.«

McDermott wollte protestieren, als Wingate die Hand hob. »Tun Sie ihm den Gefallen, Bryce.«

»Aber ...«

»Ich komme schon allein zurecht.«

Nachdem sich die Tür hinter Kirkpatrick, McDermott und den Männern des Generals geschlossen hatte, setzte sich Wingate auf einen Stuhl gegenüber von Schoonover und dem Stellvertretenden FBI-Direktor.

»Wir haben ein Problem, General. Das heißt, Sie haben eines«, begann Schoonover.

»Welches Problem?« fragte Wingate.

»Ich fürchte, daß einige Ihrer Aussagen unter Eid gelogen waren. Ich dachte, Sie würden das lieber klären, bevor die Presse es herausfindet.«

»Ich kann Ihnen leider nicht folgen«, sagte General Wingate.

»Sie haben ausgesagt, daß Sie zwischen seiner Schulzeit und dem Tag, an dem er in Ihr Haus eingedrungen ist, keinen Kontakt zu Carl Rice hatten.«

»Das ist richtig.«

»Während Ihres Kreuzverhörs hat Mrs. Vergano Ihnen von einer Liste Namen von Männern vorgelesen, die angeblich in der geheimen Einheit waren, die Sie innerhalb des AIDC leiteten. Sie sagten, Sie hätten sie nie gehört.«

»Das stimmt.«

Schoonover nahm einen Stapel Unterlagen aus seinem Aktenkoffer und schob sie über den Tisch.

»Wie erklären Sie dann das da?« fragte er.

Der General blätterte die Papiere kurz durch. Sie waren von Zahlen und Buchstaben übersät, die eine Art Kode darzustellen schienen.

»Was ist das?« fragte er.

»Möchten Sie das erklären, Victor?« schlug Schoonover vor.

»Sicher. Ihre Tochter hat die persönlichen Unterlagen der Männer Ihrer geheimen Einheit aus Ihrem Safe entwendet.«

Wingate lächelte. »Es gab keine solchen Unterlagen, Mr. Hobson. Sie sind ...«

»Ja, ja«, fiel Hobson ihm kühl ins Wort. »Auswüchse der Phantasie zweier ernsthaft gestörter Persönlichkeiten, das haben Sie ausgesagt. Ich bin auch davon überzeugt, daß die Originale nicht mehr existieren. Sie wären ein Narr, wenn Sie die Dokumente behalten hätten. Aber Ihre Tochter ist ebenfalls nicht dumm. Vanessa hat sich die Namen der Männer notiert, bevor sie die Dokumente dem Kongreßabgeordneten gegeben hat. Mit ihrer Hilfe gelang es mir, diese Dokumente aufzuspüren, die Ted Ihnen eben gegeben hat.«

»Sie sehen aber nicht gerade aus wie Personalakten des Militärs«, gab der General zurück.

»Das sind sie auch nicht. Ich habe wegen der Personalakten eine Suchanfrage an das Archiv der Army in St. Louis gerichtet. Sie fanden Dokumente für alle Männer auf Vanessas Liste, die seltsamerweise alle den offiziellen Armyunterlagen von Carl Rice ähneln. Die Männer hatten allesamt nur sehr wenige Kampfeinsätze absolviert, die meisten davon am Anfang ihre militärischen Karrieren. Laut den Akten haben sie größtenteils in den Staaten gedient. Und keiner hatte einen höheren Rang als Sergeant. Ich habe jedoch nicht nur nach den Personalakten gesucht. Carl hat immer behauptet, er sei Captain gewesen. Der Sold eines Captains ist beträchtlich höher als der eines Sergeant. Vanessa hat mir den Tip gegeben, nach den Soldabrechnungen zu suchen. Merkwürdigerweise existierten in St. Louis für keinen dieser Männer irgendwelche Aufzeichnungen darüber. Der Beamte, mit dem ich gesprochen habe, berichtete mir von einem rätselhaften Feuer, das 1973 viele Aufzeichnungen zerstörte.«

Hobson hielt inne und starrte den General an, aber Wingate reagierte nicht. Daraufhin lächelte Hobson.

»Mitte der neunziger Jahre wurden dann viele Mikrofilme vernichtet, als die Informationen auf digitale Medien übertragen wurden«, fuhr er fort. »Ich dachte schon, ich sei in einer Sackgasse gelandet, als dem Beamten einfiel, daß die Finanz- und Buchführungsdienststelle des Verteidigungsministeriums in Indianapolis Kopien der originalen Soldabrechnungen auf Mikrofilm aufbewahrt.« Hobson schüttelte den Kopf. »Ich bin durch die Hölle gegangen, um dieses Zeug zu finden. Schließlich stöberte ich die Mikrofilme in alten Kartons auf, in denen dreihundert Meter Rollen lagen. Meine Männer und ich sind bei der Suche fast erblindet, aber schließlich fanden wir die Soldabrechnungen für diese zehn Männer.«

»Diese Zahlen und Buchstaben sagen mir leider nichts«, behauptete Wingate.

»Aber Sie können bestimmt die Namen oben auf den Listen lesen. Es sind dieselben Namen, die Mrs. Vergano Ihnen vorgelesen hat, die Namen, die bei Ihnen unter Eid keine Erinnerungen ausgelöst haben.«

Hobson legte ein Dokument auf den Tisch. »Das ist die Soldabrechnung von Carl Rice für seine Zeit in der Army, von 1970 bis 1985. Sie finden eine Kopie in diesem Stapel.«

Wingate suchte das entsprechende Blatt und starrte darauf.

»Ich bin zunächst auch nicht daraus schlau geworden«, erklärte Hobson, »aber ein Sachbearbeiter beim Finanzdienst des Verteidigungsministeriums konnte den Code für mich entschlüsseln. Wichtig ist die Höhe des Soldes für jeden einzelnen Mann. Carl bekam den Sold eines Captains, und zwar von dem Moment an, nach dem er seiner Aussage nach anfing, für Sie zu arbeiten. Außerdem erhielt er hohe Gefahrenzulagen, die er wohl kaum für seinen Job in der Sprachenschule erhalten hat. Das Wichtigste jedoch ist, daß jemand die Beförderung dieser Männer autorisieren mußte, damit diese erhöhten Zahlungen gerechtfertigt waren. Auf der Seite jeder dieser Männer steht ein Kode, der ihre Beförderung zum Captain autorisiert, damit sie als Captains bezahlt werden konnten. Die Beförderungsunterlagen dieser Männer lagen bei ihren Soldabrechnungen.«

Hobson schob sie über den Tisch.

»Sie wurden ausnahmslos von Ihnen gegengezeichnet, General«, sagte Schoonover.

Wingate sah die Dokumente an, berührte sie jedoch nicht.

»Victor, würden Sie bitte kurz nach draußen gehen?« bat Schoonover.

Hobson stand wortlos auf und ließ Wingate nicht aus den Augen, währen er um den Tisch herumging. Der General war blaß geworden.

»Was will Jennings?« fragte Wingate, sobald er und Schoonover allein waren.

»Er würde es liebend gern sehen, wenn Sie in der Todeszelle in Kalifornien auf Ihre Hinrichtung für den Mord an Eric Glass warteten. Ehrlich gesagt, würden wir das beide gern sehen.«

»Dazu wird es nicht kommen.« Wingate schob den Stapel Papiere verächtlich von sich. »Dieser Berg von Zahlen und Buchstaben bringt Sie keinen Schritt weiter. Ebensowenig wie die Aussage meiner Tochter, einer Psychiatriepatientin, oder die des geständigen Massenmörders Carl Rice.«

»Carl hat drei Lügendetektortests bestanden, seit wir ihn in Gewahrsam genommen haben. Vanessa ebenfalls.«

»Lügendetektortests sind vor Gericht nicht zugelassen.«

Schoonover lächelte kalt. »Das stimmt, aber Journalisten sind zugelassen. Die Kautionsanhörung ist nur unterbrochen. Wie lauten wohl die Schlagzeilen der Zeitungen Ihrer Meinung nach, wenn diese Dokumente als Beweismittel zugelassen werden? Sie haben unter Eid ausgesagt, daß Sie von diesen Männern nie gehört und Carl nach seinem Highschoolabschluß nie wieder getroffen haben. Ihre Unterschrift auf den Soldabrechnungen beweist, daß Sie gelogen haben.«

»Diese Dokumente sind Fälschungen. Vermutlich hat Jennings sie von CIA-Spezialisten anfertigen lassen.«

»Wo Sie gerade die CIA erwähnen. Da fällt mir doch glatt noch etwas ein. Erinnern Sie noch an den Besuch eines CIA-Agenten kurz nach dem Mord an Eric Glass?«

»Nein.«

Schoonover nickte. »Charles hat prophezeit, daß Sie jedes Wissen um dieses Treffen abstreiten würden. Gregory Sax, der Agent, ist tot. Er wurde Opfer eines bewaffneten Raubüberfalls, der sich kurz nach dem Mord an Peter Rivera ereignete.«

»Worauf wollen Sie hinaus?«

»Sax war 1985 der Verbindungsmann Ihrer Einheit zum Weißen Haus. Als Vanessa der Polizei sagte, daß Carl Rice den Abgeordneten Glass ermordet hat, wußte Sax, daß ein Mitglied der Einheit für diesen Mord verantwortlich war. Er bekam Gewissensbisse. Er hatte zwar einige Missionen der

Einheit befürwortet, aber sie waren immer irgendwie dadurch gerechtfertigt, weil sie angeblich der nationalen Sicherheit dienten. Der Mord an Glass ging jedoch für ihn zu weit. Sax informierte Präsident Reagan und sagte ihm, diese Einheit müsse aufgelöst werden. Und Sax hat Ihnen 1985 Präsident Reagans Befehl überbracht, diese Einheit aufzulösen. Das haben Sie auch getan – auf Ihre Art! Sie haben diese hervorragenden Soldaten eiskalt in den Tod geschickt. Dann haben Sie es so arrangiert, als habe Carl Rice General Rivera ermordet, um an die Codes der geheimen Konten zu kommen. In Wirklichkeit haben Sie ihn umgebracht und das Geld gestohlen, stimmt's?«

»Wie schade, daß sowohl Sax als auch der Präsident, dem er angeblich etwas über Vanessas geheime Einheit erzählt hat, tot sind. Wie geht das Märchen weiter?«

»Als Sax ermordet wurde, hat Präsident Reagan einen klugen, jungen CIA-Agenten beauftragt, eine geheime Untersuchung über diese Einheit durchzuführen. Dieser Agent hieß Charles Jennings.«

»Ah. Und jetzt will sich Charles vor die Kameras stellen und der Welt von seiner geheimen Untersuchung erzählen, die zufällig beweist, daß ausgerechnet der Mann, der aussichtsreich gegen ihn kandidiert, ein Dieb und Mörder ist?«

»Der Präsident wird sich hüten, aber er weiß, daß Sie Dreck am Stecken haben, Morris. Er muß weder davon überzeugt werden, daß Sie Ihre Männer in Vietnam geopfert haben, noch daß Sie die Millionen aus dem Fond gestohlen haben, um sich bei Computex einzukaufen. Und auch nicht davon, daß Sie hinter den Morden an Sax, Glass und Rivera stecken. Solange Rice vermißt wurde, konnten wir nichts beweisen. Dann aber erstand Carl Rice von den Toten auf. Und jetzt haben wir auch noch die Soldabrechnungen der Männer, die Sie angeblich nicht kannten, aber deren Beförderungen in einen Rang, den sie den offiziellen Unterlagen nach nie hatten, Ihre Unterschrift trägt.«

»Das ist wirklich sehr unterhaltsam. Leider muß ich jedoch gleich eine Pressekonferenz geben. Außerdem wartet eine Maschine nach Pittsburgh auf mich.«

»Verkünden Sie auf der Pressekonferenz, daß Sie aus dem Rennen ausscheiden!«

»Niemals.«

»Dann veröffentlichen wir diese Soldabrechnungen. Das Justizministerium wird untersuchen, woher Sie das Geld haben, mit dem Sie sich in Computex einkauften, und wir werden den Flugzeugabsturz unter die Lupe nehmen, bei dem Simeon Brown ums Leben kam. Bei soviel negativer Publicity werden Sie von Glück reden können, wenn Sie bei den Vorwahlen überhaupt Stimmen bekommen. Der Präsident hat danach weitere vier Jahre Zeit, Ihnen das Leben zur Hölle zu machen.«

»So etwas passiert nur in Bananenrepubliken, Ted«, antwortete Wingate gelassen. »Die Person, die an der Macht sitzt, läßt die unbequeme Opposition verhaften. Sollte Charles das bei mir versuchen, erziele ich bei den Vorwahlen einen Erdrutschsieg.«

»Sie können die Abstimmung gern im Gefängnis verfolgen, falls die anderen Gefangenen einverstanden sind, in der Wahlnacht Nachrichten zu sehen«, erwiderte Schoonover.

Wingate stand auf. »Sie sind ein Schaumschläger, Ted. Falls Sie diese verrückten Forderungen aufrechterhalten, werde ich auf meiner Pressekonferenz die erpresserischen Drohungen enthüllen, die Sie soeben gemacht haben. Brendan Kirkpatrick und die Secret-Service-Agenten unter meinen Männern werden der Welt schildern, daß der Kriegshäuptling des Präsidenten auf dieses private Treffen bestanden hat. Dann besorge ich mir die besten Experten, die man mit Geld kaufen kann, um zu beweisen, daß diese Dokumente falsch sind.«

Schoonover lächelte. »Als ich in Vietnam war, hatten wir einen Namen für Jungs wie Sie, Männer, die andere Leute für ihre schmutzige Arbeit in den Tod geschickt haben. Wir nannten sie hinterfotzige Etappenhasen. Wir haben sie verabscheut, so wie ich Sie verabscheue. Deshalb wird es mich mit Stolz erfüllen, derjenige zu sein, der Sie zu Fall bringt.«

Sam Cutler kümmerte sich um die Sicherheitsmaßnahmen für den Auftritt des Generals in Madison, Wisconsin, als sein Boß in die Hotelsuite stürmte. Wingate war sehr ruhig und selbstsicher gewesen, als er zu den Reportern bei der Pressekonferenz gesprochen hatte, aber nun kochte er.

»Sam!« brüllte er. Cutler beendete sein Telefonat und folgte dem General ins Schlafzimmer.

»Ist dieser Raum sauber?« fragte Wingate.

»Wir können reden«, versicherte ihm Cutler.

Während sie sich für den Flug nach Pittsburg umzogen, schilderte Wingate Cutler sein Treffen mit Schoonover.

»Diese Dokumente können uns schaden«, erklärte der General, »aber unser größtes Problem ist Carl Rice. Vanessa weiß nur, was er ihr erzählt hat. Carl ist der Schlüssel.«

»Was soll ich tun?« fragte Cutler.

Wingate starrte seinen Handlanger an. »Stell dich nicht dumm!«

»Rice wird verschwinden, General. Jennings wird ihn in ein sicheres Haus schaffen.«

»Dann finde ihn. Benutze unsere Kontakte zum Justizministerium und zum CIA. Zahle, was nötig ist, aber finde ihn. Und vergiß nicht, Sam, ich bin nicht der einzige, der in der Klemme sitzt. Du hast ebenfalls eine Menge zu verlieren, solange Carl Rice am Leben ist.«

37. KAPITEL

Ryan hätte eigentlich mit Bobby O'Dells Mutter nach Hause fahren sollen, deshalb war er ziemlich überrascht, als Ami ihn von der Schule abholte und ihm sagte, daß sie das Gerichtsgebäude besuchen würden. Im Gerichtsgebäude herrschte noch rege Betriebsamkeit, als sie ankamen, doch vor Richter Velascos Gerichtssaal standen nur ein Mann und eine Frau in Zivil. Sie kontrollierten die beiden scharf, und Ami vermutete, daß es sich um FBI-Agenten handelte. Im Gerichtssaal selbst bewachten zwei weitere Beamte das Richterzimmer.

Ami klopfte an die Tür des kleinen Flures vor Richter Velascos Zimmer. Er führte zu dem Vorzimmer, in dem normalerweise die Sekretärin des Richters arbeitete, doch nun saßen zwei FBI-Agenten an ihrem Platz.

»Gehen Sie rein, Mrs. Vergano«, sagte der Agent, der ihr die Tür geöffnet hatte. Ami bedankte sich bei ihm und schob Ryan in das Büro des Richters. Dort wartete Carl Rice bereits auf sie. Er war nicht gefesselt und trug eine braune Hose und ein kariertes Baumwollhemd.

Ryan zögerte, als er Carl sah, und wirkte eingeschüchtert. Carl lächelte ihn strahlend an. »He, Champ, wie schlägt sich die Mannschaft?«

»Ganz okay«, erwiderte Ryan scheu.

Ami legte ihrem Sohn eine Hand auf die Schulter. »Sie haben ein Spiel gewonnen und zwei verloren, aber Ryan hat beim letzten Spiel eine Base und eine Doppelbase erobert.«

»Nicht schlecht«, meinte Carl. »Und wie macht sich dein Curveball?«

»Ich habe ihn nicht richtig geübt«, murmelte Ryan.

»Das ist nicht gut. Du wirst den Curveball nie beherrschen, wenn du ihn nicht übst. Deine Mom soll ihn fangen.«

Ryan zuckte mit den Schultern. Carl ging in die Knie, um ihm ein wenig näher zu kommen, und Ami trat ein Stück zurück.

»Du bist noch verstört wegen dem, was bei dem Spiel passiert ist, habe ich recht?«

Ryan zuckte wieder mit den Schultern, sah Carl aber nicht ins Gesicht.

»Es tut mir sehr leid, daß ich Barney Lutz und diesen Polizisten verletzt habe. Das war nicht richtig.«

Ryan trat unbehaglich von einem Fuß auf den anderen.

»Aber ich habe deine Mom nicht gebeten, dich herzubringen, um darüber zu reden. Ich möchte dir etwas anderes verraten.«

Ryan sah Carl erwartungsvoll an. »Kommst du nach Hause?«

»Ich wünschte, das könnte ich.« Carl legte Ryan eine Hand auf die Schulter. »Wenn ich dir ein Geheimnis verrate, versprichst du, es für dich zu behalten? Es ist sehr wichtig, daß niemand außer dir und deiner Mom davon weiß.«

Ryan zögerte verwirrt.

»Mein eigentlicher Beruf ist nicht Schreiner, Ryan. Ich bin ein Spion. Du weißt doch, was das ist, stimmt's?«

»Wie James Bond?«

Carl nickte. »Ich habe in geheimer Mission für unser Land gearbeitet, und hatte einen Auftrag, als ich von euch weggegangen bin. Ich kann dir nicht verraten, was für ein Auftrag das war, aber er war sehr wichtig. Als ich angeschossen wurde, ist alles aufgeflogen, doch meine Chefs haben sich mit der Polizei geeinigt und meine Probleme gelöst.«

»Wenn alles wieder okay ist, warum kommst du dann nicht nach Hause zurück?«

»Ich mag deine Mom wirklich, und du bist klasse, aber Spione wohnen nicht bei normalen Leuten.«

Carl beugte sich vor, bis seine Lippen ganz dicht an Ryans Ohren waren. »Jetzt erzähle ich dir noch etwas. Wenn ich einen Sohn hätte, wünschte ich mir, er wäre so wie du. Aber Spione heiraten nicht. Wir sind immerzu unterwegs, und wir wollen die Menschen, die wir lieben, nicht in Gefahr bringen.«

»Bist du da nicht ziemlich allein?« fragte Ryan.

»Doch.« Carls Brust zog sich vor Beklommenheit zusammen, und er mußte sich anstrengen, um seine Traurigkeit vor Ryan zu verbergen. »Aber von heute an, denke ich, wenn ich mich niedergeschlagen fühle, an den Spaß, den ich bei euch zu Hause hatte. Außerdem behalte ich euch im Auge. Mein Geheimdienst wird mich darüber informieren, wie es bei dir in der Schule und bei der Little League läuft. Deshalb möchte ich, daß du diesen Curveball übst. Es wäre großartig, wenn ich erfahren würde, daß du ein paar Spiele mit dem Wurf entschieden hast, den ich dir gezeigt habe. Was hältst du davon?«

»Ich übe den Curveball.«

»Helfen Sie ihm, Ami?« fragte Carl.

»Selbstverständlich.« Amis Stimme klang erstickt vor Gefühl.

»Und das gilt auch für die Schule. Ich will, daß du dein Bestes gibst, okay?«

»Okay.« Eine Träne lief Ryan über die Wange, als er feierlich antwortete.

Carl stand auf. Er rang um seine Beherrschung. »Gib mir die Hand drauf.«

Ryan streckte die Hand aus. Carl schüttelte sie und drückte den Jungen dann an sich.

»Wo ich auch bin, Ryan, du bist in meinem Herzen.« Er sah Ami an. »Du und deine Mom.«

»Sehen wir dich jemals wieder?« Ryan liefen nun doch Tränen über die Wangen.

»Ich würde dich sicher irgendwann gern wiedersehen. Bis dahin paßt du schön auf deine Mom auf, okay?« Carl strich

Ryan durchs Haar. »Jetzt muß ich gehen. Der Präsident hat ein Sonderflugzeug für mich geschickt. Ich darf ihn auf keinen Fall warten lassen.«

Ryan wischte sich mit dem Unterarm über die Augen.

»Paßt auf euch auf«, sagte Carl, legte Ami kurz die Hand auf die Schulter und ging in den Gerichtssaal. Die Tür schloß sich hinter ihm, so daß Ryan nicht sehen konnte, wie die Agenten ihm Handschellen anlegten, bevor sie ihn wegführten. Ein Wagen wartete bereits auf ihn, der ihn zum Flughafen bringen sollte, wo ein FBI-Jet bereit stand, um ihn an einen geheimen Ort zu bringen.

»Er schafft es schon. Mach dir keine Sorgen«, versicherte Ami ihrem Sohn. Sie riß ihren Blick von der Tür des Gerichtsaales los und schaute Ryan an. »Geht es dir gut?« wollte sie dann wissen.

Ryan nickte. Er schämte sich seiner Tränen, aber er konnte einfach nicht aufhören zu weinen.

Ami kniete sich neben ihn. Sie hatte ebenfalls Tränen in den Augen. »Es ist normal, daß du traurig bist. Carl ist ein guter Freund. Vielleicht kann er irgendwann einmal Urlaub nehmen, und dann siehst du ihn wieder. Entscheidend ist, daß du ihm wichtig bist. Das verstehst du doch, nicht wahr?«

Ryan nickte.

»Und du weißt auch, daß du das, was Carl dir erzählt hat, für dich behalten mußt?«

»Ich verrate es keinem«, erwiderte Ryan feierlich.

38. KAPITEL

Es kostete Sam Cutler eine Woche und ein kleines Vermögen, das er Robert Bloom, einem kokainsüchtigen FBI-Agenten zahlte, um herauszufinden, wo Victor Hobson seinen Hauptzeugen versteckt hatte. Nachdem er einige Luftbilder der Farm in Nebraska betrachtet hatte, erklärte Cutler dem General, daß ihm die Lage des Hauses überhaupt nicht gefiel. Die Farm lag Meilen von der Interstate entfernt, so daß jeder, der sich ihr näherte, wie ein Leuchtturm in dem flachen Land auffallen würde. Ein verschlossenes Tor versperrte den Feldweg, der von einer asphaltierten Landstraße zu dem Farmhaus führte. Auf beiden Seiten des Tores erstreckte sich meilenweit ein Stacheldrahtzaun. Der Feldweg führte pfeilgerade durch Kornfelder, die zwar einem Angreifer Dekkung bieten konnten, die jedoch ein gutes Stück vor dem Farmhaus endeten. In dem Haus wurde Carl von FBI-Sicherheitsbeamten bewacht, und zwischen dem Haus und den Kornfeldern lag ein Streifen offenes Land, in dem es so gut wie keine Deckung gab.

Wingate und Cutler diskutierten mögliche Alternativen und kamen zu dem Schluß, daß sie keine hatten. Sie wußten nicht, wie lange Rice auf dieser Farm bleiben würde. Sollte Hobson ihn verlegen, mußten sie von vorn anfangen. Also versammelte Sam Cutler die sechs Männer, mit deren Hilfe er Vanessa entführt hatte, und fuhr mit ihnen nach Omaha. Er vermied es zu fliegen, weil er in dem Fall mit Video überwacht werden konnte und Spuren beim Einchecken hinterlassen würde.

Am Abend des geplanten Angriffs war Neumond. Cutler stellte den Van eine halbe Meile vor dem Tor zur Farm ab. Einer seiner Männer schnitt ein Loch in den Stacheldraht, und das Team versammelte sich in den Kornfeldern. Dort boten Scheunen Schutz vor dem kalten Wind, der den Männern zusetzte, sobald sie den Wagen verlassen hatten. Cutler manövrierte seine Leute mit einem GPS-System durch die Kornfelder und machte kurz vor dem offenen Gelände Halt. Er musterte das Farmhaus durch sein Nachtsicht-Fernglas. Ein Wachposten stand auf der Veranda und rauchte eine Zigarette. Ein anderer Posten patrouillierte um das Haus. Cutler war von der Nachlässigkeit der Beamten erstaunt. Zwei seiner Leute waren hervorragende Scharfschützen und konnten die Wachen ohne einen Laut töten, bevor seine Leute überhaupt die Deckung des Kornfeldes verließen.

Aber wieviele Wachen waren im Haus? Die Überflugluftbilder hatten Wärmemuster von sechs Menschen gezeigt. Carl und fünf Wachen. Aber die Bilder waren mehr als vierundzwanzig Stunden zuvor geschossen worden. Mittlerweile konnten durchaus noch mehr FBI-Agenten eingetroffen sein.

Gerade als Cutler seinen Scharfschützen den Befehl geben wollte, die FBI-Agenten zu töten, drückte der Mann auf der Veranda seine Zigarette aus und ging hinein. Der andere verschwand auf seinem Patrouillengang um die Hausecke. Nun bewachte niemand mehr das offene Gelände zwischen Cutlers Leuten und dem Farmhaus. In Sekundenschnelle traf er eine Entscheidung.

»Im Laufschritt zum Haus!« befahl er. Wenn sie schnell genug waren, konnten sie das Überraschungsmoment nutzen, um die Leute im Haus zu überwältigen.

Die Männer hatten die halbe Distanz zum Haus zurückgelegt, als Cutlers Scharfschützen neben ihm zu Boden gingen, und die Angreifer plötzlich in grellem Scheinwerferlicht standen. Cutler wurde geblendet und riß schützend den Unterarm vor die Augen.

»Befehlen Sie Ihren Leuten, die Waffen niederzulegen, Mr. Cutler!« dröhnte eine Stimme durch ein Megaphon. »Sie sind umzingelt und haben keine Chance zu entkommen!«

Aus den Kornfeldern stürmten Soldaten heran, während Cutler begriff, daß seine Scharfschützen aus dem Farmhaus niedergeschossen worden waren.

»Wir haben Sie beobachtet, seit sie Robert Bloom für die Preisgabe dieses sicheren Hauses bestochen haben. Sie wurden hereingelegt, Sam, und es gibt nur eine Möglichkeit für Sie und Ihre Leute, dieser Falle zu entkommen: Sie müssen kooperieren. Also weg mit den Waffen! Wir kümmern uns um Ihre Verwundeten. In der Zwischenzeit können wir beide miteinander plaudern.«

Cutler wußte, daß er und seine Leute sterben würden, wenn er sich für einen Schußwechsel entschied. Also befahl er ihnen, die Waffen niederzulegen. Ein paar Sanitäter liefen zu den verwundeten Scharfschützen. Die anderen Leute von Cutlers Team wurden in Handschellen gelegt und zur Scheune gebracht, während er selbst von drei Soldaten zum Farmhaus eskortiert wurde.

Ted Schoonover saß in der Diele in einem gepolsterten Armsessel. Im Kamin loderte ein Feuer. Auf Eichentischen standen Tiffanylampen, und eine bestickte Schondecke lag auf einem geblümten Sofa. An der Wand hing ein Ölgemälde, das grasende Kühe zeigte. Zu Cutlers Überraschung kamen Carl Rice und Victor Hobson aus einem Nebenraum und traten neben den Berater des Präsidenten.

»Setzen Sie sich, Sam.« Schoonover deutete auf einen Holzstuhl. Cutler gehorchte, und die Wachen bauten sich neben ihm auf. Sie beobachteten ihn scharf, obwohl er entwaffnet und seine Hände hinter seinem Rücken gefesselt waren.

»Können Sie mir die Handschellen abnehmen?« erkundigte sich Cutler.

Schoonover lächelte. »Keine Chance, Sam. Sie sind selbst mit diesen Dingern gefährlich. Ich mache Ihnen jetzt ein

Angebot. Danach werden Sie, ob Sie es annehmen oder nicht, mit Ihren Leuten an einen geheimen Ort gebracht. Sparen Sie sich die Frage nach einem Telefonat oder einem Anwalt. Ihre Bürgerrecht sind außer Kraft gesetzt. Aber es ist noch nicht alles verloren.«

»Ich höre.«

»Es ist ganz einfach, Sam. Wir wollen Wingate. Er hat Ihnen sicherlich von den Soldabrechnungen erzählt. Zusammen mit seinen Lügen bei der Kautionsanhörung seiner Tochter und Carls Zeugenaussage können wir ihn verurteilen. Mindestens wegen Meineids. Leider können wir ihm nicht mehr anhängen. Es sei denn, wir finden einen Zeugen, der Carls Aussage bestätigt.«

»Da komme ich ins Spiel«, erriet Cutler.

Schoonover nickte. »Einer oder mehrere der Männer, die wir soeben gefangengenommen haben, könnten sich ebenfalls als nützlich erweisen. Das werden wir bald herausfinden. Es sind sicher harte Nüsse, aber wir werden sie am Ende knacken, falls sie nicht mit uns zusammenarbeiten wollen. Sie jedoch sind der Hauptgewinn, der Insider, Wingates First Lieutenant.«

Cutler schwieg, aber er dachte offensichtlich scharf nach.

»Im Moment sind Sie offiziell von der Bildfläche verschwunden, Sam. Der General wird Ihnen nicht helfen. Das kann er nicht. Sie sind ganz auf sich allein gestellt.«

»Es läuft wie bei dieser Mission, die vermißten Soldaten in Vietnam zu retten«, erklärte Carl. »Der General hat die Männer unserer Einheit abgeschrieben. Dasselbe macht er mit Ihnen. In dem Moment, in dem Sie in Gefangenschaft geraten, werden Sie entbehrlich.«

»Danke für Ihre Anteilnahme«, gab Cutler zurück.

»Mißverstehen Sie mich nicht«, erwiderte Carl. »Ich würde Sie liebend gern tot sehen, nach dem, was Sie den Männern unserer Einheit angetan haben. Aber ich will Wingate zur Strecke bringen, und Sie sind der Schlüssel dafür.«

»Also, Cutler, was sagen Sie?« fragte Schoonover.

»Ich will mehr als ein Leben im Käfig, wenn ich mit Ihnen zusammenarbeite«, erwiderte Cutler.

»Erst sehen wir, was Sie für uns tun können, bevor wir über Konzessionen sprechen.«

»Ich kann einiges für Sie tun, glauben Sie mir«, behauptete Cutler.

39. KAPITEL

Zwei Wochen später schloß Ami Vergano hinter sich die Tür eines kleinen, fensterlosen Raumes in einem Bundesgebäude in San Diego. Sie stellte ihren Aktenkoffer und ein in braunes Packpapier eingewickeltes Paket auf den Boden, bevor Sie sich an den Tisch gegenüber von Carl Rice und Vanessa Kohler setzte. Carl hatte seinen Bart abrasiert und war lässig gekleidet. Vanessa trug eine Jeans und ein weißes T-Shirt.

»Auftrag erfüllt«, sagte Ami, als sie Kopien verschiedener Dokumente aus ihrem Aktenkoffer nahm und sie den beiden übergab.

»Das erste Dokument bestätigt, daß alle Klagen der Bundesstaaten und des Bundes gegen Sie fallengelassen werden. Es gewährt Ihnen Immunität vor einer Strafverfolgung im Austausch gegen Ihre Zeugenaussage gegen Morris Wingate bei Verfahren vor einem Bundesgericht.«

Vanessa sah sie ungläubig an. »Heißt das, Sie haben volle Immunität für uns herausgeholt?« fragte sie. »Sie hätten mich wegen der Beihilfe zur Flucht verurteilen können, und Carl hat unter Eid zugegeben, daß er Eric Glass ermordet hat.«

»Erinnern Sie sich noch, wie Brendan während des Kautionsverfahrens ins Büro des Bezirksstaatsanwaltes gegangen ist, um General Wingate zu seiner Zeugenausage zu überreden?«

»Allerdings«, erwiderte Vanessa.

»Victor Hobson hat mich zur Seite genommen und mir erklärt, was sie vorhatten. Brendan war eingeweiht. Seine Aufgabe war es, Ihren Vater dazu zu bringen, auszusagen, daß er

Carl zwischen der Highschool und dem Rettungsversuch im Haus Ihres Vaters nicht mehr gesehen hat. Mich brauchten sie, damit Ihr Vater leugnete, daß er jemals von den Männern dieser Einheit gehört hatte. Ich sagte Victor, daß ich Immunität für Sie wollte, wenn ich ihm helfen sollte. Ich erinnerte ihn daran, daß Sie beide ein großes Risiko eingegangen waren, um Ihren Vater zu Fall zu bringen. Außerdem hätte es ohne Sie beide gar keinen Fall gegeben. Er willigte ein, Ihnen Immunität zu gewähren, wenn Carl bei dem Prozeß gegen Wingate kooperieren würde.«

»Ich habe nur zu gern zugestimmt«, meinte Carl.

»Hat Kirkpatrick das nicht bedauert, nachdem Sam Cutler einwilligte, gegen meinen Vater auszusagen?« wollte Vanessa wissen.

»Ein wenig«, gab Ami zu. »Aber es war zu spät. Carl und ich hatten unseren Teil der Abmachung schon erfüllt. Ich möchte Ihnen noch etwas vorlesen«, fuhr sie fort und schob den beiden weitere Dokumente hinüber.

»Diese Unterlagen bestätigen Ihre Aufnahme in das Zeugenschutzprogramm des FBI.«

Während Vanessa die Papiere überflog, zeigte sie nichts von der Freude, die Ami eigentlich erwartet hatte.

»Stimmt etwas nicht?« erkundigte sie sich.

»Erinnern Sie sich an die letzte Einstellung aus dem Film ›Die Reifeprüfung‹?« fragte Vanessa.

»Ich glaube schon. Ich habe ihn vor einem Jahr noch einmal im Fernsehen gesehen. Dustin Hoffmann hat das Mädchen gerade von Ihrer Hochzeit entführt, richtig?«

»Katharine Ross spielte das Mädchen«, erklärte Vanessa. »Sie sitzt mit Dustin im Bus. Die beiden sind endlich zusammen, aber sie haben diesen verlorenen Ausdruck im Gesicht, als ihnen klarwird, daß sie keine Ahnung haben, was sie als nächstes tun sollen. Ich fühle mich genauso. Ich habe fast mein ganzes Leben damit verbracht, mich an meinem Vater zu rächen. Jetzt habe ich gewonnen, aber ich mußte das Leben, das ich mir in den letzten zwanzig Jahren aufgebaut habe, dafür opfern. Ich habe keine Ahnung, was ich von heute an tun soll.«

»War es das denn wert?« fragte Ami.

»Das werde ich bald herausfinden. Nur kann ich leider weder Ihnen noch jemand anderem erzählen, ob ich die Antwort auf Ihre Frage gefunden habe.«

»Sobald Ihr Vater im Gefängnis sitzt, sind Sie in Sicherheit.«

»Wir sind niemals in Sicherheit, Ami«, widersprach Carl. »Der General verfügt über ein ausgedehntes Netzwerk von Kontakten. Er wird uns seine Killer auf die Fersen hetzen, bis er tot ist, vielleicht sogar noch darüber hinaus.«

»Bedauern Sie, daß Sie gegen ihn aussagen wollen?«

»Ich hatte keine Wahl«, erwiderte Carl. »Außerdem wird sich mein Leben nicht sonderlich ändern. Ich bin schon so lange auf der Flucht, daß ich mich kaum mehr an ein anderes Leben erinnern kann. Ich mache mir nur Sorgen um Vanessa.«

Vanessa ergriff Carls Hand. »Ich bin zäh, Carl. Ich habe das Irrenhaus überstanden und meine Tablettenabhängigkeit besiegt. Das hier überstehe ich auch.«

Carl drückte ihre Hand. »Zusammen schaffen wir es.«

Vanessa lächelte Ami an. »Wenigstens wird Ihr Leben wieder normal verlaufen, wenn Sie uns endlich losgeworden sind.«

Ami lachte. »Ich würde lügen, wenn ich sagte, ich wäre nicht froh, daß dieser Fall endlich vorbei ist. Es gefällt mir nicht, berühmt zu sein. Können Sie sich vorstellen, daß mich heute morgen am Flughafen zwei Menschen um ein Autogramm gebeten haben?« Sie schüttelte den Kopf. »Ein einfaches Testament aufzusetzen kommt mir beinahe wie das Paradies vor.«

»Ich wette, nach all der Publicity, die Sie bekommen haben, bitten die Leute Sie um mehr als nur darum, ihre Testamente aufzusetzen«, spekulierte Vanessa.

Ami errötete. »Ich bin tatsächlich gefragt worden, ob ich einige größere Fälle übernehmen würde.«

»Und? Tun Sie's?«

»Ich weiß noch nicht. Das Geld könnte ich zwar gebrauchen, aber ich mache mir Sorgen um Ryan. Ich möchte nicht, daß er zu viel allein ist.«

»Warum stellen Sie keinen Partner ein? Mit dem Honorar, das Sie jetzt verlangen können, könnten Sie sich leicht eine Hilfe leisten.«

»Ich denke darüber nach.«

Plötzlich ging ihnen der Gesprächsstoff aus, und es kehrte ein unbehagliches Schweigen ein. Ami hatte sich vorgenommen, dieses Gespräch geschäftlich zu halten, aber sie fühlte, wie ihr die Tränen kamen.

»Ich werde Sie vermissen«, sagte sie. »Sie beide sind wirklich etwas Besonderes.«

»Ich werde Ryan vermissen«, meinte Carl.

Amis Laune hob sich. »Er hat bei seinem letzten Spiel den Curveball ausprobiert.«

»Wie ist es gelaufen?«

Sie lachte. »Mit dem ersten Wurf hat er den Schlagmann erwischt, und den nächsten Wurf hat der Schläger in einen Homerun verwandelt. Trotzdem gibt Ryan nicht auf. Wir üben jeden Tag.«

Verlegenes Schweigen machte sich breit. Dann fiel Ami ihr Paket ein. »Ich habe Ihnen etwas mitgebracht.«

Ami riß das Packpapier ab. Darunter kam die von ihr gemalte Landschaft zum Vorschein, die Carl damals bei ihrer ersten Begegnung auf der Kunsthandwerksmesse in Portland bewundert hatte.

»Großartig, Ami. Das ist perfekt.«

Ami beugte sich vor und legte ihre Hände auf die von Carl und Vanessa. »Passen Sie gut auf sich auf.«

»Das machen wir«, versprach Vanessa.

Brendan Kirkpatrick erhob sich, als sich die Tür zum Verhörzimmer schloß. Amis Augen waren gerötet, und ihre Wangen glühten. Er sah, daß sie geweint hatte, und reichte ihr sein Taschentuch.

»Alles klar?« erkundigte er sich.

»Mir geht's gut. Ich mache mir nur Sorgen um Carl und Vanessa.«

»Die beiden sind zäh, Ami. Vergessen sie nicht, Carl ist aus einem Lager in Nordvietnam geflohen, hat im Dschungel überlebt und sich in die Staaten zurückgekämpft. Und Vanessa hatte den Mut, sich gegen ihren Vater zu stellen.«

Brendan drückte auf den Knopf und die Aufzugtüren glitten auseinander. Ami trat in den Fahrstuhl.

»Sie haben sicher recht«, sagte sie. »Diese ganze Sache hat mich einfach überwältigt. Ich bin es nicht gewohnt, mein Gesicht auf der Titelseite von Zeitungen zu sehen. Ich stehe nicht gern im Mittelpunkt.«

»Das weiß ich, aber Sie waren großartig.«

Ami errötete. »Danke, Brendan. Ich fühle mich jedoch nicht großartig. Ich fühle mich ... ich weiß nicht, wahrscheinlich einfach nur erledigt.«

»Sie sind bestimmt erschöpft, aber Sie sind auch eine der mutigsten Frauen, die ich je getroffen habe.« Brendan lachte.

»Was ist denn so komisch?« wollte Ami wissen.

»Ich habe mich gerade an diese Show erinnerte, die Sie im Krankenhaus abgezogen haben, als Sie mich erfolgreich daran hinderten, Carl direkt zu fragen, ob Sie seine Anwältin sind. Sie haben keine Ahnung, wie wütend ich auf Sie war.«

»Das kann ich mir schon vorstellen, doch Sie ahnen nicht, wie ich gezittert habe. Nachdem Sie verschwunden sind, bin ich fast zusammengebrochen. Ich hatte soviel Angst, daß Sie mich verhaften würden, daß ich am ganzen Körper zitterte.«

Der Lift hielt im Erdgeschoß, und als sich die Aufzugtüren öffneten, sah Ami, daß es bereits dunkel war.

»Mache ich Ihnen immer noch Angst?« fragte Brendan lächelnd.

»Nein. Sie bellen nur und beißen nicht.«

»Außerdem bin ich fast verhungert. Ich war vor etwa einem Jahr hier in San Diego, als ich mit den Bundesbehörden an einem Drogenfall gearbeitet habe. Einer der Anwälte hat mich zu einem großartigen Fischrestaurant mitgenommen. Leisten Sie mir Gesellschaft? Ich lade Sie ein.«

»Ich habe keinen großen Appetit.«

Brendan schüttelte den Kopf und lachte bedauernd. »Sie müssen wirklich müde sein.«

»Wie meinen Sie das?« wollte Ami wissen.

»Weil Sie normalerweise ziemlich schnell auf Essen einsteigen. Vergano, ich will Sie zu einem Rendezvous überreden. Ich bin nicht annähernd so an diesem wirklich ausgezeichneten Fisch interessiert wie daran, mit Ihnen zusammen zu sein.«

»Oh!« Ami tat, als müßte sie überlegen. »Einverstanden. Ich gehe mit Ihnen essen. Aber nur, weil Sie bezahlen.«

DANKSAGUNGEN

Folgende Menschen haben mir beim Schreiben unschätzbare Hilfe geleistet. Ohne sie hätte ich dieses Buch nicht schreiben können: Ami Margolin, Andy Rome, Earl Levin, Dr. Howard Weinstein, Dr. Jim Boehnlein, Bryan Hubbard, Nicole Dalrymple, Don Nash, Richard Meeker, Steve Perry, Bridget Grosso und Robin Haggard.

Danke auch an Dan Conaway, Jill Schwarzman, Marie Elena Martinez und allen bei HarperCollins. Ein besonderer Dank gebührt Tim Vert, der meine Website zu einer Attraktion gemacht hat.

Nach wie vor stehe ich in der Schuld von Jean Naggar, Jennifer Weltz und den anderen bei Jean V. Naggar Literary Agency. Es ist ein Vergnügen, mit ihnen zusammenzuarbeiten.

Ich hätte dieses Buch ohne die Unterstützung meiner Familie nicht schreiben können, allen voran meiner fabelhaften Frau Doreen und meiner großartigen Kinder Daniel und Ami, sowie Daniels ebenfalls großartiger Frau Chris.

Mordsfrauen: Krimis bei AtV

POLINA DASCHKOWA
Die leichten Schritte des Wahnsinns
Keine beschreibt das moderne Rußland so packend wie sie: Autorin Polina Daschkowa ist mit mehr als 16 Millionen verkauften Büchern in Rußland ein Star. Mit den »Leichten Schritten des Wahnsinns« gab sie ihr Deutschlanddebüt.
»Unglaublich dicht und spannend.« BRIGITTE
Roman. Aus dem Russischen von Margret Fieseler. 454 Seiten. AtV 1884

VIKTORIA PLATOWA
Die Frau mit dem Engelsgesicht
Sie wollten die Welt umkrempeln: der begabte Iwan, der angehende Regisseur Nimotsi und ihre Freundin »Maus«. Aber dann stürzt sich Iwan im Suff zu Tode, die beiden anderen lassen sich auf ein gefährliches Filmprojekt ein. Nimotsi wird ermordet. Maus unterzieht sich einer Gesichtsoperation, um besser abtauchen zu können. Als rothaarige Schönheit will sie den Tod ihrer Freunde rächen. Ein schonungsloser, rasanter Krimi über das neue Rußland.
Roman. Aus dem Russischen von Olga Kouvchinnikova und Ingolf Hoppmann. 404 Seiten. AtV 1875

DANIELLE THIÉRY
Der tödliche Charme des Doktor Martin
Nach Fred Vargas, Polina Daschkowa und Liza Marklund ein neuer Star unter den Krimiautorinnen. Thiérys Kommissarin Edwige Marion ist energisch und zerbrechlich, scharfsinnig und emotional, in der Liebe vom Pech verfolgt, außerdem schwanger, von Léo oder Sam, und sie steckt in einer existentiellen Krise. Da hinterläßt ein Unbekannter ein Paar roter Kinderschuhe auf ihrem Briefkasten, Indiz ihres ersten, einige Jahre zurückliegenden Falls, der nie aufgeklärt wurde.
Roman. Aus dem Französischen von Sabine Schwenk. 422 Seiten. AtV 1878

FRED VARGAS
Bei Einbruch der Nacht
Ein Wolfsmensch, so sagen die Leute, zieht nach Einbruch der Dunkelheit mordend durch die Dörfer der provenzalischen Alpen. Der halbwüchsige Sohn eines Opfers und ein wortkarger Schäfer nehmen die aussichtslose Verfolgung auf. Ein urkomisches Roadmovie und eine zarte Liebesgeschichte um die schöne Camille und Kommissar Adamsberg aus Paris.
»Prädikat: hin und weg.« WDR
Roman. Aus dem Französischen von Tobias Scheffel. 336 Seiten. AtV 1513

Mehr Informationen erhalten Sie unter www.aufbau-verlag.de oder bei Ihrem Buchhändler

AtV